原谅他们，

他们不知道自己在做什么。

——《圣经》

他们为什么要杀人——

在记录日本侵华暴行的时候，我无数次担心它们会玷污我的笔和纸。我不得不经常强压住自己的情感，不让泪水模糊了我的视线，不让悲怆之情完全把我笼罩和淹没。实在不行了，只好停下来，起身走一走，呆望窗外的天空，凝视那些正在等待春天的枝丫⋯⋯

那场劫难不仅是中日两个民族的悲剧。灾难属于全人类。那是整个人类的耻辱，是这个文明世界的悲哀，是现代人类的一道永远滴血的伤口。

立此存照，永志不忘：愿我们的后代活得尊严，也死得尊严。

我们为什么被屠杀——

中国再落后再贫弱，它也是一个大国，是世界上人口最多的民族，是人类历史上大国历史延续最长的国家。中国之所以被侵略遭凌辱，责任主要在中国，在我们自身。这是我们无论如何也无法推脱掉的。

中国人不自救，没有人能够救我们。

中国人不自强，没有人能够使我们强盛。

中国人不自爱，没有人能够给我们尊严。

中国人不自立，没有人能够扶我们站立起来。

恸问苍冥

Tong Wen Cang Ming

日本侵华暴行备忘录

金辉·著

中国青年出版社
CHINA YOUTH PRESS

中青文库圈

图书在版编目（CIP）数据

恸问苍冥 / 金辉著.
—北京：中国青年出版社，2014.11
ISBN 978-7-5153-2829-4

Ⅰ.①恸… Ⅱ.①金… Ⅲ.①纪实文学—中国—当代 Ⅳ.①I25

中国版本图书馆CIP数据核字（2014）第230361号

恸问苍冥：日本侵华暴行备忘录

作　　者：金　辉
责任编辑：周　红
美术编辑：李　甦　张燕楠
出　　版：中国青年出版社
发　　行：北京中青文文化传媒有限公司
电　　话：010-65518035/65516873
公司网址：www.cyb.com.cn
购书网址：zqwts.tmall.com　www.diyijie.com
制　　作：中青文制作中心
印　　刷：北京中科印刷有限公司
版　　次：2015年2月第1版
印　　次：2015年2月第1次印刷
开　　本：787×1092　1/16
字　　数：338千字
印　　张：27
书　　号：ISBN 978-7-5153-2829-4
定　　价：58.00元

两个民族的一个世纪

开篇

血腥的世纪　屠杀的世纪

公元20世纪，当是迄今为止人类历史上变化最大和最为热闹的世纪。如果一个生活在19世纪的人穿越复活，大概很难说他能不能搞清楚，自己面对的到底是神话呢还是现实。

20世纪中人类日新月异的技术进步当然会使他目眩。然而更使他震惊的，恐怕还是人类在世纪舞台上所演出的野蛮和疯狂的正剧。在了解了人类在这个所谓最为文明最为科学的世纪中的所作所为之后，他大概更不能知晓自己究竟是置身地狱呢还是活在人间。

在人类历史上，从来没有这么多的生命因农业和医疗卫生的进步而免于死亡，也从来没有这么多的群体被有计划地批量杀戮；人类的预期寿命从来没有达到这样的水平，而人类的自相残杀更是从来没有过如此的规模和力度。像这样全球性的几乎无处不在的屠杀，的确是史无前例的。而把屠杀同类作为长期战略，广泛深入持久地集中精力从事肉体消灭，更是旷古未闻。

在这一百年的时间里，两次世界大战和烽火相望的局部战争，造成了约一亿人的死亡。另据美国前国家安全事务助理布热津斯基教授的计算，在这个世纪还有约8000万人因政治和宗教的原因而被杀害。

这是一个最为辉煌和最为血腥的世纪，一个最为理性和最为恐怖的世纪。

这是一个人类流血最多和怨仇最深的世纪。

诺贝尔医学和生理学奖获得者、奥地利动物学家康罗·洛伦兹曾经作过这样的假设。他说，如果在另外一个天体上有一位公正的观察者，观察到人类的战争等历史性大事件，那么他就绝不会认为人类的行为是受着智力甚或道义责任的指挥，因为有理性的生物不可能做出人类这样毫无理性的事情。洛氏进一步假设，如果这个地球外的观察者是个动物行为学家，他就会得出结论，人的社会组织非常像老鼠，在自己的族群里是个爱社交的和平的生物，但是对于那些不属于自己集团的同类种族，就完全变成了魔鬼样的凶兽。而这位观察者如果再知道人类的人口正在爆炸式地增长，武器的破坏性和毁灭力也一再增强，人类还划分成几个政治集团，那么，他就不会指望人类的将来，会比居住在一条几乎没有食物的船上的几个老鼠部族好多少。甚至这种预测还嫌乐观，因为老鼠在过分拥挤的情况下会自动停止繁殖；而且，老鼠在全面的屠杀之后，还会有足够的个体留下来延续种族。而在人类这方面，假若使用了氢弹，我们可就不敢这么肯定地预言了。

屠杀，并且是集体屠杀，是20世纪令人毛骨悚然的一大特色。作为这种屠杀的突出代表，在西方是法西斯的德国，在东方则是军国主义的日本。德国人把最先进的技术用于大屠杀，使屠杀工业化和程序化，达到了极致。日本人则基本上用原始的方式进行大屠杀，在屠杀中充分体验武士道的快感，同样达到了极致。

中华民族和犹太民族，不幸成为东方与西方承受巨灾大难的首选目标。

德国人屠杀犹太人，多少还可以找到一些历史的渊源，在那个大陆上，反犹排犹的幽灵，已经飘荡了一两千年。而日本人之屠杀中国人，人们却很难找出侵略者常规目的之外的任何历史逻辑。

这么多年了，曾被日本侵略者无端浸入血海而劫后余生的中国人，也该整理一下屠杀者所馈赠的这份历史遗产了。这是一份我们民族的2000多万生命和几亿人的血与泪凝结而成的沉重的遗产。

公元1900年

1900年，北方大旱，黄河流域赤地千里。世纪之交的中国，在天灾人祸和内忧外患的缠绕下，已近乎奄奄一息。

五年前，中国在甲午战争中败于东邻日本，割让了台湾和澎湖列岛。还在洋务运动正起劲的时候，中国的文人们为自己这日渐沦落的国家解嘲，说中国是一头睡狮，总有一天会觉醒，并且让全世界大吃一惊。甲午之战，中国的表现果然让列强"大吃一惊"。不过，它们吃惊的是中国的腐朽程度。现在，这头貌似睡狮的肥猪被放在了砧板上，列强抓紧世纪末的最后几年，争先恐后地对它进行肢解和宰割：1895年，德国在天津、汉口划定租界；1896年，俄国、法国在汉口划定租界，日本在杭州划定租界，俄国在中东铁路沿线驻军；1897年，法国要清政府保证海南岛不割让他国，日本在苏州划定租界；1898年，德国租借胶州湾（青岛），并要清政府保证山东省不割让他国，俄国租借辽东半岛（旅顺、大连），日本要清政府保证福建省不割让他国，英国租借威海卫、九龙，法国要清政府保证广东、广西、云南三省不割让他国，日本在天津、汉口、沙市划定租界；1899年，英俄两国约定长江以北为俄国势力范围，长江流域为英国势力范围，日本在厦门、福州划定租界，法国租借广州湾；1900年，俄国乘八国联军侵华之机，出兵占领东北全境……

两年前，被称为"戊戌变法"的百日维新运动又以彻底失败而告终。中国看来只有继续在那位那拉氏的牢牢控制之下，继续衰败、等死。

一些不愿等死的中国人，以义和团的名义聚众起事，并且匪夷所思地把仇恨对准了洋人和中国的教徒。他们相信，只要念动咒语和服食法水，身体就可以不受洋人火器的伤害，亦即所谓刀枪不入。很快，这一运动就席卷了北中国干裂的大地。义和团那"刀枪不入"的口号所传达出来的爱国主义和民族情绪，远比一般人所领会的更复杂，也更绝望。由于为中国、也为自己的命运而悲愤交集，人们只好把古老的迷信当作对抗西方武力的唯一招数。

朴素而狂热的义和团被愚蠢而顽劣的清朝统治者所利用。如果真的有这么一种法术，既不用变祖宗之法，也不用搞什么维新，却可以在一夜之间转弱为强，化腐朽为神奇，这正是处于绝境的晚清权贵们最盼望的"奇迹"。一场轰轰烈烈的爱国民族自救运动，遂变为盲目排外的混乱行为。列强乘机出兵中国。英国、美国、法国、德国、俄国、日本、意大利和奥匈帝国的军队，组成八国联军，在天津大沽口登陆。

公元1900年，是中国历史上极为特殊的一年，又是近代史上最有代表性的一年。这是中国历史上的最低点：国难国耻无以复加；它又是中国近代民族主义的最高点：从最高统治者慈禧太后到乡间小民百姓，中国人上下一致，万众一心，刀枪不入，慨然对外。义和团运动显示了中国人的力量——狭隘的民族主义于绝望之中爆发出的巨大能量。庚子国难又说明，盲目而无序的群体行动，只能使民族的灾难雪上加霜。

八国联军侵华，给了梦寐以求正式跻身列强行列的日本以最好的机会。

1900年6月17日，日、英、德、俄等联军攻占大沽炮台。7月6日，日本内阁决议派二至三个师团到中国。7月14日，以日军为主力的八国联军攻陷天津（联军出动兵力5055人，其中日军为2700人）。8月14日，以日军为主力，八国联军攻陷北京（此役联军总兵力18000余名，其中日军8800名）。

当八国联军在北京大行烧杀的时候，那位两个月前向全世界宣战、命令义和团杀尽所有"洋鬼子"的慈禧太后，正在逃往西安的路上。曾与日本签订《马关条约》的李鸿章，这次又受命向八国乞和。1901年9月，《辛丑条约》签字，中国又被列强狠狠地宰割，被迫向列强各国赔款白银4.5亿两，分39年还清，本利共9.82亿两，加上各省赔款2000多万两，总计超过白银10亿两。根据列强的分赃配额，日本实得3479.3万余两，本利共10686.1万日元。条约还规定了各国在北京等12个地方的驻兵权。37年后，在卢沟桥，正是日本的一支驻屯军，打响了全面侵华战争的第一枪。

八国联军到中国，据说是为了惩罚"野蛮"的中国人和来恢复秩序的。但是，这些"文明"的家伙在中国所干的一切，即使用"野蛮"也是远远不能形容的。

八国联军在中国烧杀抢掠所造成的损失，恐怕只能永远是一个历史之谜了。日本的《万朝报》曾对日本军官的劫掠丑闻作过详细的揭露，涉及的有司令官、师团长、旅团长、联队长、野战医院院长等各级军官几十人。仅日军联队长栗屋大佐从中国带回的行李就有31件，除去变卖和挥霍的，到1902年2月，在他家还搜出80个重500两、100两、50两及1两的银元宝，大小银块27块，文徵明绘画一卷，玉器10件，以及香炉、手箱等。

在侵华的八国联军中，日本是唯一的亚洲国家。正当西方列强极力宣扬义和团是"黄种人敌视白种人"的一场"黄祸"时，日本人于是以实际行动来了一次"脱亚入欧"，派出了联军中最大的一支纯粹由黄种人组成的大军，与欧美各国军队并肩协力，向它自己称作"同文同种"的"兄弟"施暴。不论是攻城掠地，还是纵火抢劫，也不论是杀人取乐，还是奸淫妇女，在中国的土地上，对中国的和平居民，"东洋鬼子"的表演丝毫不比"西洋鬼子"逊色。

1900年，既可以说是19世纪的最后一年，也可以说是20世纪的第一年。日本在八国联军中所扮演的"主力军"的角色，是意味深长的。它预示着在新的世纪里，日本将取代西方列强，对中华民族的生存造成最大的威胁，给中国人民带来最严重的损害，在多灾多难的中国近代百年痛史上，留下最为黑暗最为沉重最为不堪回首的一页。

在世界上恐怕再难找到哪两个大国能像中国与日本这样，相互交往的历史是如此之悠久，相互影响的程度是如此之深远，文化上的血缘关系是如此密切和广泛。而两国的相互关系，对双方的国家命运和民族兴衰，都产生了巨大的影响。

近代以来的世界历史上，也没有哪两个国家像中国与日本这样，在起点上的境遇是如此相同，而后来的发展轨迹又是如此不同。从鸦片战争到第二次世界大战这段时间里，没有哪两个国家会比中日两国的对比更为强烈。日本，是从一个被列强压迫的小国，经过奋起改革和抗争，经过几乎不停顿的扩张和侵略，最后成为世界上最富于攻击性和冒险性的军事强国。中国则从一个外观上仍然堂皇的古老帝国，加速下滑到贫困、动乱和殖民地的深渊之中，并"创造"了一系列的"世界之最"：在对外战争中失败的次数最多；参与侵略染指中国的国家最多；被迫签订的不平等条约最多；"国中之国"的租界和租借地最多；鸦片的输入量最多；被劫夺和流失的财富最多；割让和丢失的领土最多；内部动乱的时间最长、规模最大、死亡人数最多……。这个时期的中日关系还有一个特点，那就是，日本的发展很大程度靠对中国的掠夺，而中国的灾难也主要来自于日本的侵略。

一个多世纪之前，当西方列强的炮舰开进西太平洋的时候，突然面对世界的日本，发现首先横在它面前的，还是那个中华帝国。不在实力上压倒中国，不在军事上击败中国，它就无法称雄东亚，更不可能"布国威于四方"。同样，一个多世纪以来，日本对中国一次又一次的侵略，使得中华民族要生存下去，就必须首先战胜日本；而当战争早已结束，开放的中国重新面向世界的时候，它发现横在面前的，还是这个日本。不仅中国现代化的技术、资金和贸易，诸多来自日本或通过日本，即以体育而论，中国如果不能超过日本，就不可能"冲出亚洲，走向世界"，从乒乓球、女子排球，到体操、田径、游泳，还有那中国人最热心也似乎最没有希望的足球……

这就是两个民族的一个世纪。这是一幅谁也无法清晰勾勒的图景。一衣带水也好，血流成河也好，同种同文也好，剑拔弩张也好，中日关系就是这样的剪不断理还乱。这，或者就叫"不是冤家不聚头"？

让我们再看一眼公元1900年。

日本。它正在成为世界政治舞台天幕上一颗耀眼的新星，并且越来越明亮。五年后，它在一场战争中又一举击败俄国，东亚再没有任何力量能阻止它的进一步崛起和膨胀。四十年后，它的光芒甚至使美国和英国也黯然失色，不过，那是类似原子弹爆炸式的闪耀，是以自身毁灭为代价而发出的超级强光。

中国。在北方干旱的土地上，义和团和八国联军搅起的漫天尘埃渐次落定,3000多万中国人家破人亡。展现在外国征服者面前的中国,是一个任人宰割、榨取和令人怜悯的没落帝国。西方一位著名的历史学家得出结论说:

> 贫困、凌辱和灭亡,是五亿中国人仅有的前途。

中日文化交流的往而复来

中日两国文化交流的历史,两千年来连绵不断。前面的一千多年,主要是日本向中国学习。到了近代,则主要是中国向日本学习。

从公元6世纪开始,日本大规模输入中国文化,接连派出四批遣隋使和十九批遣唐使,使团人数多时达五六百人。那时两国之间的往来,只有充满危险的海路一途,最顺利的也要航行十天左右,有的甚至要在大海上漂泊几十个昼夜。据估计,日本派出的遣唐使船只中,约有四分之一被西太平洋的惊涛骇浪所吞没。尽管如此,日本向中国学习的热情始终不减,他们广泛地学习吸收中国的政治和法律制度、文字、儒学、佛教、文学艺术、医学、天文历法、农业技术、建筑、工艺技术以及风俗习惯等等,使日本文明的发展进入了一个全新的历史境界。美国前驻日本大使赖肖尔说:

> 日本人非常清楚,他们的文字、词汇、艺术和许多传统的价值观念都来源于中国。中国是他们的希腊、罗马。

中日文化关系史学者梁容若先生说,在1400多年的时间里,日本全力模仿中国,凡是中国重要的文化学术,或迟或早,无不在日本复演一次。奈良、平安时代,不是留华学生,难以成大学者;镰仓、室町时代,不是留学僧,难以作第一流和尚。日本人对于中国文化全面学习的勇气、真挚持久的热心和无孔不入的精神,确实值得钦佩。

中日两国文化的关系,在日语中大量使用汉字这一点上体现得最为直观。

东亚文化圈中的朝鲜、越南、日本三国都曾长期沿用汉字，到今天只有在日本汉字保留着骨干作用和深远影响。日本从12世纪开始出现在日文中杂以大量汉文词汇的"和汉混淆文"，最后逐步形成今天的日文。中国的汉字数量是逐渐增加的，从《说文解字》的9300字到《康熙字典》的49000多字，而这些汉字几乎全部行用于日本。日本的《大汉和辞典》收入有49000多字，日本自造、中国没有的汉字只有134个。日本用以表达本国语言的两套字母（假名），分别是由汉字的楷体偏旁和草体字形构成的。据统计，日本语汇中50%以上来源于汉语。

明治维新后，日本大规模引进西方文化，在翻译和介绍的过程中创造出大量汉字新词汇，这些词语又流传到中国。现代汉语中大量近现代词汇，许多是从日本引进的。如科学、哲学、化学、物理学、时间、空间、经济、进化、主观、客观、民主、宪法、共和、政党、政策、干部、共产主义、无产阶级、世界观、立场、人权、公民、手续、取缔、引渡、生产、工业、建筑、交通、电话、企业、市场、广告、出版、现代化、内容、目的、环境、解放、能力、神经、审美、概念、现象、浪漫、接吻、理性、传统、思想、素质、心理学、伦理学、革命、事变、内分泌、流行病、航空母舰、战线等等，都是从日语中学来的，或被日语赋予现代含义。汉字及词语在中日文化中的往而复来，恰恰与中日文化交流中的流向同步。

从19世纪末起，成千上万的中国留学生，忍国家新败之耻，到敌国日本投师求教，学习日本得自西方的富强之术。凡属西方的近代知识，他们几乎无所不学。但是，中国留日学生回国后对于变革当时国家的落后状态，却少有建树。这与古代日本的遣唐学问僧、留学生回国后所起的作用，是不能相比的。

但是，留日生中却出现了大批文学家和政治风云人物，他们中有中国文学革命的大将鲁迅、郭沫若、周作人、张资平、成仿吾、郁达夫、田汉、夏衍、徐祖正等，有清末革命家陈天华、邹容、秋瑾、章太炎，有民国史上的重要人物廖仲凯、宋教仁、黄兴、蔡锷、唐继尧、李烈钧、陈铭枢、阎锡山、孙传芳、蒋作宾、张群、胡汉民、汪精卫、居正、何应钦、程潜、杨宇霆、汤恩伯、黄炎培、章士钊、沈钧儒等，还有中国共产党的领袖人物陈独秀、李大钊、董必武、吴玉章、彭湃、周恩来等。从这名单，亦可见日本对于近现代中国的影响之大。同时，从李鸿章、张之洞、盛宣怀、袁世凯、康有为、梁启超到孙中山、张勋、蒋介石、段祺瑞、张作霖等，都与日本有着密切的关系。这也是日本插手和干涉中国的一个重要方面，溥仪和汪精卫尤其是最典型的例子。

在近代史上，日本一面步步侵略中国，一面支持中国的改革维新运动，资助革命党。戊戌变法失败后，康有为、梁启超亡命日本。孙中山也是在日本成立了同盟会，长时间里以日本为革命基地。甲午战争时任日本首相的伊藤博文，在百日维新的高潮中到中国，并于慈禧太后发动政变的前一天同光绪皇帝进行了交谈。当政变后清廷捕杀维新党时，伊藤即授意日本驻华使馆采取措施，保护康有为、梁启超等出逃，并通过外交途径营救维新人士。当时的日本驻华公使林权助在其回忆录中写道，政变那天，梁启超跑到公使馆，讲了政变的情况，并拜托公使保护光绪皇帝和救助康有为。林把梁安置在一间屋子里，随即将事情的经过告诉了伊藤博文。伊藤氏说："这是做了好事，救他吧，而且让他到日本去吧！到了日本，我帮助他。梁这青年对于中国是珍贵的灵魂啊！"

日本学者实藤惠秀教授在《中国人日本留学史》中说：

中国从日本学了许多东西。没有日本留学，产生不出现在的光辉的中国！对这些，可以看作日本的夸耀吗？不能，为什么呢？因为日本人并不亲切地教中国人，留学生忍耐着轻蔑而自己学习。留学生从日本所学到的，从日本人那里所受到的是轻蔑，和日本对中国所取的侵略政策等等，产生了爱国心、民族意识，一致团结，反抗日本的政策。甚而全体决然归国，成为抗日运动的先锋。将留学国第二故乡日本，认成最难饶恕的敌国，真要算悲剧。

然而，对于中国来说，真正的悲剧是日本人对他们的文化母国所进行的文化毁灭。

以怨报德的文化屠夫

战争，是对生命的毁灭，也是对文化的屠杀。

第二次世界大战末期，美国对日本本土进行焦土轰炸，许多日本城市都化为火海。但东京大学和神田书店区却未受轰炸，得免于毁灭。哈佛大学的日本美术史教授温纳曾向麦克阿瑟建议，不要轰炸奈良和京都，保留下日本的这两个文物最集中的文化古都，他的建议被麦克阿瑟所采纳，这两个古都都得以保存。后来，在奈良的法隆寺，专门建立了感谢温纳教授的纪念碑。

1943年，美国方面要中国提交一份日军占领区内的文物古迹名单。著名建筑学家梁思成教授开列出了数百处，并在地图上标好，交给了美国人。他同时还说，我还想加上两个城市，但是它们不在中国，是京都和奈良。前些年，日本曾专门邀请梁思成之子梁从诫到奈良，感谢已故的梁思成先生保护日本文化古都的历史性贡献。梁从诫先生对笔者说，日本人对梁思成和温纳至今心怀感激，他们知道，如果不是这两个人的建议，京都和奈良几乎肯定会在轰炸中化为一片废墟。

看来，日本人非常了解文物古迹的价值，非常重视对文化遗产的保护。

可是，他们在中国呢？面对奈良和京都，日本人应该想一想，他们在中国的南京、武汉、上海、广州、天津、重庆、开封、西安、太原以及各地破坏和毁灭古迹名胜文物所造的累千万劫之业。

在河南浚县大伾山，日军在刻着"有僧东渡留禅杖"字样的石崖下，对僧人挖眼、剖腹、放狗撕咬。

侵华日军所到之处，文化古迹、图书馆、佛寺、道观、书院、高等学府、私人藏书和文物，没有不焚毁、抢劫和破坏的，如京西房山隋代古刹云居寺、太原晋祠、五台山天台宗寺院、南京夫子庙、保定莲池书院、中原阳明书院、济南省立图书馆、南开大学、青岛大学、长沙大学等。国民政府1946年提交的《文物损失估价表》中指出，被日军洗劫的著名历史古迹达741处。侵华日军到处劫夺中国文物，无数稀世之宝被劫往日本，抢不走的则被他们毁掉。在许多地方，唐宋以来的经典、各地所藏的刻书板片，都被日军用来当柴烧。上海"一·二八"事变中，商务印书馆和东方图书馆被炸焚毁，几十年间搜罗的中外图书杂志，包括大量孤本、珍本、善本古籍，全部化为灰烬。存板片极多的湖南四贤书局，随长沙大火而毁灭。南浔刘氏的嘉业堂藏书，为长江下游最大的收藏，因战乱而星散无余。江阴南菁书院收藏了八十多年的三万多册图书，还有堆满三间屋子的《皇清经解续编》刻板，也在日军占领时被烧抢殆尽。

1941年3月8日，上海的报纸曾载有如下消息：

> 美国国会图书馆东方部主任恒慕仪博士称：中国极可珍贵之古书，从战火中保全者，现正源源运入美国，举凡稀世孤本，珍藏秘本，文史遗著，品类齐备。中国藏书家将其世藏珍本，以贱价售之，半为避免被日本人掠去，半为维持其难民生活，且有赠予美国各图书馆者。国会图书馆已有中国图书20万册，今在华购书之代表又购进数千册，尚有许多将分置于全国各大学图书馆。无论中国今后数年内如何，然寄托于文字中之中国灵魂，必可绵延久远。故中国古书，将与罗马陷落后欧洲遭400年黑暗时代之情形相似。抑中国国有各藏书楼所藏书籍，想已安然运来美国。目下所运来者，多系私家藏书，其中大部分原属北方之名阀世家所有。盖其祖先往往告戒儿孙，什袭珍护，永世弗替。故一经收藏，便秘不示人，后之学者，虽求观摩而不可得也。余尝求见一珍本，主人欣允，然亦须征得其族人之全体同意，始得一观，其难可知。中国藏书家出售其书籍，实出于不得已，与其听令永远丧亡，不如由同道之外人之为愈……

据国民政府教育部所编《被日所掠文物目录》，其中列举的查有实据的被劫文物，包括古籍、字画、碑帖、古物、艺术品等共360.7万件另1870箱。内中上自史前下迄两汉、唐宋元明清的珍贵文物一应俱全，其价值简直无法计算。如20世纪末在国外文物市场上，中国文物其价日腾，一件明代唐寅的手卷，成交价达80万美元，而宋代的书画一件可至上千万美元。文物和文化的损失是不能仅仅用币值衡量的，日本侵华战争导致的周口店北京猿人头盖骨的丢失，就是人类文明史上无可弥补的损失。中国历来蕴文物于民间，而在日军占领期间，中国至少有数百位民间收藏大家的收藏几被抢劫一空。专家指出，包括没有被国民政府统计在内的县级文博单位以及大量私人民间收藏的损失，中国的全部损失恐怕要比已公布的数字大五至十倍。

日本发动的侵华战争，使无数名胜古迹毁于战火，数百处举世闻名的古建筑群被夷为平地，中国沦陷区的宋代以降一千多年间积蓄的文物，几乎全都付诸流水，实为中华文明千古之浩劫，其损失在世界文化史上亦空前绝后。

中国文化哺育了日本文化。日本是在接受中国文化后，才开始造文字，读书册，尊佛儒，学工艺，才脱出原始草昧时代而进入文明社会。侵华战争中日本人对中国文化如此以怨报德，在我们这颗星球的历史上，再也找不出第二例。

当然，日本侵略者毕竟还没有把中国文化和文物古迹全部毁灭。他们也有手下留情的时候。据梁容若教授记述，在东北沦陷期间，日本占领者曾主张把文渊阁（藏《四库全书》一部）搬到日本国内。但日本文化界大部分人不同意，理由是满洲冷而干燥，日本热而潮湿，多蛀蠹，书搬到东京，会缩短寿命，日本要负破坏文化的责任，文渊阁因而没有动。战争期间，东京大学哲学教授高田真治博士上书日本军部说，山东作战如破坏到曲阜古迹，日本将负破坏世界文化遗迹的责任。据说日军因此避开了曲阜附近的作战。这都代表了日本文化人的光明面，值得赞叹。

据曲阜人讲，日军进占曲阜后，立即派兵把守孔庙，日军的将领还参拜了孔庙。这一著名历史古迹在中日战争中确实基本没有遭到破坏。但是，曲阜人并不因此就特别感谢日本人。因为，这里是圣人孔夫子的家啊。两千多年以来，不论是王朝更迭或异族入主，也不论是起义流寇或兵匪盗贼，没有人敢到曲阜来动土，也没有人敢在圣人牌位前造次。曲阜人说，日本人到了我们这儿守规矩，那是应该的。要是从儒家的文化血缘上说，日本人比蒙古人，甚至比满洲人，离孔子还更近一点呢。

日本的小松原涛氏记下了这么一件事。第二次世界大战时期，日本军阀搜罗全国民间的铁器铜器，作造炮弹之用，无数有历史价值的金属文物遭劫被毁。名古屋圣德寺宽文二年（1662年，清康熙元年）铸的一口梵钟，也在征缴之列，因为发现上面有陈元赟署名的铭词，得以免毁，留作今日之国宝。陈元赟是明末清初向日本传播中国文化的重要人物，他生于浙江余杭，在日本生活了五十多年，卒于名古屋。他死后的两百多年，他的几行金文，还能镇消狂热，为和平和文化隐留曙光，如同先知的预言。铭词说：

> 运丁灰劫，再新琳宫；琳宫司漏，多孔鸣铜。
>
> 警醒旦暮，震觉昏蒙；百千万劫，圣德善功。

日本明治维新时期的启蒙思想家福泽谕吉在其名著《文明论概略》中说：

> 把我国人民从野蛮世界中拯救出来，而引导到今天这样的文明境界，这不能不归功于佛教和儒教。

日本的儒教不用说完全取之于中国的儒学。佛教本源于印度，但东传到日本的，实为中国化的佛教。在日本，佛教经典语录用汉文，偈赞诗文读华音，附丽于佛寺的建筑、工艺、绘画、音乐和医药等，也都是中国化的产物，是中国文化的一部分。

福泽谕吉氏说是中国文化把日本人从野蛮世界引导到了文明境界，作为中国人，有同样的看法也是自然的，并且许多同胞还为此窃窃而自喜。可是再想想，就不是那么回事了。中国文化为什么教导出了那样的学生？我们又为什么遭到了这样的报应？

应该说，中国文化从内涵上说是和平的，没有任何导致日本侵略理论的因素。

还应该说，中国文化一直是和平输出的，没有任何利益和目的，也不构成任何威胁。

但问题也就在这里：老师用和平的方式，教授和平的内容，而教出的学生却具有如此的攻击性和毁灭欲，这，究竟是为什么？老师有责任么？责任在哪儿？

日本武力侵华的第一次发动

1874年2月6日，日本政府决定出兵台湾。理由是，在此前两年多的1871年12月，琉球王国的船只遇风，漂流到台湾南部东海岸，六十多人上岸，其中有五十几人被岛上牡丹社的土著居民杀害，此事经福建督抚查办，将幸存的十二人遣送回琉球。琉球在历史上一直是与中国有着朝贡关系的藩属国。这件事本和日本无关，但日本硬说有关，并以此为由向台湾也就是向中国兴师问罪。没有理而坚持有理，叫作"不可理喻"；不讲逻辑本身就是侵略者的逻辑。翻开日本侵华七十年的历史，我们时常会发现这种不可理喻和不讲逻辑。并且，有些日本人至今还在乐此不疲地使用着这种思维方式。

1874年，日本新建立的、连运输舰都没有、还得租用美国轮船供应补给品的舰队，开进台湾，屠杀民众，焚烧村寨。5月7日，3000余名日军在台湾琅峤登陆。18日开始与当地居民交锋。22日攻占石门。后陆续攻占牡丹、高士佛、加芝成和竹仔等社，并纵火焚毁。据参加是次侵台行动的日本军医落合泰藏的回忆，侵占石门后，"我凯旋士兵，获得首级十二个，把他们的头发缚在青竹上，意气扬扬地挑着回来了"。

日本侵犯台湾事件，最后以清政府向日本赔银50万两、日军撤走而结束。其实，即使不想撤日本人在台湾也呆不下去了。一者从一开始日军就补给困难，再者是水土不服，瘴疠肆虐。到8月份，这支侵略军简直成了疟疾大军，几千人中能正常饮食的只剩下十几个人。日军侵台七个月，动用兵员3600人，战死者十几人，病死的却达561人。

侵略台湾是近代以来日本武装侵略中国领土的开端。这是作为侵略者的日本迈出的第一步。此时的日本，还远远说不上强大，在它试探着迈出这一步的时候，没有多少自信，心里边也没谱儿。倒是清王朝的腐败与怯懦给它壮了胆，使它发现侵略不仅是"富国强兵"的捷径，而且妙不可言。既然如此，对这么一个富饶而又"慷慨"的邻国，如果不早点下手，那可真是"天理难容"了。

一百多年后的今天，当我们把这一事件作为日本侵华史的第一步去看它的时候，使人吃惊的却是这最初的脚印中所包含的信息。在那位日本人回忆录中描绘的这个镜头里，我们看到了后来他们在中国所做的非人性和反人道的一切。别忘了，就在这个时候，日本正在大力提倡"文明开化"。当然，提倡文明开化，就说明他们知道自己既不文明也未开化。可是，"文明开化"了几十年之后，尤其到了20世纪三四十年代的时候，日本人的所作所为，为什么反而更让全世界（包括未开化的"野蛮"的土著）目瞪口呆呢？

侵台事件距日本明治维新只不过才六年，还没有摆脱列强压迫和不平等条约的日本，便如此迫不及待地使它的邻居流血。这一方面显示了日本改革成效之大和发展之速，另一方面也显示了岛国日本人到底器小而易盈。

侵台之役是日本明治政府成立后第一次对外用兵，而它的第一个目标就是中国。这一事件点明了近代日本对华关系的主题：从台湾开始，打开武力征服的道路。以后半个多世纪的历史，基本上就是这个主题的展开。

但是事情还没有完。兵犯台湾既是日本侵华的第一步，也是它吞并琉球的一个步骤。

1875年日本内务大臣强令琉球与中国断绝关系，禁止琉球入贡中国、受华册封、奉中国正朔，令其改行明治年号，并派兵进驻琉球。琉球国王派出密使到北京乞援，而自顾不暇的清政府，对这个海外藩属已无力保护。1879年琉球国王尚泰及王室其他成员被押送东京，日本布告改琉球为冲绳县。琉球国至此覆亡，国土悉被日本吞并。

琉球成为日本对外扩张的第一个牺牲品。

在这里，日本人第一次在本不属于自己的土地上升起了他们的国旗。但也正是在这里，敲响了"大日本帝国"最后的丧钟。1945年4月到6月进行的冲绳之战，使这片土地成了不折不扣的屠场，十多万日本人和一万多美国人葬身于此。而日本人独创的最能体现日本精神的"肉弹"战法——特攻机、特攻舰和步兵的特攻分队，也在这里作了淋漓尽致的最后表演。日本人当初夺占它几乎不费吹灰之力，可这时候日本人拼上了老本也没能保住它。

而且，冲绳岛还直接引出了广岛和长崎的浩劫——冲绳决战的血腥与残酷，最终使美国决策者下决心甩原子弹。

不特此也，战后冲绳岛被美军据为军事基地，在几十年的时间里，它又成了折磨日本人自尊的一块心病。

琉球—冲绳的历史，写满了对侵略者的启示。只可惜，侵略者从来没有从这一角度去解读它。

想起了"倭寇"

说到日本对中国的侵略，中国人都会想起"倭寇"。

倭寇，即日本的海盗。在明代，倭寇曾给中国东南沿海地区带来持续的灾难。

倭寇对中国的侵害，可分为两个阶段。第一个阶段，从14世纪末到15世纪30年代，是日本海盗对中国沿海的侵犯。第二阶段，从16世纪20年代到60年代，则是中国腐败官员和黑暗政治招来的外侮。

14世纪末叶,浙江一带当初反抗蒙古人统治的一些武装,在明朝建立后便失去了军事进攻目标,就和日本的海上浪人勾结,在沿海劫掠。明太祖朱元璋对此的办法是下令封海,禁止中国渔民出海捕鱼,并把他们全部编入军籍。但这种办法只能伤害民生,而不能禁绝海盗。到15世纪初,明成祖朱棣改变闭关政策,准许正常的海上贸易,同时加封日本幕府足利义满为日本国王,请他加强海禁。此时的中国,对日本几乎是一无所知,把幕府当作国王,而不知道日本还有着天皇。足利拒绝了国王封号,但严厉打击骚扰中国的海盗,中国沿海渐趋平静。

16世纪中,倭患复起。自明政府在20年代将主管贸易的市舶司撤销后,海上贸易于是以走私的形式在民间进行。一些富商、乡绅以地主之便,与官员串通一气,拖欠日本商船队的货款,到最后,甚至出动军队把讨债的日本商人当海盗进剿。商人就这样变成了"倭寇"。明代《嘉靖东南平倭通录》的记载很清楚:

自嘉靖元年(1522年)罢市舶,凡番货至,辄赊与奸商。久之,奸商欺冒,不肯偿,番人泊近岛,遣人坐索,不得。番人乏食,出没海上为盗。久之,百余艘,盘踞海洋,日掠我海隅不肯去。小民好乱者,相率入海从倭。

这些入侵者,把对明政府官员和奸商的愤怒,全部倾泻到他们所遇见的无辜的中国人头上,攻城掠地,杀人越货,所到之处,残酷至极。在几十年的时间里,倭寇祸遍浙江、福建和南直隶(江苏),并波及广东、山东、安徽等地。直到1564年,抗倭名将戚继光率军在福建仙游把入侵的最后一支日本海盗消灭,倭寇之患才告平息。

中国东南沿海的城池,多为防御倭寇而设。明代倭寇之祸最为惨烈,在东南沿海所筑的城也最多。《明史·兵志》:洪武"十七年命信国公汤和巡视海上,筑山东、江南北、浙东西沿海诸城。后三年命江夏侯周德兴抽福建福、兴、漳、泉四府三丁之一，为沿海戍兵，得万五千人。移置卫所于要害处，筑城十六。"《明史·太祖记》："二十年夏四月，江夏侯筑福建濒海城，练兵防倭。……凡筑宁海、临山等五十九城。"由于倭患严重，以至在许多地方志中，都专门列有寇警之目。

在16世纪中叶，日本这么一个岛国能够严重威胁中国的东南沿海各省，这种现象是很难理解的。合乎逻辑的倒是明朝的军队应该越海去进攻日本。当时的日本不仅地狭人稀，而且内战频仍，几十年里没有形成一个统一的政权。而明王朝是一个高度中央集权的国家，还有着当时世界上最大的常备军，人数多达两百万。

但是，逻辑推理并不适用于现实。现实是明王朝腐败透顶，比我们经常谴责的晚清政府还要腐败得多。如果是明王朝碰上近代的世界列强，那么中国恐怕只会迅速灭亡并分崩离析。

再说倭寇。蹂躏东南沿海的倭寇已经不同于普通的海盗。海盗大多是乌合之众，蜂拥而来，呼啸而去，专以抢劫财物为目的。而倭寇则不然。虽然倭寇没有统一的指挥，但各股部队本身却是组织严密，讲究战术，密切协同，武器精良。因此，他们能不断地以寡敌众，击败数量上占优势的中国军队，在初期几乎是战无不胜。相比之下，中国的造反农民，却大都没有这样的战斗力。

倭寇大举入侵时，常常集结几十艘大船，人数多达数千，他们甚至还围攻有重兵防守的城池。倭寇登陆后，通常要建立根据地，还曾大批搜集蚕丝并迫使中国的妇女们缫丝，就像占领军一样在当地组织生产。

虽然是侵犯异国，倭寇也体现了日本下层社会结构和组织的严密性。不论作战或宿营，倭寇的头目都能对下级成员进行严格的纪律管制。各小股部队战术的一致性，也说明他们不是仓促招募而来的雇佣兵。实际上，他们中许多就是武士，更有商人们用船从日本国内运来的成建制的武装部队。

1555年夏季，一股仅有六七十人的倭寇，在浙江沿海登陆后深入腹地，从绍兴、杭州，西经淳安，入安徽歙县，北上南陵，迫近芜湖，犯明朝陪都南京，围绕南京兜了一个大圈子之后，趋秣陵关至宜兴，又越无锡奔苏州，最后在太湖附近被歼灭。这股倭寇，犯三省二十几个县，杀掠数千里，如入无人之境，杀死打伤中国军民达四五千人，并有御史和县拯各一名、指挥和把总各两名死在他们的刀下。这样的军事行动，在世界军事史上也可以说是个奇迹，因为在南京一地就驻有十多万中国军队。

与倭寇的组织性和战斗力并列的，是他们特有的野蛮和残酷。经过倭寇的祸害，中国东南沿海和江南广达50万平方公里的富庶地区，一片残破凋零，数十万居民死于非命。仅杭州一城，日本人所杀的中国人的血，就汇流成了河。

诚然，倭寇对中国沿海的侵犯，不是日本的政府行为，那些倭寇不是代表日本国家来中国杀人越货的。

但是，有什么样的人民就有什么样的政府。后来把侵略扩张作为国家政策的日本政府，正是从这样的民众中产生出来的。我们不难想象，当年侵犯中国沿海的日本人身上所体现出的令人生畏的战斗力和令人生畏的野蛮性，一旦被灌输了国家意志，再作为执行国策的工具被派到他国作战，会发生什么样的事情。

屠杀，屠杀，还是屠杀

旅顺大屠杀

旅顺口位于辽东半岛的南端，背山面海，形势险要，港阔水深，常年不冻，为天然良港。清政府经营十多年，耗银数千万两，使这座北洋第一要塞拥有三十余座海岸和陆路炮台，配有新式克鲁伯重炮和各式大炮140余门，还有水师营、鱼雷营和巨大的船坞等军事设施和大批弹药，号称"东洋无双之险要"。

1894年甲午战争爆发后，清军在朝鲜战场上一溃千里，10月24日，日军渡过鸭绿江，进占九连城、安东等地，以一百多人的伤亡突破了四万清军的防线，又一路攻占了凤凰城、宽甸、长甸等地。同时，两万多日军在庄河花园口从容登陆12天，而后直扑金州、大连、旅顺。日军11月6日攻陷金州，7日不战而取大连，21日向旅顺发起进攻，经过一天的战斗，旅顺口失陷。

日军侵入旅顺后，便开始了历时三昼夜的大屠杀。还在入城之前，日军第1师团长山地元治就命令士兵："如果见到敌兵，一个也别剩下！"日军一翻译官说："山地将军下达了除妇女老幼以外全部消灭的命令。"一进入旅顺，日军就从东到西沿街挨门逐户搜查，不分男女老幼见人就杀。城里的人杀光了，日军又到城郊搜杀，从旅顺口的东端上沟，杀到西部太阳沟。持续几个昼夜的屠杀，旅顺几乎没有了活着的中国人的身影。

英国人阿伦在《旅顺落难记》中记述道：

> 我走到一块高地，望见前面有个池塘，方知这地方在船坞背后。只见那池塘岸边，立满了日本兵，赶着一群逃难人逼向池塘里去，弄得逃难人，挤满了一池。只见在水里攒头搅动，忽沉忽浮，那日本人远的放洋枪打，近的拿洋枪上的刀来刺。那水里断头的、腰斩的、穿胸的、破腹的，搅作一团。池塘里的水，搅得通红一片。只见日本兵在岸上欢笑狂喊，快活的了不得，似乎把残杀当作乐的事。那池塘里活的人，还在死尸上，扒来扒去，满身的血污，嘴里还是哀求乞命不迭。内中一个女人，抱着一个孩子，浮出水面，向着日本兵凄惨地哀求。将近岸边，那日本兵就把枪刺来搠，竟当心搠了个对穿。第二下就搠这小孩子，只见洋枪刺一搠，小孩子就搠在那枪头上，只见他竖起枪来，摇了几摇，当作玩耍的东西。这孩子约只两岁，那女人伏在地上，尚未搠死，用了将断的气力，想要起来看这孩子的意思，刚要起来，翻身便倒。日本兵就照屠戮别人的法子，也把这女人斩成几段。那兵后面，又来了一群日本兵赶逃难人，来这池塘里。我再也不忍看，回头逃走，只得仍从原路回客栈。一路走来，无非是死尸垫地。经过一处，看见十来个日本兵，捉了许

多逃难人，把那辫子打了一个大结，他便慢慢地作枪靶子打。有时斩下一只手，有时割下一只耳，有时剁下一只脚，有时砍下一个头，好像惨杀一个，他便快活一分。我所见的无论男女老幼，竟没有饶过一个。

在旅顺市内被杀死的同胞近两万人，据1948年重修"万忠墓"时调查，当年抬尸队集中起来的尸骨，为18000多人，还不包括被亲属认走掩埋的。

旅顺大屠杀当时就引起了世界舆论的关注。1894年11月28日的《纽约与世界》报道说："旅顺的日军从攻陷旅顺的第二天开始，连续四天杀害了约六万名非战斗人员、妇女和儿童，在整个旅顺免遭杀害的清国人不过仅36人。"从旅顺到日本的《泰晤士报》通讯员向日本陆奥外相指出：日军把俘虏绑起来后随心所欲地加以杀害，甚至平民和妇女也遭杀害，这一事实是各国的特派记者和东洋舰队的军官以至英国海军中将都亲眼目睹的。

美国的《世界》杂志发表评论：

日本是披着文明的皮而带有野蛮筋骨的怪兽。日本今已摘下文明的假面具，暴露了野蛮的真面目。

台湾大屠杀

中日甲午战争之后，日本侵占了台湾。孤悬海外的台湾同胞，在日本人的殖民政策之下，整整被祸害了50年。

1895年5月29日，日本侵略军登上台湾岛。6月初，日军占领台北，在最初的三个月中，几乎每天都有七八个台胞被绑缚西门外刑场处死，并曝尸数日。7月12日，日军从台北向南推进，沿途烧杀淫掠。日军在三角涌一带屠杀无辜百姓达5000人之多，焚毁民房至少七八千栋，大部分村镇变成一片废墟，尸首狼藉，幸存者无家可归，无粮可食。日军在南进中，为攻下苗栗、台中、彰化，屠杀了八九百名义军和群众。10月中旬，日军进犯台南曾文溪等地，杀害2000多名台湾同胞。在武装占领台湾的过程中，日军实行烧光、杀光的焦土政策，被屠杀的台湾义军和民众不可胜数，从台北到台南，村寨市镇，尽皆被毁。美丽的宝岛，满目血污尸骸断壁焦土。

日本侵台之战是甲午战争的继续。日军在甲午战争中轻而易举的胜利，使日本人的暴发户心理更加骄狂，但台湾民众的顽强抵抗，却使日军付出了惨重的代价。他们哀叹："原来以为台湾不过巴掌大小之地，以一旅之众即可一举歼灭，而结果证明，轻信这种论断是错误的。"在甲午战争中，日本派出军队17万人和15.4万名随军夫役，伤亡1.3万人；在侵台之战中，日本投入兵力4.9万人、随军夫役2.6万名，而被击毙4600余人，负伤2.7万余人。与腐朽颠顶的清政府和那不堪一击的百万常备军及铁甲舰队比起来，使用原始武器反抗暴日的台湾同胞，不能不令人肃然起敬。

1896年1月，台湾陈秋菊等举兵围袭台北，日军屠杀民众数千人。日军在屠杀了500多名起义民众之后攻占了宜兰县城，其后在宜兰周围的大搜捕中，又杀害民众1500余人。6月17日，日军制造云林惨案，斗六街上的396户和周围55个村寨的3899户民居，全部化为灰烬。日本官方出版的《台湾警察沿革史》中，曾有"杀戮士民之数不可审"的记载，相传死者不在三万人以下。外国传教士斥责日军形同野兽。数年之后，日本人在云林进行土地调查时，云林境内仍是"地方残荒，居民离散，甚至有数庄人烟灭绝，故不问土地肥沃与否，均榛莽满目，田圃荒废，行人瞩望乱后悲惨情景，转夕不胜鼻酸"。

尾崎秀树的《我与台湾》中说："自1897年—1902年间，台湾民众战死有7500名，被日人所捕的有8700名。"另据李震明的《台湾史》，"自1897年至1901年，义兵被捕者8030名，被日本临时法院判决，处死刑者3518人，无期徒刑者612人，10年徒刑者311人，5年徒刑者262人，5年以下者13人，合计4768人。"矢内原忠雄在《日本帝国主义下之台湾》中说："从1898年到1902年，台湾"土匪"被戮数为11950人，其中判死刑2998人。"这些大都是根据日本统治者公布的大大缩小的数字所作的统计。台湾同胞被日本人随意屠杀和秘密处死的更不知有多少。

1910年，日本驻台湾总督制定《五年讨番计划》，调集万余军警，连续对高山族聚居地进行大讨伐，打死打伤高山族民众1.1万余人。

1915年，台湾人余清芳、江定等又领导了一次大规模的抗日斗争。起义失败后，日军警在附近二十多个村庄，"实施严厉的搜索与残杀，不问良莠，格杀勿论。遇妇女则奸淫而后杀之。一时尸横遍野，血流成渠。"在有的村，将所有男人不分老少全部用铁丝串成一队一队，押到村外集体屠杀；在有的村，把村民押到郊野令自挖沟壕后，日军从四面开排枪扫射；在有的地方，日军以100名台湾人为一次屠杀之单位，依次集体屠杀。"由特选精壮之日兵约三十人，手持锋锐长刀，肆情挥舞，竞相斩杀。"在这次惨案中，约有一万余名台湾民众被日军屠杀，致使噍吧哖一带人烟绝迹。

1930年10月，日军警镇压雾社起义，用飞机轰炸，山炮猛轰，每攻入一社，见人就杀，同时纵火烧村，直到施放毒气弹。经过近两个月的灭种式的屠杀，雾社地区参加起义的社，原有1230多人，只剩298人。日本人还不罢休，又强迫这些人全部迁往荒芜的疫病流行的川中岛，并派军警像对囚犯一样日夜看押。后来，日本人以参加"和解典礼"为名，将15岁以上的青壮年拉走，一部分杀害在附近的山洞中，一部分被判处死刑，这些人没有一个再回到自己的家。

济南大屠杀

1928年，日本第二次出兵山东，在济南屠杀中国军民，制造了济南惨案。

4月19日，日本田中内阁以"就地保护侨民"为借口，派遣第6师团5000人在青岛登陆。5月3日，日军开始大规模进攻，将奉命不抵抗的中国军队缴械，屠杀中国军民。日军用大炮轰击市区，攻占邮政局和电报局，洗劫商店，捕杀打散的中国官兵，滥杀和平居民。一天之中，被日军屠杀的中国军民在1000人以上。

日军还践踏国际法准则，惨杀中国外交官。3日深夜，木庭大尉率日军闯入山东交涉公署搜查掳掠，将中国战地政务委员会外交处长兼山东特派交涉员蔡公时打翻在地，和全署18人一齐捆绑，拉到院内，撕光衣服，毒打后又用刺刀乱砍乱戳。蔡公时大声呼喊："日本人杀我，日本人对我如同古时氏族部落对俘虏的办法割耳朵、挖眼睛来对我。"日本兵又同样虐杀其他被捆的外交官员，杀完之后，再回来将蔡的鼻子割下。日本人一边干一边欣赏欢笑，一个多小时后，才将蔡最后枪杀，并全部焚尸灭迹。交涉署18人仅有一人逃生。

面对日军的进攻和屠杀，蒋介石下令"不准还枪"。5月8日，日军向济南发起总攻，首先轰毁了新城兵工厂、无影山弹药库，又炮轰城内外居民密集区。济南火光冲天，死尸遍地。中国留守军队奋起抵抗两昼夜，10日夜，蒋介石下令"速即放弃济南城"。11日晨，泉城沦陷敌手。三天的战火，济南许多繁华街市变成一片瓦砾，死难的中国军民达4000多人。

日军侵占济南后，即大事捕杀，凡是遇有下列情形之一者立即杀戮：1、有皮带者；2、着灰色服装者；3、有军用品者；4、穿草鞋者；5、有青天白日旗徽者；6、发式为平头或学生式头者；7、女子剪发者；8、穿皮鞋者；9、带照相机者；10、镶金牙者；11、有中央钞票者；12、带开国纪念币者；13、有国民党之书籍者；14、有南方人名片者；15、操南方口音者；16、有自卫枪械者；17、类似学生之青年；18、受检查时开门稍迟者。中国人因此无辜被杀者不计其数。西关东流水一家人18口藏于空船下被日军发现，逐个用刺刀刺死，血从院里的排水沟中流出，一直流到河里。日军闯进顺祥缎店刺死12名店伙计。北门外一妇女在草棚中给两个婴儿喂奶，日军将两婴儿刺死，割下该妇人的两个乳房，用刺刀捅入下身将其杀害。日军还在民宅里甚至大街上轮奸妇女，一日商面粉厂施赈，日军令少妇先行入内，强行轮奸后始放出，许多妇女含辱自尽。在江家池市民医院和西门外前方医院，300余伤员和医生、护士全部被日军杀害。他们将战俘倒挂树上，用皮鞭抽打，用烧红的钢针刺手心和脚心，再把身上的肉一刀一刀地割下，据济南红十字会查看，有的死者身上的刀痕达百余处。

在济南惨案中，中国军民死亡6123人，伤1700多人，财产损失约2957万元。

大陆之梦

1868年，是日本的明治元年，天皇在《宸翰》中宣布，要"继承列祖列宗之伟业"，"开拓万里波涛，布国威于四方"。显然，从明治维新一开始，"开疆拓土"就成了日本的国策。

日本人一直有一个根深蒂固的看法，即日本要成为世界强国就必须向外扩张；而要扩张就必须首先占领朝鲜半岛，踏上大陆，进而控制满蒙，征服整个中国。16世纪曾两次率军侵略朝鲜的丰臣秀吉就公开宣称，要灭亡中国，迁都大陆，天皇进驻北京。

从跨进近代世界的门槛起，日本人更是年复一年地做着这个大陆之梦。

1894年，日本为争夺朝鲜的宗主权，挑起了中日甲午战争。日本终于取代中国成了朝鲜的宗主国。其后，1897年，日本命朝鲜改称大韩帝国。1910年，日本与之签订"合并条约"，朝鲜遂亡。朝鲜做中国的藩属一千余年，两国关系融洽，中国多次援助朝鲜，而对之没有任何领土野心；这一次又为了朝鲜卷入甲午战争，自己落得割地赔款，蒙受巨大损失。但是，朝鲜当日本的殖民地只不过十六年，就被彻底吞并。这，就是历史。

甲午战争是日本对外侵略历史上取得的第一次巨大胜利。《马关条约》规定：一、中国承认朝鲜"完全无缺之独立自主"；二、中国割让辽东半岛、台湾、澎湖给日本；三、中国赔偿日本军费银币20000万两。日本不仅一举得到了朝鲜，而且打败了庞大的中国。大陆之梦开始变成现实了。

《马关条约》是继1842年中英《南京条约》之后对中国主权和民族利益损害最为严重的不平等条约，是外国侵略者强加给中国的最刻毒的不平等条约，它淋漓尽致地表现了日本对中国的贪婪和凶残。

甲午之役的赔款加上三国干涉还辽的"赎金"，日本一下子从中国直接勒索到手23000万两白银，这是一笔天文数字的款额：它相当于清政府三年的岁入，相当于日本国家财政四年半的收入总和。日本前外务相井上馨说："在这笔赔款以前，日本财政部门根本料想不到会有好几亿的日元，全部的收入一年只有8000万日元。所以，一想到现在有35000万日元滚滚而来，无论政府或私人都顿觉无比地富裕。"甲午赔款也是中日两国的一个分水岭：正是靠这笔巨额的意外之财，日本确立了它的金本位制（1897年），奠定了经济迅速起飞和进一步扩充军备的基础；而中国从此更深地陷入了积贫积弱、任人宰割的恶性循环。甲午战争后，日本将90%以上的中国赔款用于发展军需工业，大办工厂和银行，发展起以大机器工业为主导的产业资本体系。1896年，伊藤内阁制定十年扩军计划，扩军经费的40%直接来源于中国的战争赔款。

历史的法则常常蔑视和嘲笑人类的道德准则。生物界的法则是弱肉强食，因之是一个强者更强、弱者更弱的世界。作为生物界一部分的人类社会，情形亦然。但看近代以来，那些世界史上的强国，没有一个是靠自己勒紧裤带勒出来的。从荷兰、西班牙，到英国、法国，再到德国、俄国，最后到美国，无一不是在侵略和扩张中靠掠夺、压榨、凌辱、奴役弱小国家和民族而发达起来的。后起之秀日本的发家史，同样充满了这种不光彩和不名誉。我们这个所谓的文明世界，从来就是这样的不公平。

经过甲午战争和镇压义和团，中国已经在日本的竞争对手的名单上消失了。此时，日本面临的问题是如何独霸中国。欲壑难填，大陆之梦又驱使日本向俄国开战。

1904年爆发的日俄战争，以中国领土为主要战场，进行了19个月，使东北三省人民遭受了巨大的灾难，中国的主权受到了严重破坏。交战双方倾全力厮杀，动员的兵力都在百万以上。无数中国村庄被炮火夷为平地，成千上万的东北人民死于非命，粮食、牲畜和各种财产被洗劫一空，大片田园、庄稼被践踏。有一种统计，日俄双方各伤亡约10万人，而处在战区的中国人民的死伤人数则高达50万人。

9月5日，日俄签订《朴茨茅斯条约》，双方划分：中国东北的北部由沙俄继续占领，南部则为日本的势力范围。接着，日本又强迫中国签订了一个条约，其正约规定清政府将俄国按照《朴茨茅斯条约》转让日本的一切"概行允诺"，附约又使日本在东三省南部获取了一系列新利权。中国这个"中立国"，在日俄战争中就蒙受了巨大损失，战后又被日本狠狠宰割，结局比战败国还要悲惨。因为，俄国虽然战败了，不过是把它在中国攫取的利权的一部分转让给日本而已。

1914年，第一次世界大战爆发，列强无暇东顾，这对日本独霸中国可谓"天赐良机"。日本以向德国宣战为名，迅速出兵侵占山东。然后，向中国提出了著名的二十一条。

二十一条标志着日本对中国的侵略进入了一个新的阶段。它表明，日本的对华野心从"彻底解决满蒙问题"升级为"根本解决中国问题"，即谋求在华霸权。如果这二十一条的条件全部实现，中国就成了日本的殖民地。尽管由于中国人民的坚决反对，日本的二十一条要求未能全部得逞，但是作为对华政策的根本目标至此已经确定，此后再也没有改变。

自鸦片战争外国势力侵入中国以来七十多年间，欧美列强得寸进尺地向中国提出过各种各样的要求，但像二十一条这样旨在灭亡中国的条件，那些老牌的帝国主义国家也不曾提出过。日本这个搭上末班车刚刚跻身列强行列的新暴发户，确实是青出于蓝而胜于蓝。

1927年7月7日，日本田中首相在东方会议上提出《对华政策纲领》，确立满蒙与中国本土分离的政策。这是日本人大陆之梦的又一个杰作。

在日本侵华史上，1927年4月20日就任首相兼外相的田中义一先生，是一个里程碑式的人物。他一贯主张"经营大陆"，是著名的大陆扩张主义者。甲午战争旅顺屠城中他是日本陆军中尉。1913年，他又到中国东北，著有《滞满所感》一书，说日本为了南满曾花费20亿元国币，有23万人付出鲜血，其国之所以在二十年间赌国运打两次战争，"就是因为我们认为大陆扩展乃日本民族生存的首要条件"，"利用中国资源是日本富强的唯一方法"，"日本政府必须确定经营满蒙的大方针"。他表示决心要为把满蒙变成"世界上最昌盛的殖民地而斗争"。1916年，担任参谋次长的田中主持制定了"满蒙独立计划"，并插手第二次"满蒙独立运动"。而这次他在东方会议上提出的《对华政策纲领》，不仅明确了日本将实行把满蒙与中国本土相分离的政策，而且公开声明日本将对中国的内部事务进行武力干涉。

东方会议在日本侵华七十年历史上是一次决定国策的重要会议，它标志着日本决定攫取整个中国东北，加快实现大陆政策，它还预示着日本一系列重大的武力侵华行动即将展开。

关东军司令官武藤信义作为东方会议的参加者，与田中有过这样一段对话：

武藤：……如此重大的方针，一旦付诸实施，必须估计到将会引起世界战争。至少，美国不会沉默，英国和其他列强会跟在美国后面大吵大闹。在引起世界战争的情况下，怎么办？阁下有这样的决心和准备吗？

田中：我有这样的决心！

武藤：以后不致发生动摇吧？

田中：没问题，我已经下了决心。

武藤：政府既然有足够的决心和准备，我没有什么可说的。什么时候一声令下，我推行政策就是。

田中先生还以据说是这年7月25日向天皇呈奏的题为《帝国对满蒙之积极根本政策》的文件，即《田中奏折》而闻名。尽管人们对这一奏折的真伪尚有争议，但是，日本侵华和对外扩张的历史轨迹，是任何人也无法否认和无法改变的。

请注意这个时间。还在1927年，日本人就想到了要"引起世界战争"，并明确意识到要和美国、英国开战。而他们为了实现那个大陆之梦，即使同美英开战，即使发动世界大战，也在所不惜。

这是一个富有版图想象力的永不知足的民族。

这是一个能够毫无顾忌地扩张自身利益的国家。

又过了十几年之后，到20世纪40年代初，从朝鲜半岛、中国大陆、东南亚到整个西太平洋，到处都可以见到在硝烟中飘扬的太阳旗。日本的太阳像红巨星一样，膨胀到了令人难以想象的程度。明治维新以来几代日本人的梦想终于实现了。日本人看来就要追求到了他们想要追求的一切。

那无疑是一个辉煌的时刻。

梦想变成了辉煌的现实；现实转眼间又化作了辉煌的梦。

可是，谁能想到，这个辉煌的噩梦，竟然把几代日本人勤勉奋斗甚至是拼命苦斗所得到所付出的一切，统统"开拓"进了太平洋那无边的"万里波涛"之中。

一点联想：威廉·夏伊勒笔下的第三帝国

尽管日本与德国有许多不同之处，但从下面摘自《第三帝国的兴亡——纳粹德国史》的片段中，读者也许会觉得它写的就是日本——

同西方有教养的贵族相反，普鲁士容克变成了一种粗野、专横、傲慢的人，没有教养，没有文化，侵略成性，目空一切，残酷无情，心胸狭窄，斤斤计较，喜欢占小便宜，……这是一个人民天赋优异、精力充沛的国家。就是在这个国家里，先是俾斯麦这个杰出人物，以后是德皇威廉二世，最后是希特勒，在军官阶层和许多古怪的知识分子的帮助下，培养出了一种对权力和统治的野心，对横行无忌的军国主义的热情，对民主和个人自由的轻视，对权威和极权主义的欲望。在这种情绪的蛊惑之下，这个民族突然兴起，达到登峰造极的高度，然后又跌落下来……

第三帝国（的建立），既不靠军事的胜负，也不靠外国的影响。它成立于和平时期，是由德国人民自己用和平的手段建立的，既产自他们的软弱，也产自他们的力量。把纳粹党的暴政加在自己身上的，是德国人自己。

1934年夏末，我到第三帝国来生活和工作。新德国有许多事情使外国观察家获得深刻印象，使他们感到迷惑不解，甚至感到不安。绝大多数德国人似乎并不在乎他们的个人自由遭到剥夺，并不在乎他们的大量文化被摧残，被没有思想的野蛮状态所代替，也不在乎他们的生活和工作已经被管制到了即使是一个世世代代以来习惯于严格管制的民族也从未经历过的程度。……初期的纳粹恐怖只影响到比较少的德国人的生命，这个国家的人民似乎并不感到他们在受着一个放肆而残忍的独裁政权的威吓和压制。相反，他们还怀着真正的热情支持这个政权。这个政权不知怎么使他们具有了一种新的希望和新的信心，使他们对国家前途具有一种惊人的信念。

战后，在德国开始审判以前，人们普遍认为，大规模屠杀只是为数很少的一些狂热的党卫队头子的罪行。但是，法庭记录毫无疑问地证明了许多德国企业家是同谋犯，其中不仅包括克虏伯和法本化学托拉斯的董事，而且还包括许多较小的企业家。这些人从外表上看一定是最平凡和正派的人，就像任何地方的规矩的企业家一样，是社会的栋梁。……像法本公司这样一个具有国际声誉的企业，其中的董事全都被推崇为德国第一流的企业家，他们都是敬畏上帝的基督徒，居然会有意识地把奥斯威辛死亡营选作它进行谋利活动的合适场所，这对于我们了解希特勒统治下的德国人，甚至是最体面的德国人，是不无意义的。

……这个"千年帝国"已经寿终正寝了。除了一伙德国人之外，这段时期对于所有的人都是黑暗时代，而现在这个黑暗时代也在凄凉的暮色中结束了。这个"千年帝国"，正如我们所见到的，曾将这个伟大的民族，这个富有才智又极容易被引上歧途的人民，带到他们从来没有经历过的权力和征服的高峰，现在它却土崩瓦解了，其突然和彻底，在历史上是极其罕见的。……千百万居民，一直到乡村的农民，全被占领军统治，他们不但要依靠占领军维持法律和秩序，而且到严冬都要依靠占领军所供给的粮食和燃料过活。这就是希特勒的愚蠢给他们带来的结果，也是他们自己那样盲目、那样死心塌地地追随他的结果，虽然在1945年秋天我回到德国的时候，发现人们对希特勒并不怎么痛恨。

人民还活着，土地也还在。但人民却茫茫然，流着血，挨着饿。当冬天到来的时候，他们在轰炸的劫后残垣中，穿着破烂的衣服不停地打着哆嗦；土地也一片荒芜，到处瓦砾成堆。曾经企图毁灭其他许多民族的希特勒，在战争最后失败的时候也想要毁灭德国人民，但与他的愿望相反，德国人民并没有被毁灭。

只有第三帝国成了历史陈迹。

这些描写，确实与战争中和战争结束时的日本几乎一模一样。不一样的是，在日本，可有人进行过这样的观照和思考么？

历史的教训

日本人曾经两次大规模地向外国学习。他们两次发现自己被淹没在先进文化和技术的海洋中。他们每次都不得不奋发图强，赶上老师。而日本人每一次向外国学习，都是从学习转向对抗。可以说日本人在这方面很有些像老虎与猫那个故事中的老虎，只要觉得自己把老师的本领学到了手，就急不可耐地要把老师吃掉。日本向中国学习的时间持续得比较久，最后以甲午战争中战胜中国而告终。日本向西方学习的第一个阶段，以第二次世界大战日本战败投降而告终。战后，日本开始了新一轮的学习西方。到20世纪末，日本与西方尤其是美国在经济领域的战争已经进入高潮，以至西方有人在谈论日本的"第二次袭击"。

黑格尔说："经验和历史告诉我们——人们和政府决不会从历史中学到任何事情，或者遵从其间演绎出来的任何原则。"

肖伯纳说："历史的教训就在于不从历史中吸取任何教训。"

尽管如此，历史还是给了我们很多教训。现在日本之得到大量石油、煤炭等资源供应，不是由于武力，而是来自和平的国际环境；中国在经济和技术上受助于日本，不是由于战争赔偿，而是源于关系正常化。

1990年，90岁的张学良先生在台湾接受日本NHK电视台记者的采访。老先生缓缓而谈：

> 我劝日本人不要和过去一样用武力侵略别人，当然现在也不会了，也不要以经济侵略别人。要帮助别人，帮助别人就是帮助自己。对弱者帮助，弱者强大后也会帮助你。我想对日本青年说，要想想日本过去的错处，不要想过去的威风，要沉思回想。
>
> 日本青年不要还是沉醉在过去日本那种……之中。我要说明，不是我们中国人不愿意跟日本合作，是日本的军人实在误国。不要用武力，用武力解决不了任何问题，这点历史已经教训了我们。
>
> 日本军人疯狂到那样，不但对中国人，对他们本国的元老重臣都敢杀。你不照我的办就把你打死。我在想，日本这个国家像现在这样存在，这是日本的幸运。这个国家军人这样疯狂，没有亡国，真是上帝的恩典。
>
> 这次大战后，哪个问题解决了？哪个问题也没解决。不但是战败的人，战胜的人又能怎样呢？何必还要重蹈那个覆辙呢？

中国文化的内核是和平。中日两千年文化交流史的主流是和平。人类社会的发展大势还是和平。

想当年，鉴真和尚东渡日本，他没有携带任何武器，却对日本文化和历史产生了巨大影响，而今日本人还尊崇他纪念他。

半个多世纪前，日本派百万大军"进入"中国，进行军事、政治、经济、文化一体的"总力战"，推广"八纮一宇"的所谓皇道文化。结果不仅一败涂地，那所谓的"文化"不也早已完全灰飞烟灭了么？

这些，都应该说是历史的教训。

1931
—
1936

本备忘录为1931—1945年间日本侵华大事记和主要暴行录。

暴行，即国际法确认的战争罪行，主要有破坏和平罪，即策划、准备、发动或进行侵略战争的罪行；破坏战争法规罪，即违反战争法规和惯例的罪行，如不宣而战，使用化学或生物武器等；违反人道罪，即在战争发生前或战争期间对平民进行杀害、灭种、奴役和放逐，或以政治、种族和宗教为理由对平民进行迫害，以及杀害和虐待战俘的罪行，等等。

在这场规模空前的侵华战争中，日本对中国进行了军事、政治、经济、文化的全面侵略，在中国犯下了数不清的种种暴行。举其要者有十：

一、种族灭绝的大屠杀；

二、对城乡的狂轰滥炸；

三、"三光政策"和制造无人区；

四、强奸妇女和强征"慰安妇"；

五、残害劳工和虐杀战俘；

六、进行细菌战和使用化学武器；

七、经济掠夺；

八、鸦片毒化政策；

九、破坏抢劫文物和进行奴化教育；

十、扶植傀儡政权。

本备忘录暂以时间为序，对日本侵华暴行做挂一漏万之梳理记述。

日本侵华暴行罄竹难书，拙著之梳理原则，既注重事件，亦突出细节，尽量于有限之篇幅，兼顾史料价值与历史现场感，使之为历史备忘、民族备忘、灾难备忘、人性备忘。

1931—1936年概要

1931年9月18日，日本关东军制造"九·一八"事变。由于中国方面的涣散与麻木，一周内日军就占领了辽宁和吉林两省。到1932年2月5日哈尔滨陷落，仅仅四个多月，相当于日本国土三倍的中国东北就被日军全部侵占。

1932年1月28日，日军发动侵略上海战役。在上海战事激烈之时，日本炮制的伪满洲国于3月初宣告成立。

中国政府指望"国际公理"制止日本的侵略。国联调查团到中国转了一圈，发表了一份没有认定日本是侵略者的报告书。随着日本退出国联，这一切皆不了了之。

日本占领东北、制造伪满洲国后，全力消灭东北抗日武装，镇压中国人民的反抗。1932年4月，东北三省抗日义勇军在30万人以上，经过日军的反复讨伐，到1933年春，绝大部分先后失败，无数义勇军被屠杀。日军还制造了平顶山、海兰江、土龙山、老黑沟等许多屠杀平民的惨案。

1933年1月1日，日军进攻山海关。2月，进攻热河。在基本侵占了热河全境之后，3月初，日军向长城各口进犯。中国军队进行长城抗战。日军又侵占冀东地区。5月31日，《塘沽协定》签订。协定使日军的占领线前推到了长城一线，伪满洲国包括了热河在内的东北四省；而冀东至北平的20余县成为"停战区"，日本打开了侵略华北的通路。协定标志着从"九·一八"开始的日本对中国的军事进攻告一段落。

此后，日本一方面加紧对东北的经济统制与掠夺，进行军事讨伐和镇压，推行集家并村的集团部落，强化殖民统治，同时从日本向东北大规模武装移民；另一方面图谋华北，扶持关内和内蒙古的傀儡政权，进行军事和经济的蚕食和渗透，大搞武装走私。1935年6月27日的《秦土协定》和7月6日的《何梅协定》，使日本的侵略势力扩展至河北全省和察哈尔。

1936年11月，关东军策动伪军和伪蒙军侵绥，中国军队进行绥远抗战。

1936年12月12日，"西安事变"发生。日本方面希望中国由此爆发大规模内战，但西安事变终于和平解决。中国的抗日民族统一战线开始形成。

—— 1931年 ——

● 6月19日，日本参谋本部制定《解决满洲问题方策大纲》，确定以一年为期对东北采取军事行动。

● 7月2日，日警护卫朝鲜移民开挖水渠，向中国农民开枪，制造"万宝山事件"。随后，日本借机在朝鲜掀起排华暴乱，致使中国侨民伤亡200多人。

"九·一八"事变

1931年9月18日晚10时20分左右，日本关东军驻南满铁路守备队柳条湖分遣队，按预定计划炸毁了南满铁路沈阳北郊柳条湖的一段铁轨，制造了"柳条湖事件"。日方反诬中国军队破坏铁路，袭击日本军队。当晚10时25分，日军开始炮击并进攻中国东北军驻地北大营。中国军队奉命"不准抵抗"，不战而退。至19日5时，日军完全占领北大营，东北军伤亡290多人。

在攻占北大营的同时，日军兵分三路进攻沈阳城。至19日6时30分，一夜之间全城即为日军占领。同一天，日军还占领了辽阳、营口、盖平、开原、海城、鞍山、铁岭、四平街、公主岭、安东、长春、凤凰城、本溪、抚顺等20余座城市，掠地千余里。9月21日，日本驻朝鲜军一个旅团渡过鸭绿江进攻吉林、辽宁。一周内，辽、吉两省几乎全为日军所占。

"九·一八"事变期间，日军在沈阳等地大行烧杀淫掠。9月18日当夜，200余日军闯入东北大学，杀伤学生，到宿舍强奸女生，并将反抗者刺死，在全校杀死20余人。日军在长春炮轰脱围的中国军民，"城内外尸横遍地"。10月4日，日军活埋长春伤兵200余人。

11月19日，日军侵占黑龙江省城齐齐哈尔。1932年1月3日，日军侵占锦州。2月5日，侵占哈尔滨。至此中国东北全部沦陷，3000万东北人民从此开始了长达14年的殖民地生活。

据日本《每日新闻》报道，从"九·一八"事变到1932年底，共有23662名中国军民被日军屠杀。事变中中国官方损失达178亿元，公私总损失不下200亿元。

* 10月8日，日机12架轰炸锦州，投掷20公斤重的炸弹80枚，炸死19人，炸伤32人。同日，日机轰炸哈尔滨，炸死炸伤数人。
* 11月9日，日军炮轰天津市区及河北一带，炸死炸伤200余人。
* 11月22日，日军进攻锦州。25日，国民政府向国联提出划锦州为"中立区"的建议，提议由英、法等国的军队进驻该地。
* 11月24日，日军在齐齐哈尔捕杀马占山部所遗伤兵和抗日人士数百人。
* 12月29日，日军攻陷盘山，继而向沟帮子进攻，中国军民伤亡1300余人。

日本对东北的经济统制与掠夺

日本在中国东北攫取财富和资源的总机构，长期以来是南满铁路公司（满铁）。"九·一八"事变后，日本侵略者对东北实行了全面占领，在经济上即开始对东北进行全面的控制与掠夺。首先，满铁攫取东北的路权，垄断了东北的铁路交通运输；其次，设立伪中央银行垄断金融；接着，又通过一系列手段夺取海关，强占工矿。与此同时，日本侵略者加紧制定一系列经济统制政策，进一步加剧东北经济的殖民地化。

为把东北变成日本侵略战争的资源基地，1931年12月，关东军制定的《开发满蒙方策案》就提出，以确保平时和战时的军需资源为基本出发点，最大限度地利用当地资源，为日本经济作贡献。关东军特务部和满铁经济调查会经过长时间调查和策划，于1933年1月制定了《满洲国经济建设纲要》，3月1日颁布实施，规定涉及国防或公共公益的重要产业，由国营或特殊公司经营。1934年3月，日本政府制定《日满经济统制方策纲要》，把经济统制进一步扩大化和完整化。6月，日本又指令伪满发表对一般产业的说明，规定银行、邮政、电报、电话、采金、矿业、钢铁、冶炼、电业、火药制造等22种产业必须由国营或特殊公司经营；普通银行、保险事业、地方铁路、海运、渔业、汽车、烟草等22种产业须经许可才能经营。

颁布经济统制政策后，即通过建立特殊会社统制东北经济。1936年底，共有特殊会社19个，准特殊会社9个，其数量仅占伪满全部会社的2.3%，但资本总额却占72%。

1937年，伪满又公布《重要产业统制法》，将统制的范围扩大到历来自由经营的纺织等轻工业和农产品加工业。1942年10月，日伪将经济统制扩大到整个生产领域。到侵华末期，不仅生产领域，在交换、分配、流通领域也实行了统制。

1940年，日伪成立兴农合作社，加强对东北农业的掠夺。为了将东北变成"大东亚粮仓兵站基地"，日伪推行"粮食出荷"（强迫农民售粮）和"粮食配给"制度。

粮食收购量，从1940年的500万吨，增加到1943年的1000万吨。每到收获季节，各级伪政权、兴农社、出荷督励班、搜荷班、情报班以及军警宪等全部出动，下乡抢粮。见草垛粮囤就戳，甚至连炕洞、顶棚、畜棚也不放过，发现粮食立即没收。对不按期交粮或不肯交粮的农民，则毒打或逮捕。林甸县太平屯农民孙老头在草垛底下藏的2斗粮被搜出后，伪副省长指挥警察把他殴打一顿又关押起来，并烧了他家的房子和草垛。1934年，吉林大豆、稻、小麦出荷占总产量的50%，高粱、玉米出荷占总产的59%；而付给农民的购粮钱，仅仅相当于市价的8.5%，同时还要从中强制储蓄2%。不仅粮食，连谷草、高粱秸也在"搜荷"之列。强制出荷，使农民的口粮甚至种子都被搜刮殆尽，许多农民被活活饿死，甚至全家自杀。

日伪对人民生活用品实行配给制度，数量少，质量差，连人们生存的最低需求也不能保证。如一般民众每月只配给9公斤粮食，而农村每月每人只能得到6.5公斤。1942年1月至5月，仅黑龙江双城、依兰、绥化、鹤岗等地，因断粮的自杀者就有340人。

日伪的经济统制和掠夺，使中国东北民族工商业凋敝，民不聊生，人口大量死亡。伪满滨江省的农村人口死亡率1933年为3%，1943年增长到6%。1932年伪满人口为3500万，若按正常的人口自然增长率2%计算，到1945年应能增加900万人左右；而实际上1945年还是停止在1932年的水平上。也就是说，在日本侵略者的统治下，即使假设人口出生率降低了50%，那么中国东北地区的非正常死亡（屠杀、苦役、饥饿、疫病等）的人口也至少在450万人以上。

—————— **1932 年** ——————

"一·二八"事变

1月28日夜11时30分，日军向上海闸北中国驻军发动突然进攻。日军第一舰队司令盐泽幸一称：4小时内即可占领整个上海。

蒋光鼐和蔡延锴将军指挥十九路军奋起抗击，在上海人民的支援下，打得日军三易主帅，付出了惨重代价。

29日，日机轰炸闸北，北站车站、管理局大楼和货栈全部被毁，仅货栈损失即在100万元以上。上午10时，中国最大的出版机构商务印书馆遭轰炸，厂房和所有印刷机全毁。2月1日，东方图书馆大火，30年间搜罗的中外图书杂志，包括大量孤本、珍本、善本图书，全部化为灰烬。商务印书馆和东方图书馆的被毁，是中国近代文化事业无可弥补的巨大损失。

日军发动的侵略上海之战，使全市工业、商业和金融遭到严重破坏。日军占领区内的居民财产损失达7/10，房屋损失达8/10。事变中，全市居民死亡6084人，受伤2000余人，另有10400人失踪。上海这座远东最繁华的大都市，经历了历史上从未有过的浩劫。

- 1月29日，日机轰炸辽宁锦西医巫闾山，炸死千余人。
- 1月，日军在辽宁黑山四台子屠杀民众300余人。
- 2月10日，日军在上海汇山码头屠杀华工100余人，并将这些华工的首级运往日本表示侵沪"胜利"。

一名日本军曹在上海

杉下兼藏口供（1954年8月13日）：

1932年2月我任日军混成第9师团卫生队第一中队第一小队第一分队长军曹时，于同年2月侵入上海。在复旦大学我看到日本天皇御用菊纹被踏在地下，当时我觉得这样"侮辱"我们，我决心在上海无论老幼都要杀掉，因此定了在上海要杀害100名中国人的计划。

1932年2月5日，我与山本曹长到上海复旦大学宿舍后边一老百姓家中，企图掠夺东西，发现两个小孩藏于床下，我亲自将一约7岁男孩摔死，将尸体投入河中。同日，在上海江湾镇与十九路军混战中，我亲自用刀刺死十九路军战士5名，并令部下刺死15名。

2月6日，在上海江湾镇阵地与十九路军交战时，我亲自用军刀刺死十九路军战士3名，命令部下刺死8名。

2月7日，在复旦大学内，将约300册书籍烧毁。

2月8日，在上海江湾与十九路军交战时，亲自用军刀刺死5名，命令部下刺死了10名。

2月19日，于江湾镇陆家桥吴淞路东侧，正在看日军36联队在该村放火时，由此村跑出5个小孩，我用手打了其中4名，后将一约6岁的男孩摔死投入火中。

2月21日，在上海江湾镇北16公里之白杨村南，我命令部下森田上等兵用枪打死失去联络的十九路军中士1名。

2月22日，在上海白杨村南侧运输伤兵时，发现有十九路军伤员3名，我用脚将他们踢下河淹死。

2月24日，我率领我分队士兵28名到江湾北方支援日军作战，我命令部下射杀十九路军战士15名。

2月25日，于同一地点命令部下射杀战士十几名。

2月26日，带领部下20名向江湾北之阵地与十九路军作战，捕获俘虏3人，亲自刺杀1名，其余2人由部下杀死，并掠获轻机枪6挺。

3月1日，于大场镇南约1公里小庙中收集伤兵时，发现十九路军女兵2人，我用军刀将其杀死。在崔家桥战斗中杀死十九路军战士1名。

3月2日，于大场镇、真茹镇间公路旁的竹林子内，我担任斥候长，亲自用军刀刺死十九路军伤兵3名，命令部下刺死15人。向前走发现伤兵12名，亲自刺死2人，命令部下刺死10名。再向前我又刺死3名，命令部下刺死15名。在此日共杀死50余名，其中我亲自杀死8名。

3月4日，为了做饭我带领部下20余人，将南翔镇一家院内房屋门窗家具衣箱全部破坏烧掉，又将一商号的酱油等3000余斤全部撒在地上，并命令士兵随便掠夺，我掠白洋10元。

3月9日，在真茹铁路北侧修筑工事时，发现十九路军伤兵3名，我用刀刺死。同时在真茹北车站公路上运送伤兵时，发现负重伤的十九路军2名，我命令部下将其投入黄浦江中。

3月13日，我参加修筑工事时，在真茹国际广播电台南两公里通往铁路的散兵壕内，发现有5名负伤的十九路军士兵，我亲自刺死于沟壕中。

3月15日，任第9师团第7联队第一大队卫生队步兵曹长，在真茹铁路南侧修筑工事中，刺死十九路军伤兵5名。同时在真茹镇西街游玩中，在一家民房内掠取了4幅千年前的古画，带回日本共卖200元。

3月16日，在真茹镇北方10公里修筑工事时，发现十九路军5名伤兵藏于民家，我命令松田上等兵用手榴弹集体炸死。

3月19日至4月15日，又在真茹国际广播电台附近杀死十九路军伤兵十几名。

4月20日，在大场南约1公里的阵地内，日军混成第9师团为了拍照上海会战的战况，将60名俘虏和老百姓伪设成战斗情况，并有飞机助战轰炸。当时我代理小队长指挥作战，共打死10名。其余50名由其他小队杀害，具体情况不详。只知拍照印8万册以上，送回日本进行宣传。

4月20日至5月10日，先后三次在上海吴淞路用手枪威胁强奸妓女3名。

4月23日，在上海杨树浦路，因一等兵山崎强奸中国妇女，引起老百姓民愤而将其围住，我路经此处，亲自解围，殴打老百姓3名。

- 3月9日，伪满洲国举行成立典礼，溥仪就任"执政"。
- 3月10日，溥仪与关东军司令官本庄繁签订密约，伪满的国防和铁路、港湾等"委托"日本管理。
- 3月12日，日本政府通过《满蒙问题处理纲要》，日本负责满蒙的"治安维持"，并增派陆海军。
- 5月28日，上海公安局公布闸北五区战争损失：区内原有人口10.1万人，现仅800余人；房屋原有7627所，被焚6435所。
- 8月7日，日军在吉林海龙县四合堡村小西沟，乘地主张某娶小老婆的婚礼，屠杀村民128人。
- 9月7日，日军血洗延吉花莲里抗日游击队基地，屠杀游击队员和民众53人。从1931年10月到1933年1月，日军94次讨伐花莲里一带，屠杀抗日军民1700多人。
- 9月11日，外交部照会英、法、美政府，声明日本劫夺我国盐税，自4月1日至8月底，计109.8万余元。

平顶山大屠杀

平顶山位于辽宁抚顺市郊西露天煤矿东部，有居民400多户，3000多口人。"九·一八"事变后，东北民众纷纷拿起武器，组成抗日武装。1932年9月

15日，一支辽东民众抗日自卫军路过平顶山，烧毁了日军的配给店，袭击采炭所，打死了数名日本人。

9月16日，日本宪兵队分遣队长小川一郎和守备队中队长川上精一率领近200名日本兵进袭平顶山。日军包围平顶山后，以照相为名，用刺刀将3000多居民全部逼赶到平顶山南的一块沟形草坪地。它的北面是铁丝网，西侧是几丈高的陡崖，东南架着六挺机枪。午后1点多，六挺机枪突然同时开始向人群扫射，弹雨之下，血肉横飞，人们一排排一片片地倒了下去。大屠杀持续一个多小时，屠场上渐渐安静下来。杀人者似乎累了，血海中尸体层层叠叠，遇难者也没有了挣扎和呻吟。日军以为平顶山人已经全部死光，蜂拥爬上汽车。当最后一辆车刚刚开动时，杀人者忽然发现死人堆里边居然还有人在向外跑向外爬。日军立刻全数返回屠场，开始第二轮屠杀。这回是挨个进行，不管是死是活，一律戳上几刺刀。

第二天，日军雇了一些朝鲜人到平顶山，用大钩子将尸体包括受重伤未死的中国人全部拖到山崖底下，堆垒起来，浇上汽油焚烧。然后用炸药将山崖炸塌，掩埋残骨。日军又布告全县，不准收留平顶山的幸存者，违者即是"通匪"，处死全家。

平顶山惨案中，3000余名无辜百姓被屠杀，其中2/3是妇女儿童，400多户几乎全被杀绝，800多间民房被烧毁，整个平顶山只有二三十人死里逃生。

- 10月14日，第一批日本武装移民到达佳木斯。
- 11月12日，日军在辽宁盘山县河南老铁路桥西侧诱杀抗日武装和民众400多人。
- 12月11日，中国驻英使馆在伦敦发表宣言指出，据正式统计，"九·一八"以来，日军屠杀我国同胞58248人，上海"一·二八"损失尚未包括在内。
- 12月22日，关东军在吉林烟筒山利用诱降屠杀抗日武装三江好部350余人。

———— 1933 年 ————

- 1月1日，日军制造榆关事件，炮击并进攻临榆县城。3日，榆关失守。中国民众死伤1000余人，城内500余户商号毁于战火。
- 1月6日，日军进攻石河，轰炸秦皇岛。
- 1月11日，伪满洲国施行《鸦片专卖法》，设鸦片专卖署及分署32处，以实现关东军"以战养战"的计划。
- 1月，日军在黑龙江东宁三岔口镇屠杀民众200余人。

北票万人坑

1933年2月，日本侵略者霸占了北票煤矿。1936年，北票并入伪满炭矿株式会社，下设冠山、三宝、台吉三个采炭所，矿工人数增加到万人以上。

1939年，日军由关内山东、河北等地将大批抓捕的青壮年、爱国人士和八路军被俘人员押送到北票，称为"特殊工人"。"特殊工人"干活不给工钱，没有任何人身自由，比一般矿工更悲惨。1941年太平洋战争爆发后，北票又设立了日本宪兵队，随意抓捕残害工人，施以电刑、压杠子、灌凉水、灌辣椒水、装麻袋扔水坑淹死和喂狼狗等，对"特殊工人"则更残忍。他们给工人吃的是发霉的高粱米粥、烂土豆、橡子面、豆饼，里面掺杂着老鼠粪、砂石。

工人的生产条件比生活条件更坏，经常发生冒顶、瓦斯爆炸。1942年，台吉一坑的六片采面瓦斯很大，日本人佐佐木强逼工人采煤，结果发生瓦斯爆炸，30多名工人无一生还。工人生病不给医治，四肢骨折立即截肢，得了传染病就扔进山谷喂野狗。1943年从山东武定府抓来500多名劳工，不到一年的时间，只剩下了十几个人，死亡率达97%。

从1938年"大采炭"算起，日本每从北票掠夺1000吨煤，就有4名工人死亡。据不完全统计，日本在北票残害死的工人总数在31200人以上。

在北票矿区台吉南山的1.7万平方米的地方，解放后人们就挖掘出6500多具遗骨。遗骨的形态，有的张着嘴，有的抱着头，有的捂着肚子，有的是在向外爬，这些都是活着被扔进"万人坑"的。遗骨中有的头上有窟窿，有的身上缠着两道铁丝，有的四肢都断了，他们都是被活活打死的。

像台吉这样的"万人坑"，在北票矿区就有5个。

- 2月21日，10余万日伪军由锦州分三路进犯热河。
- 3月3日，日军占领承德。
- 3月，日军从年初起，对东满抗日武装进行"围剿"，至本月底，屠杀抗日民众8700余人。
- 4月13日，日军相继占领长城刘家口、冷口、白羊峪、喜峰口等处。
- 4月29日，日军侵占多伦。
- 5月16日，日军占领滦东各地及唐山、遵化。
- 5月22日，日军占领密云、蓟县、平谷、香河，进逼通县、牛栏山。
- 5月24日，500名日军以"护侨"为名进入北平。
- 5月31日，中国军代表熊斌与日本关东军代表冈村宁次签订《塘沽停战协定》。

日本对东北的监狱统治

日本侵略者占领中国东北以后，通过其控制的伪满政权，在东北各地建立了各种各样大大小小的监狱，关押逮捕中国的抗日志士和爱国民众，镇压人民的抗日反满运动。"七·七"事变后，日本侵略者又在关内沦陷区设立了大量监狱，囚禁和残害了无数抗日志士和爱国民众。

据1941年7月任伪满洲国参事官的中井久二供认，在其任职之初，掌管本监99座，分监85座，代用监所约20座，后来监狱又逐年增加；在其任职的4年中，每年关押的中国人约有10万到20万人。而实际上，据1934年的不完全统计，伪满洲国设置的监狱就达到了189座。

根据日伪当局颁布的各项法西斯法令，警察和宪兵以各种名目和借口乱抓滥捕，伪满监狱塞满了所谓的"政治犯"、"思想犯"、"经济犯"、"国事犯"、

"嫌疑犯",大大超过了监狱本身的容量。仅1936年,伪奉天省警察厅就逮捕了19600多人。1942年发生的"思想犯"事件就比1941年增加了2倍。1932年至1940年间,东北地区以"反满抗日"罪名被杀害的,共有67000余人;1937年至1940年间,以"思想犯"、"政治犯"罪名被治罪的多达26万余人。日军在中国东北经营时间最长的旅顺刑务所,从1906年到1936年,累计关押了36万名中国人。

刑罚是日伪监狱的最平常的"待遇"。像殴打、灌凉水、压杠子、老虎凳只是伪满各监狱最"一般化"的刑罚,其他如烤刑、冷冻、烙刑、烧刑、滚钉笼、抽大筋、喂狼狗、活埋刀铡、挖肝摘心、电磨粉碎,等等,亦不可胜计。据记载,一个旅顺刑务所,1930年用刑27.6万人次;1940年为44.3万人次。承德监狱在1945年夏季搞电刑试验,一次就杀死300多人。

各监狱的监舍大都如同牲口棚,犯人发病率极高。如哈尔滨分监中的发病率达50%—60%,每年平均有500至600人死亡。

在监狱中设立"治安庭",是日军随意杀人的又一个手段。"治安庭"是没有法律程序的审判庭。在监狱内摆一张桌子,然后让犯人排成队坐在地上,由日本监守任意宣判,判死刑的当场就拉出去枪毙或砍头。承德监狱附近的水泉沟,就是日军的杀人场,1942年12月,日军在这里一次就屠杀了700多人。据统计,从1943年到1945年日本投降,两年多的时间里,就有37690人死在承德监狱中。

日本侵略者在东北和关内的占领区,普遍实行警察、宪兵和特务的法西斯专制统治,除了逮捕收监之外,还有"矫正辅导院"、"收容所"、"战俘营"等,都同监狱完全一样;而被奴役的劳工和集团部落(人圈)中的民众,也如同在监狱之中。日本在东北强行推行日语,进行彻底的奴化教育。据伪满文教部统计,1932年3月至7月间,就焚毁了中文书籍650万册。日本侵略者还实行严厉的新闻检查,据1940年度的《满洲年鉴》所载,1935年至1938年间,伪满禁止发行的报纸7445份,扣押56091份;禁止发行杂志2315份,扣押13664份;禁止普通书籍3508种,扣押924852册。日本人还通过信件检查,对中国人民进行控制和镇压。仅在长春和哈尔滨，因私人通信中有一两个字模糊或是言辞"不当"，被逮捕的中国人就有1000多人，有的甚至因此被杀害。1937年，在北平上学的一个学生，写信给在龙江县当县长的父亲，信中说，"父亲高寿残年，家中不缺吃穿，何必再碌碌受迫为人牛马……"此信在山海关被日军检查时发现，马上通报龙江警察机关，在把信送到这位县长手中的同时，就把他抓起来，装在麻袋中，将这位60多岁的老人活活摔死。

对于中国人民来说，被日军占领的沦陷区，整个就是一座巨大监狱。

1934 年

- 3月12日，日军一周内血洗依兰县土龙山一带12个屯，杀害民众1100余人，烧毁民房千余间，抢走和毁掉粮食70余万斤。

- 4月17日，日本外务省情报部长天羽英二发表政策性谈话（即"天羽声明"）："维持东亚和平乃日本之根本政策"；日本反对列强各国以各种形式援助中国；"东亚和平与秩序"必须由日本"单独为之"。

- 6月13日，日本在热河规定各地必须以农田的1/3种植鸦片。

日本侵略者的鸦片毒害政策

日本关东军认为鸦片既是巨大的财源，又是使中国人民弱种亡身的有力工具，伪满洲国成立后，便开始大力推行以鸦片毒害中国人民的罪恶政策。

从1933年起，日本在伪满实行鸦片专卖制度。这个制度实行了5年，在东北地区到处可见罂粟花在开放。

1937年6月，国际联盟禁止传播麻醉品委员会的一份报告指出：中国"东北三省种罂粟的土地面积比1936年增加了17%；政府卖鸦片的总收入，1937年比1936年预计增加28%。"在国际舆论的压力下，1938年，日本人表面上制定了一个在伪满的鸦片10年断禁计划，规定栽种面积到8年后递减为零，第10年鸦片瘾者完全戒除。但实际上，鸦片越种越多，到1943年，东北的鸦片种植面积多达1545万亩。1935年至1936年，伪满的鸦片瘾者登记数字为60万人；1939年伪满禁烟总局成立时，登记鸦片瘾者100万差1人，还有吗啡瘾者4.4万人；到后来，伪满内务部的一份正式报告中说，东北的3000万人中，有900多万人经常吸鸦片，并且其中69%的人不到30岁。

1939年3月，美国驻奉天总领事向本国政府发回的报告中说，销售鸦片日益成为伪满仅次于关税的主要财源，上年鸦片专卖机构收购的鸦片总值为3265万日元，本年的总值为4347万日元。到1944年，伪满的鸦片总收益达3亿元，纯利润约2亿元。1941年10月，伪满为了偿付对德国的700万马克借款，卖给德方鸦片7吨；1944年春，又卖给德国60万两；1944年10月，卖给南京伪政权30万两；同时还向日本国内提供了大量鸦片。

鸦片伴随着日军的侵略，又在关内的沦陷区泛滥成灾。据战后东京审判中提供的证明，日本占领北平时期，那里的鸦片烟馆有247个，吸毒者比日军占领前增加了9倍。在福州，批准开设的烟馆有329家，私设的超过2000家，每个烟馆门前都挂着一块牌子："本铺受日本管辖"。法庭证明，"在中国进行鸦片贸易是日本政府高级官员推行的普通政策"，"把这项生意作为日军金库最好的、轻易获得的、源源不断的财源"，"日本军界利用推行毒化中国的政策，打算在毒化活动全面展开后年收入增长到3亿美元"。

仅仅根据伪满禁烟总局的统计，100万鸦片瘾者中从1939年到1944年的6年间，死亡了7.4万人；而估计东北在日本的毒化政策下，中毒死亡者至少在17.9万人。东北的鄂伦春族，在日军占领前有人口4000余人，由于日伪大量流毒鸦片，到1945年时仅剩900人。

- 9月24日，日伪军警在承德附近逮捕150多人，其中100多人被杀害于承德监狱。

- 11月10日至12月25日，关东军防疫给水部四平支部用中国人做电气和瓦斯实验，杀害60余人。

——— 1935 年 ———

- 1月16日，日军警开枪镇压抚顺煤矿罢工工人，打死86人，打伤66人，逮捕600余人，并将其中28人杀害。

- 3月23日，日本、苏联和伪满洲国共同签订《北满铁道（中东铁路）让渡协定最终议定书》。

- 4月，日朝浪人在长城各口设转运机关包运烟土，4个月内运入热河烟土达1000万两。

日本向中国东北大规模武装移民

1935年5月7日，日本拓务省根据关东军的移民方案，制定了"关于满洲移民根本方策文件"，表明日本向中国东北武装移民已开始向大规模移民阶段过渡。

向中国东北移民是日本侵华政策的重要内容。在"九·一八"事变前，日本已在中国东北进行过多次农业移民试验。"九·一八"事变后，日本开始进行成批的武装移民。这些移民从在籍军人中招募，按军队形式编组，配发武器，实行边耕边战，故称"武装移民"。从1932年9月到1935年6月，日本向中国抗日武装活跃的佳木斯地区进行了4批武装移民入侵，共移民约1800户。1936年上半年，又进行了第五次武装移民，并改称为"集团移民"。至此，日本"试验移民"阶段结束，而开始大规模武装移民阶段。在前五次武装移民中，日本在中国东北共掠夺土地117532町步（1町步约合14.87市亩），其中可耕地为55110町步。

1936年5月9日，关东军制定《向满洲移住农业移民百万户计划案》，拟定由伪满政权划出移民用地1000万町步，从1937年起的20年内，向东北移住日本农民100万户500万人。计划分四期进行，每期5年，第一期10万户，以后每期递增10万户。预计使20年后中国东北总人口5000万中日本移民及其子女占1/10以上，并占有东北耕地的1/3。其时，日本国内有560万农户，其中1/3以上为少地的贫寒户，通过移民计划，将日本一半以上的贫寒农民输到中国东北，减轻日本国内的压力，同时永远霸占中国东北。

1937年8月25日，日本内阁正式将20年100万户大规模移民计划列为日本七大国策之一。

大规模移民开始后，日本政府采取分村分乡移民的方式，把日本的一个村或一个乡作为母村，组成开拓团。在1937年的第六次集团移民的18个开拓团中，以村为单位组成的开拓团就有11个。

1938年1月，日本拓务省制定了《满洲开拓青少年义勇军募集要纲》，从日本各地招募16岁至19岁（有些甚至13岁）的青少年，进行思想训练后，送到中国东北再进行三年的农事、军事、教学训练，然后编入义勇队开拓团进入移植区。到战争末期，这些青少年大都被征入伍，直接成为侵略军的成员。

从1937年到1941年，日本共向中国东北移民8万多户。

在移民中，日伪以强行没收、低价收买和制造无人区等手段掠取东北人民世代生活的土地。中国农民不交出土地，便被关东军杀害；不按期迁移，便烧毁房屋。无数农民流离失所，死在他乡。

● 5月13日，日本人把持的山东淄川煤矿发生重大事故，井下大水淹毙工人539名。

老黑沟惨案

1935年5月底，日本满洲派遣军第16师团38联队第三大队对吉林舒兰县老黑沟进行春季大讨伐。

5月29日上午，日军从腰呼兰岭进入老黑沟，一部分直奔青顶子中心区，其他日军一过呼兰岭就开始从上往下追逐杀人。远的用枪打，近的用刺刀扎，房子里有人就堵到屋里杀，杀完人，抢走东西，就放火烧房。日军又把抓到的老乡赶到桦曲柳顶子的桦树林边，让人们自己挖坑，挖好后把人推进去，土埋到人的大半截，日军再用刺刀刺胸部、刺脖子，共屠杀了200余人。

5月1日上午，日军在柳树河屯抓了72人，先绑到孙家院里拷打"过堂"，再拉到胡家店下跪。到下午，把人们一个一个牵到屋里，进去一个杀一个。72人全部杀死后，日军又放火将房子烧毁。

日军到青顶子住下后，每天白天睡觉，晚上磨刀，凌晨一两点钟就到各户抓人，然后弄到月牙泡集体屠杀。从5月1日起，连续三天日军每天都在月牙泡屠杀100余人。日军让人们面向月牙泡跪成排，用机枪扫射，把尸体推进泡子。2日下午，在西山根树林，日军把一棵树上绑一个人，扒开上衣露出胸膛，每个人面前站一个日军，日军先倒退三米端枪预备好，一声令下，日军就叫喊着冲上去向着中国人反复猛刺。在月牙泡南，日军把人们的手背过去用铁丝拧紧，从两臂中间穿一根水曲柳长木杆，每杆穿20余人，3杆排成一大排，120余人跪成两大排，然后用机枪扫射。所有的人死后都是脸朝下，木杆压在尸体的背上。

10天中，日军在老黑沟屠杀居民1017人，烧毁房屋千余间。

* 6月10日，南京政府接受日方要求，发布媚日的"睦邻敦交令"。

* 7月6日，国民政府军事委员会华北军分会委员长何应钦致函日本中国驻屯军司令官梅津美治郎，全部接受日方的要求，使日本侵略势力向河北进一步扩展。史称《何梅协定》。

* 7月上旬，满铁在天津设立"经济调查会"，开始在平、津、晋、察、冀、鲁、绥等地调查贸易、金融、纺织、农业、铁路、矿山、制铁等各业情况，加紧对华北的经济掠夺。

* 9月1日，日本满洲采金会社与伪满实业部签订专利开采权，掠夺了中国东三省金矿。该社已开采黑龙江80处、吉林20处金矿，是年上半年提炼赤金70余万两。

* 9月10日，关东军宪兵队在吉林下九台进行细菌和毒气演习，在细菌演习中杀害中国人1000余名，在毒气演习中用被押在长春和吉林监狱的200名中国人做实验。

- 秋，日军讨伐辽宁清原县清原镇，集体屠杀农民140余人。日军一年内在清原县屠杀民众万余人。

- 10月16日，日军在朝阳下五家子村屠杀378人，并放火焚尸，烧毁400多间房屋。

- 11月25日，汉奸殷汝耕在通县成立"冀东防共自治委员会"（后改称"冀东防共自治政府"）。此为日本在关内扶植的第一个傀儡政权。

- 11月25日，日本宪兵队在长春、哈尔滨两地逮捕学生1000余人。其中100余名学生被装在一节破车厢内，连人带车一同炸掉。仅哈尔滨工业大学就有27人被送往圈河处死。

- 12月，日军在黑龙江林口县龙爪山将200名伐木工人用机枪和刺刀屠杀，只有几人受重伤余生。

- 本年，日军讨伐辽宁新宾县响水河子一带，抓捕村民130余人，将其中70多人枪杀。随后，日军烧毁了响水河子、双砬子、大荒沟等村屯的2200多间房屋棚舍，血洗响水河子、红庙子，共屠杀民众3000多人。

1936 年

- 1月，日陆军当局提出第一个《北支（华北）处理纲要》，关东军制定《对蒙（西北）施策要领》，进一步分裂华北、西北。

- 2月16日，日本军部向华北增兵1个混成旅团，华北日军总数达8000名。

- 春，日军在柳河县大荒沟屠杀白家店村民男女老幼304人。

日本在华北武装走私

日本在华北的武装走私活动，从"九·一八"事变后即开始；到1933年《塘沽协定》签订后，因有冀东"非武装区"的庇护，走私日见活跃；1935年随着日军大搞"华北自治运动"而剧增；至1935年底及1936年上半年，则演变为公开的大规模武装走私。

1935年9月，日本海军公开否认中国沿海3英里以内的领海权，称中国海关在沿海的缉私活动为"海盗行为"，日本军舰有权对缉私船进行攻击。1936年2月，伪冀东当局在日军的指使下公布了《冀东沿海进口货物登陆检查暂行条例》，规定所有从冀东沿海登陆进口货物统收只相当于原来关税1/4的"特别税"。日本政府同时公开称：所有日货只须在冀东完纳一次税金即可在中国市场畅行无阻。从此，不仅在冀东"非武装区"内，而且在华北全境和沿海，中国海关缉私管理便已完全消失，日本走私车船在日本海军和陆军的武装护卫下，从大连至青岛及其以南各口岸、从北宁路到平汉及津浦各线，络绎如潮，如入无人之境。

从1935年8月至1936年4月，仅天津一地销售的日本私货计有：人造丝89619包，白糖478296包，布匹头21131包，卷烟6171包，其他货物11052包。因受华北日军武装走私影响，1936年4月中国关税收入损失达800万元；自1935年8月至1936年4月，海关税收损失共计25506946元。

- 5月，据统计，因日军鸦片走私猖獗，在河北省2700万农民中，吸食鸦片者达500万人以上。
- 6月4日，天津海河发现浮尸600余具。据《大美晚报》载，浮尸系日方所役使修筑秘密军事工程的华工，竣工后日方恐泄密故将华工悉数杀害抛尸海河。

太平川集团部落

1936年，日军为断绝抗日军与民众的联系，在黑龙江汤原县太平川村，划定了一块东西宽600米、南北长660米的区域建立集团部落，将太平川村及附近的齐家屯、姜家屯、黄有屯、于家油房等13个村屯的居民赶入集团部落。刘盛金屯民众不愿并入集团部落，日军迫使全屯男女老少集中跪在一处场院里，用棒子打得人们头破血流，其中4个人致死。13个村共有853户人家，进入集团部落的有279户，其余574户则逃散各地，流离失所；13个村的4490间房屋全部被烧毁或扒掉，粮食、柴草、家具和其他财物大部分被焚烧，荒芜耕地4000余垧。

太平川集团部落四周修筑了3米高、2米宽、2532米长的围墙，围墙外挖有3米宽、1.5米深的水沟，水沟外还有一道近2米高的铁丝网。部落内设有警察署和百余人的日军守备队，筑有大小9座炮楼。部落内实行保甲制度和十家连坐。规定三五个人不准一起走路和说话，夜间不准点灯、插门、说话。警察和特务经常到居民的房前屋后偷听。荣德库在天黑后和家人聊天，被偷听的警察发现，闯进屋就用军刀背毒打一顿。

日军警随意抓捕居民进行关押拷打。1936年10月的一天早晨，以通匪罪突然从部落中抓了100多人，拘押了两三天。1941年7月，又无故一次抓了60多人。被捕的人大都被严刑拷打，许多人被刑讯致死。被日军投入河里、井中和枪杀、刺死的至少有32人（这仅是1955年审判战犯时太平川的控诉人能记起被害者姓名的人数）。日军在部落里昼夜侵入民室，强奸妇女。张禄之的妻子被强奸致死，汪家之妻被7名日军轮奸后，夫妻被迫逃亡在外。

部落中的人经常要服各种劳役，还要昼夜轮流站岗，进行军事训练。每当日军进山讨伐，即强征青壮年为其背给养，在路上有时连续四五天不给一口东西吃，日军还逼迫人们吃草喝脏水。20岁到50岁的男子，一律要出劳工，每年两期，一期三至六个月。部落中被抓劳工的有五六百人，好多死在了外面，还有好多成了残废。人们还要被迫支付各种苛捐杂税，包括门户费、狗牌子税、天照大神费、飞机现纳金、道德会费等等。全屯每年要付出约300吨粮的杂税负担，即每户平均1吨多粮的杂税。

● 7月15日，日军制造通化白家堡子惨案，屠杀中国同胞370余人。日军在通化一带山区讨伐，屠杀农民达13000余人。

东边道大讨伐

赵秋航笔供（1954年5月4日。赵在讨伐时任伪第一军管区骑兵第三旅少将旅长）：

1936年秋季实行东边道大讨伐，使用伪军第一军管区全部兵力，外有第三、五军管区增援部队，实行包围，派部队往山里游击扫荡，山外堵击，使抗日军一步不准出山来，一个人也不准进山。

集家法：集家并村，建立集团部落，划定无人区。

集家时把山里住家的，警察限期勒令搬于指定地点，有人力、畜力者，即刻搬家，无力者，稍一迟缓即将房子烧了，有烧死人的，还有把屋里东西都烧了的。临时盖的房子，用秫秸夹墙，房盖苫豆秸、草，屋里地上铺秫秸、草，睡在上边。身体弱的老年人，冬令即死去。一冬饥寒交迫积累得病，金柳地区因讨伐集家，死亡人数约1500余名。山里山外共集家约3000余户，约15000余人，撂荒的土地约二三万垧，给人民带来极大的灾难。

无人区：集家后认为是匪区，即划为无人区，一个人也不准进入。如有进入者，遇见立刻枪杀。人民不知道，有搬家后，地里有粮食未收拾净，惦记一年辛苦所得的生产果实，去收拾的，还有砍柴的，误走错路的，如遇山里肃正工作队即遭枪杀。

1936年冬，临江地区顾问小越少佐，他的帮凶伊达顺之助说，嫌疑者均是通匪人民，前后300余名被他杀死。地区司令王殿忠亲口和我说，有一天找商会人开会，应招人一时无暇未去，求一人代去，到场没容分说，连同前被捕的人一同杀了，并把人头摆在桌子对面喝酒，说你们是小胡子，我是老胡子，往人头上倒酒，往嘴里搁橘子瓣花生仁。

1937年初冬，我奉令移住抚松县时，见旧同事陈郁斋开书店，看见我低声对我说，抚松可了不得了，被肃正工作班逮捕的嫌疑犯，说通匪人民700余名均被杀死。每天夜间，把羁押嫌疑人民杀几名，扒心切成片蘸酱油吃，喝酒，扒了人心就日本大酱腌上装箱，寄回日本去。本年夏天，逮捕八九名嫌疑，拉到城外七八里处枪杀，剩下一女子又拉走二三里，三个日寇把该女子扒光，三人轮奸完，二人用刀交叉，逼令她由刀下钻过去，一齐用刀刺死。

1936年春季，有奉天日寇守备队司令官三毛中将部队，派小队长配合柳河县警察六七十名，从白家店进山讨伐，被抗日军包围痛击，全部死伤。该队长得报告说，白家店通匪，将白家店人赶到大荒沟警察署，不分男女老幼，10人一串捆好，牵到东山脚下用机枪扫射，打死304名。

1936年冬季，有伪满第一军管区教导队队长吕衡、军事教官秋山少佐，在东边道讨伐住红石砬子时，秋山率队入山讨伐，遇抗日军交战1小时撤走，遗下一女尸是朝鲜族人，秋山用刀把女子乳房、生殖器割下，持回部队，玩弄后令伙夫炒熟，一边吃一边喝酒，他还每夜奸淫女子。

● 11月3日，日军在北平郊区举行军事演习后列队入城，时有一女孩呼喊"打倒日本"，日军坦克将其碾死。

日军吃人例举

角田信一笔供：

1936年10月，我以安东警察大队佐藤中队小林分队员身份参加安奉线肃清讨伐，在凤城县，我和3名巡查奉中队长之命，将4名以抗日联军便衣队罪名逮捕的中国人，带到东汤深山林里予以枪杀。而后我们分头用刀将被害者腹部切开，取出他们的肝脏带回配药。我把肝脏拿回后，日本家里来信说妹妹患腹膜炎，我便将肝脏磨成粉末，邮回日本，给妹妹吃了。

前渊秀宪口供：

1936年10月东条英机指挥进行东边道肃正讨伐，我是小队员，曾在大堡分驻所住了一夜。当时听说后院内正在用凡士林罐蒸煮抗日联军的肝胆，我就到那里去看了，说肝胆是从被杀害的抗日联军身上取来的，有两个人的。这是国武大队长让做的。

《河北文史资料》第42辑：

兴隆县双庙据点的日本兵中川吃活人心达50多个。新兵股长黑佃悦二也多次杀人取心煮食。

《黑龙江文史资料》第19辑：

由奉天来肇源县一名自称"千叶医学博士"的山田立本，他将抓捕的11名无辜百姓绑到西门外，活剜人心后，置于水桶放在公署院内，看护人一不小心被日本人养的狼狗吃了一颗。山田立本大怒。次日，参事官林田数马坐汽车路过东门外时，见一犯精神病的老太太，马上请老太太上车送往医院治疗，其子感激万分。几天之后，老太太死亡，实为挖心凑数了。

同年，警务科日本人佐藤老婆患病，从哈尔滨请来一日本名医，诊断后，方子上写了"活人心3颗"。佐藤便向司法股长要了3名在押的中国人，弄到松花江南岸的柳树丛中，将这3名因割马尾巴而被抓的中国人剜了心，尸体抛入江中。

《丹东文史资料》第4辑：

岫岩县汉奸张星武自供：曾两次杀人扒心给日本守备队长做下酒菜。一次是1936年7月，在岫岩城南八棵树，杀死曾当过抗日军营长的周景桥后扒了心。又一次是同年在哨子河街时，守备队长要吃人心，就把抗属吴庆至刺死，把心扒出来做了酒菜。

阿城秦绍儒回忆：

1936年秋，在刑场上杀了两个人之后，警察包着两颗人头就进了驻阿城日本首席指导官西村一的院子。西村一常强迫看门的老吴头给他烤人头。老吴头说，每烤一个人头，都要先把头发、眉毛、胡子刮光，把牙齿刷净，用黄泥糊上，把人头放在锅里，再扣上一口锅，用黄泥把锅缝抹上，再点火烧。我家离这个炉灶有40来米，每次烤人头，关上门窗，还是挡不住那股难闻的味。一个邵局长，有一次去西村一家，西村一拿出人头做的面，用酒冲了让他喝，他没敢喝。西村一还常把人头面寄回日本，给他的母亲吃。人们传说，西村一没人头吃时，就到监狱去挑选，看哪个犯人的脑袋大，气色好，就杀哪个人。在一次酒会上，西村一看见料甸村的关村长肥头大耳，满面红光，拍着他的脖子说："你的脑袋好啊！大大的好啊！"关以为要杀他的头了，吓得真魂出窍，酒席没散，就吓跑了。

西丰县张直卿回忆：

1936年初秋的一天，我正在老营厂学校的教室里给学生们上课，就听操场上有日本人在吵嚷，还有中国人的惨叫声。我一看，是日本指导官武岛和几个日本警察在毒打一个30多岁的中国人。后来听说他是石阳屯的农民，日本人硬说他是抗日军的探子。毒打逼问之后，武岛说："你的心坏了坏了的。"就把他拖到学校后边烤烟房的北壕，接着是两声枪响。不一会儿，那伙人回来了，武岛手上托着一包东西，上面用报纸包着，下面垫的是南瓜叶，血淋淋的。武岛边走边说，这个拿屋里去做菜，"吃人心可以壮胆！"

白井完夫口供：

1936年9月初，我在铁岭警察署直辖派出所任巡查期间，为了试验自己的剑道本领，在铁岭县龙尾山南侧的草地上，亲自用日本刀砍杀了2名抗日人员，另有4名抗日地下工作人员被片山曹长、广濑军曹砍头杀死。广濑又将其中一人用剃刀解剖了腹部，向士兵讲解脏腑的位置，最后把胆囊取出来，由片山带走了。第二年8月，我又把一个被害者的头盖骨取回，经洗煮加工后，送给大连满洲铁道株式会社柔剑道场教师波多江做装饰品。

爱新觉罗·宪钧笔供：

通辽医院院长山本升和军医少佐今村剑、米田等人，为了研究中国人的骨骼，砍人头200多个，写出《中国人头盖骨之形态》、《中国人下颌骨》等论文，寄往日本国内的医科大学，山本升和今村剑因此获得博士学位。1936年随于芷山检查通辽医院时，在山本升的房子里，看见墙上挂着一张人皮，桌上摆着四五个人头骨。山本升为了研究中国人的指纹、皮纹，从1934年夏至1937年夏，从通辽监狱要来犯人，剥人皮达十五六张。除自己利用外，还将人皮作为礼物送给日本国内的专家教授们。山本升对我说，日本国内医科学校很欢迎整张的人皮，他已给国内送去了十几张。

- 12月14日，日军在安东县南岗头屠杀民众275人以上，烧毁房屋200余间。

- 12月27日，日军在沈阳枪杀"安东救国会"抗日志士15人。在"安东救国会"惨案中，日军逮捕安东教育界、文化界和商界著名人士和师生数百人。公开判处死刑的15人，15年徒刑的19人，13年徒刑的14人，5年徒刑的19人。另有数十人被刑讯致死和在监狱中被害死，许多人下落不明。

731部队：人类有史以来规模最大的细菌工厂

731部队是侵华日军在东北建立的研究和培养致死致病毒菌，制造细菌和毒气武器的秘密部队，也是人类有史以来规模最大的细菌工厂。

还在20年代末，日本就开始酝酿研制细菌武器。1928年，军医石井四郎受命出国考察西方细菌武器的研制状况。石井四郎于1930年回国后，极力主张进行细菌战。1932年8月，日本陆军军医学校内设立了防疫研究所，这个日本最初的细菌武器研究机构即由石井四郎主持。

1933年，日本侵略者在哈尔滨设立了石井细菌研究所，称加茂部队。1936年，奉日本天皇之命，加茂部队扩建为"关东军防疫给水总部"，移住哈尔滨南郊的平房地区，仍由石井四郎主持。731部队占地30多平方公里，拥有3000多名工作人员以及细菌工厂、飞机场、发电所和铁路专线等设施。其细菌制造厂包括动力室、特别监室、冻伤研究室、减压实验室、尸体解剖室、标本室、细菌孵化室、焚尸炉、动物厩舍等。方圆几十里的731部队戒备森严，只有一个大门可以出入，周围全是电网。一到夜间，嗅到人血腥味的狼群，就围着铁丝网乱跑，有时触了电，发出刺耳的哀嚎。

1936年，日军在长春南郊成立了称为"关东军兽疫防疫部"的100部队，该部以731部队的研究为基础，研究屠杀人畜和植物的细菌武器。从1939年10月起，日军又先后在北京设立"华北防疫给水部"（北支甲第1855部队），在南京设立"华中防疫给水部"（荣字第1644部队），在广州设立"华南防疫给水部"（波字第8604部队），作为使用各种细菌武器的特种支队。

731部队是进行细菌研制、生产和细菌战的综合机构。731部队所从事的细菌试验及培养有，鼠疫、霍乱、坏疽、炭疽热、伤寒、副伤寒、结核、破伤风等，该部拥有月产霍乱和伤寒菌各500公斤、鼠疫菌250公斤、炭疽菌200公斤的成套设备，此外，还制造石井式陶瓷细菌专用炸弹。

731部队在大量生产细菌的同时，还用大量的活人作试验。这些人被称为"木头"。日军把从各地抓捕的中国人（还有部分苏联人、朝鲜人）源源不断地送往731当作试验材料，称为"特别输送"。"木头"只要进了731的大门，就只有一个编号，被囚禁在特别监狱中，直到折磨致死。在731被残害而死的"木头"至少有3000人。从来没有一个"木头"活着从那里边走出来。

731部队集中了一大批日本医学界出色的教授、学者和研究人员。许多人通过大量对"木头"的活体解剖，提高了技术，在战后居于日本医学界的重要地位。一个731原队员说："在被派遣到731部队的研究人员和学者中，对'木头'抱有哪怕是一点点同情的人，可以说一个也没有。"

在"木头"活体上所做的试验，有几十种。如：

菌液注射试验。把病菌溶液注射进对象体内，观察病变过程。

染菌饮食试验。强迫试验对象饮用染菌水或吃下染菌食物，进行观察。

人体架桥试验。给A注射病菌，其体内产生抗体，在死亡前，战胜抗体的病菌的毒性也相应增强；这时，把A的血清注入B的体内，B死亡前又得到更毒的血清；再将此注射给C，进一步提高疫菌的毒性。

毒气试验。将对象放进密封的实验室，施放催泪性或窒息性毒气，观察致死过程。

真空试验。将人置于气压实验室中，逐步加压或减压，测量人体各器官的忍耐极限。

冻伤试验。冬天将人押到室外，浸透冷水后冷冻，从冻僵、冻伤到敲打时发出脆声等不同程度，再治疗，多次反复，直到手脚露出骨头茬或截肢。

倒吊试验。把"木头"倒吊起来，看过多长时间才死亡，身体各部位有什么变化。

离心试验。把"木头"放在分离器中，高速旋转，死亡后再解剖观察。

注射试验。把尿或马血注射到肾脏里，看人体会有什么反应；进行人血、猴血、马血的相互交换，看会是什么结果。

抽血极限试验。从一个人的身上，把血液全部抽干，看到底能抽出多少血。

烟气试验。把大量的烟送到肺里，看有什么反应；如果不是烟而是糜烂性毒气，看又会有什么样的变化。

空气注射试验。给静脉注射空气时，看各器官要经过什么样的过程才达到窒息、死亡。

饥饿试验。在只供水的情况下，"木头"平均能活60至70天。

断水试验。如果只给面包，"木头"到第5天面部浮肿，到第7天，"木头"无一例外地口吐鲜血而死。

干燥试验。把"木头"绑在椅子上，送进高温干燥室。经过15个小时，"木头"成为木乃伊，体重只有生前的22%，由此确定人体内的水分为78%。

电击试验。把"木头"固定在电椅上，逐渐加大电流；或上来就用高压，"木头"的身体瞬间变成黑炭。

烫伤试验。往裸体的"木头"身上浇开水，实验烫伤的部位、程度和受到烫伤的人生存所需的条件。

梅毒试验。主要用女"木头"进行梅毒的感染和观察。

模拟实战条件细菌试验。在旷野中将数名或数十名"木头"绑在木桩上，用飞机投掷或地面爆破细菌弹，观察不同爆炸距离的感染及致死效果。

火焰喷射试验。将十几个"木头"，每辆坦克中塞2个、每辆装甲车中塞1个，然后用火焰喷射器从10米、20米、30米的不同距离喷射，钢铁外壳烧变形后，检查里面被烧焦的"木头"，并拍摄下全部实况。

枪弹穿透实验。将"木头"分成若干组，每组10人。有的组穿厚棉衣，有的组穿普通军服，有的组裸体，分别紧贴着排成一串。在不同的距离上，用三八式步枪进行射击。然后记录下不同距离、对不同防护服的穿透情况："射穿5个"，"射穿4个"。

活体解剖。在试验对象发病但尚未死亡的情况下进行解剖，或者把健康的"木头"解剖后将人体各器官制成标本。据知情者说，731部队标本室里的上千件标本，"永远是新鲜的"。活体解剖有时用全麻，有时是局部麻醉，有时完全不用麻醉药。有时是为了解剖观察或制作标本，有时则纯粹是"试验"：切断动脉或神经，再重新接上；把左手割下接到右臂上；把小肠直接接在食道上；扒开腹腔，用手乱拨拉，用刀乱划，观察"木头"的反应；打开头盖骨，刺激大脑各部位，看"木头"的各种反应……"总之，是为所欲为"（原731队员的证言）。

731部队在"试验"中至少残害了数千人。以731部队为主，日军在中国各地进行了大大小小许多次细菌战和居民区实地细菌散布，屠杀祸害了无数的中国人。

侵华日军在中国大地上进行的细菌研究和细菌战，即使在战后也贻害无穷。1945年至1946年，洮南、洮安、镇赉、开通四县鼠疫患者达4300余人，死亡1400余人。1946年，哈尔滨平房一带因鼠疫死亡5600人。1947年，齐齐哈尔、肇东、肇源、洮安、大赉、安广、镇赉、泰来、开通、瞻榆、洮南等地，霍乱患者达9000余人，死亡7500余人。

他们为什么要杀人

一问苍冥

对"茶馆屠杀"的困惑

在本书的"备忘录三·1940年"中，有这样一条记载：

> 6月24日，日军在江苏丹阳县访仙桥镇近月轩茶馆，前后不到一小时，即屠杀喝茶者108人。

在"备忘录"的数百条目中，这只是极不显眼的一条。

在侵华日军犯下的成千上万暴行中，这也只是极"平常"的一桩。

论规模，它远不及那些一次屠杀几千几万几十万人的大惨案；论手段，它似乎也不比日军惯常的花样翻新的屠杀和残害或是活体解剖和吃人更残忍。

尽管笔者对于这次"茶馆屠杀"的细节不得而知，但是，那108位陆续走进近月轩喝茶而无端被杀害的同胞的命运，直到今天仍使人心悸。

更使人心悸的是杀人者的心性与心态。因为，他们来自以"茶道"而著称的国度。

茶叶原产于中国，喝茶和以茶飨客的风习亦始于中国。据日本史书记载，在公元8世纪，中国的饮茶风习就传到了日本。到了弘仁六年（815年），梵释寺遣唐归国的僧人永忠煎茶奉献前来巡幸的嵯峨天皇，引起天皇对茶的兴味，乃下令畿内及诸国植茶，饮茶之风遂风靡日本。后来，这种饮茶风习逐步与同是中国东传的佛教和儒教相结合，形成极有文化品味和宗教色彩的茶道，并成为日本文化的一个代表。

茶道是以饮茶为手段，修炼性情、交友会客的一种独特礼仪和艺术。其格法严谨，对环境布置、室内装饰、茶具选取都相当讲究，对煮汤、敬茶、饮茶之进退举止，皆有严密之规范。据说一般要学习三年，方可登堂入室。

举行正规的茶道，茶室九尺见方，参加者凡四五人，中置高约三尺之古色古香案几，炭炉、水坛和各种茶具等一应俱全。入茶室者须匍匐而进，继盘席而坐。主人先以茶点奉客，寒暄片时，然后将水坛之水盛入水釜，用炭火煮沸。同时，将茶叶捣成粉末，放入小巧玲珑又很古趣的茶碗中，冲上一点水，用精致的竹片刷子细加搅匀，直至呈碧绿色，再加开水至半碗许。稍倾，主人将茶碗托于掌上，回转数次，再双手依次捧茶给客人。客人接碗后向右转两次半，而后两口半将茶饮完。

据说茶道更重视的是意境，那种在精细繁琐的形式之外的只可意会不可言传的东西。无此便雅趣全失，无此亦不能称之为茶道。

这回，深受茶道熏陶的侵略者踏上了茶的祖乡，在中国的茶馆里，一面品着地道的茶，一面一个一个地杀死中国的喝茶者，这种意境，这种心性之陶冶，大概在日本是绝对享受不到的。

日本的茶道流派多不胜数，可这算是哪一家哪一流呢？

按照正常人类的思维，我们确实无法理解他们的行为逻辑。

人类学家说，经验证明，人的任何怪异行为都是可以理解的，因为我们都是人。

动物学家说，人是唯一会笑的动物，笑"特别地有人性"，"吠叫的狗偶尔会咬人，但笑着的人几乎不会开枪杀人"。

心理学家说，对艺术和美的追求，在人格塑造过程中是推动人性向善的力量。

历史学家说，文化素质和文化层次，是社会文明程度的一种重要标志。

但是，面对从近月轩茶馆里边不停地流渗而出的红色液体，各家学派和各种理论都只能陷入茫然。

申明一点：在本篇中，笔者无意于整体概括研究日本的民族性，亦非进行全面心理分析；余只是以日军侵华暴行之特殊境界和极端行为作基点，观察种种细节，追溯其根源与演化，看看日本侵略者是怎样在战争中逐步暴露、放纵与极端化，如何全面陷入大规模暴戾疯狂的罪恶渊薮，以求破译"为什么侵略战争中的日本人格外野蛮和残忍"这样一个沉重题目。

众说纷纭的人性与兽性

20世纪前半期，接连两次世界大战以及肆无忌惮的大屠杀，极大地改变了现代人类对人性的乐观看法，促使人们从哲学、人类学、动物学、心理学、社会学等各种角度重新审视人这个动物，从本能与社会、文化与行为等各个层面探索人性到底是怎么一回事——

人为什么会这样残酷、这样疯狂？

人类为什么如此热衷于自相残杀？

我们一直引为骄傲的人类的理性为什么如此软弱无力？

为什么在集团和社会中人性的黑暗面会格外强化？

人与动物的区别到底何在？

文明与野蛮的界限又该划在哪里？……

在经历了人类社会前所未有的恐怖之后，面对人们可以轻而易举地毁灭全人类的时代，任何一个有良知有责任感的人，都不能不忧虑地注视着人性之滑坠，同时更为人类的命运而深感不安。

1944年，瑞士著名心理分析学家荣格说道：

人类最大的敌人不在于饥荒、地震、病菌或癌症，而是在于人类本身；就目前而言，我们仍然没有任何适当的方法，来防止远比自然灾害更危险的人类心灵疾病的蔓延。

从达尔文时代起，人们开始认识到人来源于动物。于是，人们希望通过对动物的研究来了解人类的本能。

但是，这种研究并没有能够为解释人类的大屠杀行为提供多少直接的根据和理论。

许多动物都具有攻击性，它们还有天然的武装使攻击更有效。相比之下，在大型动物中，人的先天攻击条件几乎最差，他既没有尖利的牙齿、爪和角，同时在速度和力量上也没有什么优势，并且先天的防护条件也很弱。按理说，人应该是最为和平与温驯的动物之一。

动物学家通过研究发现，通常人们对于动物攻击性的直觉印象是表面的和错误的。他们观察到，在自然生存状态下，无故"嗜杀同类在混血脊椎动物中是罕有的，在哺乳动物中根本没有"。

在动物界，食者与被食者间的竞争，决不至于引起被食者的灭种。它们总是保持一种使双方都可忍受的均势。最后几只狮子必定早在它们杀死最后一对羚羊或斑马之前就饿死了。用人类的商业用语，捕鲸业一定在最后几条鲸绝种之前就破产了。

许多动物社会中的禁忌控制了种内攻击。在能杀死和自己同样大小的动物的社会里，这些禁忌最为重要。所有拥有天然强大武装的食肉者都具有足够信赖的禁忌，以便防止自我残杀。诸如鸟能用嘴一下把另一只的眼睛啄掉，狼只要一口就能把同伴的颈脉撕断。若禁忌不能防止这些行动，鸟和狼早就不存在了。（洛伦兹）

即使从理论上讲，任何一个物种，如果自相残杀成性，或把同一种类的个体作为重要食物来源，那么它肯定会迅速灭绝。

而人的麻烦就来自于他本来不具伤害性，缺乏杀死大猎物的天然武器，因此，在进化过程中，没有必要形成各种制约机制和规范，来防止屠杀自己的同胞。但是，文化和技术的发展，使我们掌握了人造武器，从先祖的棍棒石块，到刀剑弓箭，再到近现代的子弹炸弹，人类的屠杀潜能和制约因素的平衡受到了破坏。而敌对部落之间的竞争，成了自然选择的主要因素，"尚武精神"于是具有了生存价值；这又使人类的攻击性具有了群体性。最具毁灭性的搏斗，不是发生在个体之间，而是发生在群体之间。动物学家由此解释为什么人类会成为热衷于大规模屠杀同类的唯一动物。

达尔文学说告诉人们，我们和动物有着共同的源头；弗洛伊德则告诉人们，我们和人类以前的祖先都被同一个本能所驱使。但这并不意味着降低人类的尊严和价值。我们对自己了解得越多，我们控制自己的能力就应该越强。正因为人与动物同宗，我们才更应注重自己的道德责任；也正因为人与动物都受本能的驱使，我们才更应服从自己的理智。

动物学家多强调人的攻击性来自于本能。人类学家则更重视社会环境的决定性影响。人类学家记述了一些明显没有攻击性的原始形态部落，以此证明攻击性是人在后天社会中学到的，并非先天固有。他们认为，人类与其说是一种竞争的动物，不如说是一种合作的动物。人类作为一个物种能够生存下来，是因为互相帮助，而不是因为丑陋的私利和竞争。

在有选择地适应石器时代的种种危险的过程中，人类社会克服或贬抑了灵长目动物的种种习性，如自私自利、杂乱地性交、争雄称霸、野蛮地竞争，等等，人类社会用血族关系和合作代替了冲突，将团结置于性欲之上，将道德置于力量之上，人类社会在其最早的时期中完成了历史上最伟大的改革——克服人类所具有的灵长目的天性，从而确保了人类的不断进化的特点。刚由自然进化产生的人类这种灵长目动物，当时正处于同大自然的生死攸关的经济斗争中，所以负担不起社会斗争这种奢侈品。合作而非竞争是必不可少的。

（马歇尔·萨林斯）

人类学家强调，正是早期人类社会的这种相互合作的特点，确保了人类的生存和最后的成功。从社会学的角度，可以将人性描述为一种可因社会影响而具有各种形式的巨大潜能。也许应该说，人性既不是爱好和平的，也不是崇尚暴力的，既不是乐意合作的，也不是喜欢掠夺的。它有着遗传的一面，更是由社会或文化决定的。

关于人性的这种社会可塑性，马来半岛的塞麦人的情况很能说明问题。塞麦人生活在当地的小山上，他们似乎不知道什么是暴力攻击行为，没有谋杀，他们的语言中甚至没有明确表示杀人的词，他们不打孩子，不到万不得已连鸡也不杀，以胆小而闻名。20世纪50年代初，英国殖民者征召塞麦人参加围剿共产党游击队时，他们根本不知道当兵是要打仗和杀人。但是，这些温和的塞麦人投入战斗、见了血之后，就一下子进入"血醉"的疯狂状态。用塞麦老兵的话说："我们杀人，杀人，杀人，马来人有时为了搜腰包抢钱财而忘了杀人，我们却不在乎手表和钱财，我们只想到杀人。唉，我们真像是被血迷住了。"他们有的还"畅饮"被杀死的人的鲜血。不过，这些士兵回到塞麦社会以后，他们又变得同在家的邻人一样温顺，一样厌恶暴力行为。

与攻击性相对应的是友谊和爱，是利他主义。在动物中，个体与个体的友谊越牢固的，就越具攻击性。"哺乳动物中最具攻击性的狼，对同伴最为忠诚"。不难看到，人在攻击性和利他主义这两个方面使所有的动物都望尘莫及。而恰恰是在战争中，人类的这两种行为都最强烈、最集中和最突出。人为了自己所在群体的自我牺牲，往往同时就是对敌对群体的猛烈攻击。日本人在二战后期使用的"特攻"战术，可以说是这两者的最高统一。

人类完全明白和平生活更好些。可那只是理论层面上的东西。现实的悲剧在于，战争工具运用得最熟练的社会，也就是最成功的社会。战争在人类社会中的演变，成为一种自动催化反应。任何群体如果一厢情愿地企图扭转演变的进程，就会成为战争的牺牲品。当然，熟练运用战争工具的一方，最后也会成为牺牲品。

> 文明产生于好战的民族。和平的采集—狩猎民族被驱赶到偏远的地区，逐渐消亡或者同化。他们只能带着某种莫名的满足感，观望着那些曾经非常有效地运用战争工具摧毁自己的民族发展壮大，到最后征服者又反过来成为战争的牺牲品。（昆西·莱特）

尽管如此，只要有可能，人们还是都倾向于选择主动攻击即战争。

利用战争这种形式进行大规模的自相残杀，这是人类社会特有的现象。有史以来，人类的部族、种族、民族，以至阶级、国家、阵营，一直以集团攻击的方式，干着这种最危险、最具毁灭性的事情。

大屠杀使人们困惑：这就是人所干的事情吗？人性真的这么不可救药了吗？人们总想象着自己是与其他所有动物完全不同的最高级的造物，总是要维护人的尊严，于是，就把那些不耻于人类的行为统统斥之为"兽行"和"兽性"。

英国人类学家德斯蒙德·莫里斯于是力排众议为动物鸣不平了：

> 我们往往将人类的这种自相残杀的行为称之为"野兽行为"；但如果我们真的能发现某种野兽有类似行为的话，那么也可以确切地说，这种野兽具有人的行为。而事实上，[除了人类] 我们找不到这种动物。

"日本没有哲学"：
明治时期启蒙思想家的国家至上主义

福泽谕吉（1834—1901）是日本明治时代著名的启蒙思想家，被称为"日本的伏尔泰"、日本近代文化的缔造者。他毕生从事教育和著述活动，为在日本传播文明开化的理论，提高整个民族的文化层次，推动日本社会的发展，作出了巨大贡献。

19世纪中叶，日本在外国强权压力之下被迫开放门户。面对如此千古未有之变局，日本人没有任何精神准备，国民的思想和文化还停留在闭关锁国的时代。新的时代需要新的意识形态和新的文化，一批启蒙思想家于是应运而生，福泽谕吉则成为其中旗手式的人物。

福泽谕吉以文明观念为标尺，批判日本社会。他那以"天不生人上之人，亦不生人下之人"开篇的《劝学篇》，鼓舞了不止一代日本人。在《文明论概略》等著作中，他鼓励日本人学习科学，兴办企业，争取日本民族的独立。他提倡以"实学"为中心的学问观，以致富为目的的伦理观，以智慧为基础的道德观，独立自尊的价值观和文明开化的社会历史观。在他的影响下，无数平庸的人们被唤醒，满怀热情地投入和开创新的生活。善于从正面抓住当时日本面临的课题并给出明确的解答，使福泽成为日本近代化的设计师，成为国民的精神领袖。

但是，福泽谕吉的思想中又充满着矛盾，将他前期和后期的一些思想进行比照，其对立宛若两人。从追求民权到鼓吹国权，从唤醒民众到主张政府利用宗教，从反对专制到宣扬官民调和，从开启民智到设计愚民政策，从寻求平等到维护等级秩序，从关心妇女地位到鼓励日本妓女去国外，等等。晚年的福泽，完全成了一个狂热的国家主义者，积极鼓吹侵略朝鲜和中国，要政府在台湾毫不容赦地进行扫荡，"歼灭一切丑类"，把台湾变成无人岛。以至连推行扩张国策的明治政府，也不敢原封不动地实行福泽的主张。

然而，当我们把福泽谕吉作为一个日本人去看时，所有的矛盾便不难理解。作为一个日本人，日本的民族利益是他最高的追求目标，国家独立和富强是压倒一切的，文明开化等等都是手段。当他意识到民主主义会延缓日本的近代化时，便选择了国家主义，以牺牲民主为前提加速日本的资本主义化。明治十一年（1878年）他说："百卷的万国公约不如数门大炮，几册的友好条约不如一筐弹药。"国家关系历来由武力决定，"禽兽相接，互欲吞食"，"我日本国人应加入吞食者行列，与文明国人一起寻求良饵。"其后他又宣布：

> 我辈毕生目的只在于扩张国权。

还在《文明论概略》（1875年）中，他就这样阐述自己的爱国主义：

> 战争是伸张独立国家的权利的手段。
>
> 爱国精神虽非私于一己，也是私于一国的思想。……爱国心与自私心是名异而实同的。……一视同仁、天下一家的大义和尽忠报国、主权独立的大义，是相悖而不能相容的。

福泽谕吉所提出的"脱亚入欧"论，不仅成为日本的国家政策，而且成了日本的国民意识和民族精神。

在甲午战争的前两年，福泽就写文章主张侵略朝鲜。战争爆发后，他更是连续写文章发社论，开庆祝会，发起募捐，带头买战争公债。日军攻占旅顺进行大屠杀，他带领学生上街游行，到皇宫前高呼"万岁"，狂喜至极。

在日本向中国开战的时候，日本国民中还有不少人不理解，日本为什么要和中国这样一个文化先进的大帝国和邻国打仗。及至日本获胜，举国狂欢，日本人的亚洲观亦为之一变，对中国人和朝鲜人普遍流行侮辱性的叫法，即从此开始。而福泽谕吉在培育日本人这种亚洲观中起了指导性的作用。

福泽谕吉说：

> 憎恶压迫虽说是人的本性，不过这仅仅意味着憎恶他人对自己的压迫。自己去压迫他人，可以说是人生最大的愉快。

作为一名著名的启蒙思想家，说出这样的话而不以为耻，我们只能为福泽君而脸红、而叹息。因为，他毕竟是日本民族的精神领袖。

福泽谕吉确实是一个典型的日本人。他是日本民众的导师，但首先是日本民众的学生。日本民族塑造了他，他又反过来塑造日本民族。他生长于日本的土地上，他使日本文化更加"日本化"。

在福泽谕吉的思想中，我们可以看到日本思想和文化的种种特点。从他身上，我们也可以看出日本的民族特性：他们的实用和机智，他们的力量和局限，他们的执着和多变。

作为一个启蒙思想家，他比同时代的任何日本人都更了解西方民主制度，但他没有想要在日本建立一种民主制度的任何愿望，他只是想迅速建立起一个强大的、能对付西方军事和经济威胁的、中央集权的日本。他发现，西方文明的思想，是他实现这一目标的最好武器。尽管这种思想，在西方是作为对抗绝对主义权力的武器而产生的，但这并不妨碍他用来作为加强日本绝对主义权力的武器。

作为一个民族主义的启蒙思想家，他取得了最大的成功。他唤醒了日本人，但是又没有让他们太清醒；他是国民的启蒙者，但却没有成为民众革命的煽动者；他的思想培育了自由民权运动，又阻碍了自由民权运动的进一步发展；他把日本民族的精神提升了一个层次，然而仅仅是一个层次。或者更确切地说，是扭转了一个角度，将日本的大多数传统思想纳入了"文明"的范式，集中到富国强兵的发展扩张之路上。因之，他的思想才迅速被日本朝野所接受，并产生了巨大的实际影响。

福泽谕吉力求改造现实，但他首先顺应和立足于现实。他为日本民族设计了一条最为现实可行的道路。他可以把理想当作欣赏的对象，但决不去做不可能的事情。他不像"知其不可为而为之"的中国文人那么"傻"。作为启蒙思想家，他的思想始终离开日本民众并"不远"；不像欧洲甚至包括中国的启蒙思想家，常常让民众"敬而远之"。因而福泽思想保持了对民众的极大影响力。

他是为民众导航的思想家，又顺合了日本民族的天性。在他看来——

> "一切东西的意义或价值都不是绝对的、固定不变的，而是取决于你想利用它的态度和兴趣"，唯一具有绝对意义的，就是国家利益。

他铸造了新中有旧、旧中含新的日本民族的集团实用主义哲学。日本后来的军事冒险和经济奇迹，我们都可以从中找到思想渊源。

这种哲学的实践能量极大，它引导日本人创造了辉煌的成功，也导致了整个民族的巨大灾难。但奇特之处即在于，辉煌可以进一步增强日本人的自信，而灾难却不会让日本人背上包袱。因为这种实用哲学使他们能够旁若无人地向着自己所要追求的目标，不择手段地进取，而不受良心和道德的谴责。

人们可以指出福泽谕吉的局限性，但是，他的力量和影响也正在于他的局限。他属于那种流星式的阶段性的思想家，而不是照耀日本思想史的恒星。可是就在那一瞬间，没有什么星体能比流星更明亮。

福泽谕吉的思想和所为，把日本的民族精神提升了一个层级，但又阻塞了日本人向着宽阔的现代意识的进化之路。

这，似乎也是近现代日本之思想文化的历史"定数"。

"日本没有哲学。"这是日本明治时期又一位著名的启蒙思想家中江兆民提出的一个著名论断。

中江兆民（1847—1901）是杰出的民主主义思想家，日本自由民权运动的理论家。这是他与福泽谕吉的不同之处。他宣扬无神论，力主修改写有"天皇万世一系"的明治宪法。人称中江兆民是"东洋卢梭"，日本现代学者评价他是"最光辉的资产阶级唯物主义者"、"彻底的唯物论者"。

但即使是中江兆民，晚年对日本明治政府侵略中国的大陆政策同样是大加赞扬。他说，"征清之役（即甲午战争）乃空前之伟业"，"仅赢得台湾这一孤岛，犹为无可奈何之事"。1898年，俄国侵占旅顺大连、德国侵占胶州湾、英国侵占威海卫后，他感叹道：

> 一听到旅顺口、威海卫、大连湾，日本人无不想起日本陆海军自古以来之最大光荣。而今，这些地方竟归于不动一兵一卒、不费一枪一弹的欧美，岂不是近乎残酷的滑稽，吾日本最大光荣竟化为最大耻辱。

启蒙运动是日本社会近现代化过程中的重要篇章。没有启蒙运动，就不会有后来的新日本。但是，当时的国际国内背景，整个民族的精神和文化基调，又决定了日本的启蒙运动必然以对抗和赶上西方列强、争取国家的独立和富强为主要课题。它提倡民主主义，却更重国家主义；推崇理性，却更讲实用；它汲取西方思想，但主要是功利主义、实证主义和社会达尔文主义。因此，日本的启蒙运动，远远无法与欧洲的启蒙运动相提并论，无论在哲学深度、民主精神、人权意识，还是在理论光彩、批判锋芒、历史影响上，都远不止差了一两个层次。

"日本没有哲学"——中江兆民是从哲学是时代精神的精华，是改造日本社会和提高民族素质的最重要思想武器的意义上，讲出这话的。他说，对于度量狭隘，满足于小小成功的人们来说，哲学不一定有显著的功效。但他还是希望日本能早日出现伟大的哲学家。他认为：

> 没有哲学的人民，不论做什么事情，都没有深沉和远大的抱负，而不免流于浅薄；没有独创的哲学就会降低一个国家的品格和地位。

——确实是洞悉民族特性的入木三分之论。

因为"日本没有哲学"，所以一代启蒙思想家最后都成为国家主义的俘虏和牺牲。

因为"日本没有哲学",所以日本始终没有出现世界级的思想家,也没有一个世界级的政治家和军事家。这即使到了创造经济奇迹的几十年之后,日本已经成为世界第二号经济和技术强国,情况依然如此。

中江兆民虽然意识到"日本没有哲学"这一问题的至关重要,但是,他也无力超越这种巨大的局限,这使他成为日本近代启蒙思想家中悲剧性最深的一人。

和福泽谕吉一样,中江兆民毕竟是一个日本人。

同文不同道:
日本没有从中国学到的是什么

在近现代之前的十几个世纪中,日本以华为师,钦慕神州,全力以赴学习、输入、复制、模仿中国文化,终于成为汉文化圈的一部分,并给人以"中日同文"的印象。

千年以降,日本从中国学习了很多东西,以汉字和中国文化经典为代表,举凡中国的政治制度典章、儒学、佛教、教育、法律、文学艺术、医学、天文历法、农业技术、建筑、工艺技术、节庆和风俗习惯等等,几乎无所不学,但又不是什么都学;他们学了许多中国文化的优秀东西,而对负面作用较大的东西却幸运地没怎么学。比如,日本全部模仿唐代的典章制度,独不取残忍而又经常造成黑暗政治的宦官制度;学习中国的教育制度,却没有抄袭僵化呆板而窒息中国人灵性的科举和八股;效法宋明社会礼俗,而未学使一半的中国人变成残废的妇女缠足;等等。这些都在客观上表明了日本人历史的运气和明智。

日本向中国学习,善于选择和消化,既注重实用性,也非常讲究形式。如今的日本社会,虽然已经高度现代化,但许多早年学自中国的文化习俗,甚至保存得比中国本土更完整。

在学习中国文化的过程中,日本人在形式上尤其长于发展创造,茶道、花道等，都使之更为精致化和礼仪化。

明治维新以来，日本全盘学习西方，"脱亚入欧"，逐步疏远中国文化，但这并不影响形式化和习俗性的汉文化的继续保留甚至发展。

日本的历史和传统赋予了它独特性，不论学中国还是学西方，它的那种内在独特性都没有变。经过消化和改造，那些东西都变成了日本文化的一部分。

儒教是日本意识形态的最重要组成部分。

日本的儒教完全源之于中国的儒学。

但是，落草东岛，它便与中国儒学已经完全不同。

儒家把仁、义、礼、智、信作为最重要的美德，其中仁是本质的、居于核心地位的概念；而且，仁又必须与正义连在一起，并由智慧来增强，它才能真正成为美德的核心。

而在日本，仁是被明确排斥在儒教之外的；即使作为学说，也没有被认真研究过。日本儒教的核心是忠。这个忠，是"忠孝一致"、"家国一体"的无条件的效忠和尽忠。

因此，日本儒教与中国儒学对忠的解释也极为不同。

中国儒学中的忠，按《中庸章句》的说法，是"忠于尽己之心"。它是一种自我内省的观念，即对自我良心的忠诚，没有私心和虚伪。后来，忠被引入君臣关系，即使在这种关系中，忠也须和义联系在一起，才能构成价值体系。如果君主无道，那么"易姓革命"就是合理的行为，否则，忠于恶本身就是一种不义。所以，在中国忠与孝时常会发生冲突，"古来忠孝不能两全"，便时常含有这层意思。

日本为了维持"万世一系"的天皇制家族式国家，不带任何条件的忠和孝是绝对的、必需的。忠即孝，孝即忠，忠孝是臣民对君主的应尽的义务，国民必须绝对地为天皇献出一切包括生命。因此，只要是尽忠，就没有是非曲直行善作恶之分，对日本人都是最高美德。

儒家文化的集大成者孟子是主张"性善"的，他说：

> 恻隐之心，人皆有之；羞恶之心，人皆有之；恭敬之心，人
> 皆有之；是非之心，人皆有之。恻隐之心，仁也；羞恶之心，义也；
> 恭敬之心，礼也；是非之心，智也。

孟子之所以认为仁义礼智是"人皆有之"，因为一旦没有了这些，人也就不成其为人，人就与禽兽无异。因此，中国的圣人把这些作为人的不言而喻的最基本的德。千百年来，这已经成为中国人民族心理的基调。

与日本的儒教比较，在大陆中国，儒学始终是一种人文主义的学说。

与中国的儒学比较，在岛国日本，儒教最终演化为一种民族主义的宗教。

《晏子春秋》云：

> 橘生淮南则为橘，生于淮北则为枳，叶徒相似，其实味不同。
> 所以然者何？水土异也。

此"水土异也"，亦之为外部条件。

更关键者，则在基因种信。

文化之基因种信，即核心观念。

仁，是儒学的核心观念。

核心观念决定文化，塑造民族心理，引导行为规范。

核心观念的差异，规定了文化的不同、民族心理的不同、行为规范的不同。

笔者在琢磨为什么日本这样一个曾长期从中国输入文化的国家，到后来反而会向中国输出武力暴行这个问题时，便想到了这样一点：

日本固然从中国学习了许多东西，但是，却始终没有学到中国文化最重要最核心之根本，即没有学"道"——中国文化之道。

从名相来看，日本可以算是个多"道"之国了，神道、茶道、花道、书

道、吟道、棋道、食道、柔道、剑道、武士道……以道为名之物之事数不胜数。但这些只是日本式的道。而从中国文化的真精神上说，所有那些和道远远不沾边儿。日本人最擅长把形而上的东西搞成形而下，并执器为道。甚至可以说，看重的那些东西越多，越执着于形式与名目，离"道"就越远，就越是"无道"。

道，不在名称，不在形式，不在表面，而在历史和民族心灵的最深处。道是中国文化之精髓、灵魂、本来。

中国文化之道，就可见可言的显在层面，为思想上的内圣外王，修身上的知行统一，文学上的淑人淑事，是旋转乾坤的社会正义感，天下为公的人类责任感，文以载道的文化使命感，是中庸忠恕的生活哲学，自然无为的人生态度，还有厚德载物、天人合一的境界，等等，这些构建为东方人文精神之道。

——当然，对中国文化之道逐渐把握与深入，倘真正开始知"道"，便会体味老子的千古不二之论：

道可道，非恒道。

名可名，非恒名。

中国文化，产生于历史悠久、地大物博的国度，来自于诸多民族的共同创造和异域文化的融合，而其深邃核心，则是历代圣哲的智慧结晶。故道行天下，是为中华民族历尽沧桑而特立独行之本，饱经忧患而自强不息之道。

"天不变道亦不变"。多灾多难的历史未能摧毁中国文化之道，改朝换代的频繁也不能改变中国人心中的道。

它的生命力和统一性就在于：道法自然。

这就是中国之"道"。

尽管中国文化有许多传统的惰性，尽管它有许多不适应现代社会的弊端，尽管它不那么实用与灵活，但那道的深厚底蕴，永远给人以无穷力量。无论现在还是将来，它都是中华民族自立于世界民族之林的最为丰厚、最可宝贵、最是独特的精神资源。

孔子说："朝闻道，夕死可也。"闻道即死而无憾，足见道之重要。圣人终其一生，方觉仅止"闻道"；日本人向中国学了一千多年，还是未能"得道"，又足见道之难求。

孟子曾这样表达他对道的信念：

> 鱼我所欲也，熊掌亦我所欲也；二者不可得兼，舍鱼而取熊掌者也。
>
> 生亦我所欲也，义亦我所欲也；二者不可得兼，舍生而取义者也。

——这是中国人的求道之心、向道之志、行道之则。

道是气度，道是胸怀，道是心性，道是境界。

道是文化本原。道是精神标高。

道，不在外求，而在明心；道，不在外相，而在本来。

以功利之心求道，所求者为器；以实用主义学道，所学者为术。勤勉好学如日本者，之所以敏求千年而未能得道，皆因其功利实用本身即背道而驰。

二战结束之后，经过几十年和平民主建设，如今日本社会富裕公平，国民文明平和，其最需要者，唯道而已。

而当代之中国，社会浮躁功利，民众功利浮躁，心之为物，无人待见，其最欠缺者，亦唯道而已。

> 子曰：道不同，不相为谋。

道也者，其难也乎？

从民族主义到种族中心主义

在世界大国中，日本是种族和文化最统一的国家。现代日本人的祖先可能大部分是从东北亚经朝鲜移居日本群岛的蒙古人，也许一部分来自华南和南亚等地，经过许多世纪，这些移民几乎把日本群岛上的土著居民完全同化。日本由多种族社会逐渐化变为单一的同种族社会。共同的血统，共同的种族，共同的语言，共同的风俗习惯，共同的岛民意识，条条纽带把日本人牢牢地拴在一起，形成了"日本大部落"。

日本是个岛国，经常遭受台风、海啸、火山和地震的袭击。在弹丸日本列岛，竟然集中了全世界十分之一以上的活火山。频繁的自然灾害使日本人有着一种强烈的危机意识。日本国土狭小，人口拥挤，资源贫乏，严重依赖进口，这也强化了日本人的向心力和危机感。危机意识决定历史意识。日本人历史意识中的最主要遗产便是民族—种族主义。

日本在历史上曾两次大规模地向国外学习，先是与中国、后是与西方的比较，都使他们自卑。自卑感是孕育民族主义的天然土壤。早期的英国、美国以及北欧国家近代民族主义的高涨，都是从落后感中激发起来的。20世纪以来民族主义浪潮在非西方世界此起彼伏，也可以说是对西方优势的一种反应——当然这同时即为西方压迫和掠夺的结果。

种种因素的综合作用，使得日本的民族主义来得格外强烈。

强烈的民族主义曾经使日本得益匪浅。在明治时期，虽然内部争权夺利十分激烈，但日本领导层中没有人想到过要与外国人联手，来出卖本国的利益。日本领导人与许多新创立的国家领导不同，始终如一地完全献身于日本，而没想过聚敛自己的财富并存到外国银行里去。这作为一种民族的行为模式，在当代的发展中国家极为罕见。

但日本人的民族主义又进一步强化了他们在心理上的孤立状态，加上作为自卑感的补偿而产生的优越感，使民族主义成为一种强烈排外的种族中心主义。

同时，日本的民族主义还具有一种人为的性质，即它是经过国家灌输而来的。近代以来日本普及义务教育，一直非常重视学校使用的教科书。教科书经过严格审定检查，规定教师必须照本宣科，通过教科书把国家意志灌输给学生。到了侵华战争期间，教科书中更有了这样的内容：

自天武天皇时起……我国向唐派出遣唐使，以示国威。

日本乃神国、至高无上之国，它象征着亚洲大陆和太平洋之间的中流砥柱，只有日本才最适合于领导大东亚。

支那历来由于广大而无法实现国家统一，从古至今支那人一直处于战乱兵燹的水深火热之中。日本今天的所作所为正是拯救他们脱离苦海。

日本之强烈的种族中心主义，使他们在殖民地做出了许多西方的殖民主义者也没有做过的事情。在"备忘录三·1940年"中，有这样一个条目：

11月24日，日本台湾精神动员本部发表《台湾民改日姓促进纲要》，强制台湾民众改日本姓。

强迫殖民地人民改成殖民者的姓，这在世界殖民主义的历史上，也只有日本人这么干过，在朝鲜半岛，在台湾。姓氏，是中国人的家族意识、血缘观念、祖先崇拜和历史感的一个最直接的载体和表征。同为汉文化圈的朝鲜和日本也大抵如是。对于殖民地的人民，日本侵略者光是屠杀、强奸、抢劫、奴役和鸦片政策、恐怖统治等等还不够，还要人们从小学就学习日本化的历史，讲日本语那种"魔鬼的语言"。但这还不够，还要人们统统改成日本姓，让你彻底忘掉祖国，忘记祖宗。大概日本人觉得，这样一来，殖民地人民就可以毫无心理障碍地认贼作父了。

从强迫改姓之事，也可以看出日本人心思之深和气量之小。倘假以时日，天知道他们还有什么天才的殖民计划将要公诸于世和付诸实施。于此，我们也就不难想象，为什么光复之后，朝鲜人的第一件事，就是砸掉自家门前的那块写有日本姓氏的耻辱的牌子。于此，我们也就不难理解，为什么战后韩国人制定了那么多的法律法规，专门用来对付日本的渗透和染指。——直到今日，韩国在对日外交的强硬的一面，亦常常令我们这个中央集权的大国而汗颜。

种族主义驱使日本人投入侵略战争，侵略战争更激起了他们的种族主义。我们再直接摘录一些日本名人的言论。

满铁总裁大川周明博士，战后曾坐上被告席，旋因"精神病"逃脱了东京审判。在1924年他写道：

既然某些历史学家认为日本是我们这个星球上建立的第一个国家，所以它的神圣使命就是统治所有的民族。

在策划和制造了"九·一八"事变后，他又说：

民主已经消除，日本的民族主义已经达到出人意料的兴盛。

1937年8月5日，《大阪朝日新闻》评述：

尽管支那出现了举国的抗日热潮，但决不能以日本人的思维方式来看这些支那人。在支那，只有"社会"而无"同胞"可言。假如有1亿支那人，那么至少可以说其中的8千万是丝毫不具备国家观念的苦力……支那被统治大众并不关心统治者是谁。"威势"则令他们臣服，"仁政"将使他们幸福。日本平定北支那事业指日可待。

1939年1月21日，日本首相平昭骐一郎说：

> 我们希望日本的意向将会得到中国人的理解，以致他们能够与
> 我们合作。至于那些不愿意理解我们的人，除了消灭他们，我们别
> 无他法。

1939年，日本华北派遣军参谋长酒井隆写道：

> 中国只是一个"社会"而不是一个"国家"，或者还不如说是一
> 个土匪的社会。中国人是污染世界文明的细菌。

笔者对此已经用不着再作任何评论。说这些话的博士、记者、首相、将
军，无疑都属于最有教养的"文明"的日本人之列。精英者流尚且如此，那
么，那些踏上中国土地的日军官兵，不论干出什么事情，我们似乎也不应该
再吃惊了。

尽管日本人以亚洲领袖自居，说是为帮助亚洲人摆脱白种人的奴役压迫而
进行"圣战"，但他们对中国人与对美国人，却完全是天壤之别的两副面孔。

1937年12月，日军在进攻南京时，把美国和英国船只"误认为是中国军
用船"而轰炸和炮击，美舰巴内号沉没。日本立即道歉、赔偿、惩办责任者，
答应了美方的全部条件。"山本次官也操着在英国学的英语，亲自到大使馆
去努力消除误解。"日本赔偿221万美元，撤换并处分第2联空司令官，才算
了结。

时在东京的美国驻日本大使格鲁在日记中这样写道：

> 自从巴内号事件报道后，各界代表、来访者、信件、捐款像潮
> 水似地涌到使馆。各个阶层、各行各业的人，从政府高级官员、大夫、

教授和企业家，到学校的小学生，都来表示道歉和遗憾，他们对本国的海军所做的事情感到耻辱。一位穿着讲究的妇女，在使馆办事处的门后突然剪掉自己的头发，连同一只石竹花环一起交给使馆工作人员。有的日本人为自己祖国的耻辱而恸哭。我们所到之处，都有人向我们表示歉意。贵妇人和政府高官的夫人们，瞒着他们的丈夫访问了阿丽丝（格鲁夫人）……

与此同时，日军正在南京城进行着那场震惊世界的大屠杀。日本民众为日军胜利攻占中国首都而举国狂欢，全国各地都在举行提灯游行。在东京，成千上万的人涌向皇宫的各个门口，"万岁"之声响彻云霄。环绕皇宫的护城河水面上，千百盏灯笼的倒影在跳动着。

格鲁先生感慨万端：

我从来没有像现在这样强烈地感到"两个日本"的存在！

战败投降以后，日本天皇裕仁对于欧美，还多少作了一点象征性的道歉，但对于日本为害最深的亚洲各国，他到死也没有丝毫道歉的表示。日本人也普遍认为，那次战争中，他们只是败给了美国，而决不承认同时也是被中国所打败。美国是世界头号强国，并且是白种人，说败给美国毕竟比败给同是黄种人的中国要更有面子、更光荣一些——分明还是那种已经渗进了民族骨髓里边的自卑感。

民族心理的"错记"现象：
国家意志灌输的巨型"实验"

心理学家发现，动物和人都有一种"铭记"（imprinting）现象，与通常的"学习"不同，铭记过程迅速而短暂，不可逆转，也无须以后靠强化来加深印象。但如果弄错了关系和对象，铭记便成为"错记"（mal-imprinting）。请看这样一个实验报告：

> 许多幼禽一孵出来便要和母亲建立联系，识别并跟随母亲，否则，它们很容易迷路或死去。而这些小东西往往太好动，母亲若不借助铭记行为，也很难将它们拢在一起加以保护。铭记过程在几分钟内便可发生。小鸡或小鸭第一眼所看到的任何较大的可动物体，便被自动地当作母亲。在自然情况下，它们在出生后的第一眼看到的当然是它们的母亲。但在实验中，如果从孵化器中孵出的小鸡第一眼所看到的是个橙色气球，它们也会紧紧跟随它。这种铭记相当强烈，以至数天后让小鸡们在气球和它们真正的母亲（它们从未见过面）之间作选择，它们一定选择气球而不认亲娘。世界上再没有比这更能证明铭记现象的了。
>
> 也许有人会争论说，幼禽之所以跟随它们的亲生母亲，是因为跟随母亲便会得到温暖、食物、饮水等报赏。但实验中的橙色气球并不能带给小鸡任何以上的东西，它们还是把它当作母亲来依恋。所以，铭记行为不像普通学习那样是一种追求报赏的行为，它只不过像在摄影中的曝光而已，因此，可把它称之为"曝光学习"。（莫里斯：《人类动物园》）

即使在幼禽长大独立后不再跟随母亲了，早期铭记或错记的影响依然存在。在人工饲养动物之处，错记现象十分普遍。比如，一只在动物园的乌龟馆里独立养大的雄孔雀，居然全然不搭理新到的雌孔雀，而频频向被弄得莫名其妙的乌龟献媚。一些自幼和同类分开而由人养大的动物，到了发情期，常常不认人们专门为它们领来的异性同类，而试图与饲养它的主人交媾。对狗、熊猫、鹿、老虎、猴子、猩猩等动物都有过同样的观察记录。

形成了错记的动物的世界是一个奇异的、骇人的世界。错记造成了心理上的混血儿。这种动物有和同类一样的行为方式，但却将这些行为应用于养育它们的物种身上去了。对许多动物来说，错记的力量太强烈，以至扼杀了一切。（同上）

在讲述了动物的错记行为之后，人类学家警告我们这些智慧的高等动物说：

我们必须要正视这个事实：生活在"人类动物园"里，我们不可避免地要结成许多不正常的关系。我们注定要以不正常的方式接受不正常的刺激。我们的神经系统不够坚强。我们会固恋某种奇怪的、有时甚至是有害的关系，我们也会发生严重的关系互扰。我们大家都可能成为牺牲品。（同上）

应该感谢这些科学家的探索。他们开始使人类更多地了解和认识我们自己。

按照常理，人类的错记行为确然是一种不可思议的现象。但正是这种不可思议，为我们对另一些大规模的不可思议的人类行为，架起了一座解析之桥：

在这个科学昌明的世纪中，法西斯和集权主义的蛊惑为什么能一下子征服那么多的人？

种族和宗教的狂热为什么有那么大的能量？

在那些明显不堪一击的所谓理论面前，为什么人的理性和科学反倒变成了不堪一击的东西？

现代科学与人类理性本身又出了什么问题？

在侵略战争期间，日本是神国等神话，是驱使日本民众投入"圣战"的最重要精神支柱。这是日本民族与众不同的一大特色。

神话，一般来说，它都有这样几个特点。其一，世界各民族历史上的神话，大多起源于远古时代先民们的想象，经过世世代代的流转传说，最后被文字记录下来；其二，因为是传说，所以神话多不作为言之凿凿的正式的国家历史；其三，在近现代国家，神话都属于宗教或文化遗产领域中的东西，而不担负直接的政治功能。

可是日本的神话，恰恰与之完全相反。日本的神话既是出于后人有意识的编造，又被当作了国家的正史，最后还被赋予了极强的政治功能。

关于日本是神国的神话，最早见之于《古事记》（712年）和《日本书纪》（720年），乃是大和民族为了在高度繁荣的中国文化面前提高自己民族的自尊心而编造的历史。日本学者村上重良介绍说：

> 《古事记》《日本书纪》神话是经过古代天皇制国家之手编纂的露骨的政治神话，其背景有高天原系统、出云系统、日向系统等不同系统的原始日本神话。古代国家编造政治神话，说天照大神之弟素戈呜尊被逐出高天原，降临于中之国，开拓国土，其后代大国主命乃臣服于皇孙……又编造了神道的八百万神、八十万群神，而把天皇的祖先天照大神尊为日本最高神。

以"文明开化"为口号的明治维新时期，也是日本历史上造神运动登峰造极的时期。政府发布文告："天皇是最高的神，从开天辟地起就是日本的主人。"明治宪法的第一条便说："万世一系的天皇统治大日本帝国。"明治政府在全国广建神社，最终把国家神道作为统治国民的国家宗教，并确立为一种政治制度。

在国家神道体制下的日本，神话成了国家权力意识形态的基础，政府通过确立正统神话，使天皇名义的政治统治合理化。然后政府又运用各种手段，把神话灌输给国民，使国民相信日本民族是神所统帅的最优秀的民族，培植国民对天皇的绝对忠诚。

1882年颁布的《军人敕谕》中说：军队由天皇统帅，天皇亲掌统帅大权。天皇赖军人为股肱，军人仰天皇为颈首。"下级军人应铭记，听从长官的命令就是听从天皇的命令。"

在战争中，日本用一切手段把全部的民族感情都聚焦到天皇身上。发给前线部队的每一支香烟都强调是每一个士兵都受了"皇恩"，出击前每个士兵喝一口酒是更大的"皇恩"，每一个"神风"自杀飞机的飞行员都是去报答"皇恩"，全体"玉碎"的部队和居民也都是偿还"皇恩"。

日本民族为了造天皇这么一个神，几百万日本人都变成了战死鬼。

早在1890年颁布的《教育敕语》，就已经很有些军国主义的味道了。其中规定：教育之根本目的在于使国民"效忠天皇"，要求日本国民"为了与天地共存之天皇伟业，在战时奋勇作战，为天皇尽忠"。

利用学校进行皇民教育，在少年儿童的心灵上刻下深刻的烙印，培养起绝对服从和忠诚的一代，日本在这方面做得可以说是彻底而又成功。

下面是战时日本一所初中每天早晨朝会的典型仪式——

铃声响过，师生合着广播音乐的节奏，到朝会会场集合。随口令，采取"稍息"姿势，闭目宁思。五分钟后，铃响，睁大眼睛，保持立正姿势。校长上台，师生一齐面向校长，敬礼。全体面向宫城方向，"遥拜"、"默祷"。校长走到祭殿前，带领"一鞠躬，再鞠躬"，宣读"拜神词"、"教育敕语"、"敕语奉答词"。做国民体操后，学生随音乐齐步进入教室。入座，静默五分钟。老师进入教室，"上课。"班长："起立！"全体学生："请您教导！"班长："敬礼！"全体面向悬挂的皇宫图片行90度鞠躬礼。敬诵誓词：

> 我等乃陛下之学生，立于追求忠道之学业，誓翼赞圣业。
> 我等乃陛下之学生，振奋刚健不挠之气魄，誓宣扬皇道。
> 我等乃陛下之学生，切磋苦行勤于文武，誓作兴亚之柱石。

一个民族的心理"错记"，便如此铸成。

人们说，迷信产生于愚昧，而现代教育是现代文明的基础。可是，日本从19世纪末起，就一直是世界上国民识字率最高的几个国家之一。若仅仅从文化知识的角度，判别神国之类的说法，根本不需要多高的教育文化程度。看来，这不单是一个文化水平或文明程度的问题。

似乎这也不能说是因为"日本没有哲学"。德国是世界上大哲学家产生最多的国度，那是一个最有理性、最长于思辨的民族，而希特勒的那些理论说辞，在德国的大思想家面前，充其量是幼儿园级的，可他还是降伏了那个民族。

再想想那个实验。橙色气球对于小鸡没有任何意义，没有生它养它，不能给它母爱，不能给它温饱，也不能保护它，但它就是认气球而不认亲娘。这里边，没有任何道理、逻辑、因果、利益和价值可讲。这一切，仅仅是因为它出世的第一眼看到的是气球而不是它娘。

错记的力量简直令人不寒而栗。

在通常情况下，像错记行为这样的实验，科学家只能在动物身上进行。但是在日本，我们看到的分明是以一个民族为对象进行的心理错记行为的巨型"实验"。分析实验情况的科学家也许可以这样报告实验结果：

实验证明，形成了错记的民族的世界是一个奇异的、骇人的世界；并且，错记行为在人的身上比在动物身上更为强烈——至少，错记的力量还不足以扼杀掉小鸡的生存本能，它大概不会毫无意义而又自觉地为气球去死。但是，国家的错记灌输，却可以大批量造就任意支配的驯服工具。

是的，"我们大家都可能成为牺牲品"。

有神无鬼与无所畏惧：
没有宗教感的宗教大国

看起来，日本是一个宗教信仰极为普遍的国家。如果看统计数字，日本信仰各种宗教的人数比全国的人口总数还要多，也就是说，许多日本人同时信两种以上的宗教。日本人的这种宗教信仰习惯在世界上是罕见的。

一个日本人，可以既信佛教，又信神道教，或者佛教、神道教、基督教都信。即使这些宗教的教义和理论相互冲突、相互排斥，但这对日本人来说是无关紧要的。对于他们来说重要的是有宗教可信这么个形式，至于信什么那倒是次要的事情。

每年的新年之初，日本人常常倾家出动，举行叫作"初诣"的谒拜仪式，他们既谒拜寺庙，又谒拜神社。他们在日常生活中，常常是各种宗教仪式兼而用之，如祝贺小孩子的生日在神社，结婚仪式在教堂，举行葬礼在佛寺。这种情况对于基督教徒或是伊斯兰教徒，大概无论如何也不可理解，但在日本人却丝毫也不感到有什么矛盾。

有的学者把日本人的宗教概括为"实用宗教"。因为在本质上，可以说绝大多数日本人没有任何牢固的宗教信仰。他们的所谓信仰，就是"用得着就信，用不着就不信；用得着时什么都信，用不着时什么也不信"这么一种东西。魏常海在《日本文化概论》中说：

> 在日本人的心目中，神、佛、上帝只是"工具"。他们"使用"各种宗教仪式，就像在家里使用各种厂家的电器产品一样，冰箱是日立的，电视是索尼的，电饭锅是松下的，洗衣机是东芝的，一切都很自然，很和谐。

佛家历来讲"沙门不敬王者"。但在日本，佛教从中国输入之初就站到了统治者的一边，依靠着政权的力量。福泽谕吉就从这个角度分析了日本人宗教信仰的丧失：

> 宗教是支配人类心灵的东西，本来应该是最自由最独立丝毫不受他人控制丝毫不仰赖他人力量而超然独存的。但是，在我们日本则不然。……佛教虽盛，但是完全被收罗在政权之下，普照十方世界

的，不是佛光，而是政权的威力。所以，寺院没有独立自主的教权，皈依佛教的人没有信教的诚心，也不足为奇了。

国家神道曾经是日本的国家宗教，作为一种宗教性的政治制度，从明治维新到战败的80余年间，对日本国民和社会各个方面，都给予了广泛而深刻的影响。

自古以来，神道就一向被统治者视为维护神权的天皇统治的有力工具。它既支持了神权的作用，又维护了所谓"万世一系"的皇统。利用神道的传统思想，使得忠君报国、忠孝一致等思想得到充分发挥，更便于巩固封建统治权力，进而又成了对外侵略的依据。明治政府通过国家神道，向日本人灌输神国人民都是神皇的子孙，因而就有统治外国甚至全世界的权力，使之成为推行军国主义的国家精神支柱。

国家神道在世界宗教史上几乎是没有先例的特殊的宗教。它是近代天皇制的国家权力利用宗教进行统治和精神控制的一种手段。虽说是国家宗教，但在本质上却与日本国民的精神生活没有任何联系，因为它本身缺乏内容。战后，占领军解散了国家神道，靖国神社于是成为新旧军国主义分子的"神坛"。

靖国神社源于明治二年（1869年）修建的招魂社。当时，出于"镇护皇宫"的目的，选用毗邻东京城乾方（西北）之田安台为社址，修建招魂社，合祀自鸟羽伏见战争至函馆战争天皇军方面阵亡官兵3585名。十年后，招魂社改称靖国神社，授予别格官币社的社格，成为国家神道的重要支柱，由陆海军直接管辖。靖国神社将日本全国各地的护国神社纳入其系统，构成了一个庞大的体系。明治时期以来所有在对外侵略战争中战死的军人，都作为"护国英灵"供奉在靖国神社。随着日本不断的对外侵略，靖国神社的阵容与年俱增，达到240余万名。

1978年，东条英机等14名甲级战犯的灵位也公开供于靖国神社。战后，天皇裕仁先后八次参拜靖国神社。历届日本内阁成员也不断地参拜靖国神社。每一次活动，既与军国主义幽灵相关，也表明了日本人独有的社会宗教心理。

还在大正时期，日本的知识分子就曾批评政府强制国民参拜靖国神社，极大地混淆了国民道德观念。

日本的神道教屏弃了一切永恒的道德规范和普遍的价值观念。在它看来，不存在"邪恶"，而只有"不洁"。国家神道则把忠孝作为最高的道德规范。靖国的"国"，始终指的是大日本帝国，对天皇的忠，就是最高的德。只要是为天皇而死，便与他生前行为的善恶是非完全无关，统统都成为"护国神"。

"护国神"的观念已经成了日本人意识中的"铭记"部分。即使是具有反军国主义和反战倾向的作家，甚至也为慰安妇不能进靖国神社而愤愤不平："我觉得在靖国神社的院内建立随军护士和战场慰安妇的忠灵塔之类也是可以的。特别是慰安妇，她们和士兵一样消耗生命。应该说她们在战场上实行了诏敕中'博爱及于众'的教导。"

美国人类学家本尼迪克特在其名著《菊花与刀》中说：

> 日本虽然是个佛教大国，但是，轮回与涅槃的思想从来就不是国民佛教信仰的内容。日本的出生仪式和葬礼不受任何轮回转世思想的影响。轮回不是日本人的思维方式。涅槃思想也是如此，它不仅对一般民众毫无意义，僧侣们也把它修改得不复存在。涅槃就在此时此地。日本人根本没有兴趣去想象死后的另一个世界。他们的神话讲述的是神而不是死者的生活。他们甚至抛弃了佛教死后因果报应的思想。任何人，包括最微不足道的农夫，死后都成佛。家中神龛内的祖宗牌位就叫做"佛"。既然这就是佛，他们是当然不会想出任何像实现涅槃这样困难的目标的。如果干什么都成佛的话，人就没有必要终生苦修以达到超凡入圣的境界。

在日本人的宗教观念中，只有神而没有鬼，只有佛而没有魔。他们认为，神人同格，神人同系，神是人的祖先，人是神的后裔，所有的人死后都自动地成为神。在日本的神道中，普遍存在的是现世中心主义，没有比现世更有价值的世界。这样，日本的宗教，就与世界各民族的宗教都大不相同，它失去了劝善戒恶、约束人在世间的行为这样一个基本功能。既然无论什么人死后都要成佛，既然无论干了什么事情都能成神，那么人当然不会再去区分什么善与恶，当然没必要约束自己的行为。赤裸裸的现世中心主义，使人等不及到死后而是就在现世堕落。不信鬼的结果，反而使人堕落为鬼，甚至比魔鬼还要堕落。

欧洲有的学者认为，"宗教想象力"的丧失是20世纪人类悲剧的原因之一。宗教使得灵魂成为人性的基石。全然抛弃宗教，会终止人类的哲学探讨，取而代之的将是人类对自身的茫然无知和非理性的绝望。社会学家则认为，宗教是社会中的一种稳定和控制力量，人们的畏惧神秘和不可知力量的宗教感，能在相当程度上抑制人的动物本能和违规行为。

科学的无神论者总是说，宗教是早期人类愚昧无知的产物。即使如此，人类祖先创造出天堂与地狱、神与鬼以及因果报应等文化，这一方面反映了先民对美好的向往，同时它也有着类似动物的攻击禁忌的作用。对地狱的恐惧和对报应的顾忌，使人们不敢为所欲为。工业革命尤其是20世纪以来，随着科学和理性的发展，宗教和迷信的市场确实小多了。但是，不怕下地狱和不相信报应的法西斯主义和极权主义，却几乎把全世界都拖进了不折不扣的地狱，使人类遭受了代价极为惨痛的报应。

完全摆脱宗教感，不怕天打五雷轰，固然会使人"无所畏惧"，使人获得一种前所未有的"自由"，但是，人也就很容易被功利实用主义所彻底支配，变成鼠目寸光而又胆大包天的那么一种生物。

中国古人云：

> 君子有三畏：畏天命，畏鬼神，畏圣人之言。

此之"三畏"是否为金科玉律我们姑且不论，我们也不必想什么"君子"

与"小人"之分，但仅仅根据经验我们就可以知道：那些"无所畏惧"的人，不是英雄就是恶棍，当然大半是恶棍；"无所畏惧"的时代，常常就是疯狂的时代；"无所畏惧"的民族，则是什么事情都可以干得出来的可怕的民族。

人不能"无所畏惧"，因为我们的理性与自觉还相当脆弱。你可以不信鬼神，但是人与魔鬼之间并非隔着一道万里长城，我们随时可能把心交给魔鬼，甚至干脆变成魔鬼。

人类也不能"无所畏惧"，因为我们对外部世界了解得还太少，人类的力量还很有限。人是万物的主宰，是地球的主人之类的豪言壮语，不过说明了人类的无知与可笑。科学再发达，我们也只不过是撩开了宇宙神秘面纱的小小一角而已。即以生态环境而论，正是在这个科学技术最为发展、人类对环境了解得最多的时代，我们正在承受着最严重的生态环境危机、招致着大自然的最可怕报复——而现在我们所感知的这一切，或许还仅仅是一出小小的序幕。

"谁也不知道他们什么时候发疯"：
道德相对主义与耻感文化

> 日本人既好斗又和善，既尚武又爱美，既蛮横又文雅，既刻板又富有适应性，既顺从又不甘任人摆布，既忠诚不二又会背信弃义，既勇敢又胆怯，既保守又善于接受新事物，而且这一切相互矛盾的气质都是在最高的程度上表现出来的。他们非常关心别人对他们的行动的看法，但当别人对他们的过错一无所知时，他们又会被罪恶所征服。

这是本尼迪克特在《菊花与刀》的开头部分对日本人的描述。

世界上可以说再也没有哪一个民族像日本人和日本社会那样，同时存在着那么多相互矛盾的极端现象，并且又都融合在一起。因此，你怎么描述日本人都对，同时又都不对。你很难概括日本人，更难以把握日本人。你搞不清楚他们是什么，更不知道他们将会是什么。其实，连日本人自己也说不清楚自己是什么。可以说他们什么特点都有，然而，日本人最大的特点就是没有特点。

日本人行为准则的核心是相对性，即不是从一种绝对的意义和标准出发，去判断一个人的好与坏、行为的对与错，而是从这个人与他人的关系来判断此人及其行为，并以此决定自己的态度。

日本没有类似基督教的"十戒"那样的信条。抽象地谈论善与恶或美与丑，对日本人来说是没有意义的。因为在日本，是与非和善与恶等等，都是相对的，这些并没有明确不变的界限。

日本人的道德体系属于相对主义，它是针对具体关系而不是强调抽象原则。在日本社会，没有一套普遍的伦理准则，却有着极为繁琐的具体行为规则，日语中的敬语之复杂，就是它的表现之一。面对两个人，他要有两副面孔；在不同的场合，他或许需要完全相反的态度。因此，如果有了固定的标准和价值，日本人反而会无所适从。

我们说，作为公平的正义是社会体系的首要价值，正像真理是思想体系的首要价值一样。但这并不适用于日本人。在日本人，忠是最重要的道德；而在我们，忠只是一种道德行为，而不是道德标准。为天皇尽忠是日本人最高的道德，而不论行为本身的对与错或善与恶；我们却要对自己的行为负责，对良心负责，这就是普遍的道德和价值标准在起着作用。

日本人总是很坦然地否认所谓德即是同恶的斗争。几个世纪以来日本的哲学家和宗教家们都说，这正好证明日本民族道德的高尚。据他们说，中国人不得不制定道德戒律，来衡量所有的人和行为，"道德戒律适合于因本性低下而不得不用这种人为手段予以约束的中国人。"18世纪神道家本居曾这么说，近代国家主义的领袖们也一再这么讲。

在面临方向完全相反的行为转变时，没有固定的道德标准，也就没有道德负担；没有信仰追求，也就没有精神痛苦。前一天还同敌人进行自杀特攻战斗，第二天就举着鲜花欢迎敌军占领本土，这在全世界恐怕没有第二个民族再能做出这种事情，或者是接受这样的事实。但在日本人，这样做很自然。既然"玉碎"和"停战"都是出自天皇的命令，那么先特攻后合作就都是尽忠。行为的改变不是道德问题，或者说只有改变行为才是最大的道德。

日本在战败时所完成的全民转向，确实是只有在日本才会发生的奇迹。日本人当时正在全力准备"一亿玉碎"的"本土决战"，训练组织2000万人的包括妇女儿童在内的国民特攻大军，发誓要用菜刀和竹签与美军战斗到最后一个人。而美国方面也计划牺牲200万人才能占领整个日本。但是，天皇裕仁一发话，竟然"万丈波澜瞬间平息"。麦克阿瑟将军在抵达日本的当晚忐忑不安地对他的军官们说："弟兄们，咱们这可是军事史上最大的冒险。我们现在坐在敌人的国土上，我们只有这么一点军队，要看管住19个全副武装的师，还有7000万疯子……"然而，日本人再次让全世界大吃一惊。军事占领异常顺利，日本人合作得非常非常之好。美国记者说，他们早晨紧握着手枪着陆，中午收起了武器，晚上便外出买东西了。日本人以鞠躬和笑容、挥手和招呼迎接美国大兵，既无仇恨，也不沮丧，而是专注于维护战败国的"声誉"——日本国民被告知，与占领军好好合作，就能在全世界面前为日本人赢得面子。事情就是这样的绝对出人意外，刚刚有几十万日本军人被美军消灭，几十万日本平民死于美军轰炸，还有广岛和长崎两颗原子弹的大屠杀，可是，占领军踏上日本国土后，却"没有发生过一起报复事件"。这，无论怎么说也是一个奇迹。

这就是日本人。

本尼迪克特曾将日本人的行为模式概括为"耻感文化"。她认为，以道德作为绝对标准，依靠其启发良知的社会属于罪恶感文化，靠外部的约束力规范行为的社会属于耻辱感文化。耻辱感是对他人批评的一种反映。在耻辱感成为主要约束力的地方，一个人即使忏悔认错也不会感到宽慰。相反，只要坏行为"不为世人所知"，就不必烦恼，自供只能自寻麻烦。耻辱感文化就是对神也没有坦白的习惯。他们有庆贺幸运的仪式，但没有赎罪的仪式。耻辱感在日本人的生活中占据着首要的地位。他们以他人的评价为基准，确定自己的行动方针。当每个人都遵守相同的规则行动并相互支持的时候，日本人就会轻松愉快地干任何事。当他们感到自己所进行的是推行日本"使命"时，他们更会热衷于此道。

耻辱感文化进一步强化了日本人所特有的"死的哲学"。日军士兵受到教育说：死亡本身就是精神的胜利，从容不迫地迎接死亡才是美德。日本的军人手册上说：最后一颗子弹要留给自己。战争中的日军没有一支训练有素的救护队，日军撤退时，常常开枪射杀伤员，或让伤员自杀。日本人确实是一个不论为什么东西（天皇、国家、上司）捐躯都会感到荣幸的民族。把牺牲本身当作目的，把否定生命、消灭自我看作生命的实现，以消灭个体自我的存在来无条件地屈从于强权。

耻辱感文化也把日军的不投降主义推向了极端。任何西方军队，如果在尽了最大努力之后，发现仍处于绝境，就会向敌方投降。无论作为一个军人，还是一个公民，或是作为家庭成员，都不会因俘虏的经历而蒙受耻辱。而在日本，只有战斗到死或自杀才能保全名誉。万一被俘，就会名誉扫地，即使活着，他也已经是一个"死去的人"，甚至比死去还要糟糕。美军攻占塞班岛时，四万多名日军全军覆没，岛上还有万余名平民，日军强迫他们自杀，母亲杀死婴儿后自杀，老人们相互协助他杀和自杀，一群妇女从岛北侧的悬崖上投海。在关岛，当年日军进攻时，美军只战斗了25分钟就投降了；战争后期美军进攻，日军大部分战死，而有一名日军甚至在山里坚持了28年才"投降"。在日军的战俘营中，美国人甚至笑一笑都是件危险的事情，就会惹恼日本看守。在日本人看来，当俘虏已经是最可耻的了，而美国人居然不知羞耻地笑，这是日本人难以容忍的。

西方国家在战争中做了战俘的人，战后重登政治舞台，甚至还当了国家领导人，对日本来说是绝对不可思议的。同样，日本的战犯级人物在战后接二连三地出任首相（像52—54届三任内阁首相鸠山一郎、56—57届两任内阁首相岸信介，还有68—69届两任首相大平正芳曾是战时日本对华鸦片政策的推行者），就该轮到全世界不可思议了。

然而，不投降主义的另一面就是做"模范战俘"。一些被美军俘虏的日军官兵，不仅认真提供各种军事情报，为美军做宣传策反工作，还与美军轰炸机一起出航，飞临日本上空指点轰炸目标。在中国战场被八路军俘虏的日军官兵，组成了"日本支部"，还有些人正式参加了八路军，这些"日本八路"进行阵前喊话，直至投入战斗，面对面地与日军拼杀。在东北，日本投降后，有不少日军医务人员留在人民解放军的医院里，曾和他们一起工作过的人回忆说，那些日本大夫"个个都像白求恩！"

政治上的意识形态和信仰上的宗教教义，可以牢牢地控制许多中国人或西方人，但却控制不了日本人。不受普遍的道德标准和价值观的支配，使日本人常常将两个极端集于一身。说得尖刻一点，他们可以既是狼，又是羊：对下级是狼，对上级是羊；对外是狼，对内是羊；或者今天是羊，明天是狼。老上海人都知道"伊藤先生"这么一个称呼。伊藤是日本人的大姓，就像中国人说的张三李四。20世纪二三十年代的上海有许多日本人经商，在那些店铺里，日本人对中国顾客真像对待上帝一样，热情、礼貌、周到，殷勤备至。因此，老上海人说起"伊藤先生"，那感觉就如同后来我们说起"雷锋叔叔"。可是，"一·二八"事变日军攻入上海的第二天，这些"伊藤先生"们拿起刀来杀中国人，比谁都凶。

日本人不受意识形态、宗教信仰和道德标准之束缚这一点，也使他们在国际关系中令其他国家感到不安。20世纪60年代初，美国副国务卿乔治·鲍尔曾以"谁也不知道日本人什么时候发疯"为理由，坚持反对日本大规模重新武装。这话虽有些过激，但确实没有哪个国家的长期的政治和社会趋势，会像日本那样使人难以捉摸和无法预测。

"人而无信，不知其可。"这不仅是中国的古训，也是人类社会的通则。

但也正是没有道德负担和不受信仰控制这一点，是使战后日本人生存下来并创造经济奇迹的基础之一。

虐待狂与受虐狂：
从家庭教育到军队养成

美国的罗伯特·克里斯托福在《大和魂》中写道：

> 残酷无情可以说是日本人的天性，灌输残酷无情的场所首先是家庭。其次，日本教育体制的特点又进一步加强了这种灌输。

日本母亲通常向自己的孩子灌输的既不是敬畏上帝或因果报应思想，也不是普遍的伦理道德规范。她们用以教育孩子的，是日本社会所接受的行为规则，即以屈从和合群为起点的高度灵活的适应性。西方人认为，日本人从儿童时期就必须学会适应复杂的社会环境，这种心理压力太大了，他们的处境太严峻了。在日本，从家庭到学校对儿童的关心、培养和灌输，可以概括为"社会柔道术"。日本最大的航运公司总裁吉义弥回忆起自己的童年时说：

> 打从娘胎出世起，日本人就和美国人不一样。在美国，大人鼓励孩子发扬各自的特点，但在日本，教育孩子要懂得的第一件事是同集体保持一致。如能做到这一点，人们就会对你好，会体贴你。你无需提出什么要求；你不提要求，你的愿望反而会得到满足。要是一个孩子非常听话，不提出额外的要求，人们就会特别宠爱他。就是这样，把儿童感情上的自然反应变成了控制儿童的工具。

在战时的日本学校中，体罚作为"爱之鞭"而合理化，普遍地被采用着。教师对学生左右开弓抽耳光，抡拳头，用竹刀、木刀殴打，负重罚站，命令围着操场一直跑到站不住为止等等。有的教师自己不动手，命令班长打，或者让学生互相殴打。惩罚时不分男女学生一样对待。

> 在遥拜皇宫和礼拜奉安殿时，女孩子低下头后，因头发挡住眼睛而甩头的动作，被作为"大不敬"而严加禁止。发现偶然这样做的女生，教师就追究全班的共同责任，排好队，用拖鞋挨个打耳光。还有教师说拖鞋箱里的拖鞋放得不好，就让孩子把拖鞋顶在头上，面向门口端坐几小时。有的教师对结核菌呈阳性反应的孩子，说要用魄力驱除结核病，就让孩子在烈日下赤裸身体转圈。（山中恒：《我们的少年国民》）

日本是最重名誉、重面子的民族，但是，虐待、嘲弄和侮辱又是日本社会中最常见、最重要的教育手段。在学校里，不仅教师随时随意惩罚学生，高年级学生也都有戏弄和虐待低年级学生的习惯。在军队中，这一切自然就更为极端。

福泽谕吉曾这样论述武士道精神的训练：

> 有史以来，日本武人就遵循着本国人与人之间的规矩准则，生活在权力偏重的环境中，从不以对人屈从为耻，这和西洋人的爱惜自己的地位，尊重自己的身份，以及维护自己的权利相比，有着显著的区别。……没有一个不受压迫的，也没有一个人不压迫别人的，这就是既受别人压迫又压迫另外一些人，既屈从于此，又骄矜于彼。譬如，有甲乙丙丁等十人，乙对甲卑躬屈膝，好像是受到不可忍受的耻辱，但乙对丙却趾高气扬不可一世。所以用后者的得意以补偿前者的耻辱，使其不满得到平衡。如此丙取偿于丁，丁又求之于戊，一环套一环无休无止。如果以物质作比喻，西洋人的权利就像铁，既难使它膨胀，也难使它收缩；而日本武人的权利，则好像橡胶，其胀缩的情形随着接触的物质的不同而不同，对下则大肆膨胀，对

上则立时收缩。把这种偏轻和偏重的权力，集成一个整体，就叫做武人的威风。遭受这个整体压迫的，就是孤苦无告的小民。……所谓秩序，就是指在他们集团之内上下之间，人人都表现出卑屈的丑态，但是他们硬把整体的光荣，作为自己的光荣，反而抛弃了个人的地位，忘却了卑屈的丑态，由此另外制造成功一种秩序，并且安于这种秩序。习惯成自然，终于形成了他们的第二天性。……如果寻求其根源，那就是由于，日本的武人没有个人的独立精神，因而不以这种卑鄙的行径为可耻。

我们再不厌其详地摘录几段亲历者的回忆，看一看日本军队是如何把普通人训练成合格的"皇军"的：

1942年4月30日，我进入了横须贺海军第二兵团。因是志愿兵，所以对军队的知识，尤其是有关海军的知识全然不知，所见所闻都是初次。其中最令人吃惊的是，军队的每一个人见面都要敬礼，稍有疏忽就不得了，"这小子，好傲慢！"说着，就是一个耳光。……还有一种叫"注入海军魂"的处罚。有时，一天的教育结束后，如释重负地躺在吊床上正睡得迷迷糊糊，"全班集合"的号令响起，这时老兵一定大声训斥："你们松松垮垮怎么行！现在，要注入海军魂，站队！""举起手来！"他就用一米来长的木棒，挨个打屁股。如果叫疼或者扭腰，就打得更狠更多。要不然就让排成一队，"你们……"教导一番之后，就"给你纠正纠正"，"咬紧牙！""坚持住！"说着就巴掌、拳头地打起来。有时，一马虎帽子戴歪了，"这是什么样子！"又是一顿打。这种生活日复一日，这就是我们的新兵时代。（濑山干夫：《我的战争体验》）

下午稍事休息又演习，教官的脸色变了，助教、助手的表情也很难看。遇事就发脾气、打人，哪里还谈得上演习。刚排队就有一个家伙弄倒了武器，被教官打了十个耳光，接着，全体又挨班长的耳光，其次是上等兵再打耳光。全不当一回事。不论是对这个或那个都一律打下去，毫不留情。（饭冢浩二：《日本的军队》）

军队是比想象要超出多少倍的可怕的地方。一年的军队生活，彻底夺走了所有的人性。仅仅是参军两年的兵，就对我们初年兵像奴隶，不，像机器一样对待，除了折磨人虐待人以外，他们似乎就无事可干。听到背后议论，就让"坐火车"、"坐飞机"（均为老兵对新兵的体罚方法）。每天晚上都发出皮制拖鞋的拍打声，还发生过被剑鞘打伤住院缝了四针的事。当了伍长，那简直就是神仙了。（福中五郎：《听，大海的声音》）

"一年的军队生活，彻底夺走了所有的人性。"等他们熬过了一年，再有新兵到来的时候，他们就把自己一年中所积聚的全部屈辱和愤恨都转泄到新兵的身上，并不断发明创造出羞辱新兵的种种新的方法，以显示自己饱经"锻炼"。日本人常说当兵使一个人彻底变了，变成一个"真正极端的国家主义者"。这种改变不仅是因为极权主义的教育，也不仅是因为灌输了效忠天皇的思想，被迫做出屈辱的表演的体验，是心理和人性上的更重要的原因。从小在家庭中受了日本式的教养，自尊心和耻辱感极强的年轻人，在这种情况下很容易变得兽性十足。

关注法西斯猖獗现象的心理学家指出，虐待狂——受虐狂的性格结构，是一种典型的"极权主义性格"，而极权主义性格的人格结构，就构成了法西斯主义的人性基础。虐待狂与受虐狂是一种心理上的"共生"现象。应该说，每个人都程度不同地具有虐待狂与受虐狂的特性。对极端者来说，他们的整个人格都被虐待狂与受虐狂所控制。它主要体现在对权威的态度上：他仰慕权威，愿意屈从于权威，但同时又渴望自己成为权威，迫使他人屈从于自己。

完全绝对地控制他人，使他完全服从于我的意志，使自己成为他的绝对统治者和上帝，把他视为自己手中的玩物，能随意地伤害和奴役他人，使其痛苦不堪。再也没有比使人痛苦，使他人陷于无力自拔的痛苦境地更能显示自己对他人的统治权力了。虐待狂冲动的本质就在于，在对他人的绝对统治中取乐。

虐待狂与受虐狂的性格结构，使法西斯主义和极权主义的意识形态具有了最强大的号召力。而一旦成为一种集团心理和社会行为，它的毁灭欲和破坏力还要增强千百倍。

太平洋战争爆发后，全日本的家庭、学校、工厂也都进入紧张的战时生活。同时，无数慰问信寄往前线——

哥哥，一亿国民日夜盼望的日子终于来到了。今天颁布了对美国和英国的宣战诏书。我听到这一消息时的心情，浑身简直像凝固了。每个人的脸上都充满紧张激动的表情。你们北满那边也非常紧张吧！哥哥，我们再也不是从前那样的女学生了。一旦发生空袭时，我们女学生坚决竭尽自己的职责。只要我们能够做的事情，我们什么都干，后方要靠我们的双手来保卫。

开战后的第二天，我们女校配合颁布诏书的报告，去附近的八幡神社参拜，祝愿圣战必胜，皇军武运长久。每天的朝会上，校长都要给我们传达皇军的辉煌战果。有时，当讲到美英惨无人道的暴行时，我们感到痛恨，真想去前线揍他们。还有时讲到美国的狼狈相，我们都笑出声来。

但是，我们不知道大东亚战争要打到什么时候。无论打多久，我们决不陶醉在初战的胜利，要更加坚守后方。

哥哥，后方的工作由我们来做，你放心地去战斗吧！

崎玉县立柏壁女子高中二年级学生　松泽竹子

1944年10月，关岛、提尼岛的日军被全歼，许多居民"玉碎"，《朝日新闻》刊登妇女评论家高群逸枝的谈话：

> 听到提尼岛、关岛的消息，我想日本女性大义凛然的气概是难以形容的。大家知道，昔日讨伐新罗（朝鲜古国）的时候，战场上失去丈夫的妇女也决心死在战场上，临死前写下"妾身愿随夫君去，城头挥巾向大和"的诗句，以表达自己的忠诚。现在对神圣的天皇的虔诚精神是完全成为奉献给天皇的爱国心。……我们虽以难以形容的怜悯心情来悼念自杀的妇女们，但细想起来，她们绝不悲哀，恐怕是以愉快心情为国去死的。

这个精力充沛的民族，把他们的一切都无保留地献给了军国主义，他们被前所未有的热情所鼓舞。人民对政治高压、奴役和饥饿的忍受，被虚幻的信念、精神的胜利和民族自豪感所代替、所遮蔽。它终于形成一股势不可当的"神风"，将大和之船吹进暗礁群中。

日本人基本上属于敏感而脆弱的心理类型，越是敏感脆弱，越是要表现出坚强和力量。虐待狂并非源于力量，而是来自软弱。权力欲植根于软弱无力感。追求权力的人，恰恰是他无法摆脱内在的孤独无力感，无法依靠自己的力量生存下去的证明。他只有用外在权力来使自己获得自信，把权力视为自己的力量。或者干脆将自己溶化在狂热的集团之中，在集团的威力中体验力量的快感，直到用对自己生命的否定来证实屈从中的他的力量和存在。

既是军国主义分子操纵了日本民族，又是日本大众培育和鼓励了军国主义。可以说是日本民族历史地选择了法西斯的军国主义。1932年5月，日本军官刺杀首相的事件发生后，审判的法官接到全国各地的11万份血书，为凶手开脱。新泻县的几个青年不仅要求替凶手服刑，还寄来了几节泡在酒精里的小手指头，以示"真诚"。

那些年月的日本，是整个民族的法西斯"狂欢节"。可以设想，一旦进入那个轨道之后，即使政府选择"温和"路线，不仅军部和右翼不会同意，日本国民也未必答应。从这种全民狂热的角度上，或许可以称战时的日本为"民主的法西斯国家"。

民族狂热现象，在某种程度上就如同一架神秘的"永动机"，只要它被启动，任何人也不可能阻挡它。想进行制动的人，只能被它所碾碎。只有当这个民族彻底折腾够了以后，折腾得筋疲力尽、焦头烂额，到这个时候，这架永动机的破坏性实验，才会以它的解体而告结束。

不仅是在日本，20世纪以来现代人类的许多灾难，都是这类剧目的重复演出。

集团实用主义：
日本人最重要的行为模式

许多学者都研究过日本人的集团心理。日本人即使不是世界上集团意识最强的民族，也是最强的民族之一。集团意识与自我意识是成反比的。按照西方学者的观点，自我意识的觉醒，是进入现代社会的前提。雅各布·布克哈特在《意大利文艺复兴时期的文化》中，对这一状况作了经典的描述：

> 在中世纪，人的意识的两个方面，内在意识和外在意识，都像梦幻似地或似醒非醒地罩在一层共同的面纱之下。这层面纱是由信仰、幻觉和幼稚的偏见编织而成的。人们透过它向外看，世界和历史都罩上了一层奇怪的色彩。人只是把自己作为一个种族、民族、党派、家族或社团的一分子，并且，他也只是从种族、民族等这些一般群体的立场出发来认识自己。在意大利，这层纱幕最先烟消云散；对于外部世界的一切事物做客观的考虑和处理于是成为可能的了。同时，主观方面也相应地强调表现它自己；人成了精神的个体，并且也这样来认识自己。

在日本，由于它的历史，它的文化，它的民族性，个人主义和自我意识从来也没有得到过真正的发展。虽然不断地吸收外来文化，日本人还是以他们自己的方式，书写了他们独特的文明史。启蒙思想家福泽谕吉在其启蒙著作《文明论概略·序言》中的第一句话就说：

> 文明论是探讨人类精神发展的理论。其目的不在于讨论个人精神的发展，而是讨论广大群众的总的精神发展。所以，文明论也可称为群众精神发展论。

这显然与欧洲启蒙运动的宗旨完全不同。但如果像西方思想家那样启蒙，在日本也许就没有什么人会知道有个福泽谕吉了。这本身大概就说明了日本集团意识的巨大作用：顺之者昌，逆之者亡。

前边已经谈到过，日本人从一生下来，在家里就受到如何适应他人，顺从社会的教育和训练。日本人最怕的就是自己与大家不一样，总是千方百计地证明自己与大家的一样。只有置身于一个集团时，日本人才会心安理得，才能得到更多的尊敬。只有将自己完全融化在集团之中，他们才能找到"自我"的位置和价值。日本人的集团意识，是一种整个民族的趋同性。

有学者曾将樱花作了这样的描写：

> 樱花是日本的国花，日本人自古以来就对它倍加喜爱。
>
> 樱花的花瓣非常小。将一朵樱花采摘下来实在是平平凡凡、微不足道。但是千万朵樱花连成一片，汇成花的海洋，那场面便蔚为壮观、绚丽多姿了。这正是日本社会的形象写照。
>
> 樱花的颜色相当单调，盛开时一片粉红。赏花者没有人会在那数不清的花簇中去辨别哪朵更艳更美。樱花所体现的是整体美。
>
> 樱花树干粗壮，而每朵花却又十分弱小娇嫩，每一朵花与它所依托的树干形成强烈的反差。这也正是日本社会组织结构的绝妙

写照。（王文元：《樱花与祭》）

集团的整体感和认同感，形成了一个封闭的世界，产生了强烈的孤立感和极端的排他性，这又反过来强化了集团的整体感。日本人在处理内部人与人关系方面的高度技巧，反而成了他们与外部打交道的障碍，这也促使他们进一步内向。因此，他们的"自家人"与"外人"的意识非常强。对日本人来说，集团和"自家人"便是一切，他们对自己圈子以外的人，常常抱一种类似敌意的冷淡。日本人的相对主义的"外推式道德"，也因这种集团意识更为明显。外推式道德是由关系和利益决定的。对"自家人"可以不分你我；对熟人和朋友以礼相待；而对陌生人则可以完全不讲道德，因为他们本来就没有"一视同仁"的道德规范。在自家人和熟人的圈子里，他们彬彬有礼；而到了陌生人的环境中，就仿佛对方不是人似的，可以毫无顾忌地做出不礼貌的行为，甚至是故意侵犯和凌辱。比如在车上，如果是陌生人，为了抢座位可以把他人推开，但如果来了熟识的人，尤其是自己的上司，那无论自己多累也会马上让座。

日本社会的宗教感的丧失、哲学的贫困以及道德相对性，都强化了日本人的集团意识，也使他们更依赖于集团意识。

集团主义还有一个特点，那就是既能够把个人的"力量放大"，同时还可以把个人的"责任缩小"。

如果是一个人偷偷摸摸地干坏事，一般都会胆怯，会有罪恶感；但是，如果和他人共同做这些事，不仅人多势壮，还可以满足本性，成为荣誉，被同伴视为英雄。当他们在集团中杀人、强奸时，不仅不会有罪恶感，还会因为自己的表现比别人更出色而充满自豪感。这时候，一个人的人性、良知等等，完全被集团内的道德标准所淹没，集团认可的任何事情他都会干出来；而在狂热的集团中，任何行为都会被认可，并且往往越是极端的行为越会得到更多的赞赏和效仿。结果，必然是比赛野蛮，比赛疯狂，比赛残暴，看谁"比野兽更野兽",或者说是看谁"比人还坏"。

同时,因为是集团行为,既有"上级命令",又有"大家都一样",这就形成了一种"无责任集团"。干的时候没有犯罪感,干完之后也没有责任感(内疚感),这样的集团,确实妙不可言。

日本一位学者就曾经这样谈起"战争责任"问题:

> 在15年战争中,作为个人,日本没有一个战争责任者。即大家都有错。战争责任由全体日本国民承担,不是由领导人承担。所谓"一亿总忏悔",就是说无论是香烟铺的老板娘还是东条首相,都有一亿分之一的责任。一亿分之一的责任,事实上接近于零,即变得没有责任。大家都有责任,几乎等同于谁也没有责任。(加藤周一:《日本社会文化的基本特征》)

"香烟铺的老板娘与东条英机都有一亿分之一的责任","几乎等同于谁也没有责任",这就是日本人的"集团思维"。

人们也曾多方面地谈论过日本人的实用主义,日本人那种"不讲原则"的灵活性,"不讲道德"的适应性,那种搅拌机式的大杂烩的文明等。对他们来说,实用是目的,其他一切都是手段。

日本从各方面都被看成是一个自私自利的国家,只顾自己眼前的经济利益,对其他国家的经济需要漠不关心,对世界上的非经济问题毫无兴趣。日本人被斥为"经济动物"。美国人非常不满意日本在牺牲美国利益的情况下"免费搭车"。

在环境保护方面,日本人也是奉行内外有别的双重标准。森林在日本受到极严格的保护,根本不准砍伐,但日本却从东南亚、前苏联和拉美大量进口木材,每年的进口量占了世界木材出口总额的40%。一位绿色和平组织人士说:"日本人为了得到自己所需要的东西,从鲸肉、象牙到木材,简直是不择手段。"尽管日本国内的环境保护搞得相当不错，从控制污染到回收垃圾，许多方面均有甚佳记录，但它却把大批严重污染和有危险性的工厂迁往发展中国家。许多报刊将日本列入"应对全球生态破坏负主要责任的最糟糕的国家"。在这个方面，也是"日本名列第一"。

日本人不为意识形态、抽象理论和终极信仰之类的问题操心。世界上恐怕没有任何政党像日本的自民党那样缺乏连贯和明确的意识形态目标。日本人也不关心与现实没有关系的天堂和地狱，他们既没有创世纪的神话，也没有末日的理论。他们搞《日本陆沉》之类的影片，也是出于对将现实利益持续下去的关注。

在日本，历史无始无终，只有"现在"永远持续下去。

明治年间曾长期在日本生活的德国人贝尔兹，在日记中记下了他的这样一段经历：他在东京医学校讲课时，有一次问学生，江户时代是怎样的时代，学生只是冷笑，毫无回答的意思。当学生知道他确实是在问日本的历史，而不是在嘲笑他们时，一个学生认真答道："我们没有过去。我们认为，过去的一切都应当抹杀掉。从今以后的日本，有的只是前途。"贝尔兹感叹：

> 多么不可思议的事情啊，现在的日本人对于自己民族的过去，根本什么都不想知道。岂止如此，有教养的人们竟不以自己民族的历史为耻。

日本人只有现在。他们最关心的就是日本民族的生存，自己民族的利益和福祉。正是这些，决定了日本人行为模式的核心——笔者把它概括为——集团实用主义。

民族利益是最高标准，一切都为了和围绕着这一点。他们永远面对今天，一切从今天的利益需要出发。

如果天皇制不再需要，他们也会在一夜之间抛弃它。本来，从明治时期到战时以及战后，对天皇制就仅仅是"需要"，只是需要的层面不同而已。

因为今天的利益是唯一的标准，所以不存在对过去行为负责的问题，所以没有"反省"、"忏悔"那么一说。忏悔只能增加自己现在的烦恼，于利益有损无益。反省只是少数日本人的特殊心理，它与集团实用主义的民族思维定式不能相容。即使反省，也大半是为了"照顾左邻右舍的情绪"，还是为了自己的生存。或者因为战争曾给日本民族带来极大灾难，不能覆辙重蹈，也是为了民族现今的生存和利益。

以集团实用主义为行为模式的民族，无疑是个伟大的民族，同时也是个可怕的民族。它赋予这个民族巨大的冲力，又能随时进行"无惯性转向"。日本人成于斯，亦败于斯，它引导日本人冲进民族的灾难，又引导日本人迅速崛起并再度辉煌；人们对日本，褒的是它，贬的也是它。奉行集团实用主义的日本人，使人可慕可叹，可敬可畏，可望而不可即。因为其他任何民族也不可能那样不择手段旁若无人地攫取自己的利益，而不受良知的折磨。

尽管集团实用主义与人类社会普遍的道德规范和行为准则相悖逆，不幸的是，日本却向全世界一再表明，这是一种极为成功的模式。就像在人类以往漫长的进化年代中，对战争手段使用的最熟练的社会，常常就是最成功的社会一样。虽说战争行为违反人类的道德准则和根本利益，但是，它对于谋求集团利益却总是有着奇效。人类那微弱的理性呼唤和道德束缚，被攻击一方那汇流成河的鲜血和废墟千里的惨象，以及发动战争的民族最终无一例外地被战争所埋葬的历史教训，都不能阻止人类前赴后继地奔向战场的赴汤蹈火之势。具有讽刺意味的是，倒是使战争空前升级的核武器的出现，才使我们看到了终于有可能制止人类社会疯狂的战争模式的一线曙光。可是，广岛已经证明了，原子弹却无力制止这另一种无视人类社会普遍规则的行为模式。

日本的怪圈：战术上的成功
同时就是战略上的失败

1941年12月7日，日本联合舰队奔袭相距6000公里的夏威夷美国海军基地珍珠港，创造了世界军事史上最成功的战例之一。

突袭珍珠港的胜利，使日本人举国若狂。对于日本人，这是比甲午战争打败中国人和日俄战争打败俄国人以及占领南京都更为强烈的兴奋剂。

但是，从来没有为胜利这样兴高采烈的日本人，这次却是真正地失败了。

这一胜利，最典型地体现了日本在对外侵略中那种似乎是命中注定的矛盾：每一次战术上的巨大成功，同时就是战略上的更大失误和失败。

我们只要看一下当时世界上的著名政治家们对珍珠港事件的反应，便什么也不用说了——

美国，罗斯福要通了伦敦，亲自同丘吉尔通话："他们在珍珠港向我们发起了攻击。今后，我们大家要同舟共济了。"

英国，丘吉尔终于松了一口气，英国独自拼命抵挡德国法西斯的可怕日子总算熬过去了，他喜形于色："希特勒完蛋了。墨索里尼完蛋了。至于日本人，他们将被碾为齑粉。剩下的只是正确使用占压倒优势的力量而已。"

法国，戴高乐听到这个消息后，沉思了一会儿，对他的助手说："现在，这场战争是确定无疑地打赢了。"

德国，希特勒一直坚持要不惜一切代价防止把美国拉入战争，以至他的幕僚和将军们对神经质的希特勒唯独在这个问题上的异乎寻常的克制力都深感吃惊。

中国，蒋介石马上给罗斯福写了一封亲笔信。周恩来得知日美开战的消息异常高兴。女作家韩素音记下了那一天重庆节日般的情景："大街上顿时一派沸腾的景象。军事委员会荡溢着欢乐的气氛。蒋也情不自禁地哼起了戏曲，整天放万福玛利亚的唱片。国民政府的官员就像取得了大胜利一样奔走相告。"

当然，不那么高兴的人也是有的。日本著名将领山本五十六，在袭击珍珠港前就对之持战略悲观态度。作为军事家，他对日美军事力量的对比和战争的前景，有着和丘吉尔、戴高乐很近似的清醒。但是，他又处在必须对天皇无条件尽忠的这个更大的怪圈里边，因此他当然不可能脱出战术成功、战略失败的日本怪圈。

1928年6月4日，张作霖的专车在皇姑屯被关东军所炸，张重伤身亡。

关东军制造的这一事件，计划周密，实施准确，可以说十分成功。但是从战略上，这又实在匪夷所思。因为当时在整个中国，日本人很难找出第二个比张作霖先生更愿意和他们合作的实权人物了。

刚刚制定了"惟欲征服中国，必先征服满蒙；如欲征服世界，必先征服中国"的侵略国策的日本首相田中义一，本想继续利用张作霖来实现其侵华政策。但他没想到关东军真的会干掉张作霖。因此，田中听到皇姑屯事件的消息后说："我的事业到此就算完结了！"

62年后，1990年张学良先生接受日本记者采访时说："你们日本人刺杀我父亲，我认为他们很糊涂，我父亲当时很愿意和日本人合作。换句话说，作为我自己，日本人做出这样的事情，我怎么能和日本人合作呢？有什么法子和日本合作呢？也没法子。拿句厉害的话说，我父亲那么样子他都被刺杀，那我那样还不是被刺杀？什么人能跟日本人合作呢？怎么合作呢？当卖国贼？"

这个怪圈并不仅仅是存在于珍珠港等事件上。翻遍日本的对外侵略史，我们会发现，这怪圈就像个噩梦，始终缠绕着日本人。

日本人的侵略欲太强烈，总是得寸进尺，登着锅台就上炕。在这方面，他们从来没有满足的时候，从来不会自我克制。结果，就迅速超越极限，最后自然是物极必反，以彻底输光老本的失败而告终。在侵略扩张的过程中，每一次得手，都刺激它进行新的冒险；每一次胜利，都吸引它夺取新的胜利。可它又毕竟是个岛国，力量和资源很有限。当然，即使国力再强盛，也都自有其扩张的极限，无论军事行动还是经济侵略，都是如此。在侵略战争中，越是胜利，就越使日本陷得更深。从这个意义上，它的每一次战役的胜利，都是给自己又套上了一根绞索。除了绞索，不可能还是别的什么。

我们还可以反过来证明一下这个怪圈的存在。那就是，局部的失败有时候反而能使怪圈停止发生作用。可以这样假设，如果偷袭珍珠港失败，太平洋战争很可能就打不起来；即使打起来，也会是另一种规模。那样的话，日本帝国的灭亡就不会来得这么快了。再假设，如果在日本发动"九·一八"事变的时候，中国进行坚决的抵抗，国际社会同时作出强硬的反应，就极有可能制止日本的侵略。当然，历史已经不允许"假设"了，结果是怪圈循环往复，直到日本彻底失败才得以摆脱。

事实上也有过不用假设的证明。在侵华战争的同时，日本几次试探性对苏联作战。先是在张鼓峰，日本人小试牛刀，吃了败仗还不甘心，又在诺门坎大干一场，最后以被歼灭2.5万人的代价，领教了苏军坦克和重炮的厉害。后来，尽管德国从西部进攻苏联，日本也极想趁火打劫，并且已经调集了70万大军在东北搞大演习，但最终也没敢贸然"北进"。当然，这里边还有中国战场的钳制和"南进"的诱惑等重要因素，可是，如果没有诺门坎的失败，恐怕日本人早就循着恶性膨胀的怪圈扑进西伯利亚了。可以说，诺门坎的"小"失败，使日本人避免了在这个战略方向上更大的惨败。

也许，他们意识不到这一怪圈。在战后的许多出版物中，对他们当年取得的一系列战役的胜利，仍然充满自豪之感。据说，有一阵子在日本颇为流行二战时期著名战役的游戏，包括中途岛海战等等，不仅结局是日军大获全胜，而且得到的奖励是慰安妇。这是在鼓励日本年轻的一代去钻新的怪圈。

看来，怪圈中人坚决否认怪圈的存在，他们只想着重温"往日的辉煌"。这真应了西方的一句老话：

上帝叫谁灭亡，必先使其疯狂。

毛泽东李宗仁纵论侵华日军之战略失误

在八年抗战期间，李宗仁有四分之三的时间任第五战区司令长官，在正面战场的诸多战区指挥官中，他是一位能够真正与日军一比高低的将领。李宗仁在其《回忆录》中，对侵华日军的战略失误，有如下评论：

日本侵华战争的基本错误便是"企图征服中国"，这本身就是一个不可补救的错误。日本自明治维新以后，侵华一直是它的基本国策。此种国策的制定，可能有两种因素：一是受西方帝国主义的影响。日本目击西方列强由于侵略弱小民族而致富强，所以它要踵起效尤。二是日本对中国的错觉。日本人一向把中国看成一个无可救药的古老国家，长期贫弱，不可与西化了的日本抗衡；再者，中国被国内的少数民族征服已不止一次，往者有蒙古，近者有满洲，满、蒙二族尚且统治中国，况日本乎？

但日本究系岛国，民族眼光短视，胸襟狭隘，政治、军事领袖皆有志大才疏之弊，徒有成吉思汗的野心，而无成吉思汗的才能和魄力，因而他们侵华的方式，是蚕食而不是鲸吞。既已作了侵略者，又没勇气承认对华战事为"侵略"，却硬说是"事变"，而且这些"事变"的制造，又是毫无计划的盲目行动。

侵华战事既已发动，而日本人又没有气魄来大举称兵。等到中国民愤达到最高潮，以致卢沟桥"事变"无法收场，大规模用兵势在不免之时，日本又不思倾全国之师来犯，只是在华北、华东用少数兵力与中国作战。到兵力不敷时，才逐次增兵。这种"逐次增兵法"便犯了兵家大忌。中国地广人密，日军一个师团一个师团地开进中国，正如把酱油滴入水中，直至把一瓶酱油滴完，为水稀释于无形而后已。日本人便是这样一滴滴地，滴进了六七十个师团在中国大陆，但是还是泥腿深陷，坐以待毙。

在感叹日本无人的同时，李宗仁为他们做了战略推演：

日本既处心积虑要征服中国，就应乘欧洲多事之秋，一举把中国吞下。日本平时国防军有20个师团，稍一动员便可增至四五十个师团。如果在卢沟桥战事发动前夕，日本便动员全国，首批派遣30个师团同时分途进犯。用闪电战方式，主力由平汉、津浦两路南下，另以一路出西北，实行战略大迂回，占领兰州，切断中苏的交通，并与沿陇海铁路西进的部队相呼应，夹攻陕西，占领西安，得陇望蜀，威胁成都。同时利用海道运输的便利，向长江、珠江两流域西进攻击，与其南下主力军相呼应，使西南各省军队不能调至长江流域作战，则占领淞沪、南京、武汉、长沙等战略要地，无异探囊取物。然后右路越秦岭占成都；中路上宜昌，穿三峡，入夔门，占重庆；左路经广西，向都匀，入贵阳。如此一举而占领中国各重要都市，将我方野战军主力摧毁，将零星游击队赶入山区，肢解我们整体抵抗的局面，陷全国于瘫痪状态，并非难事。到那时，我政府只有俯首听命。等到大势已去，纵使我们的主战派也只好箝口结舌，则以蒋、汪为首的反战派和三日亡国论者自将振振有词，率全国人民屈服于暴力之下了。然后，一俟德、意向外侵略，欧战发展到顶点时，日本即可挟中国的人力物力，向亚洲防卫力量薄弱的地区，进行狂风掳掠性的战争，则南进北进，均可游刃有余。如此，二次大战结束的面貌，恐将完全两样了。

李将军的战略推演，不能不说很有道理。但是，在这个博弈棋盘上，只有对垒两军的棋子，他却没有看到中国人民这一抗战中最伟大的力量。国民政府及其军队，在八年抗战中，始终未能发动真正的全民抗战，使得日本狂妄而错误百出的战略计划一再轻易得手，也徒使中华民族付出了更大的血的代价。

我们且继续听听他对日军战略的评价：

日本的基本政略既已铸成大错，其局部战略运用错误亦复如出一辙。卢沟桥事变后彼乘我政府的不备，不宣而战，瞬息即击破我华北的驻军，如果乘胜跟踪穷追，使我政府无喘息的余暇，占领东西交通动脉陇海路，进迫武汉、南京，截断长江运输，则京、沪不攻自破。日军有此天与的良机而不取，竟将其主力军投入四面丛山峻岭的山西，以致旷日持久，作茧自缚。虽用尽九牛二虎之力，前锋勉强一度进至黄河北岸，然而南望风陵渡，面对汹汹巨浪，何能飞渡？其后虽把主力军抽出，南下围攻徐州，西进攻占开封，企图席卷豫、皖产粮区域，却又被黄河决堤泛滥所阻。逼不得已，乃转循长江西侵，因两岸地形复杂，进展甚缓。到占领武汉，已成强弩之末，形成僵持的局面。中国历史上元、清两代入关，系由北方南下，以居高临下之势，自可事半而功倍。日本恃有海军的支援，违背传统战略有利条件，改由江道西上作仰攻，兵力又不敷分配，其失败固可预卜。

《李宗仁回忆录》成书于抗战后的二十余年即60年代初。而在1938年5月，毛泽东在延安的土窑洞里，就准确地看出了日本的基本弱点和战略错误。他在《抗日游击战争的战略问题》中说：

日本帝国主义有两个基本的弱点，即是兵力不足和异国作战。并且因其对中国力量的估计不足和日本军阀的内部矛盾，产生了许多指挥的错误，例如逐渐增加兵力，缺乏战略的协同，某种时期没有主攻方向，某些作战失去时机和有包围无歼灭等等，可以说是他的第三个弱点。

在《论持久战》中，毛泽东进一步分析道：

从战略和战役上来说，敌人在十个月侵略战争中，已经犯了许多错误。计其大者有五。一是逐渐增加兵力。这是由于敌人对中国估计不足而来的，也有他自己兵力不足的原因。敌人一向看不起我们，东四省得了便宜之后，加之有冀东、察北的占领，这些都算作敌人的战略侦察。他们得来的结论是：一盘散沙。据此以为中国不值一打，而定出所谓"速决"的计划，少少出点兵力，企图吓溃我们。……及至不行，就逐渐增兵，由十几个师团一次又一次地增至30个。再要前进，非再增不可。但由于同苏联对立，又由于人财先天不足，所以日本的最大出兵数和最后的进攻点都不得不受一定的限制。二是没有主攻方向。台儿庄战役以前，敌在华中、华北大体上是平分兵力的，两方内部又各自平分。例如华北，在津浦、平汉、同蒲三路平分兵力，每路伤亡了一些，占领地驻守了一些，再前进就没有兵了。……三是没有战略协同。敌之华中、华北两集团中，每一集团内部是大体协同的，但两集团之间则很不协同。津浦南段打小蚌埠时，北段不动；北段打台儿庄时，南段不动。……四是失去战略时机。这点显著地表现在南京、太原两地占领后的停顿，主要的是因为兵力不足，没有战略追击队。五是包围多歼灭少。台儿庄战役以前，上海、南京、沧州、保定、南口、忻口、临汾诸役，击破者多，俘获者少，表现其指挥的笨拙。

毛泽东还指出了日军的另一面：

敌人的战略战役指挥许多不行，但其战斗指挥，即部队战术和小兵团战术，却颇有高明之处，这一点我们应该向他学习。

日本军队的长处，不但在其武器，还在其官兵的教养——其组织性，其因过去没有打过败仗而形成的自信心，其对天皇和鬼神的迷信，其傲慢自尊，其对中国人的轻视等等特点；这是日本军阀多年的武断教育和日本民族的习惯造成的。

李宗仁也这样评价日军：

> 至于日本军队的长处，那也确是说不尽的。日本陆军训练之精，和战斗力之强，可说举世罕有其匹。用兵行阵时，上至将官，下至士卒，俱按战术战斗原则作战，一丝不乱，令敌人不易有隙可乘。日本高级将领中虽乏出色战略家，但是在基本原则上，绝少发生重大错误。日本将官，一般都身材矮小，其貌不扬，但其做事皆能脚踏实地，一丝不苟，令人生敬生畏。这些都是日本军人的长处。不过如果一个国家的大政方针的出发点已错，则小瑜不足以掩大瑕。何况"兵凶战危"，古有明训，不得已始一用之。日本凭了一点武士道精神，动辄以穷兵黩武相尚，终于玩火自焚，岂不是理所当然吗？

在抗日战争初期，毛泽东就指明，日本不可克服的致命弱点是兵力不足（包括小国、寡民、资源不足及其是封建的帝国主义等等）和异国作战（包括战争的帝国主义性质和野蛮性等等），加上指挥笨拙，使其战略主动权日益减弱，日本"无限止地吞灭全中国是不可能的。会有一天日本要处于完全的被动地位，这种情况现在就可以开始看出来"。毛泽东还准确预言了抗日战争发展的三个战略阶段。

而在日本，同一时期制定国策的各种会议——御前会议、大本营和政府联席会议、四大臣会议、五大臣会议等，那些会议记录表明，日本的决策者对重大问题的分析是那么平庸，在制定战略计划时竟会那样目光短浅，越来越像一厢情愿而又输红了眼的赌徒，眼看着一步一步地滑进大陆的泥淖之中。而他们唯一的依靠就是更为丧失理智的消灭政策和屠杀政策，这种政策又迅速把侵略者拖向灭亡。

其时日本的重要决策者之一、曾三次出任战时内阁首相的近卫，在1945年写下了这样一段把责任推给陆军的悼词：

情况已是这样，形势的发展逼使他们继续往前走，战线越拉越长。中国事变之所以造成极大的危害，其原因就在这里。

就是这位近卫公爵，被定为甲级战犯后，在入狱前几小时自杀而死。只是他到死也没有弄明白，他的日本帝国到底是怎样崩溃的，他自己又是怎样走进坟墓的。

"鬼子"这一汉语名词
如何为日本侵略者所独占

20世纪注定以大屠杀的世纪而载入人类史册。

虽然这种大屠杀在人类历史上并不是独一无二的。然而，正如英国历史学家汤因比所指出的，20世纪的大屠杀在这一点上是独一无二的——

> 这种屠杀是由掌握暴虐政治力量的人有意发布命令而不动声色地犯下的罪行。而且，屠杀的行凶者利用了现今一切可以利用的技术和组织，使他们预先计划好的大屠杀系统化和完整化。

尽管在日本投降前后，他们将可以构成罪证的文件和档案几乎全部销毁，但是东京审判还是以确凿的证据证明，种族灭绝的屠杀是日军的基本政策之一，是日军有计划有组织的行为；不仅在南京大屠杀和马尼拉大屠杀（战争末期，日军在菲律宾首都马尼拉，连续几个月屠杀平民和战俘，共有131000多名当地居民、华侨和美国人被屠杀）中是如此，在整个侵华战争和太平洋战争中，日本军队都是如此。《判决书》云：

> 提交给法庭的有关破坏战争法规与惯例的暴行和其他罪行的证据证明，从侵华战争开始至1945年8月日本投降为止，日本陆海军广

泛采用了最惨无人道和极端凶残的严刑拷打、屠杀、强奸妇女以及其他残暴行为。法庭数月间受理了大量口头和书面证言，这些证言详细地指出了日军在各个战场到处犯下的、然而是一模一样的暴行。从这里只能得出一个结论，即：这类暴行或是遵照密令作出的，或是经过日本政府或政府成员以及军方领导人允许后作出的。

下面，我们再摘录几段在战争中缴获的日军文件，请原谅，仍然不作评论。原因很简单，笔者希望在有限的篇幅中，容纳尽可能多的事实和信息；而事实最有说服力，同时它又为读者保留了理解的多样性。

1939年3月26日，在修水前线缴获日军文件，其中有这样的命令：

一、当地居民不得接近日军驻地，违者不问男女老幼，一律格杀勿论；二、粮秣、器具，实行就地征发；三、滩溪附近村庄须完全烧毁；四、行迹可疑之居民须彻底屠杀。

1940年，日本华北派遣军指挥机关向在山西扫荡的日军部队下达命令：

这次作战的目的，与过去完全不同，乃是在于求得完全歼灭八路军及八路军根据地内的人民。因此，凡是敌人区域内的人不问男女老幼，应全部杀死，所有房屋，应一律烧毁，所有粮秣，其不能搬运的，亦一律烧毁，锅碗要一律打碎，并要一律埋死或投下毒药。

1943年9月，日军工兵学校印发的教材《如何发现和排除地雷》中规定：

作为保险措施，如果能叫战俘、地方居民或动物走在军队前进道路的前边，那是最好不过的了。

东京审判证明，这一指示得到了日军的执行，并且他们是"在没有战俘和地方居民可用的时候，最后才用动物。"

在台湾战俘营缴获的一份文件，是基隆要塞区第11宪兵队参谋长对战俘采取"非常措施"的具体指示：

> 对他们应视情况予以一个一个地消灭，或用炸弹、毒气弹、毒药、水淹、砍头以及其他方法集体消灭。务必全部消灭，一个人也不留，并不得留下一点痕迹。

731细菌部队的《俘虏审讯要领》中有这样的规定：

> 第六十三条　拷问时，要持续地折磨其肉体，使之除了坦白交待以外，别无解除痛苦的方法。
> 第六十五条　进行拷问的手段，要简便易行、无残忍感、痛苦持续时间长、伤害不留痕迹，但在有必要使之感到有生命威胁时，即使不免要留下痕迹，也要保持其痛苦的持续性。

日军的刑讯拷问对象，决不仅仅是战俘。无数中国人曾被日军无端刑讯和殴打，其数量要比遇难的人数多出许多倍。请看"备忘录三·1939年"的"一个日本宪兵在承德"专条中的记载，日本宪兵太田秀清参与逮捕了1060名中国人，其中被判处死刑和无期徒刑、被杀害的至少为192人；而他亲自动手刑讯了约200人，将13人殴打致死；另外，他还检查盘问了5420余名中国人，殴打了480余人。而在"备忘录三·1941年"的"周化祯女士的血泪控诉"和1942年的"赵奎、刘文振的控诉"两个专条中，日军对中国平民的刑讯细节，读来令人脊背发凉。

诚然，日军对中国人的屠杀、残害和强奸等暴行，是他们有计划有组织的战争犯罪，但是，他们在具体实施的过程中，又有着个体的充分的主动性。仅从"备忘录"挂一漏万的记载中，我们就可以看到日本侵略者在这方面似乎有着无穷无尽的创造性。同是屠杀，却花样翻新，每每不同；同是刑讯，却创意百出，从不重复；而仅仅731部队所进行的各种细菌、毒气及其他人体实验，如他们用活人所做的菌液注射试验、染菌饮食试验、人体架桥试验、毒气试验、真空试验、冻伤试验、倒吊试验、离心试验、注射尿或马血试验、注射空气试验、抽血极限试验、烟气试验、饥饿极限试验、断水极限试验、干燥极限试验、电击试验、烫伤试验、梅毒试验、模拟实战条件细菌试验、火焰喷射试验、枪弹穿透试验等等（参见"备忘录一·1936年"的"731部队"条），相当典型地体现了日本人在这方面天才的想象力和创造能力，还有他们那严谨的工作作风和敬业精神。

在战争暴行中，日本侵略者最无耻的是强奸犯罪。他们对中国女性的蹂躏与摧残，是任何正常的人所无法想象、无法相信的。人们无法相信，男人，那个民族的男人，那些有母亲、有姐妹妻子的男人，到了邻国的土地上，便会堕落下作到那种程度。确实不如禽兽。确实禽兽不如。他们的所为，已经远远超出了我们人类语言所能形容和表达的范围。他们总是以"奉命行事"为自己的罪行开脱。可是，孤陋寡闻的笔者不记得裕仁天皇曾经命令日本兵大行奸淫以示"国威"。日军士兵确实交待过，长官告诉他们，强奸"干完后，就把她们杀死，免得麻烦"。日军的各级军官，在这种事情上大都身体力行并为部下"亲自示范"，南京大屠杀的元凶之一谷寿夫中将，不仅亲自挥刀杀人，还亲自在大街上强奸妇女。在进行疯狂屠杀的时候他们也许可以说是在"为陛下而战"，但是，他们那样强奸施暴，也是在"为陛下而干"么？

南京大屠杀时德国驻南京的外交代表在给德国政府的一份电报中说：

犯罪的不是这个日本人或那个日本人，这是整个陆军的残暴犯罪行为，他们是兽类的集团，这是一架正在开动的野兽的机器。

前面已经说过，在集团中，借助"群威群胆"，人们可以干出一个人根本不敢干的任何事情；而集团犯罪时，又可以把罪恶感变成英雄感，行为越残暴获得的快感就越强烈。同时，日本军队传统的虐待狂教育方式，也都促使他们尽快彻底"摆脱"人性。日军还有一些更直接的训练方法。比如731部队的"特别班"是负责管理"木头"（即被用作实验材料的活人）的，他们首先要学习的，就是如何把人不当人看待：

> 在特别班班员中，多数都是来自农村的青年，有的人很纯朴，胆子很小。因而就对他们进行"培养胆量的特殊训练"。特殊训练什么呢？就是用六棱棒将"木头"殴打致死……开始看了这种情况就浑身打颤的见习班员，很快就学会了不拿"木头"当人看，只当实验材料来对待。他们可以得到在千叶农村连想都不敢想的高额工资，可以给父母寄去很多的钱，弟弟妹妹的学费也有了……在特别班班员的心目中，老头子（731部队的创始人石井四郎）等于就是他们的救世主，731就是他们的摇钱树。（森村诚一：《食人魔窟》）

日本人可以无视道德，可以不讲良心，但是，不能没有利益。集团实用主义就在于，只有卖身于集团，你才能得到自己的最大利益。他们在731部队虽然干着魔鬼一样的营生，但是能"得到连想都不敢想的高额工资，可以给父母寄去很多的钱"。在他们心里，这些足以补偿与魔鬼签订的卖身契了。

在日军的犯罪集团中犯下令人发指的战争罪行的，不仅有职业军人，有来自农村的青年，还有医学造诣颇深的专家学者。

1987年，前日军军医汤浅谦在日本公开承认了自己在侵华战争中参加活体解剖的暴行，同时，他明确地说：

> 陆军医院是侵华日军随军医生练习手术的场地。

> 每一个日军医院都进行过活人解剖，只不过是后来回国的军医
们不肯说出来罢了。

在这里，我们不仅看到了利益到底能驱使人们干出一些什么样的事情，而且，我们再次遇到了理解的极限：医生竟然能够使用比职业刽子手还要残忍百倍的方法来杀人，这是为什么？

医生的职业和责任是治病救人。医生的使命感，是建立在对生命的尊重和珍爱的基础之上的，这是人类自有医生这一职业以来，所有医生的最起码的职业道德，也是任何有志于医学的人的基本出发点。

一些日军战犯在谈起他们进行活体解剖时的心情说：

> 我想不可错过这一良机，因为在日本是不易获得这样好的研究材料的，为使自己的技术提高，并对日本的医学有所贡献，我就将一名八路军俘虏做了练习手术的材料。（竹内丰）
>
> 我为了学技术，晚间，秘密地未用麻醉剂而切断其两脚，次日，该男孩因流血过多而死去。（田村良雄）
>
> 外科主任军医长田文男和我，按照杂志上介绍的脓胸手术方法，决定用一名中国伪军伤员做实验，反正是中国人，杀了也不要紧。（野田实）
>
> 我早就想试做割开气管这一手术，有这个机会，当然想练习练习。……没打麻醉针……最后我将手术刀插进心脏将其杀死了。（吉泽行雄）

他们为了提高医术而随意杀人；那么，提高医术不为医病救人又是为了什么呢？

医生是最具有人道主义精神的崇高的职业。

医学研究是造福于人类的崇高的事业。

医生在进行外科手术实习时，不可能会像屠杀和强奸那样处在一种癫狂状态，而一定是十分冷静，充满科学精神，同时满怀着对生命的神圣感。

那些在中国进行活体解剖的日本人，都有着强烈的个人目的，无论怎样用所谓集团进行开脱，也不能掩盖和缩小他们个人的罪行。仅仅追求名利的实用主义，就能使医生赛过职业杀人犯吗？

森村诚一在《食人魔窟》中写道：

在731负责各研究小组的"长"，都是当时日本医学界出色的学者和研究人员。

病理学家、金泽医大教授石川太刀雄丸博士也已积极参加了731部队的工作，并且干得相当出色。比如昭和十五年（1940）的秋天，吉林省农安地区因731施放鼠疫菌导致鼠疫流行，这时，单是他一个人就十分麻利地解剖了57个患者，事后石川博士在一篇报告里说："从人数上讲，这可说是开创了世界的最高纪录"。

分配到731部队的学者、研究人员中，有许多通过对数百名"木头"进行活体解剖，提高了技术，战后居于医学界重要地位的人。

满洲医科大学解剖教研室主任铃木直吉教授在其发表于1942年的论文《对中国人脑髓组织的研究》第二节"材料与方法"中说：

在这种头部细胞学构造的研究上，所制作的各种标本，均属从脑组织上一片一片地直接切下来的，而且所有的标本全是用智力正常、功能健全、生理无病，也就是用健康的中国成年男子的脑髓做成的。

这位铃木教授的同事竹中义一在其论文《华北人的大脑皮质》中写着：

　　我们随时都有大量采取华北人大脑的机会，而且所取下的大脑还保证是最健康、最新鲜，丝毫没有精神病史的……

　　这些日本的医学专家们用"最健康、最新鲜"的中国人的大脑制作的大量标本，现今还部分保留在接收了前满洲医科大学的沈阳中国医科大学解剖室里。

　　冈村宁次曾十分轻松地谈到石井四郎的731部队用活人作实验：

　　因为有些人迟早总得弄死，所以决定直接用这些人代替土拨鼠做了实验。这样做的效果当然是肯定无疑的罗，光是在医学上就已是硕果累累，虽然详细情况我不太清楚，但是仅从战后石井本人透露的情况来看，据说单是得到专利的科研成果就有200多项。

　　一些杀人者都还记得，许多被他们杀害的中国人，临死前最后骂出的话就是："鬼子……"

　　就是今天，当我们仅仅是浏览这些暴行的记录的时候，也常常会在心里骂一声："鬼子！"

　　汉语圈之外的人们，大概很难领会"鬼子"这个词所包含的全部意思和情感。

　　"鬼子"这个词最早见之于《世说新语》，但现代汉语中的"鬼子"已经与当初这个词的含义和所指相去甚远。

　　鬼子：——《现代汉语词典》解——对侵略我国的外国人的憎称。

　　中国人为什么会把外国侵略者称为"鬼子"呢？笔者想大概有这么几点原因。一个是"异类"感。鬼是属于与人相对的另一个世界的东西，与人不能沟通，像汉语中的"鬼话"、"心怀鬼胎"、"捣鬼"等，就用来喻称阴险、狡诈或不光明的人或行为。二是没有人性，不干人事。鸦片战争之后侵略中国的外国人，英国的、法国的、俄国的等等，他们都有一种强烈的种族优越感，拿中国人不当人。既然把对方不当人，自己也就必然干不出什么人的事。三是畏惧感。鬼是地狱中物，那是一个恐怖可怕的世界，中国人历来"敬鬼神而远之"，"见鬼""鬼天气""鬼地方"都是极言倒霉和糟糕之情。因此，把那些外国侵略者称为"洋鬼子"倒也在情理之中。

先到中国来的"洋鬼子"都是西方人，后来日本人加入了列强的侵华行列，于是就有"西洋鬼子"与"东洋鬼子"之分。

对日本侵略者，开始也有"倭寇"、"日寇"等种种叫法，但最终都统一于"鬼子"，说明还是这个词容量更大，或是在"与人相对"的这个意义上最准确。

中国人在说到其他的外国鬼子时，总要加上定语，如"英国鬼子"、"俄国鬼子"、"美国鬼子"等等，但是，如果只说"鬼子"，那肯定就是特指日本侵略者，没错的。

"鬼子"这一汉语名词终于为日本侵略者所独占，当然是侵华日军勤勉努力的结果。他们以他们的行为表明，他们是地地道道的鬼子，他们是货真价实的鬼子，他们当之无愧为"鬼子"的称号。

在中国，对中国人，鬼子绝对地灭绝人性，绝对地惨无人道，绝对地不干人事，绝对地没有人味儿，鬼子伤透了中国人的心。

他们就是一群从地狱里边出来的魑魅魍魉妖魔鬼怪。鬼子"进入"台湾，台湾就变成了地狱；鬼子"进入"东北，东北就变成了地狱；鬼子"进入"整个中国，整个中国就从人间变成了地狱。

日本侵华暴行是难以尽说的。

笔者为了使篇幅有限的"备忘录"能容括得更多一点，不得不省略了许多必要的叙述和大量细节，致使诸多条目只剩下时间、地点和数字，尽管如此，它也不过是日本侵华罪恶之山的一抔土，是我们民族血海中的一抹红波而已。

动笔以后，我才发现自己所做的是一个力不从心的题目。在写作中，我无时不感到种种障碍：语言的障碍，思维的障碍，心理的障碍，情感的障碍。我们一直生活在人间，因此，我们不可能真正理解那些反人性灭人伦层面的东西，我们的思维无法穿透地狱。并且，我们的语言从来都是用来表达人类情感，用来描摹人间事物的，而面对他们的魔鬼行径，眼见被他们打入炼狱的同胞，我却是无言可说，无可言说，只能感觉自己流血的心在颤抖。

在记录那些暴行的时候，我无数次担心它们会玷污我的笔和纸。我不得不经常强压住自己的情感，不让泪水模糊了我的视线，不让悲怆之情完全把我笼罩和淹没。实在不行了，只好停下来，起身走一走，深深地喘上几口气，呆望窗外的天空，凝视那些正在等待春天的枝桠……

倘若"鬼子"真的不是人，那也就好办了，事情恐怕早就过去了。很简单，因为他们不是人嘛。就好比我们如果被疯狗咬了一口，怎么办，你只有赶快注射狂犬疫苗，同时自认晦气，再者你顶多就是把那条疯狗揍一顿。但你决不会想到要找那狗东西去理论，或者指望狗杂种的道歉，也不会去琢磨"我为什么被狗咬"或是"狗为什么要咬人"诸如此类的荒诞问题。因为你是人，它是狗，而人又不能和狗去计较。没有办法，这就是狗比人"优越"的地方，也是狗们的"特权"。

不幸就在于，"鬼子"也是人。富士山可以作证，对我们犯下罄竹难书的残暴罪行的日本侵略者确确实实都是人，是和我们生活在同一个地球上的同纲同目同科同属并且据说是同种同文的那么一种存在。我们既无法否认也无法改变这一事实。也正因为如此，它才使我们困惑，我们也才会有仇恨。

我不想煽动仇恨。虽然中国人有足够的理由仇恨日本人，恨不能把狗日的鬼子们碎尸万段。可是，记仇不是中国人的风格，仇恨于我们的民族已经没有意义，过于强烈的复仇情绪只会腐蚀我们的心灵。

但是，我们没有权力忘记历史。

笔者请求尊敬的读者，在看到那些目不忍睹的文字的时候，不要把你的视线移开。你应该有勇气正视它。如果你想了解人性堕落的最下限，如果你想知道人对于同类究竟能干出什么事情，那么我劝你铁着心把它读下去。读这些文字决不是轻松的消遣，而是近乎于一种折磨和惩罚，或者说是对我们心理承受能力的一种检测。今天，我们仅仅是读读而已；而当年，我们的父兄姐妹曾经用他们的血肉之躯承受着这一切，远不止这一切。

笔者还想提醒读者一句，你应该时刻意识到，在"备忘录"的每一个汉字的背后，平均都有着那场民族血劫中遇难的150个同胞的冤魂。

我们没有权力忘记他们。

历史已经过去。他们却被永远地定格凝固在了灾难之中。

他们用自己的屈辱和生命，为我们留下了一份血的遗产。

面对这份遗产，我们看到，人的生与死的距离竟是这样地短，几千万同胞就这样无声地轻易地从地球上消失了；我们还看到，人与魔的距离也是这样地短，人就是这样容易地变成了嗜血成性的魔鬼。如果我们还珍爱造物主赋予我们的生命，如果我们觉得人这一名称还值得我们引为骄傲，那么，我们就该时刻警惕：警惕我们身旁的魔鬼，更要警惕我们自己说不定什么时候也会变成魔鬼。

几十年后的今天，我用我同胞的血泪、白骨、悲辱和苦难，建造起这座人类灵魂的拷问台，代表我劫后余生的民族，对施暴的日本进行哲学解剖、文化批判和人性清算；并请人们在这里透视人性的内秘，感知人之为人的内涵。

那场劫难不仅是中日两个民族的悲剧。灾难属于全人类。那是整个人类的耻辱，是这个文明世界的悲哀，是现代人类的一道永远滴血的伤口。

我从那场巨灾大难中，从我们民族的2000多万生命与几亿人的血和泪凝成的遗产中，捧出这份记录，这份人性的记录，这份包含着人性和兽性的"人性记录大全"。

我把它献给中国人，献给日本人，献给这个地球村上的几十亿居民——

立此存照，永志不忘：

愿我们的后代比我们在进化之路上走得更快一点。

愿"鬼子"这一名词在现代汉语中尽快死去，愿后人不再"见鬼"。

愿我们的后代活得尊严，也死得尊严。

1937年概要

1937年7月7日，日军在卢沟桥制造了一起争端，日本全面侵华战争由此开始，中华民族起而全民抗战。

中国国民党和中国共产党领导的抗日军队，分别担负着正面战场和敌后战场的作战任务，形成了共同抗击日本侵略者的战略态势。

日军制定的1937年度对华《用兵纲要》中，计划以8个师团在华北方面作战；以5个师团在沪宁方面作战；以1个师团在广州方面作战。按日本军部的"速战速决"战略方针，计划以少数精兵在短期内歼灭中国军队的主力，三个月内灭亡中国。他们计划，在华北，用两周时间攻陷大同，一个月占领整个山西；在东南，用10天时间占领上海，如果中国不投降，就用三周时间攻下南京，一个月时间攻占武汉，然后由武汉南下取湖南，并由华南登陆占领广州。

"七·七"事变前，日本陆军有17个师团，25万人。中国陆军为221个师、41个旅，220万人。

日军占领平津后，即向中国增兵，在华北和上海两个方向同时进攻。

在华北，日军8个师团和1个独立混成旅团，17万人；中国军队98个师和8个旅，80万人。

8月12日，日军进攻南口和察哈尔，8月底占领张家口。9月初日军分两路进犯山西东北部，一路于13日占领大同，一路中旬进至浑源、灵丘一线。9月底日军突破内长城，兵指太原。

9月14日，日军第1军和第2军分别沿京汉和津浦路南攻，相继占领保定、石家庄、安阳和沧州、德州。

10月，河北日军的3个师团从石家庄向西，和山西日军会攻太原，在付出惨重代价后，11月19日占领太原。

12月23日，日军第2军渡过黄河，26日占领济南，南陷泰安、济宁，并沿胶济路东进青岛。

至本年年底，华北的河北、山西、察哈尔、绥远和半个山东，60万平方公里的国土和250座县以上城镇陷入敌手。

上海方面，8月13日战事爆发后，日军遭遇中国军队顽强抵抗。日军不断增兵，兵力达12万人。中国方面调集70万大军，包括国民军全部精锐部队的3/5，在弹丸之地与日军展开血战。经过10月份的鏖战，中方兵力损失近半，退到新阵地后只有40余万人。11月5日，日军在杭州湾登陆。12日，上海陷落。

占领上海后，日军分路西进南京。常熟、苏州、嘉兴、无锡、江阴、芜湖、镇江接连失守，10万中国军队在孤城南京应战，绝大部分战死或被俘后为日军杀害。

12月13日，日军占领中国国民政府所在地南京。随后，日军又攻占了扬州、合肥和杭州。

经过5个多月的激烈搏战，日本迅速占领中国的计划破产，中国方面损失兵力80余万（华北40万，上海30万，南京10万），占全国总兵力的1/3。

1937年底，日本陆军师团总数为24个，投入中国战场21个，其中东北5个，关内16个。

从"七·七"事变起，伴随着日军大规模军事进攻的，是疯狂的屠杀政策，几个月中，就制造了几十起大的屠城惨案。阳高、天镇、保定、固安、灵丘、朔县、宁武、正定、嶂县、梅花镇、南怀化、雁门关、成安、济阳、常熟、无锡、江阴、扬州、杭州等城市在占领之初，被屠杀的平民都达1000人至5000多人，芜湖被杀害10000多人，山西原平为36000余人，上海达数万人。在中国国民政府所在地南京，日军的大屠杀登峰造极，遇难的中国人超过300000人。

● 1月15日，伪《大同报》载，1936年，日伪在中国东北已建立"集团部落"2000个（据伪满档案，至1936年底东北各地的"集团部落"已达5724个）；1937年拟建立864个"集团部落"。

法西斯集中营 ——"集团部落"

"集团部落"是日本侵略者为割断东北人民与抗日武装的联系，镇压人民的反抗，而在伪满洲国推行的一项法西斯政策。

关东军在伪满各级设立了治安维持会和武装自卫团，实行保甲连坐法以后，又推行"清乡归屯"的"集团部落"政策。集团部落最早在伪满间岛省实施。1933年日本侵略者在延吉、和龙、珲春制造了8个集团部落，第二年又制造了28个。1934年12月，伪满民政部发布文告，普遍推行集团部落政策。到1936年底，中国东北各地的集团部落共达5724个。

集团部落实际上就是法西斯集中营。日军强迫民众离开他们世代居住的家园和耕种的土地，迁到指定的部落之内，拒绝搬迁者均杀害。然后将村庄全部抢光、烧光，造成无人区。据日伪统计，由于推行归屯并户，从1934年到1936年的两年内，仅通化县就烧毁民房14000多间，废弃耕地33万亩。

集团部落一般避开山区，设在平原，四周围着3米高的石墙或土墙，设铁丝网和木栅，墙上每百米就有一个炮楼，部落内驻扎有日军守备队，严密监视人们的活动。12岁以上的居民，一律有居住证、通行证，出入均须挂号、登记时日，不准三五人结帮走路、谈话，夜间不准点灯、插门，购物携带物品许可证，违者即予拘押、毒打乃至处死。部落内多为临时性建筑，十分简陋，且住所很少，许多人栖身地窖、马棚，甚至露宿野外。据日伪统计，在通化县的集团部落中，有3201户家无炕席，8863人冬无棉衣。到夏天污水、粪便遍地，各种传染病流行，染疫死亡者无数。仅在1936年，通化、金川、柳河三县传染病患者达7022人，死亡641人。由于土地大片荒芜，部落内粮食匮乏，居民以草根树皮充饥，大批人死于饥寒。

1937年至1938年2月，日军在东北桦南地区建立集团部落170个，在归屯并户中烧毁村屯120多个，烧毁和拆掉民房24000多间，耕地荒芜31500多亩，损失耕畜4800多头，被杀害及冻饿而死的民众达13000多人。

"七·七"事变后，日本侵略者更加紧了集团部落的建设，到1939年，中国东北各地共有集团部落13451个。同时，日军又开始在华北推行集团部落政策，将更多的中国人圈进集中营。

- 2月23日，日军在辽宁桓仁县西江将诱捕的抗日人员和民众300多人，砍杀、刺杀后全部塞进江中的冰窟窿。
- 4月15日，日伪军警对哈尔滨等地的中共地下组织进行大逮捕。到11月底，共逮捕745人，其中198人被杀害。
- 7月7日，日军制造卢沟桥事变，发动全面侵华战争。
- 7月29日，日军攻占北平，烧杀淫掠。

八个中国军人之死

仇纪《从地狱中逃出》节录：

卢沟桥战争发生，我那时深信北平不会丢；北平丢了之后，我才离开。可是在途中被日本宪兵把我抓住了。我说我是商人，但是他们还是把我在拘留所关押了五天。

我走进一个阴暗的充满着潮湿气味的拘留所，里面一连串排列着七八个人。当我一看清楚是怎么一回事之后，我惊倒了！我晕眩了！他们八个都没有了鼻子，再看一看，耳朵那里紫的血凝成一堆，代替了耳朵原来的位置。七八个人用一条铁丝把他们串在一起，而且把铁丝穿过嘴巴，把面颊穿两个孔，铁丝从牙关中间穿过去，好像系马的绳子一样。

这些中华民族最英勇的战士，是北平抗日的保安队，当其他中国军队退出北平之后，他们还是在西郊一带作着顽强的抵抗，后来被俘虏了，就受着这样的待遇。

他们已经捕来了两天，天天拉出去拷问，问不出来的时候，那些日本野兽们就把穿过他们嘴巴的铁丝，换一根烧红了的，这时候，一阵腥臭便钻进鼻子，一阵煎油条似的声音，钻进了耳朵。这还不算，日本有了一种"新发明"，就是割断肋巴骨，他们中有四个人已经没有第一根肋骨了。据说这是日本一个有名的医学博士的"新发明"，首先把我们中国人做实验，这四个保安队，就是这位残忍医博士的实验成绩。

还有，他们那八个人的小腿肚都割成一条一条的缝，里面放一些什么药，我说不出来。在法堂上的时候，叫他们跪着，把杠压在他们的小腿上，使得肌肉压成扁平的。

奇怪的是，这八个顽强的战士在这样残暴的摧折下，还没有死，他们还能发出低微的呻吟，而且有一个身体曾经是很强的，他还能说话。他对我说了以下的话："你是能够出去的，我希望你能够出去，好把我们的死……告诉全国人民及全世界，叫全国打日本打到底，只要打到底，我们死了也值得。"他大概是这样说的；因为由于铁丝穿了他的嘴，字眼说的不清楚而且无力。

三天以后，八个中死了一个，他是保安队的班长。他死的时候，还低低的说："日本强盗！你看吧！"他软了下去，因此铁丝在其他七个人嘴上加了重量，我扶着这死者，使他立着。我眼泪像潮水一样流着，滴在死者的脸上，溶解了他凝结了的血痕。过了一天，日本强盗才把他从铁丝上取下来。他们拉着死者的两只手，像拉死猪一样，把他拖在地上，拖出去了。我闭上我的眼睛，我实在不忍看，愤怒在我心里爆炸了，我忍不下去了。

就在这天，开门叫我出去，我安静地等候着枪毙，侥幸的是竟把我放出来了；我逃出了。死倒没有什么，值得侥幸的，是日本所干的意想不到的残暴行为以及我国最英勇的八个战士的惨死，能够报道于全中国全世界人民之前。

- 7月29日，日舰炮击塘沽，日机轰炸天津市区及南开大学，该校秀山堂及图书馆被毁。
- 8月1日，日军陷天津。

上海的劫难令全世界不寒而栗

8月13日，日舰用重炮轰击闸北一带，日海军陆战队进攻闸北、江湾，大上海由此开始变成大火海。

8月23日，日机轰炸上海，在先施公司附近当场炸死700多人。一个中年男子，腰背部被炸出一个茶杯大小的窟窿，当他倒下的时候，还用左手从上衣口袋里摸出一块手帕，想反过手去掩盖自己的伤口，但这个动作只做到一半，便已停止了呼吸。一个白衣妇人，右臂被炸掉了，仍在哭喊着向西奔跑，等到路旁的人告诉她的胳膊已经炸飞，她仅仅回头一看，就不声不响地倒下了。

8月28日，日机12架轰炸南站，炸死难民700多人。8月31日，在杨行汽车站候车的200余难民和伤兵全部被炸死。9月8日，松江车站难民列车被炸，死300余人。在南翔、嘉兴、苏州沿线，日机无日不轰炸难民列车，造成数万名难民伤亡。

8月15日，日军炸毁沪江大学。8月23日，日机集中轰炸同济大学，所有建筑和设备均被炸毁。截止到10月15日，上海社会局调查表明，上海文化教育机关，包括各大中小学、博物馆、图书馆、体育场等，总计损失1094多万元。

在日机的轰炸中，上海到处是残垣断壁。市中区从外白渡桥经百老汇路直到沪东，几乎没有一座房屋幸存。北新泾全镇一片废墟。在南市，日军沿街沿巷放火，大火绵延数里。从火口逃出的难民，有的半边脸被熏焦，有的头发全被烧光。

据《救亡日报》："老北门附近的民国路上，拥满了两万多难民，扶老携幼，站立在街头，几乎连坐的地方都没有，他们在这儿站立了已将近两天两夜的时间，吃喝的问题自然不能解决"。"徐家汇慈云桥，难民似蚁遍布，老吟小嚷，横躺地上垂首沉默，泥水浸湿了身体"。在南市，无数难民鹄立街头。一位坐在角落的产妇也嘶着嗓子要馒头，可是当馒头递给她时，她却无力去接，"她的裤子被鲜血染红了，一个紫红色皮肤的死婴儿，躺在她的身边"。

在宝山县，日军一登陆就屠杀民众四五百人。一位王姓小学教员，被挖掉双眼后烧死。日军在金山卫烧杀三天，仅在城北一口赤旱塘就杀了60多人。在金山卫向阳村，日军把三个农民推进一间屋子，砍掉四肢，把四肢和身躯挂在织布机上，然后放火烧了房子。在卫东村，日军枪杀了一位抱小孩的妇女，当邻居发现时，7个月的女婴还在母亲的怀里吃奶。仅山阳一带，日军就屠杀民众350余人，烧毁房屋4177间，杀牛708头，5300多亩稻田和大量棉花被烧毁。金山卫被日军屠杀1000余人。

宝山县罗泾乡民众，战后在当年日军登陆的池塘边立了一块刻有"永志不忘"四个大字的石碑，碑文写道："日寇于此登陆后，在不到100天的时间里，仅罗泾公社范围内惨遭杀害的无辜群众就有2244人，烧毁民房10908间。"

● 美国史学家迈克尔·谢勒在《20世纪的美国与中国》一书中写道：

中国在战争中付出的令人不寒而栗的生命代价，对美国公众与评论产生了深刻的影响。在一个对现代空战余悸未消的世界里，侵华日军狂轰滥炸非设防城市和肆意奸淫烧杀的行径显得格外野蛮。美国杂志评论家现在以同情的笔调来描写中国人了。他们警告说，日本人就像一群从丛林蚁巢中爬出来、沿途吞噬一切东西的、疯狂的"兵蚁"。日本人经常被描绘成青面獠牙，在"原始征服欲"的驱使下攻城掠地。1937年晚期，在日本进攻上海期间，一位记者拍下了一张一个遍体鳞伤的被弃儿童坐在车站的轰炸废墟里嚎哭的照片。这是最著名的战争照片之一。以至在五年之后，当人们为"中国救济会"捐款时，仍对它不能忘怀。一位新泽西州妇女在她的三美元捐赠汇款中附言："这钱是我的三个女儿捐的，捐给那坐在中国某地铁路道轨中啼哭的小人儿。"这幅照片登出后几个星期，《时代》杂志的封面便以"本年度最佳伉俪"为题，刊载了蒋委员长及其夫人的肖像。

● 8月15日，日机轰炸上海、南京、杭州。
● 8月20日，日机首次空袭武汉。

- 8月27日，日军侵占察哈尔万全城，炸死、集体枪杀、砍死及被强奸致死者逾300人。

- 8月29日，日军香月清部在天津北宁铁路医院将中国伤兵100余人全部刺死在病床上。

- 8月31日，日机轰炸广州。

- 8月，日军在孙吴县修建平顶树边境机场，数百名劳工不堪虐待集体逃亡，日军将抓回的200多名劳工在逊别拉河畔集体屠杀。

血债累累的孙吴日本宪兵队

1937年8月，日军在伪黑河省建立孙吴宪兵队。

日本宪兵队是日本侵略者对中国人民进行镇压的权力机构和指挥机关。自1931年日本关东军宪兵队司令部成立后，统辖东北各地的所有宪兵队（本部）、分队、分遣队（或派遣队），并从日本、朝鲜增调一批宪兵加强沈阳、长春、哈尔滨宪兵队。1933年成立承德宪兵队，1936年至1938年，又设立了大连、牡丹江、安东、孙吴、佳木斯、海拉尔等宪兵队。

孙吴宪兵队以逮捕、暗杀、绑架、电刑、逼供、利诱、屠杀等手段，围剿抗日联军，残杀苏联情报人员、地下抗日工作者、爱国人士和无辜民众。他们先后逮捕40余名为苏联搞情报的中国人，刑讯后大部分送731细菌部队杀害。随意逮捕、拷打和屠杀无辜平民，更是日本宪兵的特权。据孙吴宪兵队庶务主任世岛松夫供称，在六七年中他亲手杀人3名，参加集体杀人3名，帮助杀人54名。孙吴宪兵曹长西尾昭信供称，他曾亲手杀人4名，帮助杀人10名，参加杀人71名，4年中殴打中国人621名。

日军为了经营孙吴，从关内和东北各地招骗了几万名中国劳工，修筑各种军事工程。中国劳工在宪兵和把头的驱使下，像奴隶一样做苦役，病死、累死、饿死和被打死、杀死的不计其数。而修完山洞的劳工大部分都被集体枪杀和毒死。

1935年，从大连招到孙吴修路和建大营的劳工3000多人，不到一年就死了六七百人。

1936年2月，在天津招劳工1100多人，在沈阳招600多人，到瑷珲西岗子修山洞，完工后大部分被枪杀。从北安抓来的1300多名劳工，完工时只剩下700余人，也全部被日军集体屠杀。

1937年8月，修孙吴平顶树机场的劳工集体逃亡，日军将抓回的200多人集体屠杀。后来劳工增至2000多人，仅河边的死尸就垛着300多具。

1938年在额尼河修路的300多名劳工，最后只剩下30多人。

1939年在山神府、双峡一带修军事公路的劳工冻死、饿死的就有300余人。修稗子沟山洞的500多名劳工，完工时被日军全部屠杀。从哈尔滨招到孙吴的1500多名劳工，饿死冻死700多人。

1942年在纳金口子修路的2000多名劳工，不到一年就死了1000多人。这年，修孙吴北大桥的3000多人，死亡1000多人。

1943年春修山神府机场，从关内招来1600多名劳工，半年多被打死和饿死的就有六七百人。从山东曹州府招来的200多名劳工修山神府山洞，修完后得以活命的仅40多人，其余的都被日军毒死。

1943年6月至1944年9月，日军第4军道路部以"勤劳奉公队"、"勤劳报国队"的名义从各地拉来3600余名中国人，一年中死亡400余人。

- 9月4日，日军在河北大城县子牙河北村屠杀村民147人，杀绝34户。
- 9月5日，日本宣布封锁中国全部海岸线。
- 9月6日，日军屠杀河北张北县南壕欠坝上村民230人。

阳高人八月初五不敢哭

9月8日夜，日军进攻山西阳高县城，守军溃退。

9日上午，日军入城。一进西城门，日军先遣队就碰上了数百名欢迎的人群。城里有人从大清早就满街张罗敲门，把人们召集起来，还让店铺张灯插旗欢迎日本兵进城。谁想日军并不领情，还是用刺刀逼着把欢迎的人群连同沿街抓的人一起往城中心赶。到北大街口，日军令人群全部跪在街两侧，不准动弹。

上千名阳高人跪着，从上午跪到中午，从中午跪到下午。有的人说：跪着吧，只要不杀，跪一阵子也行。下午4点，日军把人群中的老幼妇女分开，将600多名青壮年押往南大街，赶到了南瓮城。城上的火力网已经布好，枪响刀落，人们向外冲，和日军拼命，最后只有几个人在死尸堆里活了下来。

集体屠杀之后，日军又在阳高城大清乡。增盛源店的10个人被杀了8个。南街的一个厕所旁，日军把18个男子戳死在粪坑里，又把土墙推倒压住。在这个厕所周围就躺着100多具尸体。在悬楼底街，挨着的五个门里就被杀死了30多人。南街书铺的一个青年，头被日军砍下来扔进煮饭锅里。东街郝天福家的女儿、儿媳，昼夜被日军轮奸，全家13口人，在关帝庙的一口大井边，抱在一起，投井自杀。大女儿、女婿闻讯赶到，一见全家死尽，也双双跳井而亡。

日军清乡三日，阳高城至少又有400多人遇难。

9月9日是农历八月初五，以后每逢八月初五，日伪当局不仅不许阳高人祭奠，而且还要满城张贴"喜报"："皇军在本城为民除害，歼灭土匪1000余"。1945年八路军第一次解放阳高时，正值第八个祭日的前夕，人们纷纷到县政府求问："许不许我们哭一场？"政府的人说："可以哭，可以哭。"走出县府的大门，人们就号啕大哭起来，一时间，哭声遍城中。这是阳高人八年来第一次为死难者、为自己痛痛快快地哭一场。

《阳高县志》载：日本侵略者一面以其精良的装备、残酷的统治镇压革命，一面利用少数民族败类贪生怕死、贪图小利的心理，推行"以华治华"、"大东亚共荣"。因而，全县不过十几名日军，却把阳高统治得势如铁壁，给抗日战争造成极大困难，我党政军活动屡遭挫折。

天镇2100人八月八蒙难

9月12日（农历八月初八）清晨6时，日军用大炮轰坍山西天镇县城东北角城墙，涌入城内，随即开始大屠杀。日军闯入东北角居民院内，不分老少，见人就杀，许多人刚刚起床，不及躲避便被杀害。在这一处就有100多人遇难。在北城门，一位街长召集了200余人，搬运中国军队抵抗时堵城门的土麻袋，以示对日军的欢迎。但搬完麻袋他们就被日军赶到北瓮城的奶奶庙中，用刀砍、机枪扫射和手榴弹炸，全部杀死。

上午10时左右，日军把在四条街道挨门逐户抓出来的居民，分别押往南街马王庙、西城门云金店和北门外狐神庙三处，开始新一轮大屠杀。在南街马王庙前，日军令500余名居民分开男女跪于马路两侧。庙里院有一个大坑，日军把男人分批押进院里，站在坑沿，杀人者排列于后，一声令下，日军一齐突刺，再把尸体挑入坑中。他们发现中国人穿着衣服很是碍事，就命令人们先把衣服脱光再动手。尸体把大坑填满了，日军让暂时还活着的人把尸体陆续堆到屋子里，死尸又堆满了三间房。从上午10点到下午1点，300多名男人几乎全被杀死。同时，日军在西城门的屠杀用机枪，300多名男子被集中起来，10个人分一组，依次拉到射击位置用机枪扫射。在北门外狐神庙，被日军屠杀的500余人的尸体，填满了30丈长的水壕。

13日上午，日军在东北街大操场上，将前一天未及"处理"、而在露天绑缚了近一天一夜的500多人，依然是分10个人一组，用机枪扫射，无一幸免。14日，日军又继续搜杀城里的男人。东南街一位就要出嫁的阎姓姑娘，被日军轮奸后扔入水坑。一名年仅十五六岁的张姓少女，被7名日军轮奸后，扯开双腿，活活分尸。西街刘银兰、刘玉兰两个女学生，被日军糟蹋后上吊自尽。天镇城中40余眼水井，没有一口没有死尸。有好几口井都被受辱自尽的女尸填满。

1945年9月，天镇城光复，人们修建了"天镇县蒙难同胞纪念塔"，将被日军屠杀的同胞，有姓名可查者，计西南街332人，东南街368人，东北街258人，西北街290人，总计1248人，铭刻姓名于碑上，另有本地及外地客商受害不知姓名者700余人，全城在1937年9月惨案中被日军屠杀的蒙难者约2100余人。

- 9月13日，日军攻占大同。
- 9月15日，日军侵占保定，屠杀居民2000余人。
- 9月15日，日军攻占河北固安县，沿途烧杀，400多个村庄遭蹂躏，1500余人被杀害。在城关、辛务村等8个村就屠杀443人。
- 9月15日，日军犯河北永清县，在老君堂屠杀251人，在瓦屋辛庄屠杀110人。
- 9月17日，日军犯河北固安县，屠杀民众212人。
- 9月18日，日军攻占山西左云城，屠杀居民210余人。
- 9月19日，日军在河北大城县大方村屠杀108人。杀人者在村民李宝瑞家的墙上，蘸着被害者的鲜血写下了"此村鸡犬不留"几个字。
- 9月22日，日机22架轰炸广州。据路透社估计，市民死伤不下数千人。
- 9月22日，日军屠杀河北徐水县于坊村民330人。
- 9月22日，日军屠杀大城县八里庄村民160人。日军在18天中屠杀子牙河沿岸17村群众773人。
- 9月23日，日军血洗山西灵丘县城，屠杀居民1000余人。日军在灵丘乡村连续制造了东河南村、小寨村、关沟村、唐之洼村等地的惨案。

朔县屠城三日，残杀3800人

朔县位于山西北部的内长城外，是雁门关外的一座历史名城。

1937年9月27日，两路日军会师朔县城北，开始攻城。28日上午，日军坦克撞开北门，随后又封锁了东门和西门，中国守军、县机关人员和居民涌向南门退逃，大部分被日军截获押回城内。朔县县长被日军抓住后当即枪杀。

日军破城后就在全城进行大搜捕，稍有反抗或不顺眼的即当场杀死。他们把中国人或是用麻绳十个八个捆成一串，或是用铁丝在每个人的脖子上绕几圈勒上一排，或者干脆拿铁丝挨个穿鼻子穿锁骨连成长长的一队，统统押往南门外，在那里跪着等候屠杀。

到下午四五点钟，南门外2000多人黑压压地跪成一片，日军在统一指挥下，开始以表演和竞赛的形式进行大屠杀。最初，日军把几十人一拨拉到护城壕边上一字排开，每个中国人背后站着一个日本人，日本指挥官命令一下，日军便同时把刺刀从中国人的后背刺穿至前胸，再使劲一搅，然后发力将死尸挑下城壕。如此几批之后，日军又换成第二种杀法。先开膛破肚，再用刺刀挑杀。只见一排中国人一齐被日军开了膛，肠肚外流，在地上打滚喊叫，杀人者最是乐不可支。再一种杀法是砍头，几十个中国人在护城壕边上跪成一排，几十把日本刀同时起落，几十颗人头滚下壕中，几十支血柱从那些无头的脖颈中朝天喷射。后来，看看天色将晚，日军就用机枪突突。上万立方米的护城壕，几乎被中国人的尸体填满了。日军又开来坦克在死尸上反复滚压，以彻底碾碎逃生者的最后一丝希望。这之后，便拉来稻草浇上汽油纵火焚烧，一些陆续抓来的居民，被日军顺便全部投进火海。

29日和30日，日军继续在城里屠杀、奸淫和抢劫。躲在西关帝庙的60多名居民，被日军发现后即堵住庙门全部枪杀。西街曹姓全家藏在山药窖里，日军把手雷扔进去，一家13口全被炸死。草市街义伸祥成衣局师徒12人、广亨源布铺掌柜和伙计20多人，都被日军杀害。一个大院里有11个男人，只有徐宝叔侄二人从死人堆里逃生；十几名妇女，几乎全被日军糟蹋，徐的侄女受辱后，抱着一岁半的亲生女儿投井身亡。

日军在朔县连续三日的大屠杀，杀害当地居民3600多人，占城内总人口的一半，加上进城的外地人和放下武器的中国士兵，总计有3800多人遇难。

宁武"城里平安无事"，4800人遇难

9月30日，日军侵占山西宁武县城。第二天黎明时分，城北华盖山下的晋北名寺延庆寺的僧侣照例撞钟做功课。钟响之时，恰好潜入城中的八路军120师一支小分队炸毁日军的军火库。事件发生后，日军怀疑寺僧是以钟鸣为信号与八路军暗通消息，又怀疑居民和难民中有便衣八路，便策划一场大屠杀。日军让汉奸到处招呼"日本人已经退走，城里平安无事"。人们陆续回城后，日军就用沙袋将四个城门堵死，在城墙上架起铁丝网。

10月2日，日军以开会为名把二三千居民集中到宁武县师范学校的操场上。日军一面发给每个人5支香烟、10颗水果糖，一面将操场出口全部封锁起来。布置停当后，埋伏在四周的日军突然向人群开枪，轻重机枪子弹像雨点扫向手无寸铁的民众，人们像树叶样成片倒下。有的翻墙逃生，被打死或摔死，有的想搬开堵城门的沙袋，又被沙袋压死，有的投井、投厕自尽……

与此同时，一伙日军闯入延庆寺，逼迫住持仁柱法师交出寺内金佛。法师宁死不从，日军将法师及全寺僧侣三四十人全部杀害，在寺内避难的数百名民工和难民也无一幸免。

整个宁武城，大部分民房被烧毁，商号钱庄被洗劫一空，遍地尸体血污，人血渗入泥土，凝结成几厘米厚的黑红色血泥，狗们吃人肉吃得褪了毛红了眼，见了活人也照样扑咬。在城西一处宅院的大门口，躺着两具被枪弹穿透胸膛的男尸，北房门前，有两具跪姿的中年女尸，屋里的炕上，一具老人的尸体下压着两个三四岁孩子的尸体，炕沿上还摆着吃剩一半的盛莜面窝头的笼屉。在永和顺店里的炕上，并排躺着三具赤裸的青年女尸，有一具被剖开肚皮，血染半炕。

日军在宁武屠城三日，4800余名同胞惨遭杀害。

● 10月8日，日军在河北正定岸下村、三里屯、小临济、永安村等地屠杀860多人。正定的13个村（街）在不到三天的时间里，被日军屠杀1506人，重伤103人。

崞县"顺民"列队遭屠杀

日军侵入山西省境，一路屠城，制造了一起又一起惨案。10月8日晨，日军兵临崞县城下。人们害怕日军屠城，组织了一个"治安维持会"，由商会会长田杰带领200余名商民，手持日本旗，列队齐集小西门外，跪伏于地，表示愿意当顺民。日军官让田带他们进城，其他商民留在原地，被日本兵一个个捆绑起来。当晚，日军一面在王家围、西关庙放火焚烧房屋庙宇，一面用机枪扫射，将那200余人全部屠杀。

9日上午，日军开始在城内烧杀。西门附近100多人被枪杀在一个粪坑里，还有100多人死在院落街头。西崖上有6家居民，全部被当场杀死。中午，日军在小东门一带逐家搜索杀人，小东门底附近的24户人家，就有96人遇难。王海生等3家13口人，全被枪杀于家中。

傍晚，日军从正街、西街、南街抓捕了数百人，陆续集中到南关郭二和院里。他们先把青壮年拉出来，捆成一串，押往南门外。南门外有三个大坑，日军把70多个青壮年一枪一个地全部枪杀在西边的大坑里。又拉来200多人到中间的大坑，继续枪杀。晚上，在东面的大坑又枪杀了300多人。

两天中，日军在嶂县城屠杀居民1300余人，烧毁房屋2000余间。

* 10月10日，日军在上海接连施放毒气，我军中毒百数十人，中毒者呕吐不止，竟至丧命。

侵华日军的毒气战

瓦斯部队是侵华日军的常设兵种；毒气是日军的必备装备；施放毒气，不但是日军作战中的惯用手段，而且经常加之于和平居民。据中外有关方面的研究，日军在侵华战争中，使用毒气达数千次，对中国抗日武装力量及和平居民造成了重大伤害。

1937年"七·七"事变爆发后，日军和日机相继在北京、浙江、江苏、河北、广东、山西、上海等地施放毒气。1938年，经过徐州会战、安庆战役后，日军充分认识到毒气战在侵华战争中的作用，加快了大规模实施毒气战的步伐。8月，日军编写了《毒瓦斯用法及其战例》《徐州会战、安庆作战特种烟使用战例及成果》等书，指导部队实施化学战教育。日军在太原、宜昌、南京、汉口、广州等地设立了毒气制造厂和化学武器装配厂；在上海、宜昌、太原等地驻有专门实施毒气战的部队，有野战瓦斯队、迫击大队和步兵临时发烟部队，还配有特种气象班。为了掩盖进行毒气战的罪行，日军制定了严格的保密制度，如规定：将毒气称为特种烟；弹药和弹药箱的标记必须除掉后才能交付部队使用；在使用中，必须努力歼灭敌人，毁灭人证；等等。

在武汉会战中，日军使用毒气达370多次，发射毒气弹4万发以上，造成中国抗日官兵几千人中毒。仅广济一役，中国官兵中毒伤亡即达2000余人，日军步兵紧随毒气之后攻击，趁中国官兵昏迷之际，加以杀害。1940年10月中旬，在湖北宜昌作战中，日军用毒气炮弹加毒剂炸弹发动攻击，造成中国军民1600人中毒，死亡600人。

1942年5月27日，日军向冀中定县北疃村地道中施放毒气，毒杀民众800余人，其中大部分是妇女儿童。

在侵华战争期间，据不完全统计，日军先后在中国17个省、市的77个县、区，使用毒气武器数千次，其毒气种类有芥子气、路易氏气、苯氯乙酮、亚当氏气、二苯氯砷和光气等糜烂性、刺激性、窒息性毒剂。

日本投降后，在东北发现并处理了日军遗散的各种毒剂弹200余万发，1300余吨。仅敦化县的一个2号坑，就掩埋处理了废毒弹四五百吨。敦化从1951年成立"废、毒弹处理委员会"，一直工作到1966年，耗费了大量人力、物力和财力，其中1954年就支出现金17亿多元（旧币）。截止到1987年，敦化因废、毒弹造成的人员伤亡即达500多人。

从50年代到90年代，东北、华北、华东和华南各地，还时常有发现日军遗留的毒剂弹的报告。侵华战争期间日军之所为，数十年中一直在危害和伤害着中国人民。

* 10月11日，日机轰炸广州、苏州、南昌等地，炸死炸伤数百人。
* 10月12日，日军犯赵县、柏乡、元氏，一路烧杀，仅在赵县就屠杀700余人。

梅花镇里血溅红

梅花镇是河北藁城县南部有名的商业重镇。1937年时，镇内有居民550

户，2500多人。

10月11日傍晚，日军坂垣师团一部进抵梅花镇，中国东北军第53军691团1营经过顽强抵抗，于12日黎明转移。12日晨，5000多名日军扑入梅花镇后，即开始砸门烧房搜捕和杀人。

当天，日军除了在全城"零星"杀了300多人外，还设立了八处大的杀人场。其中轱辘把水坑是最大的一处杀人场。中午，几百名日军端着刺刀架着机枪围在水坑四周，把从各处抓来的被绑着的老百姓赶到坑边，用刺刀捅棍棒打强迫人们往坑里跳。见到没有淹死的，近的用刺刀挑，远的用机枪扫。人们的尸体填满了大坑，血水溢出坑外，顺沟流红了半条街。被赶下坑的600多人，只有8个人死里逃生。

在尚五子家大院，日军把100多人全部枪杀或挑死，尸体扔进菜窖和粪坑中。

日军把妇女们关进染坊大院，有11名孕妇被剖腹杀害。他们把胎儿吊在树上练习打靶，用刺刀将胎儿挑起一丈多高，摔成肉泥。孟家的妻子被扒光衣服吊起来，打得皮开肉绽，又剖出胎儿，用刺刀挑着取乐。郑氏被割掉乳房，两个孩子爬在母亲身上哭，也被日军挑死。100多名妇女被赶进染坊大院，十几名日军先后轮奸了王氏、武氏、邓氏等人，又用刺刀将她们一一挑死。晚上，一群群的日军涌进院子，对妇女们进行侮辱残害。

13日和14日，日军继续在全城施暴。农民张里等62人逃跑时被日军抓住，绑起来打得腿断腰折，然后推入打坯坑里活埋。200多名青壮年在东门外被毒刑拷打后，一批批用刺刀挑死。马胜福等11个人怒骂不止，被日军用铁丝穿透胳膊，倒上汽油，活活烧死。樊金保等63人，被绑到东门外臭水坑旁，日军先挖掉眼睛，再剁下四肢，然后砍下脑袋，扔进臭水坑。14日下午，45名青壮年在东门外的一口大眼井旁被全部砍头，日军将头挂在树上，尸体扔进井中。井水为之血染，被称为血井。这样的血井，全镇还有12口。

15日中午，日本人离开梅花镇，烧杀持续了四天三夜。在这次大屠杀中，梅花镇有1547人遇难，占全镇总人口的60%，650余间房屋店铺被烧毁。

- 10月12日，日机轰炸南京、常熟、江阴等地，常熟一地死伤100余人。
- 10月14日，忻口战役期间，日军在山西原平县南怀化村，屠杀民众1200多人，100多户被杀绝，烧毁房屋1000多间。
- 10月14日，日军在雁门关外屠杀平民2000余人。
- 10月15日，日机空袭广西桂林、梧州，炸死炸伤平民700余人。
- 10月22日，日军在山东陵县凤凰店等地杀害居民和平津流亡学生300余人。

成安三屠，5300人遇难

10月24日，日军经过激战，于当夜攻破了河北省东南端的成安县城。驻邯郸的日军指挥官土肥原贤二在向成安派援兵时就下令，攻进成安，放假7天，自由行动。从25日一早，日军便开始"自由行动"，成群结队到处搜捕杀人，有的砍头，有的开膛，有的用刺刀从两个肩窝里插下去，人死而不见血迹，有的婴儿被抓着两腿撕成两半。在东大街路南，日军把100多名妇女儿童锁进三大间屋子，在外面架起木柴，浇上汽油放火，妇孺全部被活活烧死。有20多对老年夫妇，拉着孙子孙女，躲进了天爷庙，日军把老头们都捆起来，当着老妇和儿童的面全部枪杀。南街常老玉被日军用铁丝拧在树上，架起干柴烧死。王尚贤被日军捆起来，头上钻了一个眼，然后吊在树上烧死。在国际慈善组织的"万字会"，躲着六七百名避难的居民。日军杀到这里时，会长张石先手持万字旗出面交涉，日军一把夺过旗子扔到地上说：什么国际慈善，统统死啦死啦地！从避难的人群中拉出150多个男人，捆绑起来，押到魁星楼下长坑边全部枪杀。

日军在成安城内集中屠杀居民的地方是魁星楼、文庙、后仓大坑、西北苇坑、西南街、东西大街、东路嘴和天爷庙等处，在每一处都屠杀了一二百人。

在"自由行动"的7天中，日军还把中国人的死尸集中了一大批，将男的上身脱净，女的下身扒光，分别摆成跪、仰、立等各种姿势，靠在日军司令部的墙上，当靶子练习射击。

日军在成安屠杀中国人的同时，还有这样一个镜头。据翻译于乐天说，他们把死亡的日军的尸体集中到曲村附近火化，有些还没有死的日军伤兵也被抬着往火里扔，那些伤兵大喊大叫："我还能活呀！别烧我呀！"抬他们的日军说："别叫唤啦，回国去找天皇吧！"

11月6日拂晓，中国军队三个连挖通地道，攻进城内，与日军展开肉搏战。部分日军逃至肥乡，土肥原贤二急调大批日军再犯成安。第二次占领后，再次进行大屠杀。凡是城内的男人，抓住后一律杀死。在西北大苇坑，150多个男子被集体屠杀。全城10眼水井里都填满了死人。文庙前大坑、魁星楼下长方坑、天爷庙前大坑和后仓北水坑等处，都被漂浮的尸体盖满了水面。时阴雨连绵，街道积水，日军把中国人的尸体垫于水中，上撒黄土行走。仅西南街的一个十字路口，就垫死尸240余立方米。

12月初，日军弃城撤走时，又把城内仅存的37名替他们喂马担水的男性苦力，带到广平尹庄砖窑边，用刺刀挑死，只有两个人未被刺中要害得以逃生。

从10月24日到12月初的一个多月里，日军在成安县城和附近村庄，连续三次屠杀民众达5300多人，成安城内居民中，就有3718人遇难。

- 10月24日，日军屠杀河北井陉长生口村民250人，烧毁民房200余间。
- 10月27日，日军屠杀井陉核桃园村300余人，村子成了一片废墟。

活靶刺杀练习

安达千代吉笔述（1955年写于战犯管理所）：

大队的全体人员在后山上一个略高的墓地上集合起来了。高台上挖好了11个深4尺、长6尺的坑。集合起来的士兵大约有250人，大队长丸尾说："今天让大家用活靶作一次刺杀练习，各中队选出有把握的人，接受安达准尉指挥！"我从各中队挑选出的士兵中，又选出6个体格健壮的。

不一会儿，端着刺刀的士兵押着11名抗日军俘虏爬上山坡来，他们的双脚上都戴着粗粗的镣铐，脚腕已被磨的血肉模糊。这些人年纪大约在30到45岁之间，头发很长，脸色苍白，都已经在狱中经受了长期的折磨。但他们深陷的眼睛里的目光，紧闭的嘴角，都燃烧着对日本侵略者愤怒和仇恨的烈火。

我从11个俘虏中选出6人，让他们站到土坑前。这时，丸尾下达了"开始"的命令。我马上发出"刺杀"的口令。新兵"哇、哇"地叫着，随着"呜"地一声哀叫，咕咚一下掉到坑里去了。我检查坑里的抗日军被刺杀的情况。1个，2个，3个，匍匐在血泊中，手指还在微微地动，我说："这家伙还轻易不肯死呢！"立即拔出日本刀，对准心脏刺进去，鲜血咕嘟咕嘟地喷射出来。第4个和第5个也同样刺心脏杀掉了。

隔了一会儿，又开始由军官练习砍头。先让1名23岁左右的俘虏坐在坑前。丸尾问他："你有什么要求吗？"他抬起双眼："没有别的，给我一支烟。"丸尾把正吸着的香烟递给他。一口，两口，死亡一秒一秒地接近着。周围一片寂静，连一声咳嗽都听不到。丸尾提着日本刀等在那里。青年面对死亡，泰然自若，一支烟迟迟吸不完。丸尾等不及了，大喝一声："别吸了！"说着便举起刀对准脖颈砍下去。只听"咔嚓"一声，刀停住了。原来刀砍在了后头部，缕缕鲜血从刀口流出，白骨露了出来。只见这青年跪了起来，怒视着丸尾，燃烧着愤怒和仇恨的烈火，浑身是血的形象，使丸尾不禁打了个趔趄。他再举刀砍掉了头，鲜血喷出有一尺多高，随后落在坑里。又让第二个坐在坑前。我刚看了大队长的失败，有些踌躇，但又想：如果成功了，队长也会对我另眼看待。别说是士兵，就是在军官面前，我也可以趾高气扬了。我拔出刀，摆好姿势，运足了气，一声叫喊，手起刀落，脖颈被我砍掉了2/3，头一下子垂在胸前。眼看着土坑被鲜血染红，我松了一口气，心想：无论怎么说，我这个准尉的面子总算保住了。其余的3个人，也都被军官和下士官杀掉了。

然后，卫生兵把尸体从坑里拖上来，扒光衣服，由军医说明截断上肢手术的做法。卫生伍长切开上臂，卫生兵锯断骨头，一条胳膊被揪了下来，又进行了缝合练习。接着，又切断左脚，再切断右脚。像白蜡一般的一只手臂，丢在旁边的草丛里。

- 10月，傅作义将军对记者称，忻口战役后，日军对中国平民进行报复，在山西原平县一块方圆三四十里的区域内，就屠杀民众36000余人。
- 11月3日，日军在山西怀仁屠杀刘宴庄居民208人。
- 11月11日，日军在河北南和县河郭村屠杀257人。
- 11月12日，上海沦陷。日军进城后烧杀淫掠无所不为。闸北、浦东、龙华等工业区遭到严重破坏。外人估计上海此时损失已超过30亿元（法币）。
- 11月13日，日机轰炸常熟，炸死1300余人。
- 11月13日，日军在任丘城屠杀民众800多人。

济阳2400人叠尸旷野

11月13日下午，日军攻占山东济南北45公里的济阳县城。日军调集30余辆汽车和装甲车在西门外两侧设下伏击圈，从东、南、北三个门进城的日军，将1800多名壮丁和200多名难民逼出西门，赶进伏击圈后，就用炮轰用机枪扫射。不到半小时，两千之众，百不余一，血漫旷野，叠尸两三华里。

14日，日军继续在城内搜杀居民。这天上午，刘善远等40多人被日军抓去搬死尸和打扫日军住所，傍晚，日军把他们捆到黄河滩上，迫其站成一排，迎面用两挺机枪扫射，仅刘一人生还。在文庙，日军一次用机枪屠杀40多人。在马家湾南崖活埋了30多人。在刘振生家的地窖里，日军搜出五男七女，全部杀害。

日军从西门外陆可让家拉出他的叫小裤和小褂的两个儿子，将他们的衣服扒光，捆在门前的枣树上，让狼狗撕咬。听着两个十几岁的孩子的惨叫，日军在一旁哈哈大笑。半个小时后，两个孩子已经没有人样，脏腑被狼狗叼了一地。

在文庙后街，日军抓住鲁家的妻子和张家的妻子，把她俩的衣服剥光进行轮奸，又拖至西门外，绑在树上，用刺刀割下乳房，将木橛揳进阴部。两具裸尸在树上挂了数日。一伙日军在南关街王庆堂家搜出三个女人，轮奸后又用刺刀挑开她们的肚子，再剁下双脚。日军把脚挑在刺刀上，在大街上举着喊："中国女人的脚，顶小顶小！"

在金星庙附近，日军杀害了47人。周景远被用刀剁成了几大块。周景奎被砍下了脑袋。不到10岁的杨存礼肚子被挑开，肠子流了一地。励学商社经理刘清芳被绳子捆住双脚，拴在汽车后面活活拖死。村民邓奎杰被日军绑在树上，用刺刀一条一条地往下割肉。邓惨叫呼救，邻居80岁的邓学河老翁拄着拐杖前来求饶，也被日军一刀捅死在地上。

日军侵占济阳城，在西门外屠杀民众2000余人，进城后的7天中，又在城内外杀害民众402人，重伤19人，奸淫妇女102人，烧毁房屋550余间。

● 11月19日，日军攻占苏州，大肆杀人放火抢劫，1000余名妇女被强奸，其中200名妇女遭"集体奸淫"。

● 11月19日，日军攻占常熟，屠杀平民1500余人，许多村镇变成一片焦土。

● 11月24日，日机轰炸长沙，炸死炸伤300余人。

● 11月27日，日军占领无锡，大行烧杀三天，从闾口桥到吴桥一带就有2000余具尸体，市内大火七昼夜不熄。

江阴浩劫，2万人被屠杀

江苏省江阴地处长江下游，江阴炮台是扼守长江下游水道的军事要塞。从8月14日起，日军飞机几乎天天飞临江阴进行侦察轰炸，最多一天达96架次。日机滥施轰炸，使城内外废墟连片，大批和平居民被杀害。11月30日，日军攻陷江阴外围的花山，将计家湾村的男女老幼47人全部枪杀，房屋全部烧毁，该村从此在地图上消失。江阴陷落后，日军在花山嘴一带九个村子，屠杀了280多人。

12月1日，日军进入江阴城时，在卡车上架着机枪沿街扫射，居民们纷纷死于乱枪之下。一大群想从西门外逃的老弱妇孺，被日军堵在城门洞里，全部杀死。日军还在新北门、黄田港等地进行集体屠杀，或是用机枪扫射，或是把许多人关进屋子，放火烧死。躲红十字会的52个难民被日军发现后，全部用机枪射杀，仅一名小孩逃生。有19个青年被日军抓住，捆上手脚，全部用刀砍死。江阴城内未能逃走的妇女，无论老幼，很少躲过日军污辱。城郊一吴姓少妇被轮奸后投河，日军又把她捞上来，强奸致死。一扛煤工人的妻子被日军强奸后，用竹竿从阴户插死。日军闯进城外一村民家中，杀死兄弟二人，强奸了其妻妹三人。据不完全统计，日军在占领江阴的数日之内，杀害中国平民在1000人以上。

从2日起，日军便开始了有计划的抢劫和纵火。城内城外，工厂的机器、学校的书籍和仪器、商店的货物以及住宅内较好的家具、器皿、名贵字画、古玩等，全被掠走。城陷后一个月内，江阴至无锡间的公路上卡车不断，日军将大批赃物运往无锡、上海后，再转运往日本国内。南菁中学内由原南菁书院留下的收藏了80多年的3万多册图书，以及堆满三间房子的《皇清经解续编》刻板，被抢被烧后损失殆尽。拥有100多台织机、设备齐全的天纶布厂，劫后仅剩两间厨房。江阴城内被烧毁房屋达1000多间，大火持续半月不熄。

在江阴沦陷的8年中，全县被日军杀害的共20000余人，烧毁房屋16000余间，财产损失无法计算。

芜湖惨案，1万人遇难

在日军地面部队犯抵芜湖之前，日军飞机便持续对这座南京上游门户施以狂轰滥炸，机场、车站、码头、商业中心尽成废墟，无数民房店铺化作焦土。12月5日，日机轰炸停泊在江边的英轮"德和"号，时船上有大批中国难民，80%为妇女儿童。炸弹正中轮机舱，船身断裂下沉，千余名旅客挣扎于江水之中，日机又俯冲扫射，幸存者寥寥无几。

12月10日，日军侵占芜湖，将抓捕的2000余名难民，驱赶到江边，用机枪全部屠杀。在芜湖市内，未及逃离的人们，被日军追杀、搜杀、砍杀、奸杀。大街小巷，人头滚滚，院落通衢，尸骸狼藉。横七竖八的尸体，大都残缺不全，有的被剁下头颅，有的被砍去四肢，有的被剖腹挖心。在一家药店，日军将店主17岁的儿子杀死后，割下脑袋，又在这颗头颅上戴上一顶呢帽，口中塞上一根香烟，放在药店的柜台上，威胁店主"不准移动，否则烧毁街坊"。直到头颅腐臭，店主才敢将之掩埋。

进入市区后，日军将粮食、布匹、百货洗劫一空，富户人家的箱柜尽被劈开，贵重物品一扫而光，家具门窗也全被拆下烤火。

芜湖的妇女被日军奸淫无数，上至白发老妪，下至笤龄幼女，不能幸免。稍事反抗，即被当场杀死。街头巷尾，被剖腹割乳的裸尸，随处可见。

日军太阳旗所到之处，烈火即起，沿江一带的房屋，长街上的店铺民舍，全被焚毁，国货大楼被烧得只剩残壁断墙，繁华市区皆成瓦砾场。

10000余名芜湖市民，惨死于日军屠刀之下。

南京大屠杀：超过30万人

12月7日，日本华中派遣军司令官松井石根指挥第6、16、18、114等四个师团，向南京发动全线进攻。8日，日军攻破南京外围防守，12日突入城内，10多万中国守军迅速溃散。13日，南京在没有抵抗的情况下被日军占领。

13日晨，日军谷寿夫师团从中华门进入南京，血洗聚集在中山北路、中央路的难民，拉开了大屠杀的帷幕。次日，其他三个师团相继进入南京南北各市区，展开大规模的屠杀。

13日，约10万名难民和被解除武装的士兵，在燕子矶被日军围在沙滩上，用数十挺机枪持续扫射，尸体蔽江，至少有5万余人被杀害。

14日，日军在汉中门外集体屠杀难民和非武装军警7000余人。

15日夜，9000余人被日军押往鱼雷营江边集体屠杀，只有9人逃生。

16日，日军在下关煤炭港、中山码头、鼓楼四条巷一带屠杀数万人。

17日，日军在下关上元门屠杀3000余人，在三叉河屠杀四五百人。

18日，日军在下关草鞋峡将57400余人集体屠杀，"先用机枪扫射，复用刺刀乱戮，最后浇以煤油，纵火焚烧，骸骨悉数投于江中"。

从13日下午起，日军在紫金山活埋难民3000余人，在雨花台搜杀伤兵、散兵和难民20000余人，在上新河一带屠杀中国被俘军人及难民28730余人。

据战后远东国际军事法庭《判决书》，"强奸、放火和杀人，在占领南京后至少有六个礼拜中，一直不断地大规模地进行。"南京居民"遭日军用枪集体屠杀并焚尸灭迹者，有19万余人。此外零星屠杀，其尸体经慈善机关收埋者15万具，被杀总数达30万以上"。

据《东京日日新闻》记者铃木二郎记述："我随同攻陷南京的日军一道进城，在城内呆了四天，目击日军无数暴行。""从光华门北上，走向中山东路，在光华门马路两边，看到接连不断的散兵壕，都填满了烧得焦烂的尸体，马路中间横倒的许多木柱子的下面，压着的都是尸体，四肢断折飞散，不啻是一幅地狱图画。我还看到战车毫不留情地在尸体上碾过，听到车底履带辗转过去的声音，闻到尸臭和硝烟气味，感到简直堕入了刀山、油锅、血污池的十八层地狱。当时产生了一种错觉，认为自己就是地狱里面目狰狞的狱卒了。""12月13日，在中山门附近城墙见到极其恐怖凄惨的大屠杀。俘虏们在25公尺宽的城墙上排成一列，许多日本兵端着插上刺刀的步枪，齐声大吼，向俘虏们的前胸或腹部刺去，他们一个接着一个被刺落到城外去了。只见飞溅的血雨喷向半空，阴森的气氛使人寒毛直竖，浑身战栗。……我站在那里，吓得目瞪口呆，不知所措。可是，在那残暴的场面中，却出现了一个难以理解的现象，令人永难忘记，那就是俘虏们在被刺杀时的态度和表情。他们站在死神面前，有人脸上浮泛着冷笑，有人若无其事地大笑，等待着死亡。"

《朝日新闻》从军记者今井正刚写道："我于12月15日夜间，在大方港《朝日新闻》办事处前面马路上，看到数千人头攒动，一望无际的中国人群，被赶赴下关屠场。我跟随到那里，在天色微明的扬子江畔，目击了这样一幕大屠杀的悲惨情景。在码头上，一片黑黝黝的尸体堆垒如山，在尸山里蠕动着人影，总有50人乃至100人以上，转来转去拖曳着尸体——微弱的呻吟、滴沥着鲜血、抽搐着手脚——丢向江流里去。他们不声不响地忙个不停，就像在演哑剧。过了一会儿，作业完毕，苦力们被排列在长江岸边，哒！哒！哒！

一阵机关枪声，只见仰面朝天、翻身仆地、腾空跃起，一一都跌落江中，被滚滚波涛卷走。据在场作业的一个日本军官说：当时被杀害的中国人大约是两万人。"

另一名日本记者佐佐木元胜在《野战邮局》中写道："从军政部到海军部的几条街道之间，似乎还留着惨叫呼救的光景"，"江岸的道路、岸壁和水滩上，败兵的尸体叠成几重。""我曾在东京大地震时目睹尸体重叠的惨状，可是跟这个相比，就算不得什么了。丧生于枪弹、刀剑之下者恐怖异常，有的半裸着身子，有的被淋上汽油被烧成焦炭。尸体之旁是运来庆祝胜利的酒桶，堆积如山，上面有兵士在放哨。战胜国与亡国之间，竟有这样严酷对照的场面。"

日军第16师团两名少尉军官向井敏明和野田岩，12月初在随军侵入江苏句容县时，就已约定"举行单项刺刀友谊比赛，看谁能在完全占领南京之前，首先用军刀杀死100名中国人"。很快向井杀了89人，野田杀了78人。几天后，日本随军记者报道：

12月10日，两人在紫金山下相见，彼此手中都拿着砍缺了口的军刀，野田道："我杀了105人，你的成绩呢？"向井答："我杀了106人！"于是两人同时大笑，可是很不幸，确定不了是谁先达到100之数的。因此，他们两人决定重新再赌看谁先杀满150名中国人！12月11日起，比赛又在进行中。两个人还分别执刀，拍照了合影，上面写了"百人斩竞争之两将校"字样。东京《日日新闻》刊载了这"斩杀百人"的报道，日本国内一时"万口争传，誉为勇壮"。

而谷寿夫师团的一个中队长田中军吉，在南京西南郊一带，用一把"助广"军刀，砍杀俘虏及平民300余人，并拍了挥刀杀人的照片。日本军官山中峰太郎编的《皇兵》一书中，在照片旁写着"曾杀300人之队长爱刀助广"。

远东国际军事法庭《判决书》云："以屠杀平民认为武功，并以杀人作竞赛娱乐，可谓穷凶极恶，蛮悍无与伦比，实为人类蟊贼，文明公敌。"

一位在南京的美国传教士在12月19日写道："自守卫南京的中国军队崩溃

到现在，一个星期过去了，这里一直是人间地狱。说起来这是一段使人极端恐怖的事，我不知道从哪里谈起，也不知道在哪里结尾。我从来没有听到或读到过像这样残暴的行为。强奸！强奸！还是强奸！我们估计每天晚上至少发生1000起，白天也发生许多起。如果进行抗拒或者似乎有某种不满，就会遭到刺刀或枪弹的捅射。我们每天都能记下数以百计的这种事件。人们都歇斯底里了，每当我们外国人一出现，他们就跪下磕头，乞求帮助。那些被怀疑为士兵的人以及其他人，已成百地，不，成千地被带到城外去枪毙。每天上午、下午和晚上，妇女们都在被强行带走。看来整个日本军队都可以随心所欲地往来于任何地方，干任何勾当。"1938年1月3日，他又记述："今天上午来了另一位妇女，境况悲惨，经历可怕。她和另外四位妇女曾被日本兵抓进一个部队医院，日本兵白天要她们为自己洗衣服，晚上对她们进行轮奸。她们里面有两位每天晚上要被迫满足15到20个人的欲望，而长得最漂亮的那一位则要满足多达40个人。逃到我们这里来的这位妇女曾被三个日本兵叫到一处没有人去的地方，他们在那里企图割下她的脑袋。颈部的肌肉被割开了，但他们没有能切断脊髓。她假装已死，拖着自己的身子来到医院——这是日军兽行的许许多多见证人中的又一个。"

另一位在南京的外国人写道："据几位精明的德国同事估计，强奸案例达两万起。我则以为至少8000次，当然，这只是最低限度的估计。仅以发生在金陵大学、我们的一些职员的住宅及美侨住宅内的而论，我就掌握了100多起强奸的详细记录，此外还有大约300起强奸案的可靠报告。可怕而痛苦的情形，简直使你难以想象。金陵大学校内被强奸者中，有年尚11岁的幼女，也有年逾半百的老妪。在其他的难民群中，甚至72岁和76岁的老太太也被惨无人道地奸污了。在神学院内，17个日本兵在光天化日之下轮奸了一个妇女。事实上，有1/3以上的强奸案是在白昼发生的。"

中国军事法庭审判谷寿夫判决书认证，日军强奸妇女"方式之离奇惨虐，实史乘所未前闻。如12月13日，民妇陶汤氏在中华门东仁厚里5号被日军轮奸后剖腹焚尸；怀胎九月之孕妇肖余氏、16岁少女黄桂英、陈二姑娘及63岁之乡妇，亦同在中华门地区惨遭奸污；少女丁小姑娘，在中华门堆草巷经日军13人轮奸后，因不胜狂虐，厉声呼救，被刀刺小腹致死；同月13至17日间，日军在中华门外，于轮奸少女后，复令过路之僧侣续与行奸，僧拒不从，竟被处宫刑致死。"日军中将谷寿夫，不但亲自持刀杀人，还亲自在大街上强奸妇女。据查到的证据，被他奸污的妇女有10余人。按主持难民区调查的国际人士的粗略估计，南京城被日军奸污的妇女，达8万人之多，而且大部分被奸污之后，又遭杀害。

在南京目睹日军暴行的一位西方人说："劫掠、酷刑、屠杀、奸淫、放火，凡是可能想象的坏事情，日军进城以后，都毫无顾忌、毫无节制地一一实行了。在这个新时代中，我们找不出什么东西足以超越日军的暴行。"

德国驻南京的外交代表在给德国政府的一份电报中说："犯罪的不是这个日本人或那个日本人，这是整个陆军本身的残暴犯罪行为，他们是兽类的集团，是一架正在开动的野兽的机器。"

● 12月14日，日军侵占扬州，屠杀市民500人，一周内有600余名妇女遭凌辱。17日，日军将400余名民夫骗至城东万福桥上，堵住桥头用机枪扫射，400余人全部遇害。

● 12月24日，日军陷杭州，屠杀居民4000余人，其中700余妇女被奸淫致死，烧毁民房店屋3000多家。

1938年概要

1938年，日军又发动了晋南作战、徐州会战、武汉会战和广州作战。

1月8日，日军大本营发出晋南作战命令。2月28日，日军占领临汾，3月初，占领风陵渡至温县间黄河各渡河点，4月底，望黄河而兴叹的日军退出晋东南。

3月，日军为将华北与华中占领区连成一片，华北第2军两个师团向南进攻，计划会合于台儿庄，包抄徐州。第五战区司令长官李宗仁指挥抗击日军。张自忠、庞炳勋军在临沂力挫板本支队；赖谷支队孤军深入，孙连仲军3个师尤其是池峰成师死守台儿庄，以损失7/10（伤亡1.7万人）的代价，拖住并大量杀伤日军。4月7日，中国军队围歼赖谷支队，史称台儿庄大捷。

华中和华北日军从南北会攻徐州，计划歼灭第五战区中国军队主力。中国军队放弃徐州，在日军重围中撤至皖西、豫南。5月19日，日军占领徐州，6月6日，占领开封，直指郑州。6月9日，国民军炸毁花园口黄河大堤，形成千里黄泛区，暂时阻止了日军进攻郑州及南窥武汉。

日本军部认为：只要能攻占武汉、广东，就能支配中国。日军调集近20万人进攻武汉，与中国军队134个师、110万人展开会战。6月12日，日军占领安庆，7月25日，占领九江。中国军队在富金山、大别山、信阳及德安等地顽强抵抗。10月，信阳、蕲春、大冶、黄陂、孝感相继失陷，付出重大代价后，日军25日占领汉口，26日占领武昌。

广州方面，10月12日，日军第21军在大亚湾登陆，未遇任何抵抗，接着长驱直入惠州、广州。10月21日，日军兵不血刃占领广州。

本年，日本新组建了10个师团。其陆军的34个师团，除国内和朝鲜各留了1个外，将32个师团投入中国战场（东北8个，关内24个）。

到武汉会战结束，日军战略进攻开始停止，抗日战争进入战略相持阶段。

从卢沟桥枪响到广州、武汉陷落，16个月中，日军已侵及我大部分沿海省区和控制了大部分海岸线，关内15个省区（平津、沪宁、晋、察、冀、绥、鲁、苏、浙、皖、赣、鄂、豫、湘、粤）的900余县，930余座城市，沦陷区达160余万平方公里，人口2.2亿。

在日军攻城掠地的同时，八路军挺进华北敌后展开游击战争，创建了晋察冀、晋冀豫、晋西北抗日根据地，新四军建立了苏南、皖中、皖东、豫皖苏游击根据地。

日军在其占领区扶植傀儡政权，并不断对中国政府进行诱降。国防最高会议副主席、国民党副总裁汪精卫，于本年底经昆明逃到河内，并发出公开叛国投敌之"艳电"。

- 1月10日，日海军陆战队登陆侵占青岛市区，枪杀中国警察600余人。
- 1月22日，日本海军大臣米内向贵族院报告，自上年8月13日至是年1月3日，日本海军飞机轰炸中国13000次，其中轰炸淞沪地区6000次，轰炸南京1200次，轰炸广州500次，粤汉、广九两路900次，津浦、陇海660次。
- 1月30日，日军在山东淄川县河东寨等四个村庄屠杀309人，42户被杀绝。
- 1月下旬，日军在辽宁朝阳县诱捕抗日武装200多人，全部集体屠杀。
- 2月1日，日军在冀中高邑县东大营强奸妇女，被民众击毙2人，日军派兵报复，屠杀民众百余人，烧房千余户，百余妇女被迫投河。
- 2月4日，日机85架轰炸广州。在持续十多天的轰炸中，炸死广州市民7000多人。
- 2月11日，日军在山东张店黑家庄屠杀216人，20户被杀绝。
- 2月14日，日机15架轰炸郑州，炸死炸伤500余人。
- 2月18日，日军在浙江余姚县乔司镇屠杀三天，杀害1360余人，烧毁房屋7000余间。
- 2月20日，日军进攻山西长治，中国守城部队一个团全部殉国，日军屠杀居民千余人。
- 2月21日，日机轰炸山西阳城县，炸死270余人，炸毁房屋1000余间。

博爱浩劫，冤魂7万

1938年2月20日，日军侵占河南北部的博爱县，开始了七年多的血腥统治。

2月23日，日军在东金城村屠杀村民143人，烧房190多间。3月15日，日军在十八孔桥附近将18个农民用刺刀戳个半死，又扔进火堆烧死。3月27日，日军在怀村，打死村民42人。5月，日军扫荡柏山，从狮口到山口，一路烧杀，仅柏山村就有1700多间房屋被烧毁。日军在柏山村东寨占据山头，居高临下，将来往行人和在地里干活的农民当活靶子，许多民众被打死。

1938年春，日军在玄坛庙、汉高城一带扫荡屠杀，黄岭和东凡厂两村的120多人躲在山洞中被发现，日军封锁洞口，点火熏洞，致使洞中民众全部死亡。1939年麦熟季节，日军在寨卜昌村放火毁村，烧毁房屋1000多间。

日军在博爱县城的晒粉条场和南城墙根设了两处杀人场，经常把无辜民众押到杀人场刀砍枪击，犬撕活埋。在官庄村东日军飞机场附近，时常有过路行人被日军纵犬咬死。每当军犬咬死中国人后，日军就逼迫官庄村民给他们洗狗嘴。

据抗战胜利后不完全统计，日军占领博爱七年多的时间里，杀害平民69214人（包括间接死亡），烧毁房屋15895间，掠夺粮食45000万公斤，占用土地6809亩，支差劳役民工411125个，杀死大牲畜14423头，抢掠羊9324只、猪3476头、鸡12420只，毁损农具131072件，抢劫财钱1亿多元、衣服162541件，致使工商损失447万元，全县土地荒芜60%以上。

- 3月4日，日军在山西交口县双池镇屠杀居民400余人。
- 3月4日，日军在山西方山县大武镇等地屠杀600多人。
- 3月12日，日军在太湖马迹山屠杀1500余人，烧毁40多条渔船和3600多间房屋。
- 3月15日，日军在佳木斯等地大逮捕，抓捕群众3558人。
- 3月16日至18日，日军在滕县城屠杀平民2259人，烧毁房屋6万余间。
- 3月17日，日军屠杀山西保德城居民200多人。
- 3月18日，日军屠杀潞城神头村民236人，并杀害邻村和过路行人100余人。
- 3月19日，日军在山西太谷屠杀村民353人，烧毁房屋1500余间。
- 3月25日，日军侵占河南长垣县城，屠杀居民1700余人。
- 3月26日，日军在浙江德清县龙溪两岸烧毁109个村庄，毁房7799间，杀害778人。

浚县屠杀4500人

3月27日，日军第十四师团一部进攻河南浚县县城，29日，自城东北角突入城内。

29日拂晓，日军将100余名居民逼进东门里的一所房子里，人摞人地垛起来，浇上汽油，纵火焚烧，除一人外全部被活活烧死。在菜园街、鸡胡同两处，日军集体屠杀居民500余人。东南城角的几口水井，都被尸体填满。西门里过云楼前的十多间马棚下，尸叠成垛。大王庙前尸体层积高达丈余。日军在北门里搜捕数十名居民，绑至西门城墙上，强迫他们跪在城墙边沿，枪声响起，被害者纷纷栽下城去。目睹这情景，日本兵大笑不止。

坐落于县城东南侧的大伾山、浮丘山是豫北的佛教、道教胜地，古迹荟萃。在刻着"有僧东渡留禅杖"字样，标志着中日两国文化交流史的石崖下，日军将齐天庙的本东和尚用刺刀刺死，将海登喜法师挖去双眼，刺穿胸膛，让狼狗咬掉鼻子和耳朵。在禹王庙，日军让僧人慈海给他们烧水，喝过开水，他们就把慈海绑在八丈大佛前的杨树上，用刺刀刺死。日军还枪击八丈大佛，炮击大伾山顶峰的八卦庙，毁坏了文昌帝君圣像和魁星像。日军在浮丘山，杀害了庙院张殿等道人，年逾古稀的王老太太避难于庙院内，被日军发现后，强迫老人喝凉水，老人不从，日军用刺刀撬开老人的嘴巴，将老人活活灌死。日军用炸药炸塌三仙殿，在文治阁周围纵火，数百间房舍化为灰烬。居民多遭杀害，侥幸逃生者，又被日军投入大火之中。坐落在大伾山上的阳明书院，是明代著名学者、对日本文化有重大影响的王阳明先生讲学处，为中原著名古书院之一，也被日军一把大火焚毁。

日军进城后，有8名妇女躲进南关小庙，一伙日军闯进去，将这8个人轮奸后，又全部推入火堆里。日军将李金录家的大人杀死，把他的16岁和13岁的两个女儿轮奸，然后以刺刀捅入阴部刺死。在一座院子里，日军剥光几十名妇女的衣服，进行集体奸淫，再全部刺杀。

在浚县大屠杀中，有4500余名民众被杀害，500多名妇女被强奸，1000多间民房被烧毁。

"外科手术试验品"

高梨文雄笔述（1955年写于战犯管理所）：

1938年4月初，我在驻山西省潞安城西2公里处西关村的日军第108师团第108野炮联队第3大队队部当一等兵。

一天傍晚，我听说队部军医、见习士官筑馆要用队部抓来的一个年纪在25岁上下，由于长期日晒身体结实的农民，当作"外科手术试验品"时，我便主动申请担任手术的助手。

第二天早上，当被晨露润湿的土地尚未干燥的时候，试验便开始了。筑馆命令给这个人蒙上眼睛，脱光衣服，让他仰卧在地上，然后说，"怎么样，可要牢牢按住他的手脚，不能让他动一动！"他既不穿手术衣，又不戴口罩，当然更谈不上消毒。筑馆接过注射器，立即扎入该人的上臂。

筑馆将手术刀插入这个人的右下腹部，表皮被切开，露出了鲜黄色的皮下脂肪。当内脏出现时，被按着的脚腕，猛地僵直起来。由于全身麻醉未生效而感到疼痛，他以惊人的力气企图挣脱我的手。鲜血从切口的一端像一条线似地流出，流过被泥土污染了的皮肤渗入大地。筑馆捏出一个小指大小的肉块说："这就是盲肠。"接着又将手术刀对准胃的正下方，横着切开一个大刀口，然后，又一直切到下腹部。由于在一个部位反复地切来切去，这个人的身体直挺挺地，双唇紧闭着。当油光光的小肠露出来的时候，筑馆说："糟糕，用子弹打穿之后再做就好了！"他把小肠拿出来，用剪刀一下剪断了，给大家讲解了肠缝合的各种方法。然后，又把肝脏、胰脏和胃一一取出，让大家看过。接着，又从胸部的正中间切开。

麻醉剂可能已经失效，在此之前从未听到过的呻吟声，也开始不断地发出来。身体一次又一次地僵直。每当这时，从腹部到胸部的所有刀口便渗出鲜血，染红了皮肤。

筑馆把淡红色的颜色斑驳的肺脏取出来给大家看过后，又把心脏从肋骨间掏出来说:"这么个小东西,却主宰着人的生命!"筑馆接着又切断了咽喉,切开了睾丸。

将近两个小时的时间过去了。除了脸和手脚之外,被割得七零八落的人体,绞尽最后的一丝力气,一次又一次地企图从我按着他的手中挣脱。当他这一点力气也丧失之后,筑馆拿起注射器说:"好了!让他不再痛苦了!"把针头插入心脏。身体微微抽动的一瞬间,便瘫软下来,再也不动了。

一个手无寸铁的农民,就这样被活活地切割而死。

- 4月7日,日军在台儿庄以北屠杀农民和妇女450人。
- 4月8日,日军屠杀襄垣城居民250余人。
- 4月10日,日机27架轰炸长沙,炸死炸伤湖南大学、清华大学师生员工及农民143人。
- 4月11日,日军在涉县左村、孔庄、峪里屠杀294名村民,烧毁房屋4440间,抢走和烧毁粮食55万多斤。
- 4月12日,日军在广东中山县三灶岛屠杀平民386人,14日,烧毁房屋3264间和渔船164艘,15日,又屠杀数百人。在沦陷的八年中,三灶岛被杀害的同胞2891人,饿死3500多人。
- 4月14日,日军在阳城城关用毒气、刀砍、枪刺等手段屠杀居民700余人。
- 4月15日,日军在山西武乡县西营,将男人绑在一起活埋,将妇女强奸后剖腹,将儿童摔死,屠杀村民226人,又向民众避难的山洞放毒气,毒杀70余人。

临沂惨案,3000人遭屠杀

4月21日,临沂陷于日军之手。

日军在攻占临沂之前,于城北的古城村和城西的大岭村各屠杀了村民百余人。日军飞机不断对城内进行轰炸。一枚炸弹落在北大街一防空洞口,洞里的30多名男女老幼全部遇难。在西门里天主教堂，有300多人被炸死炸伤，一尤姓修女被炸得骨崩肉离，糊在墙上。

日军进城后，在大街上架机枪扫射，挨户搜查，堵门截杀。700多名走投无路的难民，聚到了天主教堂的门前，被日军从几个方向用机枪扫射，无一生还。21日日军破城当天，在城西北坝子的三个防空洞里和西城墙根附近，有480多名避难的居民被杀害。日军从南门里一家杂货店的防空洞中搜出20余人，当场全部刺死。崔家巷一户的小孩出疹子，日军点火将孩子活活烧死。日军搜查杨家园时，被追捕的妇女们纷纷投井自杀，顷刻之间死尸塞满井筒。

从火神庙以西、玉聚福街东、洗砚池以南，北到石碑坊、杨家巷至刘宅一带，大火六七日不熄，整个城西南隅都被日军纵火烧毁，南关老母庙前、阁子内外，房屋全被烧光。

前后10余天，临沂城被杀害民众达2840余人，加上沿途的被害者，总计3000人以上。

- 4月22日，日军在江苏句容县茅山、天王寺、白阳等村屠杀村民412人。

盐城数日间人烟绝迹

4月下旬，日军少将佐藤正三郎指挥101师团的5个步兵大队和1个野炮大队，从如皋北犯，依次洗劫了海安、东台等地，日军留下一路废墟，逼近盐城县境。位于盐城之南的千年古镇伍佑首当其冲。

26日，随着日军的进镇，伍佑南北四里长街变成一条大火龙，镇内外房倒屋塌，居民被枪杀。一王姓妇女，因不从日军施暴，被掼入火堆，她挣扎而出，又被日军投入火中，直到活活烧死。一吴姓女子，被两名日军拖入一居民家中进行轮奸，伍佑居民群起打死其中一个日军，另一个逃走复带来大队日军，抓住16名居民，逼着他们跪于日兵尸体四周，逐一用刺刀戳死，进行活祭。一伙日军在便仓捉了51人，强迫他们拆房筑碉堡，然后押到一座破墙框里，用刺刀刺杀，只有黄学明等三人重伤未死。

26日下午，日军一部北犯盐城，所过村庄，一律烧杀。黄昏时分，日军进入盐城城区。日军杀人越货，投掷燃烧弹纵火，从城南到城北，从城东到城西，火海连成一片，无数名胜古迹、房屋楼宇毁于一炬。规模宏大、文物众多的陆秀夫公祠，劫后仅剩一座门楼。西大街400余家商号，只有一家徐同茂大楼未烧毁。全城被烧毁房屋58000余间，店铺1000余家。

对盐城居民，日军或用汽油浇身烧死，或剁肢、挖心、剜眼，或是当作夜间射击的活靶子。一日本兵用枪刺穿一幼儿肚子，挑扛在肩，边走幼儿仍在挣扎，众日军为之喝彩。上至七八十岁的老妪，下到年仅七八岁的幼女，都被日军污辱。稍具姿色的青年妇女，抓住被凌辱后，又关进城中迎宾旅馆，供更多的日军践踏。

数日间，有13万人口的盐城变得人烟绝迹，满目焦土。没有人知道日军到底屠杀了多少盐城居民，仅慈善机构在城西的一条大街，就收埋了480多具尸体。

29日，日军又犯至盐城北部的上冈镇烧杀。瞎子高鹤三等人被日军用铁丝穿透手掌，敲牙割舌，剖开胸膛，抛尸龙王塘。居民许大保被日军以铁丝穿双手拴在木桩上，日晒夜露，哀号数日，奄奄一息时再刺死。日军抓住30多名妇女，关押在中德医院楼上，逼着她们脱光衣服，进大缸洗冷水澡，再逐次轮奸。反抗不从者即挑肚破腹。一妇女被破腹后仍斥骂日军不止，众日军便撑开她的四肢，用皮靴踩住，把汽油灌进腹中，点火活焚。整个上冈镇内外，街面塘边，处处见尸体，寸寸皆血迹。上冈镇原有人口数万，劫后仅剩数千，数百家大小店铺被劫一空，单民房就被烧毁29000余间。

● 5月10日，日机轰炸徐州，毁房4000余间，死伤民众300余人。

3000民工遇难金乡

5月11日，对徐州进行战略包围的日军一部进入金乡县境，所经村庄皆遭血洗。

5月13日，日军兵临金乡城下，首先在城外开始了对中国民众的屠杀。在王楼村，日军抓捕了百余村民为其挖工事，然后将人们集中到一个大院子里，除一部分人逃脱外，其余均被日军绑到村南柏树林中用刺刀刺死。在城西南的苏楼村，日军用刺刀逐个刺死40余名村民。独身老人刘明余被日军割下头颅，70多岁的李洪前被活活肢解，一名60多岁的老妪和一名15岁的少女，被十几个日军轮奸后用刺刀挑死。

13日，日军炮击金乡县城，将文峰塔顶炸飞。14日凌晨，中国军队撤走，日军陷城，困在城中的近3000名民工和300余名居民全部成为日军屠杀的目标。

在奎星河前的天主教堂，日军搜出民工、居民和教徒180余人，赶到一所学校的大厕所内，先用机枪扫射，再投手榴弹炸，180余人全部血肉模糊，无一生还。在城西南角的南家后坑边，日军三次集体屠杀民工和居民400多人。德茂祥一家被杀了19口，高步清一家13口中有11人遇难。在东关一段城墙上下，暴尸300多具。在北门里女子学校的二楼上，横躺着30多具少女的尸体，披头散发，赤身裸体，满身血污，都不过十几岁。

5月13日至17日，日军在金乡县城连续搜杀五天，屠杀民众3347人，其中民工2860余名，城内居民近300人。

- 5月14日，日机轰炸徐州，炸死炸伤700余人。
- 5月17日，日军在江苏丰县屠杀居民300余人。在日军占领丰县七年多的时间里，全县城乡被杀害的民众3992人，致伤残者1415人，妇女被强奸致残者676人，被抓壮丁者4257人，还有20人被抓到日本北海道做劳工。
- 5月20日，日军在徐州附近汉王一带屠杀平民2000余人，烧毁房屋3300余间。
- 5月20日，日军在阎窝、玉山等地屠杀1000余人。
- 5月20日，日机18架轰炸驻马店，炸死炸伤1500余人。
- 5月26日，日军在山西平陆屠杀民众200余人。
- 5月28日，日机71架轰炸广州市区，炸死市民600余人，炸伤1000余人。

- 5月30日，日机38架轰炸广州，炸死民众400余人，炸伤700余人。
- 5月31日，遭日机轰炸，安徽颖上死伤民众70余人，阜阳死伤百余人，驻马店死伤500余人。
- 6月1日，日军向安徽怀远东南进犯，受我军阻击后日军使用毒瓦斯弹，我军死伤500余人。
- 6月4日，日机61架轰炸广州，炸死炸伤市民3000余人。5日、6日，又连炸广州。一周之内，广州市民死伤达5000余人。

古都开封的千古劫难

1938年6月初，日军会攻开封。6月5日，日军以飞机和大炮猛轰开封城，城内化作一片焦土，和平居民伤亡逾千人。6日日军占领开封，开始了七年多的殖民统治。

进占开封后，日军大行烧杀淫掠。马道街、鼓楼街、相国寺后街等商店，被日军洗劫一空，绸缎布匹鞋帽衣袜等尽运到河大操场，付之一炬。三友实业社开封经理处，是城内有数的大百货商店，被日军抢劫和捣毁，货物拉走满满三大卡车，门窗家具全被砸烂，剩余的零星货物，有的被拉上粪便，有的被刺刀戳烂。6月20日，少妇朱氏从繁塔寺附近经过，被日军拉到一家花生行里，5名日军对其轮奸了六七个小时，直至奄奄一息。"青年妇女，固无幸免，即是老妪幼女，亦难逃脱奸淫，因反抗奸淫致死的，不知若干"。

开封是中国的六大古都之一，从古到今一直是中原地区的文化中心。日军攻占开封时的轰炸，摧毁了许多珍贵的古建筑。开封铁塔又名灵感塔，建于1049年，是古代立体建筑的杰作，中原古文化的明珠。日军以铁塔为目标进行炮击和轰炸，宝瓶中弹62发，铁塔中部击毁丈余，塔身遍体鳞伤。日军占领开封后，无数文物和古籍被焚毁、抢劫。在书店街，大量书籍被烧毁，而大书店成了他们的朝鲜妓馆和鸦片公卖局。日军遇到有藏书的人家，便认定不是平民百姓，加以杀害。许多人家纷纷将世代的藏书处理掉。有一人仅从废纸堆中就拣买了数百册珍善本书籍。1942年和1943年，连年灾荒，许多世家大族为了糊口，将珍藏的金石书画古玩，送进当铺。中原古物珍品，多为日军利用当铺的经营而搜刮。古都文化，再遭浩劫。

- 6月7日，日机15架轰炸山东沂水县东里店，炸死炸伤300多人。
- 6月15日，日机200多架次轰炸信阳，炸死炸伤1000余人。
- 6月19日，日军在山西大同抓捕大批劳工，东运为其修筑秘密工事，行前强行给6000余名劳工注射哑针。
- 6月21日，日军在南澳登陆，全岛渔民被屠杀2000多人，渔船被毁1000余艘。
- 6月22日，中国侨港渔民协会及全国渔会电军事委员会：日军侵扰广东，渔民垂危待毙，自去年9月12日到今年5月31日，香港渔船被击沉与焚毁者412艘，渔民死亡8490人，财产损失达500万港币。
- 6月30日，上海文化界国际宣传委员会发表资料，自1937年7月至1938年6月底，日机对中国16个省的257个城市、18条交通线，出动飞机16710架次，进行2472次轰炸，投弹33192枚，炸死中国居民16532人，炸伤21752人。
- 7月12日，日机轰炸武汉和广州，炸死炸伤1000余人。
- 7月19日，日机39架轰炸武汉，炸死炸伤千余人。
- 7月20日，日机向湖北蕲新县城投掷燃烧弹，死伤平民500余人，毁房屋200余栋。
- 7月23日，日军在湖北广济县李家边垸屠杀村民200多人。其后，尸体腐烂，酿成瘟疫，从秋至冬，又有128人染疫死亡。
- 7月27日，正太、平汉北段日军，对沿线20至50岁的男女群众，强迫注射毒针。

热河无人区见闻

一位伪热河省公署职员的回忆：

无人区也叫无住地带，就是把热河西部的原有住民，用扫荡方式撵走，房屋不自己拆除就烧毁，鸡犬不留。原则是见人就杀，见树必毁，蒿草没人头的都得焚烧，几乎使这里成为一片焦土。这一带的人民遭到了难以形容的灾难，有家不能归，有房不能住，几辈子血汗积累的庄园，就在这个政策下化为灰烬。流离失所，啼饥号寒，腿快的逃走了，老弱病残、恋恋不舍的，大都尽被杀戮。从热河的西南起，沿长城附近的山区，凌南、兴隆、滦平、丰宁等县的西部，直至大西北和察哈尔永宁县接壤的四海野（樊梨花城）等地方，长约五六百里，宽有一二十里，人口不下十余万，就这样悲惨地葬送在刽子手的手里了。

这时候，我们考查古迹古物一行，经常去到长城一带附近无人区的地方，无人地带的惨事悲音常常催下酸心的泪水。一般的古迹古物，也都在这政策下被摧毁了。

有一次我去到热河西北部的一个接近无人区的樊梨花庙，田间里，锄地拔草的人，都是一些老弱不堪的女人，全不穿衣裤，多数腰间围一块破布或麻袋，好像是不顾羞耻似的。我向当地领我去的人问，她们为什么裸腿露胸呢？天气热吗？他说：不是。她们没有衣服吗？他说：也不是，这是当地的规矩。谁定的这规矩呢？他说既不是前唐定的，也不是大清国定的。他向四下望了一望说："先生你不知道，这是接近无人区的地带啦，从去年扫荡队来到这里发现耕地的人身藏武装、干粮袋，暗结八路以后，就给我们下了禁令，不许男人到这里种地，女人种地也不许穿衣服，经大家要求才允许围在腰间一块布。不但这样，有时鬼子来了，还让他们扯掉围布，任意调戏，那些样子可就难说了。年轻女子有的疯了，有的跑了，所以就这些老弱锄地拔草了。唉，前几天一个十几岁的女孩子还被他们拉去了呢。先生，你知道咱这仅是接近无人区，那无人区比这里还惨呢！唉，哪儿说哪儿了吧，先生！"

在热河西部，兴隆县的水场沟，我见的一位老大爷说："哎呀，你来了，你再晚来两天连我也看不见了。我一家11口人，全变成鬼了。上次给你讲修长城的那个老太太，被火烧死了。我的大儿子被吊在树上点天灯了。我的三个小儿子一个被枪杀，两个被扔在火坑里。最可怜的是我那两个年轻的儿媳妇，三个小孙子，还一个14岁的老闺女，都活活地被鬼子拉走弄死了。我的祖先是修长城时死的，我的父亲是直奉战争时给军队拉道（引路）被枪打死的。我的母亲不是前二年你来时被鬼子搜家时吓死了吗，我还活着干啥？这次是鬼子有意让我看这些情景，好宣传皇军的厉害，所以没把我绑在树上弄死。咳，家家有死人，户户遭火烧。过几天我就跳长城找我们祖宗去……"这是伪康德五年（1938年）日军扫荡热河西部的情况。这不过是悲惨中的一点点。沿长城这一带，人家星散的山沟里，时常尸横遍野，臭味相闻五六里，哀号声音彻云霄，令人毛骨悚然。

日本宪兵队、警察讨伐队，不但尽可能的杀人放火，还借机大肆抢掠，每个人都发了一笔横财。有一个名叫"阿部军副"的，就是指挥官，别号"大鬼头"，曾以卖棉被絮的钱寄回日本。他还有个嗜好，专门搜集妇女花枕、衬衣、裤袄之类的东西，人们又都暗地称他猪八戒。他又是一个极残忍的野兽，在滦平烟筒梁一带讨伐时，他吃过人心，喝过人血。如是形形色色不止阿部一个人，一般日本鬼子多数是这样。至于大型屠杀的情形，更是甚于无人区的扫荡和集家并村的凶残。天天以汽车大车络绎不绝地向承德三大杀人窟送人，日日可闻烧杀不绝的哀音。如青龙县玉耳崖南边一个部落，据特务腿子报告，曾住过几次八路军，在一个早晨，鬼子军队就把这个部落围住，假称集合讲话，把全部落30余户200多口人，不论男女老幼，都驱逐到街头，用机枪射杀，接着就纵火焚烧。这时，他们又拉来一个老太太和一个小孩，就用枪挑到火堆里，还说："老八路、小八路，统统的死了死了的好！"杀人臭气数日不绝。其他如汤河口、盘道梁、玄阳洞、茨榆沟、三义岭等沿着长城附近的山沟里劳动人家，更可想见杀了多少，烧了几何，抢去若干！原来鸡犬相闻，人烟在望，这时三十四十里找不到一户人家。到处是烧杀遗迹，破户残梁，草木半生半死，山里尽变焦黑，一片阴森凄凉景象。

● 8月4日，日机两度轰炸南昌，炸死炸伤260余人。市民为避日机轰炸，连日纷纷逃难,南昌城内居民由30余万减至8.5万人。

- 8月11日,日机72架轰炸武昌、汉阳,炸死炸伤居民800余人。
- 8月12日,日机60余架再炸武昌,炸死炸伤700余人。
- 8月13日,日机轰炸湖北阳新,民众死伤1300余人。
- 8月17日,日机18架轰炸长沙,炸死居民200余人,炸伤500余人。
- 8月22日,侵入广东南澳日军先后两次强行毒药注射,群众死者累累。
- 8月29日,日机56架连续两次轰炸湖北京山县城,投掷炸弹及燃烧弹200余枚,全城房屋尽毁,1200多栋房屋只剩下十字街不到50间被炸残的屋子,居民死伤超过3000人。
- 8月,《新华日报》载,华北各铁道公路沿线敌军,不时遭我游击部队袭击,损失甚重,敌军恨我沿线民众助攻,于各重要村镇饮水井内大量散放霍乱、伤寒等病菌,故华北月来,疫病流行,势颇猖獗,我民众染疫而亡者,8月之一个月中已达四五万人。闻驻华北世界红十字会主持人,已对敌提出严厉之斥责。
- 9月6日,日军在湖北广济梅川报国庵附近屠杀伤兵300多人和医务人员30多名。日军还将300多名中国军队的俘虏集体屠杀,其中的70多人被捆绑于龙顶寨庙的松树上,皆活活饿死。
- 9月上旬,日军在湖北罗田县境屠杀大批川军伤病员。后经罗田县政府派员收拾掩埋,计遗骸1037具。
- 9月14日,日军向我长江南岸西孤岭阵地投掷毒气弹500余发,我两营官兵全数牺牲,阵地不守。
- 9月17日,日机轰炸广州、柳州、梧州,其中梧州即死伤民众300余人。
- 9月26日,日机12天中5次轰炸湖北花园车站,炸死炸伤400余人,毁房360多栋,其中在临时医院住院的80余名伤员被活活烧死。
- 9月29日,日机轰炸黄陂,炸死炸伤600余人,毁房500余栋。
- 9月,日军占领山西平陆县后,抓捕学生、教员300余人,逼令他们掘一大坑,将其全部活埋。

● 10月7日，日军屠杀巢县温家套等村庄村民316人，烧毁房屋900多间。

● 10月9日，日军镇压台湾六甲、高雄等地的反战活动，屠杀200余人，逮捕四五百人。

● 10月11日，朱德彭德怀报国民政府行政院电：豫北敌迭遭我袭击，伤亡惨重，乃在道路两侧地区，滥施霍乱及疟疫病菌，民众罹毒者甚重，内黄、博爱等县尤剧，每村均有百数十人。

信阳杀人场

1938年10月12日，日军占领信阳。在这之前的一年多时间里，日军的飞机对信阳多次进行大规模轰炸。1938年6月15日，日机200多架次轰炸信阳，炸死炸伤市民1000余人。7月的一次轰炸中，炸死城南狮河桥100多人。另一次轰炸中，城郊广水湾附近的一个防空洞被炸坍洞口，闷死80多人。7月下旬的一天，日机9架轰炸信阳车站和难民列车，炸死数百名难民和居民。9月28日，70架日机在信阳投掷燃烧弹和炸弹数百枚，城中民房大部被毁，大半城区为瓦砾，居民死伤惨重。

日军侵占信阳后，实行"三光"政策，信阳蒙受了七年的浩劫。日军在仅有几万人口的信阳城，就设立了七处杀人场。仅在柳林堤"万人坑"，就有2000多名无辜民众被杀害。1939年3月初，日军连续几天在狮河南岸抓了600多名民众，全部残杀在万人坑。到1941年，柳林堤万人坑被尸体填满，日军就将主要杀人场挪到桑林寺附近的河边。到日本投降时，在这个地方被杀害的民众又达数千人。

日军在信阳奸淫妇女，残杀儿童，七年中不计其数。西关王姓一家6口人，被日本飞机炸死4人，剩下10岁的王来知和其大嫂相依为命。1938年冬，日军闯进他家，提起王来知的两腿，将他头朝下塞进粪缸中溺死，接着奸污了他的大嫂，然后用刀刺死。李中福一家6口，逃难到洋河被日军抓住，日军将李中福等4个男人杀死，轮奸了他的妻子和女儿，奸后又杀死。1939年春，日军在老君庙内抓住一个抱小孩的年轻妇女，把这妇女轮奸后用刀刺死，小孩在一旁大哭，日军又把孩子摔在草堆上，点火烧死。

信阳城乡没有一处不多次被日军洗劫。仅城郊双井乡的十八里庙和双井两个村，就被日军抢掠大牲畜500多头，各种财物3万件以上。

- 10月19日，日机轰炸长沙，市民死伤300余人。
- 10月21日，日机轰炸珠江沿岸，毁木船数百艘，船户死伤逾千人。
- 10月21日，日军攻占广州，全市发生大火。
- 10月23日，日机在长江城陵矶江面炸沉襄阳轮及铁壳大煤船，乘客及难民1000余人遇难。
- 10月24日，全国救济协会秘书处宣布：自"七·七"抗战至本日，日机空袭中国城市3318次，计有19省314个城市被炸，炸伤平民37222人，炸死29968人。
- 10月25日，日军占领武汉，冈村宁次部屠杀中国军队伤员数百人。日军祸汉七年间，据不完全统计，残杀民众13508人，毁坏房屋43025间，劫掠财产达979万亿元（按1945年物价换算）。
- 10月27日，日机轰炸鄂北应城，平民死伤400余人。
- 10月30日，日军在山西沁水县屠杀村民240人，烧毁房屋1700余间。
- 11月3日，日军在河北阜平县屠杀400余人。
- 11月3日，日机轰炸襄阳，在双沟小西门炸死炸伤民工279人，在宜城炸毁房屋300余间。
- 11月10日，日机轰炸浏阳，炸死炸伤1000余人。

岳阳沦陷七载，民众伤亡逾8万

1938年11月11日，岳阳失陷。日军占领岳阳后，连续抢劫两天，居民财产被劫一空，然后纵火烧房，县城的先锋路、棚厂街、县门口、滨阳门、西门正街等，完全成了一片瓦砾。此后，日军祸害岳阳长达七年。

1941年9月20日，5名日军在金沙乡上甘冲屋轮奸一少女至奄奄一息，又逼迫邻居68岁的吴葵清行奸，吴痛骂日军，被当场打死，倒插入粪凼中。

1941年10月，余家瑕村的方朝佩和余幼伢杀死一名日军官，日军将两家大小7口人抓去，放狗把他们全部活活咬死。

1942年1月，日军在新墙河南岸潼溪街的一个池塘边，将抓来的26名民众砍杀，尸体踢入塘中。

1942年10月19日，日军对昆山一带进行了7天的清乡扫荡，将昆山方圆20里包围，逐村逐屋搜捕百姓，并将房屋全部烧毁，然后将民众集中到五个刑场，用机枪、手榴弹和刺刀进行屠杀。在罗坳和叶家坳抓了400多人，日军用绳子把10个人绑成一串，带到村外，迫令跪在地上，用机枪扫射，再用刺刀补杀。在这次清乡扫荡中，日军屠杀了1800多人，洪山附近几个村子的72户人家被全部杀绝。

同时，日军在烟家塘一带抓捕了167名居民，用绳子一个一个绑在后坡的树上，然后，用刺刀刺穿胸部，让被害者慢慢地流血痛死。由于痛苦不堪，167名死者，有的两脚在地上蹬出了一个坑，有的反过头将树皮都咬掉了，有的反弓着腰，像弓一样挂在树上……

1942年11月，日军在徐家凉亭一带抓获民众100多人，带至一稻田中，四面围住，用刺刀和指挥刀将人们全部砍死。

在岳阳沦陷的七年间，全县被日军杀害的民众31807人，重伤22714人，轻伤29431人，被毁房屋17850栋，被抢走粮食7331154石，抢劫耕牛78834头。

- 11月19日，日军在河北临清县尖庄村屠杀村民367人，烧毁房屋2100余间。
- 11月，日机20架轰炸衡阳，炸死炸伤1000余人。
- 12月2日，日机19架轰炸桂林，死伤民众数千人。
- 12月13日，上海日军犯南汇县，鲁家汇、张江栅、召家楼均成焦土，民众死伤数百人。
- 12月29日，汪精卫发表叛国投敌之"艳电"。

大同平旺数百胎儿遭厄运

日军占领山西大同煤矿后，在口泉矿建立了一所平旺矿工医院。自从该医院建立后，大同一带常有孕妇失踪的事情发生。

1946年7月中旬，晋绥军区第二野战医院派出一个小组，前往口泉煤矿接收曾短期为国民军所接管、旋又放弃的平旺医院。医院政委李炳炎为组长，成员有医生吴广志、司药孙秉寅等。在医院后面的一间作为仓库的小房子里，他们发现了一间面积约30平方米的地下室。地下室摆满了玻璃缸和陶瓷大缸，里面装的全是中国胎儿。这些胎儿大都在四五个月到六七个月之间，总数足有六七百个之多。胎儿都用福尔马林溶液浸泡过，全身蜡黄，僵硬如棒，有的浑身肿胀，有的缺胳膊断腿，有的发育不全，有的体形异变。显然，这是日本人以建立矿工医院为矿工治病为名，残害中国妇女，攫取胎儿，进行某种实验。

仅仅平旺医院地下室中留存的数百胎儿标本，就证明日本侵略者在这里至少残害了1000多条人命。

我们为什么被屠杀

二问苍冥

面对大屠杀之时：任人宰割及其他

1937年12月5日，侵占江阴的日军继续在江阴周围乡村进行烧杀。在卢家村的卢永生家，日军将躲在那里避难的一百多名村民全部赶出来。随后，四个日本兵把其中的102名男人用长麻绳绑成一串，一起押到村西的大塘河岸边。屠杀开始了。一个日本兵端起刺刀向排头的村民陆阿紫当心刺去，陆只叫了一声"娘啊"，就直挺挺地倒了下去，日军将他尸体踢进河中。紧挨着陆阿紫的两个村民，被吓得昏倒在地，日军用枪托把他们捅到河里，抬手就是两枪。只见河面上泛起两股殷红的血水，那两个村民无力地挣扎了几下，便慢慢地沉了下去。将近两个时辰，那四个日本兵就这样把102名中国男人逐个全部杀死在大塘河边。

1943年5月9日到11日，3000余名日军在湖南厂窖地区屠杀了32000多名中国人，其中包括数千名73军的溃兵。"在厂窖小集，敌人用九把刀杀74人，仅一人逃生。在汀洙洲用四把刀杀三十余人，无一幸免"。"有一个敌兵，独手杀了我们五十多个男女同胞。有三个敌兵，共同杀了我们一百多个男女同胞，他们的刺刀戳弯了，就用斧头劈"。10日那天，永固垸的两个农民被日军一个班掳去当挑夫，挑着两副大箩筐跟着日军到里中湖、汀洙洲一带抢掠。这两个农民事后回忆，那一个班的十一二个日本兵，在不到九个小时的时间里，用刺刀刺死、开枪打死140多名中国人，强奸妇女二十多名，烧毁民房五栋，杀死耕牛二头、猪十多头，还抢劫了300多斤金银细软物品，烧毁捣毁了许多家具、农具、衣被和粮食。

在上面两个场景中，给人印象深刻的，一方面是日本兵的残暴成性，与之相对应的另一面，就是我们同胞的任人宰割。

求生是人的原始本能。但是，当人们面对屠杀时为什么不反抗呢？如果横竖都是一死，那么，等死的结果最后只有一个死，而拼死反抗，说不定还会有一线生存的希望，他们为什么不拼命、不反抗呢？

求生不仅是人的本能，也是动物的本能。在所有的动物中，大概羊是最顺从的动物。即使是成群结队地走向屠场，即使是在等待被屠宰，羊们也总是十分顺从和安详的；不仅如此，就是在被屠宰的过程中，羊还是那么一如既往。人一刀对准羊的胸膛刺下去，羊一声不吭地倒下了；人的手伸进去把羊的心脏掏出来，羊还是一声不吭地就死了。那年在内蒙古草原目睹了一次杀羊的过程之后，我才开始理解"任人宰割"这个词的内涵。

人毕竟不是羊。但是，许多屠杀场面中的被屠杀者，却似乎是比羊还要顺从。

当然，由于我们不是亲历者，也许我们没有资格对承受屠杀的同胞的行为和心理评头论足。

杨占友是1932年抚顺平顶山大屠杀的幸存者，当时他受了重伤，在死人堆里活了下来。二十多年后，他说：

> 现在回忆起这一段情景，真是不堪回首。万恶的旧社会把我们折磨得只知道当牛马，别的啥也不懂得。日本帝国主义者就看透了这一点，所以才敢于这样欺负我们。我记得当时机关枪就架在我们跟前，只隔五六步远，一挺机关枪只配一个刽子手，一共我只看到两挺。而日本兵，主要兵力不在屠场上，而在离屠场还相当远的两边东、西山头上，目的是看守大刀队，怕他们冲进来营救我们这些被害者。刽子手们怕的是救国军、大刀队，对于我们这些手无寸铁

的老百姓，则根本不放在眼里。他们完全知道，就是把刀架在我们的脖子上，我们也不会反抗的。所以，他们才敢于那样满不在乎，毫不考虑我们会从他们手中抢走武器。要是在今天，别说是三千同胞，就是几十个人，像当时那样的情况，什么机关枪抢不过来，还能那样老老实实，任凭刽子手们像宰鸡宰羊一样宰割，一个个乖乖地躺在刽子手的屠刀下等死。想起这些，真叫人心痛。

陈德贵是1937年南京大屠杀的幸存者，他们那一批3000多人，只活了他一个人，其余全部被日本人所杀害。他回忆时说：

哎，那时的人老实，都不敢动，叫跪就跪，叫坐就坐下。大货房里3000多人，只有三个日本人看管，大门开着，又都没有绑，一起哄，3000多人至多死几百个，两千多人都能逃出去，可就是没有人出头，都胆小，都怕死。

也许，不应该以"胆小"、"怕死"对遇难的同胞一概而论。尽管中华民族是一个多灾多难的民族，但是具体到每个人，我们还是缺乏被屠杀的"经验"。一个人的一生中，不大可能多次面临被屠杀的境地。在半个多世纪前的日本强加给中国的那场灾难中，中国人基本上都是第一次面临那种境地。当命运突然把人抛入那样的绝境的时候，我们很难说我们是否能做出所谓理智的最佳反应和抉择。

也许，人们还抱有某种幻想。

在许多城镇，当日军进占的时候，一些当地的乡绅曾组织人们"欢迎"日本人，希望以这种"合作"的姿态来避免日本兵的屠城。但是，侵略者在许多情况下都以大屠杀回答了中国人的一厢情愿。

也许，人们还存有某种希望。

在许多场合，当日本人的大屠杀已经开始的时候，人们还是不相信日本人真的是要对中国人"斩尽杀绝",还以为他们可能只是"杀一儆百",或者他们也许会"手下留情"。但是,侵略者所干的恰恰是灭种屠杀。

也许,人们更多的还是在人性的层面上去理解面临的一切。

在许多地方,面对滴血的屠刀和冒烟的枪口,青壮年出面请求日本人放过老人和孩子,长者出面请求日本人放过妇女儿童;当母亲拼命保护孩子时,总是对日本人说:"他还是个孩子……"

但所有这一切,都是建立在"人"这一基础和前提上,即我们是人,对方也是人,大家都是人,而人自然都会有尊老爱幼、保护妇孺之心,至少也会有怜悯之情和恻隐之心。可是,如果对方不把我们当"人"看待,或者说他们不觉得有必要为自己的行为对"人"负责的时候,所有这一切也就不能成立了。这时,"放过妇女儿童"或"他还是孩子"之类的请求,对于他们就是一种额外的、过高的要求了。

同时,局部的中国人大都是第一次面对屠杀,而日军却早已不是第一次杀人了。从许多战犯和侵华日军官兵的回忆文字中我们可以得知,在他们对中国人第一次动手的时候,还有过犹豫,起过恻隐,但这种情愫很快就被集团疯狂和集体暴虐所取代。尤其是久经杀场,他们身上的人性已经腐变为杀人成性。这个时候,求情只能更引起他们对被害者的憎恶,只能加速死亡的到来。

因此,在这样一种没有任何理性和人性可言的大屠杀面前,我想我的同胞更多的大概是震惊和惊呆、不相信眼前所发生的一切,及至麻木、茫然、空白……

当然,在成千上万起屠杀事件和成千上万个被屠杀的人中,反抗者也大有人在。然而,在已经完全泯灭了人性并握有优势武器的屠杀者面前,手无寸铁的人们仓促而无组织的反抗,在一般情况下极难奏效。"用我们的血肉筑成我们新的长城",也必须是有相当的社会组织。再多的砖头如果只是散乱地堆起来,也不能成为一道长城。人数再多,如果没有有效的组织,在现代化的武器面前，也只是一堆血肉而已。

日军在侵华战争中，尤其是初期，之所以能那样地屠杀中国人，除了其他许多原因之外，中国社会的无组织状态是一个重要的原因。国家无组织，社会无组织，民众无组织，直到一个村里的邻里之间也还是无组织。在这个意义上，说我们中国人是"一盘散沙"并不为过。

一位上将在纪念抗日战争胜利五十周年接受记者采访时，说到当年胶东他的家乡。当时一共只有七八个日本兵，打着一面太阳旗，扛着一挺机枪和四五条"三八大盖"，就硬是"扫荡"了一个县，赶着全县几万人到处"跑反"。

我们面对的已经不仅仅是历史和事件，而是一个民族的精神领地和心灵史。

在前面曾提到过倭寇。明代侵扰中国沿海地区的倭寇，虽然没有整个的统一指挥，但是各股倭寇本身的严密组织、战术协同及战斗力，却反映出日本下层社会结构的严密性和民众素质。因此他们能不断地以少胜多，击败数量上占绝对优势的中国官军。而中国的造反农民，却大抵缺乏这种能力。

侵华日军在组织性、战斗力和残忍性等方面，都继承和发扬了倭寇的种种特点，在与中国政府军队的作战中，日军基本上也都是以寡击众并不断取胜。在屠杀没有武装的中国民众的时候，日军当然就更占尽了各种优势。尤其它是有组织的军队，面对的是没有组织的民众，这时候数量上的多寡就已经失去意义。虽然一般从总数上说，杀人的日军人数少，被杀的中国人人数多，但是，因为我们处于无组织状态，是以一个一个的个体、而不是作为集团的整体面对屠杀的，所以在被屠杀的具体过程中，我们往往在数量上也变成了劣势，因而也就更加深了"任人宰割"的程度。比如在本节开头说到的江阴屠杀事件中，四个日本兵杀死了102名中国男人，但这102个人只是一种数量的累加，而日本兵在屠杀的过程中，则始终是以四比一的局部优势，那么一个一个地杀死中国人的。

当我们作为"一盘散沙"中的一分子，并身处这种任人宰割的绝境的时候，人只能感到生命的脆弱与个人的无力感。

我们再转换一个角度，看一下杀人者的观感。

当年八国联军在中国屠杀中国人，曾留下了这样的记载。一个意军中尉说：

> 不知为什么，他们总是哑口无言。难道他们不懂得生命的可贵吗？不懂得西方人也是怕他们的吗？他们为什么永远逆来顺受，连个叹息也不曾有一个。

一个海军少校说：

> 有时候毙击他们，也无法使他们开口。他们仿佛一群没有声音的活物，他们的声音也许都留在了梦中。

杀人者居然困惑于被杀者"不懂得生命的可贵"，那么说，倒是从事杀戮生命的他们，才"懂得生命的可贵"了。至于他们遗憾中国人至死也不开口，这大概与那些食肉动物专门扑食活物的习性类似，被害者越是挣扎，越是能吊起他们的胃口。

1937年12月17日《朝日新闻》报道：

> [横田特派员南京16日电]两角部队在乌龙山、幕府山炮台附近的山地俘虏了14777名南京溃败敌兵（实际人数为5.7万多人，且并非全是散兵，这些人后在草鞋峡全部被集体屠杀，只有极少几个人逃生——笔者注）……真是盛况空前。××部队长发表了"皇军不杀害你们"这样慈祥仁爱的训话，俘虏们始而举手叩拜，终而鼓掌喝彩，欣喜若狂。彼支那之散漫国民性，诚令皇军为之羞耻。

1937年底，日本战地记者火野苇平在杭州见到有的中国居民对他笑脸相迎而大为惊讶，他写道：

> 假使日本城市被敌人占领了，就不可能有这种事情。无论男女
> 老幼都不会忘记他们是敌人，而且始终会对他们抱着敌意。日本人
> 就是死也不愿和敌人友好的。我们可以同中国的个人友好，而且甚
> 至可以爱上他们。但是看到他们在自己国家命运处于危急的情况下，
> 还要对敌人微笑和谄媚以保全自己的生命，像这样一个民族，我们
> 怎么能不鄙视他们呢？在我们的士兵看来，他们都是些使人瞧不起
> 而且没有骨气的人。

在这位记者身上，日本人的种族歧视及优越感自然是极强的，他对一些中国人"使人瞧不起而且没有骨气"的评论也不是没有道理。只是不晓得八年之后，他对美军占领下的日本及全体日本人的出色表现作何感想，又是如何落笔的。

但是话说回来，日本人对美军，不论是特攻也好，还是合作也好，都是全民一致，每个人是作为民族整体的一分子而动作。相比之下，中国人在侵华日军面前，许多场合许多情况下却是有人反抗，有人顺从，有人仇恨，有人麻木，迟迟难以形成全民族的真正的合力。在这点上，我们确实不如日本人。

"没有骨气"的中国人确实被日本人瞧不起。所有的汉奸包括溥仪和汪精卫，不可能得到日本人的尊敬。中国人越是软弱顺从任人宰割，日本人就越是在蔑视中更加狂妄放纵，更加没有人性。但是，如果碰上势均力敌的对手，情景就不一样了。东北抗日联军的杨靖宇和赵尚志两位将军，都曾经使日本人闻风丧胆，最后又都死于日本人之手。日本人在分别杀害两位将军的时候，都向令他们敬畏的敌手表示了由衷的敬意。还有抗日名将张自忠将军。抗战之初当他在北平受命乞和的时候，他自己也遭到了日本

人的轻蔑与侮辱。而后来当他在战场上与日本人力战至死之际，日本人却都不由自主地向将军的遗体行军礼致敬。这样的中国军人之魂，就具有超越民族纷争和利害的征服力。

1933年3月，日军向长城一线进攻，中国军队进行长城抗战。在古北口西南的一个制高点A高地前，日军遇到了中国军队的顽强抵抗。日军在飞机大炮的支援下，猛攻了一天，其他高地都已经被日军夺占，唯独A高地还在中国军队手中。A高地扼古北口之咽喉，不拿下它日军就无法进入古北口。关东军司令部也一再电令限期攻占A高地。日军派出一个联队，在飞机和远程炮火的掩护下昼夜强攻，中国军队的火力虽然很弱，但还是用子弹包括石块打退了日军一次又一次的进攻。两天两夜的炮火，将A高地的石头山都削去了一层。发起最后一次冲锋时，日军的一个中队只剩下了七个人。当日军攻上高地时，看见最后四名受伤的中国士兵，端着枪互相对准胸膛自杀了。日军更没有想到，A高地上只有一个连的中国军队，凭着极其简陋的工事，竟然在飞机大炮的轰击和十倍之敌的强攻下坚持了两个昼夜。日军打扫战场时发现，每个中国士兵的子弹袋都是空空的，每个人的嘴唇都是干裂的。这一个连的官兵打到了弹尽粮绝，全体阵亡。而日军的一个联队，则在A高地前损失了三分之二。日军指挥官说：“无论中国军人还是日本军人在A高地的战死者，统统是民族英雄。他们各自为着自己的民族而牺牲，应该受到尊敬。”于是，日军把双方战死者的尸体合葬在一起，并在墓前立一石碑，上书“民族之魂”四个大字。几年后，参加过这场战斗的一个日本军官，带领伪满第五军管区司令部的全体官佐，来到A高地前，讲述了那场战斗的情形，并和这些日伪军官一起参拜了那座中日合葬墓。

在这件事情上，日本人还多少有一点真正传统的武士道精神的意思。只是在更多的时候，日军往往是在战场上吃了亏，就将全部仇恨都倾泄到中国老百姓的头上，对无辜的和平居民进行大屠杀。

大屠杀是一种极端的恐怖。它本身就是没有人性也没有理性的行为。

在批第二次世界大战期间，希特勒法西斯消灭了全世界三分之一的犹太人，被杀害的犹太人高达600万。在奥斯维辛等死亡营，千百万犹太人平静地走进毒气室，他们相互搀扶着照应着，无言地走完生命的最后一段里程。

那是一种无法选择中的选择。

在那种命运之下，个人的反抗与否甚至是犹太民族的反抗与否都不是重要的，重要的是整个文明世界的力量和人类良知的反应。犹太民族当时是一个没有国家和失去家园的散居民族，以这样一个民族的力量，是不可能制止纳粹那种族灭绝的凶暴机器的。

任何一个民族对灭种式的大屠杀的承受都是有一定限度的。相对民族自身而言，在大屠杀中犹太民族就比中华民族付出了更为惨重的代价。如果中华民族是一个弱而小的民族，就有可能承受不起日本侵略者这样的大屠杀。

一位在纳粹统治下生活的德国哲学家

有这么一位德国哲学家，在无数的德国人跟随希特勒进行以毁灭和失败而告终的征服"大业"的年月里，他一直蛰居在德国。这位沉默的哲学教授所必须忍受的，不仅是炸弹和枪炮的轰鸣，更有独裁统治下的恐怖：走廊里的皮靴声，半夜的敲门声，随时可能宣布逮捕他或他所挚爱的人们的呵斥声。在那些可怕的岁月里，他始终忠实于自己的信仰，冷静并且公开地与罪恶、苦难对抗着。这位德国哲学家就是卡尔·雅斯贝尔斯。

雅斯贝尔斯1883年出生在德国奥尔登堡，在大学，他先是学法律，又改为学医，1909年取得医生资格，后来他又学哲学，1921年成为哲学教授，潜心于哲学研究。希特勒掌权后，因为他的妻子格特鲁德是犹太人，他被称为是国家的敌人。他不肯同流合污。结果，他被逐出大学，解除教授职位，禁止出版任何著作。1942年他被允许侨居瑞士，但纳粹的条件是他的妻子留在德国。他拒绝接受这一条件，继续留在德国与妻子共患难。他们相约，一旦被捕，就以自杀来捍卫自己的尊严，用死向邪恶势力表示最后的抗议。

在纳粹统治时期，雅斯贝尔斯一面继续他的哲学著述，同时在日记中记下了他的生活和感受。那是让人的心弦不能不为之悲颤的文字——

1939年2月6日。我们也许会在国外找到避难所，即便是非常简陋的所在。……灾难一旦真的爆发，无论我们走到何处，我们的情境都只能是绝望。……这里，在德国，我们无辜地遭受折磨。我们为所受的冤屈向苍天大声疾呼。

2月10日。从现在起，生命空前严峻地为死亡的阴影所笼罩。我们到处都会发现自己置身于一种情境——的确，我们看到这一情境如同咄咄逼人的可能性一般横亘在我们面前：一种人所能做的仅只是撑持住自己的生命以在更大的折磨和侮辱中免于死亡的情境。……我们必须忍受被默然地抛弃。我被解除公职是条轰动一时的新闻。他们同情我，同情大学。人们会鼓励我坚持非公开的讲授。但是如今当事态变得严重起来，危及身心，他们便悄无声息地缩回去了，不发一言，不伸出救助之手。不能为此而谴责这些个人。它是构成我们生存的一个基本部分……回想起来，怎么会这许多，怎么从前所说的一切都被证明是虚假的！

2月11日。只有我们作好自杀的准备，这个新生活才成为可以忍受的。任何人都已经无权使我们逗留于世，因为没有人会再无条件地帮助我们。

3月7日。我时常相信德意志精神不会绝灭我——但是理性晓谕我，当某些不公正已经出现了的时候，任何的、全部的不公正在原则上都是可能的。……我的使命独在于我的著作；我的贡献——完成这部著作（即《真理论》）。这个世界上只有它为我辩护。

3月14日。只有在德国，我才能够怀着对这个国家及其历史深厚的爱恋而生活，纵使我此时会乐意离去。但是只有为我进行工作的宁静心境付出代价，我才可以使我的哲学臻于完满。只有用这样的方式——不是通过我的政治活动，不是通过我的服罪，不是通过我的信仰表白——我才能够答谢我的惠助者。

4月1日。我们对于生命的态度必须改变：我们必须使自己日常坦然于我们准备赴死的情态。……我们被缓刑。可以这么说，这个世界看起来对我们愈发不相容，如果我们不能融入其间。

4月7日。我们会成为牺牲者吗？——我常常预感到我们会的……

1940年3月11日。必须忍受一切，这不可能是上帝的意志，倘若这一忍受是在完全孤苦无助和毫无尊严中的慢性折磨的毁灭。人也许会结束自己的生命，如果他再也无法撑持，如果没有人需要他，如果他被抛弃、被背叛、被躲避……

11月21日。人不可能要求在无论什么情形下都活下去……那么多的高贵被抹杀了，那么多的灵魂被粗暴地践踏蹂躏。因为人们被要求承受所难以承受的……对那些珍视他们的尊严的人来说，在无论什么代价下都偷生是不可能的。……我们不是持枪作战，不能挑战，我们这些无能为力者，在我们自己所既不能创造又不能使之永存的条件中度过生命。我们不能改变发生的事情和别人做下的一切，然而，我们能够死。

1942年10月3日。在任何情况下勿放弃生命这一基督教的诫命，是诱人堕落的。……无论如何，为摆脱惨烈的痛苦和延宕的处决的自杀，几乎不是真正的自杀，而是一个人在经受死亡的勇气和忍受最为巨大的折磨的勇气两者之间作出选择的时候，所被迫采取的行动。不容否认，相伴随而生的有对和平的渴望，更不消说还伴随着一种尊严感：也就是说，倘若他能够阻止，就绝不让他的身体遭受无论何种的折磨。

……

雅斯贝尔斯的日记，很容易让人想起《安娜·弗兰克日记》。那位在纳粹集中营里遇难时才15岁的犹太小姑娘的日记，震撼了千百万读者的心灵。而作为哲学家，雅斯贝尔斯不仅传达了他对生命和死亡的刻骨感受，对痛苦和尊严的悲壮体验，更体现了真正的人性和人类精神。

从雅斯贝尔斯身上我们看到，尽管有暴政、邪恶和噩运，但是那种深层的人道传统在德意志从未丧失过。所以，他才成为战后率先敢于正视德国民众的道德罪恶与道义责任问题的少数德国思想家之一。然而，他也为自己的坦率、正直和深刻付出了代价。他因检讨德意志民族战争责任的《罪责问题》而不容于德国文化界——这位在纳粹执政的最黑暗年代一直坚守在德国的哲学家，于1948年在同胞的诋毁声中前往瑞士执教。后来，他的《德国往何处去？》招致了同胞的更大非难，1967年他愤然退还了德国护照，加入瑞士籍，最后客死巴塞尔。

这是一种巨大而又深刻的无力感。雅斯贝尔斯虽然写了《悲剧的超越》，但他自身却无法超越民族和文化加之于他的悲剧命运。

在日本发动的侵华战争中，中华民族所蒙受的灾难之巨和创痛之深，可以说举世罕有其匹。而从灾难过程中直到几十年后的今天，在留下的各种文字记录中，我们不乏激越的抗暴之声，亦不乏悲切的血泪控诉，我们有对侵略者的道义谴责，也有对汉奸、卖国贼和软弱政府的怒斥，但是，这里边却极少见到对个体苦难、屈辱的深层探寻和展示，而对那场民族悲剧的深沉反思更是付诸阙如。

面对雅斯贝尔斯的日记，我不想进行简单的类比。但总是觉得，现代中国人和现代中国文化中间，似乎总还是缺少一些什么。说起来，20世纪的一百多年来，不论是悲剧与喜剧，还是伟大与荒诞，或者黑暗与血腥，及至欢乐与艰辛，我们经历的都已经很不少。但或许是感受的力度与体验的深度方面的关系，也许还有简单化和模式化的影响，总之，在我们的经历成为历史之后，其中能够为后人感知的民族文化精神遗产，就立刻极度贫乏起来。如果用生态术语形容，那就是：我们的眼前曾经都是绿洲，而我们在身后留下的却尽是荒漠。

"兴，百姓苦；亡，百姓苦"：
中国人，你的名字叫苦难

1904年爆发的日俄战争，是同时侵略中国的俄国和日本两个帝国主义国家，为了相互争夺在中国的利权，重新划分势力范围，而在中国的土地进行的一场罪恶战争。日俄双方动员的兵力都在百万以上，战争持续了一年半，作为主要战场的中国东北三省人口最稠密的地区，无数的村庄变成一片废墟，数十万中国人死于非命。

在日俄战争之初，清政府就以光绪皇帝上谕的形式发表声明，宣称日俄"均系友邦"，其"失和用兵"，"非与中国开衅"，故中国保持"局外中立"。行将就木的清政府固然可耻可悲，而夹在日俄两方炮火中间的中国人则可怜可叹。在轮番被日本人和俄国人蹂躏屠杀的过程中，我们中国人竟然始终找不到自己的"位置"。

此前十年的甲午战争中，侵华日军的烧杀抢掠和旅顺屠城，给中国人的心中留下了深深的创伤。及至三国干涉还辽，中国人对"仗义执言"的俄国产生了好感，开始"仇日亲俄"。但是没多久，俄国舰队就开进了旅顺口，进而又乘八国联军侵华之机，侵占了整个东北。在海兰泡和江东六十四屯，7000余名中国人被驱赶入黑龙江中活活淹死和遭枪杀。俄国人在东北胡作非为几年，中国人对之深恶痛绝。这时，日本人则利用中国人的这种心理，宣传日俄战争是亚洲人反抗欧洲人、黄种人报复白种人的战争，并说日本毫无侵占中国之意。战争初期，中国人于是"以俄败为喜，以日胜为幸"。可是，善良的中国人的幻想又一次落空了。日军同俄军一样奴役中国人当苦力，一样强占民田，一样劫夺人民财物，中国的人、财和物，都成了他们随意支配的"战利品"。日本人以征服者的姿态侮辱中国人，把中国人当作"亡国奴"、"劣等人"，动辄"以战胜余威相凌"，在军事占领的名义下施行一整套殖民统治。当初为日胜俄败而热烈欢呼"快慰"的中国报纸，时隔一年就慨叹："日之与俄，殆如唯之与阿，相去几何。"

日本人还将不顺眼的中国人以"俄国侦探"的罪名杀害，并把这种屠杀大事宣传。其时正在日本留学的鲁迅，就在课堂放映的影片中看到了这样的场景：

> 有一回，我竟在画片上忽然会见我久违的许多中国人了，一个绑在中间，许多站在左右，一样是强壮的体格，而显出麻木的神情。据解说，则绑着的是替俄国做了军事上的侦探，正要被日军砍下头颅来示众，而围着的便是来赏鉴这示众的盛举的人们。

当这样的镜头在银幕上出现时，鲁迅周围的日本同学拍手喝彩欢呼"万岁"。这一情景给了青年鲁迅以极深的刺激，使他终生铭记不忘。这一事件，也成了他弃医从文的契机。后来，鲁迅在他的第一部小说集《呐喊》的序中说：

> 从那一回以后，我便觉得医学并非一件紧要事，凡是愚弱的国民，即使体格如何健全，如何茁壮，也只能做毫无意义的示众的材料和看客，病死多少是不必以为不幸的。所以我们的第一要著，是在改变他们的精神，而善于改变精神的是，我那时以为当然要推文艺，于是想提倡文艺运动了。

俄国人和日本人不拿中国人当人看，中国人其实也只是把自己当作"示众的材料和看客"。我们之在俄国人和日本人的奴役屠杀之间来回找"位置"，也不过是谋求平平安安当个"看客"而已。

连绵不断的战乱灾祸，已经将中国人的人的意识摧残殆尽，用一句最有代表性的老话来说，叫作"乱离人不及太平犬"。

我们且慢责难自己的同胞为何竟然这般卑微，这般下贱，这般"好死不如赖活"。乱离之世，人命如草，如果设身处地，大概谁也会羡慕太平年月的阿猫阿狗。

在日本发动的侵华战争期间，中国人所承受的，不仅仅是日本人的屠杀、强奸、奴役和凌辱。战乱的所有灾难祸患，最终全部都压到了孤苦无助的小民百姓头上。

1944年9月14日，31架美军B-29重型轰炸机从成都起飞轰炸鞍山的昭和制铁所，为避开日军地面高炮射击，美机进行高空投弹，结果炸弹全部落到居民区，中国民众死伤千余人。10月14日，美机再次轰炸鞍山，由于日军燃放烟雾，看不见目标，美机转炸沈阳，炸死炸伤中国民众数千人。同年12月18日，98架B-29用M69型500磅集束凝固汽油弹轰炸汉口日军事设施、仓库、码头及日本租界。这是世界轰炸史上的首次燃烧弹地毯式轰炸。目击者说，"扬子江岸五公里的区域，燃起冲天大火"，"一切都在疯狂地燃烧"，"损害巨大，全市一片火海，死尸累累"。轰炸沦陷区武汉，固然是为了打击日本侵略者，但在那化为"火焰地狱"的汉口，绝大多数死难者无疑还是中国的老百姓。

在那场战争中，中国人付出了各种各样的代价和牺牲，其中许多灾难是和平时期的人们所根本想象不到的。

1944年底，日军进行广西作战，他们继续以寡击众，追赶着数倍于己的中国军队，而更多的中国难民和名义上保卫他们的军队一起，从湖南到广西向贵州日夜逃难。落在后边的难民，被日军成批成批地集体屠杀。而在日军的前头，饿死累死倒毙路旁的难民已是死亡枕藉，千里相接。在桂北，为日军打头的汉奸和便衣队混杂进难民流中，越过了中国军队的警戒线，"一线的连排长们不问青红皂白，命令部队向人流中的老百姓乱开枪，才将敌人的先头部队和便衣队打出去，"——166师参谋长回忆说——"但同时把逃难的老百姓也打死了千把名。"接着，在靠近贵州的大山塘，为阻止日军进攻，决定将公路上的一座30多米高、250多米长的大桥炸毁。难民们还在没命地从桥上涌过，对"要炸桥啦！"的喊声听而不闻。第四战区司令长官张发奎下令："丢他妈的，不管啦！你们炸了算啦！""轰隆"一声，连桥带五六百名老百姓血肉横飞，同归于尽。桥是炸了，老百姓也死了，但是，日军的攻势并没有被阻止。12月初，3000来名日军像赶羊似的赶着为他们"带路"的数万中国军队，长驱直入占领了黔南重镇独山，直逼贵阳。

战乱中的中国人，确实是"水深火热"——笔者在这里说"水深"，特指黄河决口；而"火热"，则是长沙大火。

1938年10月武汉陷落后，中国最高军事当局又震惊于岳州之失，决定在日军突破汨水占领汨罗—平江一线后，毁灭长沙，实行所谓"焦土抗战"。到11月12日午夜，日军还远在新墙河以北，距离长沙超过115公里的时候，长沙大火就烧起来了。13日凌晨3时，"湖南人民自卫团"组成的放火队，首先在省政府开始纵火，二十四支放火队在全市各处一齐响应，同时动作。刹时间，长沙这一锦绣湘垣烈焰腾空，火光冲天，数十里外，光可灼人。大火一直烧了七天七夜，十天之后，余灰未烬。有52万人口、8万户居民的长沙城，就这样化为灰烬。火起时，市内至少还有三四万居民以及七所后方医院的3000多伤兵尚未撤离，据报道有万余人葬身火海。

抗战时期中国人自己制造的最大的一场人为灾难发生在黄河之南。1938年5月徐州会战结束后，日军在豫东皖北收拢兵力，武汉受到威胁，中国军事统帅机关决定放水拒敌。6月6日，日军攻陷开封，当局下令炸开黄河大堤。

1938年6月9日，在20军司令商震的指挥下，于郑州以北24公里的花园口黄河南大堤实施爆破决堤。汹涌的黄水居高临下一泻千里，堤脚下的邵桥、史家堤、汪家堤和南崖四个村庄瞬间被冲得踪影全无，口门处冲刷成13米深、170余公顷的深潭。洪水沿贾鲁河、颖河、涡河等河道向东南漫卷，由十几里扩展到一百多里宽，在人烟稠密的大平原上横冲直撞，而后在正阳关至怀远段涌入淮河。黄水入淮后，又溢出两岸，继续泛滥。当时的报纸报道：

滔滔大水，由中牟、白沙间向东南泛滥，水势所至，庐舍荡然，罹难民众，不知凡几。洪水所致，澎湃动地，呼号震天，其骇人惨痛之状，实有未忍溯想。间多攀树登屋，浮木乘舟，以侥幸不死，因而仅保余生，大都缺衣乏食，魄荡魂惊。其辗转外徙者，又以饥馁煎迫，疾病侵夺，往往横尸道路，亦九死一生。艰辛备历，不为溺鬼，尽成流民。花园口下的中牟首当其冲，全县三分之二陆沉。幸存之难民扶老携幼，纷纷西逃，郑州附近，集难民数千，食住皆无，情景堪怜。县西北十余里的沙窝地方，聚有难民三千余人，十数日来，树皮草根已食之将罄，幸派出三人求救，否则再有二三日，恐全部饿毙矣。

黄河决口，据说将日军的约一个半师团陷在了泛区，暂时阻止了日军西攻郑州，并将武汉的沦陷时间推迟了一两个月。而中国人民却为此付出了极为巨大的悲惨代价。

行政院善后救济总署统计：计有河南、安徽、江苏三省四十四个县、市受灾，3911345人外逃，893303人死亡，经济损失达109176万元。

另据报道，总计受灾人口超过6000万。

黄河和淮河本来就是中国最有名的灾难之河。从公元12世纪到1855年，黄河夺淮长达700年之久，泗水及淮河下游入海河道全部被淤废，淮河干流中游及淮北、鲁西南等广阔平原的排水河道，也因黄河长期泛滥而严重淤塞，全流域水系紊乱，上中游洪水难排，下游入海无路，入江不畅，水旱灾害连年不断。1400—1900年的500年间，淮河流域就发生较大水灾350次。1938年黄河决口开始的九年黄泛，更使淮河水系彻底乱套，这一地区于是年年闹灾，再无宁日，民生更加悲惨。黄泛九年，黄水把上百亿吨泥沙扔在了数万平方公里的地区。厚厚的黄沙埋没了田园村舍，淤塞了湖泊河道。大地上，沙丘起伏，野草丛生，天空中，黄沙飞扬，蝗虫蔽日。这片原本富饶的土地，于是百孔千疮，民不聊生。

现代汉语中从此就有了一个象征苦难的地理名词——"黄泛区"。

中国人，你的名字就叫苦难。

苦难是不幸，也是考验。苦难是一种折磨，也可以成为一笔财富。"艰难困苦，玉汝于成"。苦难能够成全一个人或一个民族，使之更成熟更深厚，更有韧性更有力度；但是苦难也能够从精神上摧垮一个人或一个民族。这既在于苦难的"度"，同时还要看承受苦难一方的素质。苦难是烈火，能将矿石炼成钢铁，也能见出真金与硫化铜；苦难是高压，能摧钻石为齑粉，也能将石墨变成金刚石。有时候，苦难会强化我们的人的意识或民族意识；而有的时候，苦难又会泯灭我们的种种意识，最后只剩下一种生存本能。

中国老百姓的苦难，不仅来自日本侵略者，也来自中国统治者。中国人对中国人，有时候比日本人对中国人还要坏。

1933年春，在日军进攻热河时，一位美国人在热河农村碰到一群中国农民。后来他对当时的情形作了这样的描述：

> 当时日本人已经推进到离当地只有几英里远的地方，这些农民正在等着日本人的到来。我问他们怎么办。他们满不在乎地说："日本人怎么样，我们不知道。我们的省主席怎么样，我们最清楚，我们恨不得剥他的皮，喝他的血！"

让农民们恨得咬牙切齿的热河省主席叫汤玉麟，是一个靠广种鸦片而大发其财的军阀。宋庆龄先生曾愤怒斥责这位"敞开大门让日军进入中国"的汤玉麟是"鸦片将军"。在他的治理之下，日本人用十天时间就占领了热河全省，而省会承德竟陷于一支仅有128人的日军之手。日军之所以有如此辉煌的战绩，一个重要原因就是，他们得到了对中国官府绝望至极、悲愤至极的中国人的"帮助"。

在抗日战争期间，像这样既不是汉奸，也不同于逆来顺受的"顺民"，而是因为官府横征暴敛被逼得走投无路的中国人群起欢迎日本侵略者的情况，并非仅仅发生在热河。后来在河南发生的事情更为惊心动魄。

从1941年到1943年，华北连续干旱和歉收。旱灾并不一定必然导致饥荒，天灾只有和人祸联合起来之后，才会成为真正的灾难。河南人把水、旱、蝗、汤称为四大害，"汤"即国军将领汤恩伯。美国记者贝尔登（一译白修德）把河南的灾难向全世界作了报道：

> 我们所见到的农民均奄奄一息，他们待毙于路上、山中、火车站旁，待毙于他们的泥屋中、田野上。就在这人命危浅之际，政府仍继续从他们身上榨取可能榨取到的最后一点税金。一个个地方政府都在向农民征收比他们所生产出来的还要多的粮食。任何抗拒的借口都是不允许的；吃榆树皮、干树叶的农民，被迫将他们最后一袋种子交到税收所。虚弱的不堪行走的农民被迫为军马搜集饲料……这幅惨象上最可怕的几笔之一，便是土地投机的狂潮。商人、政府小吏、军官以及仍有粮食的富裕地主均忙于以犯罪的价格购买农民祖传的土地……我们知道，在河南农民胸中，蕴藏着像死亡一样冷酷无情的愤怒，他们的忠顺已被政府的勒索抽空。

饥荒甚至毁灭了人类最起码的感情。"全家自杀的惨案时有发生，往往是丈夫先将自己的父母妻子活埋，然后再自杀"。"人们起先是卖儿鬻女，后来连老婆也卖了"。"妇女们互相交换新生的婴儿，说：你吃我的，我吃你的。""一个母亲把她两岁的孩子吃了；一个父亲为了自己活命，把他的两个孩子勒死然后将肉煮吃了"……

人口3000万的河南，在这场灾难中，有300万人逃荒，其中上百万人涌进了解放区，还有300万人被饿死。贝尔登写道：

> 这么多人是怎么死的？有人说是由于旱灾和歉收。可是，蒋介石的官员、地主、税吏却没有一个饿死的。华北解放区的气候同样恶劣，同样缺雨，却没有死这么多人。
>
> 河南蒋管区的人民并不是因为老天爷不下雨而死的，而是因为骑在他们头上的统治者太贪婪了。应当说，他们是被捐税逼死的。
>
> 我常常感到纳闷，这些农民为什么不反抗？为什么不冲进城去，打开粮仓，把军人用枪、税吏用秤从他们那里抢走的粮食拿回来呢？他们并非麻木不仁，他们并不想死；既然横竖是死，为什么不起来斗争，反抗那些封建统治者呢？事实上，他们还是反抗了。1944年，日军打到豫北的时候，成千上万的农民配合民族敌人攻击汤恩伯的部队。这是很可以理解的。为什么不这么干呢？难道日军会比蒋军更坏吗？

我们再完整地看一下这样一段资料：

> 1944年春天，日军决定在河南进行大扫荡，以此为他们在南方进行一次更大规模的攻势作准备。河南战区名义上的司令官是一位目光炯炯的人物，名叫蒋鼎文。他曾责骂河南省主席，使这位主席在恐慌中与他合作制定了一个计划。这个计划剥夺了农民手中的最后一点粮食。
>
> 日军进攻河南时使用的兵力大约为6万人。日军于4月中旬发起攻击，势如破竹地突破了中国军队的防线。这些在灾荒之年蹂躏糟蹋农民的中国军队，由于多年的懒散，它本身也处于病态，而且士气非常低落。因前线的需要，也是为了军官们自己的私利，军队开始强行征用农民的耕牛补充运输工具。河南是小麦种植区，耕牛是

农民的主要生产资料，强行征牛是农民不堪忍受的。

农民们一直在等待着这个时机。连续几个月以来，他们在灾荒和军队残忍的敲诈勒索之下，忍受着痛苦的折磨。现在，他们不再忍受了。他们用猎枪、大刀和铁耙把自己武装起来。开始时他们只是缴单个士兵的武器，最后发展到整连整连地解除军队的武装。据估计，在河南战役的几个星期中，大约有5万名中国士兵被自己的同胞缴械了。在这种情况下，中国军队如果能维持三个月，那倒是不可思议的事情。整个农村处于武装暴动的状态，抵抗毫无希望。三个星期内，日军就占领了他们的全部目标，通往南方的铁路也落入日军之手，30万中国军队被歼灭了。

50年后，河南籍作家刘震云先生在《温故1942》中这样评述这一历史事件：

日本为什么用6万军队，就可以一举歼灭30万中国军队？在于他们发放军粮，依靠了民众。

1943年，日本人开进了河南灾区，这救了我乡亲们的命。日本人在中国犯了滔天罪行，杀人如麻，血流成河；但在1943年冬至1944年春的河南灾区，却是这些杀人如麻的侵略者，救了我不少乡亲们的命。他们给我们发放了不少军粮。我们吃了皇军的军粮，生命得以维持和壮大。……我们自己的政府，对我们灾民撒手不管，在这种情况下，为了生存，有奶就是娘，吃了日本的粮，是卖国，是汉奸，这个国又有什么不可以卖的呢？有什么可以留恋的呢？……贝尔登在战役之前采访一位中国军官，指责他们横征暴敛时，这位军官说："老百姓死了，土地还是中国人的；可是如果当兵的饿死了，日本人就会接管这个国家。"这话我想对蒋委员长的心思。当这问题摆在我们这些行将饿死的灾民面前时，问题就变成：是宁肯饿死当中国鬼呢？还是不饿死当亡国奴？我们选择了后者。

在春秋时代，我们中国就有"圣人不饮盗泉之水"和"廉者不受嗟来之食"的美谈。作为一种高尚的情操，那种精神足以成为国人楷模。但既然是楷模，就不可能人人都能做到。那位齐国的饥者宁愿饿死也不吃嗟来之食，而20世纪的河南人宁愿当亡国奴也不饿死，这并不能说明现代的中国人比古代的中国人堕落了；这是一个简单的事实，它说明的是我们苦难的加深，是生存环境的堕落。毕竟，生存权是最基本的首要的人权——这是20世纪晚期以来在全世界的发展中国家最流行的人权理论。

鲁迅先生曾经把中国人的生存状态概括为"做稳了奴隶的时代"和"做奴隶而不得的时代"这样两种情况，他觉得，中国人其实从来就没有真正争得过"人的地位"。"做稳了奴隶"就是三生有幸，"做奴隶而不得"则只有反刍命苦。鲁迅像对他的阿Q一样，对中国人也是"哀其不幸，怒其不争"。其实，中国人何尝不想做个像模像样的人呢，只是如果身在地狱，恐怕你很难做成个人。卑微如小民百姓者，即使有心做人，也无力回天。

14世纪初，元代诗人张养浩在《潼关怀古》中浩叹：

兴，百姓苦；亡，百姓苦。

这就是我的祖国，我们的同胞。

仅仅是"落后挨打"吗：屡干屡败说改革

人们经常把近代中国的历史概括为"落后挨打"的历史。在这个结论中，"落后"与"挨打"又经常互为因果：近代以来中国为什么老是挨打？因为我们落后；近代中国又为什么落后？因为我们老是挨打（帝国主义的侵略掠夺、不平等条约等等）。陷入这个循环论证，人们并不觉得奇怪。因为它确实是一种历史的事实。这是近代中国的最大怪圈之一。

中国人认识到落后挨打这个事实，其实并不晚。至少，中国人的这种认识要早于日本人。日本人是从中国落后挨打的事实及结论中才看出了自身面临同样的危险。日本人于是起而改革，在不到一代人的时间里，终于使这种危险成为历史。中国人同样更想改变这种危险而尴尬的处境。为了这个目标，我们一次又一次地努力，一代人接一代人地苦斗。50年过去了，情况更糟糕；100年过去了，情况才似乎有所好转。但是，就是今天，我们也不能说已经完全摆脱了那个怪圈的阴影。

还在鸦片战争前后，中国的有识之士就已经意识到落后挨打这个问题了。他们看出，无论"天朝"的君臣如何夜郎自大，也无法抵挡洋人的坚船利炮。可惜，具有危机意识的人在中国社会中永远是极少数，并且永远是"人民公敌"。而中国的统治者却从来认定，堵塞言路和消灭报忧者就是消除危机的最佳办法。但问题在于，即使把报忧的人全部从肉体上消灭，也不能哪怕丝毫改变中国的危机状态。于是乎，中国的历史舞台上就一幕接着一幕地演出着比"人民公敌"的不幸预言还要不幸的悲剧。这就是近代以来中国的又一个似乎是无法摆脱的怪圈。

1840年的鸦片战争，是一个划时代的历史事件。古老的中华帝国被迫打开沉重的国门，开始面对一个新奇莫测的世界；中国由此进入命运多舛的近代社会的长久阵痛之中。虽然中国被只有两千来人的英国军队打得落花流水，虽然签订了中国历史上第一个不平等条约，但是，面临"千古未有之变局"的清朝统治者却顽冥如故。直到1860年的第二次鸦片战争，英法联军攻进北京焚毁圆明园，皇帝逃到承德并一命呜呼，一班满汉权贵才受到刺激，发现中国挨打的原因在于洋人的"船坚炮利"。于是有了被称作"洋务运动"的类似改革的举动。洋务运动的许多举措，在中国历史上都是破天荒的，像设立总理各国事务衙门、办制造局（兵工厂）、造船厂、修铁路、设译书局、办报纸、派留学生等。而洋务运动花本钱最大、也是它的代表作即建立近代海军。

这还应当感谢日本人。1874年，日本派兵侵略台湾，清帝国朝野震动。大学士文祥奏称，"夫日本一东洋小国耳，新习西洋兵法，仅购铁甲船二只，竟敢借端发难"，海防之议于是兴起。1879年，日本以武力吞并琉球，清廷大员们再次大受冲击，购买铁甲船之议又起，北洋海军的建立步伐得以加快。

北洋舰队曾煊赫一时，也曾令中国人骄傲一时。中国终于有了居世界第七位的海军。坚船利炮有了，再也不会挨打了。至少，日本是不在话下。日本的海军只排名世界第十一位。甲午战前，北洋舰队曾倾巢出访日本，好不威风，日本朝野皆震惊于北洋之实力。这次访问，更刺激了日本的加速扩军备战。

在1885年中法战争结束时，日本军阀就主张三年内务必与中国一战，说"中国自法战以后，于海陆各军力求整顿，若至三年后，我国势必不敌"。日本首相伊藤博文却不这么看，他说：

> 所云三年后中国必强，此事直可不必虑。虽此时外面于水陆各军，俱似整顿，以我看来，皆是空论。现当法事甫定之后，似乎奋发有为，一二年后，则又因循苟安，诚如西洋人所说，中国又睡觉矣。

甲午一战，北洋舰队这朵洋务之花彻底凋谢，风行一时的"中体西用"、"中本西末"的洋务理论也黯然失色。与经过大刀阔斧的改革而蒸蒸日上、咄咄进逼的东邻日本相比，中国这抱残守缺、半心半意的改革的弱点暴露无遗。

还应当感谢日本。日本的明治维新和甲午侵华从正反两个方面都促使中国人自省，反省落后挨打的深层原因，反省仅仅局限于军事和经济领域的改革的洋务运动。康有为等人开始对中国封建君主专制制度产生怀疑：

> 考中国败弱之由，百弊丛生，皆由体制尊隔之故。
> 日本行立宪政体，人君与千百万之国民合为一体，国安得不强？

吾国行专制政体，一君与数大臣共治其国，国安得不弱？盖千百万之人，胜于数人者，自然之数矣。

谭嗣同说：

中国数十年来，何尝有洋务哉？……足下所谓洋务，第就所见之轮船已耳，电线已耳，火车已耳，枪炮、水雷及织布、炼铁诸机器已耳。此皆洋务之枝叶，非其根本。于其法度政令之美备，曾未梦见。

严复则说洋务运动是"盗西法之虚声，而沿中土之实弊"。他针对"中学为体，西学为用"的洋务理论，提出了"以自由为体，以民主为用"的新主张。

维新派人士于是推动了一场以激进的政治改革为目标的戊戌变法运动。

但戊戌变法的失败又是必然的。它所要改革的对象就是它失败的原因。

在中国这样一个专制体制加官僚政治的国家里，政治改革首先要取得握有最高权力的统治者的绝对支持，同时还要依靠从中央到地方的庞大官僚群去推行。但是，政治改革又必然会限制和削弱专制权力，必然要直接打击官僚阶层的既得利益。因此，改革必然要遭到这个权力体系的顽强反抗。这又是中国改革的怪圈。

从北宋的王安石变法失败以来，这个怪圈就一直强有力地发挥着作用。王安石是中国历史上有数的几个出色宰相之一，有绝对权力的皇帝宋神宗又完全支持他，但他的变法还是归于失败。而戊戌变法的策划者们不过是些新提拔的低级官吏，势单力薄，光绪也只是一个近似于傀儡的挂名皇帝，要进行的却是比王安石还要激烈十倍的变革，失败当然难免。

中国的事情，历来是兴利容易除弊难。从理论上，固然如梁启超所说："凡改革之事，必除旧与布新，两者之用力相等，然后可有效也。"但实际上，除旧小则要改变深厚的传统和习惯势力，大则直接向官僚群开刀，这在中国都是难上加难之事。洋务运动大都只限于对官僚体制没有什么影响的兴利，还遇到了那么大的阻力，更不要说以除弊为主要目标的戊戌变法这样激烈的大动作了。

李鸿章在将洋务运动与日本的明治维新对比时就说：

> 日本"盖自其君主持，而臣民一心并力，则财与才日生而不穷；中土则一二外臣持之，朝议夕改，早作晚缀，故不敢量其所终极也。"

> 他还形容中国是"敝絮塞漏舟，腐木支大厦，稍一倾覆，遂不可知。"

中国的官僚群，是世界上最奇特的共生集团之一。科举制度作为选拔官吏的一条主要途径，使拥有相当资产的平民有机会通过这一拥挤的小路，爬进权力阶层。一旦考试中榜，即使不能马上做官，也成为候补官僚，进身士大夫阶层。在中国，做了官自然就能发财，所以每一个士大夫都有一个寄生性的家族。又由于读书做官是中国知识分子的唯一出路，科举制度也就成为帝王控制他们的最佳手段。科举考试的内容都是两千年前的儒家典籍，中国的知识分子于是被训练成保守而又崇古、没有自己的思想、只会空发议论的一群"发烧友"。士大夫们对社会的任何改革和进步，都引经据典地进行狂热的对抗，虽然中国的官僚们从来不拒绝任何近现代化的生活享受。改革就是针对这些人的权力和利益的，但是改革又只能通过这些人去施行，其结果也就可想而知。

戊戌变法在操作上也有重大失策。维新党在政治上没有实际经验，组织上也没有什么准备，又没有进行最基本的思想启蒙。作为变法设计师的启蒙思想家，都过于理想化和书生气，总是想追求最好的结果。虽然他们在思想锋芒上也许要超过日本的启蒙思想家，但远不及日本同行务实而灵活，善于为自己的民族设计未必最好但却是最可行的改革方案，并把自己的思想变为国民的目标和行动。在中国，启蒙刚刚进行了一点点，就为救亡所取代，和后来五四运动的情形一样。迫在眉睫的民族危机使维新党不能不仓促上阵，亡国灭种的危险使他们恨不得改革一步到位。大刀阔斧变法的勇气固然可敬，然而一下子威胁了太多人的既得利益，树敌过多。戊戌变法突然撤销那么多衙门，那些除了当官一无所能的官员们当然要发疯；而废除八股文则更等于把全国的读书人统统埋葬，因为在这个世界上，除了做八股，他们再无可作为。

相比之下，日本的明治维新则是另外一种路数。首先，日本与中国在改革的起点上就已经大不相同，人们常说的起点相同只是两国外在的国际背景上有些相似而已。在被西方列强打开国门之前，中国和日本都有一段长时间的闭关锁国。中国在锁国期间是加速腐朽，如1792年英国使团代表马甘尼到中国，发现这个国家贪污盛行、极度落后和普遍贫穷，他的结论是："清政府的政策跟自负有关，它很想凌驾于各国之上，但目光如豆，只知道防止人民智力进步。"而日本明治维新前200年的锁国，却是一个非常宝贵的喘息之机。在这个期间，日本出现了一个实业家阶层，随后的工业化可以由日本人自己而不是外国人管理。更重要的是日本培养出一种高度的民族主义意识。其次，日本没有中国那样悠久的值得骄傲的传统，它更没有中国那样一个盘根错节的官僚士大夫阶层，日本的知识分子也不像中国的文人那样爱高谈"主义"，而只是研究现实"问题"。再一点，就是日本明治维新不是一场革命，它没有消灭统治阶级中的任何一个组成部分。明治政府的政策是保守的，它没有把自己的权力转让给任何阶级；它的政策又是激进的，它打破了日本长期以来的封建特权。关键是日本明治维新的政策稳健而又实际，确定了富国强兵的目标以后，它能把各种力量都集中到和扭转到这个方向上来，然后举全国之力不惜一切地向着这个目标"强行军"。

日本的天皇制更与中国的皇权不同。天皇万世一系虽是神话，但是日本确实没有过中国式的改朝换代。在日本历史上的大部分时间里，天皇都没有实权，而更多的是一种象征性的存在。象征性的东西对野心家是不会有多大吸引力的。幕府尽管把天皇的权力全部剥夺，但从没有人想到自己当天皇。可是在中国，有项羽那种"彼可取而代也"的野心的人太多了，以致有"舍得一身剐，敢把皇帝拉下马"的民谚，连阿Q老兄都梦想着把屁股放在那龙椅上坐它一坐。所以中国帝王的主要心思，不在治理国家，而是用最黑暗的手段防止和对付官员们的屁股发痒。对那些帝王来说，只要大权不旁落，只要自己能够继续对臣民作威作福，国家的命运无论怎样都无关紧要。慈禧太后和守旧党在发动扼杀维新运动的戊戌政变时，据说就对天发誓："宁赠友邦，不予家奴。"

越是牢固控制权力的中国皇帝，就越提心吊胆于别人觊觎他的权力，当然不允许所谓变祖宗之法。光绪皇帝之所以热心变法，因为他手里没有什么权。如果变法危及到他的权力，他的态度恐怕就不一样了。不要说在向来不知民主为何物的中国，就是在近代以来的世界上，也找不出几个自动限制或削弱自己权力的统治者。美国的缔造者华盛顿先生是一个罕见的例外。人们劝他当国王，他不干，劝他建立帝国，他不干，劝他做终身总统，他也不干，又劝他指定继任总统，他还是不干。他的理念和遗产是：我们一定要用制度和法律保证我们的国家长治久安。他用自己的权力和威望，为美国的民主共和制奠定了坚实的基础。即使是在民主思想大行其道的20世纪，握有绝对权力而主动推动民主进程最终"自掘坟墓"的统治者，大概也只有"前苏联"的戈尔巴乔夫和南非的德克勒克这两位政治家。

不能进行有效的改革，中国就无法摆脱落后挨打的怪圈。辛亥革命虽然是一场革命，推翻了清王朝，赶跑了皇帝，但在改变中国的内在社会结构方面，作用微乎其微。尽管已经使用了中华民国的纪年，但是中国落后如故，挨打亦如故。直到日本发动全面侵华战争，把中国的挨打推到了亡国的极端，那个怪圈才似乎开始被打破。

"落后挨打"之二：内战内行，外战外行

抗战胜利前夕，蒋介石向总参谋长兼军政部长何应钦索阅全国部队番号清册，当发现非黄埔系的军队尚有百数十师之多时，这位最高统帅顿生不悦，

说："日本人打了八年，怎么还有这许多杂牌军？"趁着蒋介石的发怒，陈诚立即进言攻击何氏，并说如果是陈某在其位，谋其政，早借日本人之手把这些杂牌军消灭光了。很快，何调离军政部，而陈继之。这就是大敌当前国家当国者的典型心态。

中国的当权者，历来权欲太重，私心太重。其实还不仅仅是权欲私心"太重"，而是除了权欲和私心之外，他们似乎再也没的可想和没的可干了。晚清的满汉权贵们自不必说，就是民国之后，那些接连登台操纵中国命运的军阀和政客们，在他们中间也许有智商高下之分，但是却很难有为公与为私、为国与为家之分。唯独高倡"天下为公"的孙中山先生似乎两袖清风，可是他手中既没有兵也没有权，因此他的抽象政治理论不能对中国发生多少实际的影响。反而后来的当权者都拿他的三民主义装潢门面并以售其私。

"攘外必先安内"是蒋介石的一个著名政治主张，而在公开提出"攘外必先安内"之前，在济南事变时，尤其是在"九·一八"事变前后，蒋氏就已经那样做了。李宗仁评价道："东北四省沦陷于旦夕之间，虽满族的颠顶，与北洋军阀的无知，其所招致的外侮，也不若蒋氏主政中枢时之甚。"

在"安内"方面，蒋氏的权术可说是炉火纯青。但看北洋时代起，诸侯并雄，军阀逐鹿，国民党内也是派系林立，龙争虎斗，可最终几乎都被蒋氏降伏、收拾个干净。只是蒋氏"生不逢时"，碰上了中国共产党人这样的"克星"，再加上日本人的"帮倒忙"，竟也英雄末路，孤岛了残生。当然这是后话。

"安内"即内战，蒋氏当然是"内行"。但也正因为蒋氏"善于"安内，才使共产党得以发展起来。其"安内而不攘外"的实际政策，使日本人的侵华胃口越来越大，终于走上发动全面侵华战争的道路，于是给了中国共产党以壮大的最好机会和舞台。毛泽东也不讳言这一点，说没有日本侵华战争就没有共产党后来的大发展。即便在此之前，共产党的生存，也还是多亏了蒋氏的不容异己。从南昌起义到长征之前这段时间，红色根据地主要都在江西、湖北、湖南、河南和安徽，而这几省正是蒋氏的南京政府最直接控制的地区。

在军阀割据或相对独立的一些省份，如两广、四川、云南、贵州、山西、山东等地，共产党的势力却没有怎么发展起来。原因即在蒋氏控制最彻底的省份，都是当时全国政治最窳败、贪污最猖獗、民众最悲苦的地区。这就为共产党和红军准备了最好的政治和民众基础。

蒋氏政权的性质，使之即使在面对日本侵略的民族危亡之时，不可能也不敢发动和依靠中国人民，进行真正意义上的全民族抗战。在抗战初期的太原战役时，阎锡山的太原军火库里有20万条枪，中共建议阎马上分发枪械武装人民，保卫山西保卫太原。阎勉强拿出1万条枪敷衍，而所剩的19万条枪，却在仓皇撤退后全部完好地留给了日军。淞沪抗战中的情形则更要命。当局宁肯让伤兵躺在战壕里呻吟、流血，创口生蛆、等死，也不让人民自发组织起来的救护队和担架队参与救护。在苏、浙、皖交界的长江至海岸的三角地区，民间至少有15万只船可供使用，军队在水网地带作战，军方宁愿让士兵们在泥水里滚爬，也没有组织人民支前参战，结果许多船只被日军掳去做运输。尽管蒋氏在庐山谈话中声明："如果战端一开，那就地无分南北，人无分老幼，无论何人皆有守土抗战之责任。"但他却无法真正兑现自己的诺言，无法实行全民总动员。

1937年8月的中共中央政治局洛川会议指出：

> 国民党在抗战问题上的进步是值得赞扬的，这是中国共产党和全国人民所多年企望的，我们欢迎这种进步。然而国民党政策在发动民众和改革政治等问题上依然没有什么转变，对人民抗日运动基本上依然不肯开放，对政府机构依然不愿作原则的改变，对人民生活依然没有改良的方针，对共产党关系也没有进到真诚合作的程度。在如此的亡国灭种的紧急关头，国民党如果还因循上述的政策不愿迅速改变，将使抗日战争蒙受绝大的不利。

军队是保卫国家的最重要力量，但在中国，"有枪就是草头王"，枪杆子里面出政权。蒋氏做了最高统帅，"普天之下，莫非蒋土"，所有军队本来都是他的，但却把全国的军队分为所谓的"中央系"与"杂牌军"。中央军的主要任务为监视和制约杂牌军，在武器弹药、粮饷和被服等各方面，两者都有天壤之别。

杂牌军本身也都知道中央当局想利用对日作战来消灭他们，平时克扣粮饷，战时不予补充，等他们消耗得差不多了，便将其遣散或改编归并。他们于是用尽各种办法自救图存。这些杂牌军在前线，一怕被日军攻击，二怕被共产党吃掉，还怕被"友军"的中央军缴械。在此种情形之下，当然无心抗战，当然难有战斗力。

连外国的观察家也发现，许多国民党的将领都有一个共同的特点，就是非常不愿意让他们自己的部队投入战斗，而总是想方设法保存实力。因为军饷和各种军需物资是按人数配给的，所以部队的数量不仅决定他的军事和政治地位，更是衡量一个将领财富的标尺。

1945年，几位在中国的美国军官写了一份报告，专门分析抗战时期中国军队的状况。报告叙述了中国的征兵，说它对中国农民是比自然灾害更可怕的灾难。报告讲到中国的监狱官员如何通过把囚犯卖出去当兵而赚钱，讲到所有的壮丁都被用绳子拴在一起，被押往几百英里外的训练营地，沿途不断地有人逃跑，被抓回来的，挨一顿毒打后又被押上路，因病减员越来越多。报告说，对于军官们来说，这些新兵的真正"价值"就在于：

克扣他们的薪饷，出卖他们的给养，这使他们成为中国军队里的有价值的一员，而这又是他们的基本作用。

如果有人死了，他的尸体便被丢在一边，但他的名字仍然留在花名册上。只要他的死亡没有上报，他就继续是一宗财源，并且由于他已经不再吃喝，这笔收入于是又是增值了的。他的口粮和薪饷成了他上司口袋里的长期纪念品，他的家属却只好把他忘掉。

这份报告还把中国军队的医院比作纳粹的集中营。美国的一位历史学家说：

> 读着这份官方报告，就觉得它似乎是在谴责德国人和日本人的罪行似的，而不是在说美国的盟友。

由于军队是一种没有制约的单一权力结构，因此军队首先成为腐败的大本营。比如杂牌军将领徐某以重金与中央系的何某拉上关系，再托何某一直疏通到侍从室。侍从室的路线打通了，以后凡有不利于徐部的报告便一概被留中不报，徐部因此可以得到补充，而补充款项的一部分再作为新一轮的活动经费。贪污和行贿的循环就这样越整越大。傅作义一次奉蒋氏亲批领武器，可是傅在西安的办事处却无法领到，仓库主任直接对办事处主任说，要领武器就得拿钱。该办事处主任发电向傅作义请示，傅说，钱可以给，让他开张收据。那仓库主任竟然真的收了钱写了收据。傅作义拿到证据就告到了蒋氏那里，蒋一怒之下将那仓库主任撤职。但过了不久，他却调到另一个仓库照做主任。

中国军事当局常将抗战初期失败的原因归结为武器比日本落后。中国确实是落后一些，但是就武器装备而论，中日军队间的差距并不很大。试以日军一个步兵师团与中国政府军一个精锐步兵师作一比较：

武器装备	日军师团	国民党师
步　枪	7200余	6100余
轻机枪	436	224
重机枪	148	75
各种炮	130	120余

在国民军队的220余个师中，装备到这样水平的约有50个师；而日本在侵华战争初期，投入中国的全部兵力还不到20个师团。也就是说，中国平均三个精锐师加上八九个旁系和杂牌师对一个日军师团。按当时军事家的分析，

中日两军的战斗力，大致为一个日本兵相当于六至七个中国兵。即使按这个比例，中国军队还是处于优势。在八年战争中，据说日军的一个第五师团就打掉了中国的70余个师，这也实在太不成比例。而到1944年的湖南、广西战役期间，美国已为中国军队装备了60个以上的师，武器大大优于日军，部队也数倍甚至十数倍于日军，并且制空权也已完全被美国和中国空军所掌握。就是在这种绝对优势的情况下，仍然被日军以少胜多，中国军队一败涂地。同一时间在全世界，从欧洲战场、太平洋战场、印缅战场到中国的华北敌后战场，国际反法西斯战争到处都是节节胜利。

前面谈到侵华日军的战略失误，与之相对，中国军事当局的战略失误，亦不在其少。

抗战开始后，蒋氏跳到孤注一掷的另一极端。淞沪会战一打响，他就说要"把日本人赶到海里去"，将全国军队的精华集中到弹丸之地，50余个师，70余万人，无险可守，工事简陋，任日军的海陆空优势火力尽情发挥，中国军队简直是以血肉之躯去填敌之火海。指挥淞沪决战，蒋氏为热血沸腾加侥幸心理，以为日军进攻上海，关系美英利益，中国军队只要火拼支撑一段时间，就能引起欧美武装干涉。到淞沪会战第二阶段末期，我方部队伤亡重大，多位高级将领一再要求调整部署，将一线部队后撤到有坚固阵地的"吴福线"及"锡澄线"，均被蒋拒绝。11月1日，蒋介石在前线师以上将领会议上强调："九国公约会议将于11月3日在比利时首都开会，这次会议对国家命运关系甚大。我要求你们作更大努力，在上海战场再坚持一个时期，至少十天到两个星期，以便在国际上获得有力的同情和支持。"11月5日，日军在主战场侧后基本无设防的杭州湾从容登陆，直抄中国军队的后路，很快形成对淞沪守军的合围，蒋还是强令再坚守三天，说只要我军在上海继续顶下去，九国公约国家将会主持正义，制裁日本，结束战争。这完全是在拿几十万大军和国运做赌注。而欧美列强却根本没把东方的事放在眼里。如此一再贻误战机，伤亡近半的部队终于全线崩溃，直接逃过二三线坚固阵地，一下溃退到南京。

陈诚总结淞沪会战失利的原因时也批评道："这次战略受政治的影响极大，乃是国家的不幸。"

敌强我弱的抗战，本来应进行长期消耗战，而不应与敌强争一城一地，自丧元气。而最高统帅蒋氏直接指挥的战役，大多是以硬拼始，而以溃败终。硬拼者，没有一场能拼到底；撤退者，又没有一次有计划的节节抵抗的撤退。到了南京，蒋氏又为了面子，执意在战略上的死地进行死守，结果10万军队连溃退也没有能逃出几个人。从上海到南京，两仗损兵40万，再加上华北被打掉了40万，全国军队在抗战的头五个月就损失了三分之一强。

八路军总司令朱德当时就指其为"笨拙的战略"：

失败主义的单纯防御的战略，就使得国民党手中的几百万兵，在短时期内遭受到很大的牺牲；这种笨拙的战略，就使得前线将士英勇的奋斗不能获得应有的战果。

反观这一阶段的日军，大多靠十分冒险的远距离迂回取得了战役主动权。如南口之役，中国守军败于日军迂回镇边城；大同、涿州防线则被敌之两翼迂回吓溃；日军从杭州湾的迂回，使上海70万守军腹背受击而溃退；日军对芜湖的迂回，又使南京守军陷入一片混乱。按一般战争规律，侵略军深入异国作战，孤军脱离主力进行远距离迂回，大有被歼之虞。可是日军竟然就是如此冒险，而且是屡施屡成，只能说明对手问题更多。

从后来公布的日记来看，蒋公兢兢业业，日理万机，其素有治国之志，并为之殚精竭虑。作为政治领袖，他领导的国民党十分松散，组织系统和控制程度远不及毛泽东治下的共产党。作为大国军事统帅，其心胸与智慧皆难胜任，失于用将且过于事必躬亲。有军事家评价说，抗战时期蒋经常越级指挥到师，顾此失彼，失误颇多；而到国共内战时，其更时常直接指挥到团，故败笔更甚。

当然，我们中国人也不必因此而过于妄自菲薄。魔比道高、正不压邪是第二次世界大战初期全球性的普遍现象。从世界范围来看，落后挨打的结论似乎仅仅在中国还有一点道理。而所谓的先进，也一样挨打。我们看欧洲，英法等国不论从军事上、经济上还是政治上，比起德国来，不是落后，而是还要先进一些；苏联与德国相比，也不能说落后。至于太平洋这边，美国更是全面地绝对地比日本强大和先进。但是，法、英、苏、美等国，都挨个儿被打了，而且都被打得相当之惨。所以说，落后挨打在那个时期的世界上，就不是规律，而只是特例。

我们再把各家挨打的情况作一比较，还可以看出，中国虽然也挨打，并且又确实是落后，但是中国军队的战斗力，既不比法军和英军差，也不比苏联红军差，更不比美军差。

1940年5月10日，德军发动了对西欧荷兰、比利时、卢森堡和法国的全面进攻。荷、比、卢、法及英军组成的联军，共计有135个师，3000辆坦克，1000架飞机；德军投入兵力136个师，3000辆坦克，4500架飞机。开战后，德军18天灭亡了荷、比、卢三国。而英法联军百余个师，也仅支持了38天，法军50个师被歼灭，英法联军40个师从敦克尔刻大溃撤，丢失的武器装备不计其数。6月22日，法国政府宣布投降。

1941年6月22日，德军以207个师向苏联发起突然进攻，从波罗的海到黑海之间的1500公里宽正面上分三路齐头并进，18天中推进300—600公里。仅这一阶段中苏军损失火炮3000门、坦克1500辆、飞机2000架，并有30万名红军被俘。

在太平洋战争初期，世界头号工业和军事强国美国也同样难以招架日本武士道精神的疯狂一击。日军的十来个师团和海军，不到半年横扫西太平洋，占领了150万平方公里的土地和1.2亿人口。

在关岛，日军进攻25分钟后，美军便告投降；

在英国花费20年时间建立的新加坡要塞，白华西中将率10万英军向2万日军投降。其时，日军已是弹尽粮绝，无力发动新的进攻，完全靠虚张声势地吓唬，将英军蒙降；

在荷属东印度，英国元帅韦维尔统领近10万英、美、荷、澳守军，还有146艘舰艇、300架飞机，战斗8天后向日军投降；

在菲律宾，美军的抵抗坚持的时间算是最长，麦克阿瑟指挥近2万美军和11万多菲军，及200架飞机、45艘作战舰只，抗击日军三个师团和一个旅团的进攻，坚持数月，最后麦氏几乎只身逃出，新任远东美军总司令温赖特将军向日军投降。

在中国战场上，中国军队对日军作战的表现，与战争初期的英、法、美军及苏军比起来，绝对毫不逊色。这样说并非是我们中国人的精神胜利法，而是一种再明显不过的事实。尽管军事战略指挥多有重大失误，但从淞沪之役到武汉会战这一段时期，国民政府军队的官兵，与装备精良、训练有素而又骄狂野蛮的侵略者进行浴血搏战，付出重大牺牲，粉碎了日寇三个月灭亡中国的狂妄梦想，民族浩气足以惊天地泣鬼神。

在八年抗战中，中国军队在战场上成建制投降的仅有一次，即1944年湖南战役中，第10军军长方先觉率第3师、第190师和暂编第54师在衡阳投降。这三个师，在衡阳孤立无援（第六战区在附近集结有20个师，包括美式机械化装备的第100军，却坐视第10军孤身苦斗）地抗击日军两个师团的进攻达45天，伤亡甚重。第10军以大致相当的兵力长时间抵抗日军攻击，这在国民军队八年抗战史上也是仅有的一次。

在抗日战争中，国民党与共产党虽然抵牾摩擦不曾消停，但毕竟还是都属于抗战的阵营。国民军队中约50万人做了伪军，这在绝对数量上不仅少于法国、而且少于苏联为敌效劳的军人的人数。日本人虽然多次对蒋介石诱降，蒋氏虽然也曾与日方谈判，但由于日本人要价太高和逼之过急，因而双方始终未能成交。蒋氏明确表示，如果他答应了他们的投降条件，那么"中国就会马上发生革命"，就会变成共产党的天下。整个抗战期间，蒋介石一直处在领导全国抗战的统帅位置上，他毕竟还是一个中国人，毕竟与汪精卫等人不同。

　　汪精卫夫人陈璧君在1946年的苏州审判中，极力为她已故的丈夫辩护说，汪精卫怎么可能出卖中国呢？他显然不可能出卖重庆所控制的地区。至于南京伪政权控制下的地区，本来就是"被日本人占领的沦陷区"。她说她的丈夫连一寸中国领土也没有丢失过，他所要做的，为的就是"收复"被那些叛国的、只顾自己逃命的高级将领所丢失的领土。尽管陈女士的辩护当庭赢得了掌声，但汪精卫氏之所为，不是言辞所能洗刷的。虽然国民政府中注定需要有人扮演汪精卫这一必不可少的角色，但这一角色不论是轮到谁的名下，都会背上千古恶名。中国不同于亚洲其他一些在日本侵略前已经沦为西方殖民地的国家，如印度尼西亚、缅甸和菲律宾等国，与新殖民者日本人合作的领导人如苏加诺、吴奈温等人，在赶走日本人后可以继续领导他们的国家。但这在中国则断无可能。蒋介石与汪精卫的不同就在于，他看到了如果投降日本人，他将被中国人民所抛弃，他也就将失去自己的一切。

　　"备忘录二·1938年"有这样一个条目：

　　　　8月29日，日机56架连续两次轰炸湖北京山县城，投掷炸弹及燃烧弹200余枚，全城房屋尽毁，1200栋房屋只剩下十字街不到50间被炸残的房子，居民死伤超过3000人。

　　地处江汉平原边缘、战略位置并不重要的小县城京山，突然遭日机毁灭性轰炸，颇出人意料，令人意外。据说，京山有此浩劫，乃因"蒋委员长"之故。抗战爆发后，京山县成立抗敌后援委员会京山分会，县长蒋少瑗出任委员长，人们于是都戏称"蒋委员长"，此公也乐得其所。这"蒋委员长"便成了京山城领导抗日的名人。不想某三流细作潜入京山后，听得人人皆言"蒋委员长"，遂火急密报日本主子，"蒋委员长正在京山召集重要会议"云云。于是，祸从天降。

　　笔者不知道这则传闻的可靠性如何。但是，它确实符合日本侵华政策的行为逻辑。其与刺杀张作霖、扶植溥仪、拉拢汪精卫等等行动一样，都是一个模子里扣出来的东西。日本人的一切都完全听命于天皇，他们于是以为中国人也是这样。因此，西安事变之后，他们便以为蒋介石必死无疑，似乎他们马上就可以浑水摸鱼独霸整个中国了。但是，中国不是日本，中国人不是日本人。中国虽然有着漫长的专制历史，中国的命运虽然经常系于独裁者一身，但是，中国人毕竟不同于日本人。中国人民的抗日斗争不是起之于蒋委员长的决心；中国人更不会像日本人服从天皇那样，即使蒋委员长宣布对日投降，中国人也不会放下武器。日本侵略中国，威胁的是中华民族四万万人的生存。尤其是日本人的屠杀政策，更把习惯于逆来顺受的中国人逼上了绝路。正是在日本侵略者的严厉教训之下，中国人才知道必须一致对外，舍此便没有民族的和个人的活路。尽管在抗战期间，中国的阵营、党派、集团、派系等等的内争摩擦始终接连不断，但中华民族毕竟是作为一个整体，与日本作生死之搏，并最终取得了全民族抗战的悲壮胜利。

"落后挨打"之三：
"兄弟阋于墙外御其侮"何其难也

1937年元旦，西安事变刚刚得到和平解决，中国似乎出现了某些令人鼓舞的新气象。一家大报在新年这天乐观地预言说：从今天开始，"中国将只有统一战线，再不会有同室操戈"。

日本的全面侵略，在中国人中产生了一种新的精神。各省的割据主义和自治有所收敛了，党派和个人的纷争暂时中止了。在久居中国的西方人看来，中国人性格上的这种变化，让人不胜惊叹之至。

近代以来的中国社会，不仅是一盘散沙，更以善于内耗而闻名。中国人的才智，都发挥在内斗上；中国人的力量，都消耗在内战上；中国的国运，在频繁和规模可观的内乱中随风飘散。对外，中国人是"东亚病夫"，而对内，中国人却一个更比一个强；掌握中国命运的权势者在外国人面前固然媚态可掬，但对他们治下的民众却是绝对的凶神恶煞。

这似乎成了中国人行为方式的一部分，似乎成了中国社会的癌症。

日本发动的侵华战争，终于使中国的这一情况开始有所改变。如果日本人仅仅要让中国人成为亡国奴，也许大部分中国人会麻木如故。但日本人却是把整个中国都浸入种族灭绝的血海，即使生存本能也要逼迫中国人起而一争了。

中国的抗日民族统一战线虽然在抗战之初就形成了，但是，在整个抗战期间，中国却始终存在着两大阵营。这是中国与世界上的各个反法西斯国家都不相同的地方。这种"两国三方"的局面，是中日战争的一大特色。它使中华民族的救亡图存之路格外艰难。

在抗日战争前夕，中国共产党只占据着贫瘠的黄土高原边缘的一小块土地，只有8万军队和100万人口。和执政的国民党比起来，他们的力量是微不足道的。即使与许多独立或半独立于南京政府的地方军阀比起来，也难以预料共产党会成什么气候。那时候，共产党虽然坚决主张抗日，但他们那激进的共产主义革命路线，没有能得到中国社会各阶层的普遍响应。在一盘散沙的偌大的中国，他们还只是些孤独的革命者。

日本的侵华战争，改变了中国人的民族精神，也改变了中国共产党的地位和作用。如同周恩来所说："抗日战争同时就是国民党失败的开始。"八年之后，当日本投降的时候，共产党已经拥有近百万军队，占有四分之一个中国，统治着一亿人口。再过四年之后，整个中国都是共产党的天下了。

共产党得天下和国民党失天下的真正转化，就在抗日战争的过程之中。

抗日战争是民族解放战争，农民是中国社会的主体，中国的问题因此实际上主要是农民问题。前边我们已经在河南看到，连侵略者日本人稍微做一点"群众工作"，都能迅速赢得"民心"。为了对那个时代中国人的生存状态有深刻印象，笔者再摘引几段历史资料。因为如果不了解中国人的苦难，就不能理解为什么大敌当前的抗战时期会成为国共两党成败的分野。

在抗战开始的那个夏天，北平的《民主》杂志报道：

豫、皖、陕、甘、黔各省灾情，续有所闻。全国显已遭多年来最严重的灾馑，已有千万人死亡。据最近川灾救济委员会调查，该省灾区人口3000万人，已有好几万人食树皮和观音土充饥。据传陕西现有灾民40余万人，甘肃100余万人，河南约700万人，贵州约300万人。贵州灾区遍及60县，官方的中央社承认是百年来最严重的一次灾荒。

斯诺在《西行漫记》中引述这段文字的同时写道：

在许多省份中，赋税往往已预征到了民国六十年（1971年）或六十年以上，农民因无力缴付地租和高利贷的利息，好几千英亩的土地都任其荒芜着。

在赴陕北之前，斯诺还有一次绥远之行：

我在绥远度过的那一段噩梦般的时间里，看到了成千上万的男女老幼在我的眼前活活饿死。

你有没有见过一个人——一个辛勤劳动、奉公守法、于人无犯的诚实的好人——有一个多月没有吃饭了？这种景象真是令人惨不忍睹。挂在他身上快要死去的皮肉打着绉折；你可以一清二楚地看到他身上的每一根骨头；他的眼光茫然无神；他即使是个20岁的青年，行动起来也像个干瘪的老太婆，一步一迈，走不动路。他早已卖了妻鬻了女，能卖出去那还算是他的运气。他把什么都已卖了——房上的木梁，身上的衣服，有时甚至卖了最后一块遮羞布。他在烈日下摇摇晃晃，睾丸软软地挂在那里像干瘪的橄榄核儿——这是最后一个严峻的嘲弄，提醒你他原来曾经是一个人。

儿童们甚至更加可怜，他们的小骸髅弯曲变形，关节突出，骨瘦如柴，鼓鼓的肚子由于塞满了树皮锯末而像生了肿瘤一样。女人们躺在角落里等死，屁股上没有肉，瘦骨嶙峋，乳房干瘪下垂，像空麻袋一样。但是，女人和姑娘毕竟不多，大多数不是死了就是给卖了。

但是这毕竟还不是最叫人吃惊的。叫人吃惊的事情是，在许多尸横街头的城市里，仍有许多有钱人，囤积大米小麦的商人和地主老财，他们有武装警卫保护着他们在大发其财。叫人吃惊的事情是，在城市里，做官的和歌妓舞女跳舞打麻将，那里有的是粮食谷物，而且好几个月一直都有；在北京、天津等地，有千千万万吨的麦子小米，那是赈灾委员会收集的（大部分来自国外的捐献），可是却没有运去救济灾民。

前述美国军官的报告这样描写中国的征兵：

征兵对中国农民来说如同饥荒、水灾一般，不过发生得更规律——每年两次——并且带来更多的牺牲者。饥荒、水灾、干旱与征兵相比，就像水痘与瘟疫相比一样。

这种瘟疫正在中国农村蔓延……首先是抓壮丁。譬如，当你正在田里照料你的稻子时，来了一帮人把你的手反绑起来，然后带走……锄头和犁丢在地里生锈，妻子跑到地方官面前哭诉，苦苦哀求放回她的丈夫，孩子们嗷嗷待哺。

还有这样一件事。在抗战时期，志愿参加联合国善后救济总署在华工作的一位美国姑娘，自告奋勇照顾一批中国孤儿。"联总"从全世界几十个国家的民众捐助中国的物资中拨出一批食物，供她养育那些孩子，可是中国的官员却不准她提取。她只能眼睁睁地看着那些可怜的中国儿童一个接一个地悲惨死去。而那些本应发给孤儿并能够救他们一命的食品，却公然在附近出售。

这位心肠慈善的洋小姐在给她的上司的信中愤怒地写道："仅此一件事，就足以使我变成一名共产党！"

美国记者贝尔登在重庆曾当面向蒋介石讲述河南严重的灾情，蒋却不相信或是不想信。直到贝氏拿出狗吃人的照片，蒋氏才为在外国人面前丢了面子而"雷霆震怒"。重庆政府进行了一些救灾，但首先惩办的却是把贝尔登的灾情报道新闻稿发往美国的洛阳电报局的"失职者"。

统一战线对蒋介石来说，只是一项有限的暂时停战协定。他始终不变的看法是，"日寇为癣疥之疾，共党乃心腹之患"。应该说，蒋公的这一看法，当然很准确。他的真正对头与克星，当然是共产党。但他所处的位置与形势，又使之无法全力以赴。所谓时势造英雄的另一面，亦之为时势毁英雄也。

而力量"微不足道"的共产党，在抗战中的舞台主要是敌后战场。为了抵抗侵略者，也为了自身的生存和发展，共产党必然也只能向日军的占领区渗透，同占据优势的强大敌人争夺生存空间。这是共产党没有选择的选择。

共产党成功进行敌后游击战争的"秘密武器"，本无任何秘密可言，无非是减租减息和武装民众这么"简单"的两点。但就是这么两点，却是蒋氏和国民政府难以学会的。他们也想打游击战争，也有许多军队留在和被派往敌后，可是大多很快溃败或干脆成了伪军，硕果仅存的只有一个大别山根据地。

美国史学家迈克尔·谢勒对蒋介石的抗战政策作了这样的评价：

蒋的这一有缺陷的战略，并非简单地出于失算，它与国民党政权的本质有着直接的联系。成功的游击战需要动员和武装农村群众，但是游击队不仅会对日本人构成威胁，而且也会对地主士绅构成威胁，但这一社会阶级却正是蒋的最坚定支持者。这样，蒋便面对着一个无法解脱的困境：要赢得农民，他就得失去土地所有者。由于不肯或无力与他的传统同盟者决裂，蒋便成了他们的人质，正是这些支持他当权的人使他在劫难逃。

正是这些使国民党瘫痪的条件，成为共产党成功的条件。共产党人开进由于日本人的进攻和国民党的撤退而形成的纵横交错的真空地带，将农民组织起来武装起来进行抗日。这个时候，这些祖祖辈辈"做奴隶而不得"的中国农民，觉得自己开始作为"人"了。抗日根据地军民的精神面貌，曾给有机会实地接触的外国人——从记者到美军观察员——留下了深刻印象。这种印象又因国统区的巨大反差而更强烈。在中国度过了战争岁月的贝尔登认为这就是共产党成功的秘诀：

> 对于中国农民，这是一个帮助他收割、教他读书识字和打走那强奸过他的妻子、拷打过他母亲的日本鬼子的军队和政府，他逐渐产生了对这个军队和政府，以及领导这个军队和政府的党的效忠之心。
>
> 如果你接受一个在他全部能走路的岁月里都一直被敲诈、鞭打和踢来踢去，而他的父亲传给他的是世世代代传下来的辛酸感情的农民，如果你把他当人看待，征求他的意见，让他投票选举当地政府，让他组织自己的警政，让他自己决定自己的税额，为自己表决减租减息的数量——如果你做了这一切，这位农民就成了有某种斗争目标的人，他将为保住自己的这一切而与任何敌人斗争，不管这敌人是日本人还是中国人。

在共产党发展壮大的过程中，日本人的"功劳"也是大大的。在这"功劳"中，日本侵略者的屠杀政策是一个方面。日军以烧光、杀光、抢光的三光政策，企图彻底摧毁抗日根据地，用彻底的恐怖，摧毁中国人的反抗意志和民族精神。但这种野蛮行径，只能为共产党和抗日力量输送更多的皈依者。

山西省阳城县苏村，在被日军占领和扫荡的地区中还算比较"幸运"的一个村庄，至少它没有遭到日军灭种式的大屠杀。在1948年，这个村子曾进行了日军侵华期间人口损失情况的专项调查，结果依然令人震惊。

苏村在抗战开始时总人口为1414人，其中：

被杀死67人，吓死7人，饿死2人，冻死1人，死亡共77人，占总人口的5.4%；

被抓走561人（这些人中，有的被杀害，有的失踪，有的逃回家），占39.7%；

拷打受伤者260人（其中致残者49人），占18.4%；

因敌散布细菌而患病者37人；瓦斯受毒者500人，占35.4%；

被奸淫妇女178人，约占女性的1/4（具体到中青年妇女，这一比例可能要超过1/2）；

被强征人数332人，占23.5%。

在这些抽象的数字背后，我们想象不出包含着苏村多少家庭的悲剧，并且是接二连三的悲剧。

在山西日占区，各种捐税达120多种，人民收入的大多数被掠走。偏关县人民收入的83%被日军掠走，在忻县为75%。在晋绥，民众购棉15斤就枪毙；在冀鲁豫，食盐限购4两，多购半斤就砍臂，多购1斤者杀头。

在赞皇县的一个日占村庄，该村12岁以上60岁以下的男子计120人，他们终日被驱使着修碉堡、挖封锁沟、筑路等，平均每月出工3000多个，即每人月平均超过25个工。日本兵对这些民工经常使用的刑罚有十余种，如罚跪、头顶巨石、灌凉水、钢丝抽打、倒栽柳（把人倒挂在树上）、开水冲（夏天）、冷水浇（冬天）、走刀山（赤脚在荆棘上走）等。有一次，日军把全村人集合起来，强令人们相对跪成两排，互相打嘴巴，直打到鲜血淌面，对未流血者，双方便受更残酷的惩罚，及至处死。

日本人就是这样，将逆来顺受、任人宰割和一盘散沙的中国人，都驱赶到了领导敌后抗战的共产党麾下。

在1939年初，林语堂先生这样写道：

日本人强奸中国妇女，枪杀市民，把战俘关在封闭的草棚里或者干脆在他们的头上泼洒汽油烧死，挑杀婴儿，围捕年轻人，溺杀难民，沉没渔船，大规模轰炸城市，这些令人难以想象，令人发指的暴行，已由中立国的观察家们作了一致的、多方面的报道。对这些事实，我们如果能变得麻木无情一点，就可以从长远一些的观点来看问题，把它们看作唯一的、最了不起的幸事。因为只有这样，中国各阶层的人民才能团结起来，增强抵抗的决心。自从上帝创造人类以来，没有一个民族或者国家曾经像日本对中国那样，以如此之大的规模，将一个邻国的人民无例外地置于一个更凶残、更傲慢、更冷酷、更下流、更道德败坏的统治之下。历史上没有一个征服者能比日本人更证明自己不适于统治别人。如果最起码的常识告诉人们：统治意味着要给予被征服人民以最低程度的安全感和最基本的生活条件，那么，日本人连这点常识都没有。……如果日本占领军纪律严明，那将是中国的抵抗精神的最可怕的灾难。但日本士兵攻占城市的能力，与他们统治一个被征服民族的基本常识的缺乏，形成了鲜明对照。

日本侵略者在中国之所为，还有一个出乎意料的后果。日本的和田清氏在《中国史概说》中十分遗憾地总结道：

> 日军一度进击，中国政权遭到破坏之后，日军只是在军事上获得胜利，并没有经营的政治力量，因此在日军的后面，共产党便立刻扩展起来。例如，日军一旦击破了阎锡山，山西便入于中共势力之下；一旦驱逐韩复渠，山东山地便成为共产党军的巢穴；河南作战一终了，河南又共产化。再如江淮地方的新四军，也是如此振兴起来的。总之，驱逐了国府军，共产军便随之而来；日本军奋战的结果，完全是为共产党夺取地盘。

在西方也有人这样说：日本在反共的名义下，将中国"让给了"共产党。

有这样一个具体战例，日军第13军的盐城作战。日本的《中国事变陆军作战史》上有如下记载：

苏北一带新四军势力迅速扩大，该地的重庆军逐渐受到压迫而表现动摇。正在这时，通过汪政权的要人缪斌的斡旋，对鲁苏战区重庆军的第4游击纵队司令李长江的招降工作正在顺利进行，条件是付给李50万元和50万发弹药。

第13军为促进这一工作，同时也为了讨伐新四军，令独立混成第11、第12和第17旅团进行作战。

泽田军司令官就这次作战的成果记载说："敌遗弃尸体3300具，被俘960人，我方战死26人"，并且极为满意地写道："此次作战进展非常顺利，完全如我当初所预料的那样完成了。奉谢皇恩。"

然而，这些抗敌部队并不是作战目的所规定的中共军，而是与中共军对抗的重庆军。在"泽田日记"上记载的在兴化城内完全被包围的也明明写的是"第117师及保安第6旅"，他们是属鲁苏战区的重庆军。而且由于兴化失守，重庆政府的苏北行政机关很快丧失机能，江苏省党部迁到了江南的溧阳，半年后几乎完全消失。代之而起的是新四军建立的18个县政府和无数的中共系统的学校、银行等。

也就是说，这次作战的结果和当初的目标完全相反，心目中的敌人并未见到，消灭的却是抑制中共势力的重庆方面的军队及行政机关，把一个米、盐最大供给地奉献给了中共，成了新四军的根据地，造成了啼笑皆非的结果。

接下来还有一个中条山作战，上述日军"战史"记载道：

华北方面军的主要任务是剿共，现在把年度第一个目标选定对重庆军，遭到第二科反对就不奇怪了。第二科认为，"对于残存的重庆军可以置之不理，应以全力剿灭中共军"。但在方面军中第一科的意见占了优势，这种意见认为由于晋南的重庆军牵制着日军的3个师团，首先将其消灭，日军即可自由行动，那时候就可以全力对付中共军。

中条山会战收到事变以来的罕见战果，敌人的伤亡为：被俘35000名，遗弃尸体42000具。

但是，中条山会战以后，在新占领的地区内，以前不安定的势力即重庆军被中共势力取而代之，逐渐渗透到各个方面，治安反而恶化了。第二科参谋山崎少佐本来就反对中条山会战，回忆当时的情况叙述如下：

"作为蒋系中央军扰乱治安基地的中条山脉据点，的确受到重大打击。但是这个所谓基地，实际上有名无实。拿它与共党系统相比，它的活动是极其差劲的。然而，当蒋系军受到打击失掉其根据地后，虎视眈眈寻找机会的共军立即侵入该地区，取代蒋系军，确立了根据地。从此，华北的游击战便由中共军独占了。"

虽说有国民党的"帮忙"和日军的"协助"，共产党和八路军的处境毕竟是十分艰难的。抗战前夕，美国记者斯诺看到的红军，大概是世界上最为衣衫褴褛、装备最差的军队，然而他们又是世界上士气最高的军队。抗战中的八路军，仅以作战必不可少的武器弹药而论，其主要来源，就是靠从敌人手中的缴获。在著名的百团大战中，八路军依然惜弹如金。冀中四分区一团在一次战斗中消耗子弹6000发，就受到八路军总部的通报批评。百团战役共进行大小战斗1824次，毙伤日军20636名、伪军5153名，自己亡5890名，伤11700名，整个百团大战共耗枪弹701370发。也就是说，八路军平均每27发子弹毙伤一敌，而每次战斗仅均耗弹384发。任何一个熟悉战争和军事史的人都知道这样的数字意味着什么。近两千次战斗的平均值呈微量消耗，实为战争史上的奇迹。而在整个第二次世界大战中，平均毙伤一人的耗弹数为1.5万发。八路军不是天兵天将，而只是武装起来的中国农民，他们为了民族的和自己的生存同侵略者拼命。中国政府经常不给八路军以抗日军队的同等待遇，他们的武器弹药主要只能从敌人手中夺取。他们的每一粒子弹都带有战友付出的血，因此当把这子弹射击出去时，必须要敌人付出加倍的血来偿还。这就是八路军的战斗力之所在。他们就是这样在艰苦卓绝中生存、发展，在日军残酷扫荡的炼狱般环境中使自己的战斗力不断提高。

1944年4月，河南战役之初，日军打通大陆交通线的"一号作战"和国民党军的数千里大溃败还刚刚拉开序幕的时候，毛泽东便明确指出：

> 国民党以五年半的袖手旁观，得到了丧失战斗力的结果。共产党以五年半的苦战奋斗，得到了增强战斗力的结果。这一种情况，将决定今后中国的命运。

延安窑洞中毛泽东的目光，显然已经超越了抗日战争，显然已经看到紫禁城离自己更近了。

——因为毛泽东的目标超越抗日战争，所以其抗战谋略始终有整体观，一招一式皆从全局着眼。结果，既走好了抗战的局中之棋，又赢得了"决定今后中国命运"的局外之棋。

八年的抗日战争，使中国共产党成为一个成熟的政党。他们不再是只对理论信仰负责而不顾现实的想当然式的革命者，也不再是听命于国外指令的执行者，而是能够把理想与实际相结合、争取民族利益和人民福祉的解放者。与错误频出的国民党和日本人比较，中国共产党在抗战时期的战略和政策较少失误，在斗争中越来越得心应手。

战略和政策是政党成熟的外在标志，而成熟的基础和内因，则在核心思想的结晶和理论体系的确立。

日本侵华战争对现代中国历史的最大影响，是中国共产党的崛起壮大。

中国共产党人对抗日战争的最大贡献,当首推毛泽东的《论持久战》。

《论持久战》写作于1938年5月底,其时抗日战争全面爆发已有10个月,徐州会战刚刚结束,从山海关到杭州湾,北部、东部中国主要大城市都已沦入敌手。正面战场的接连失利,动摇了一些人当初"抗战到底"的信心,一时间,"日本不可战胜,抵抗必亡"的亡国论调甚嚣尘上。而"速胜论"只是表面急切、空洞无力的另一种声音。当时的抗战形势充满了未知的迷雾,面对中华民族抗战的前途命运,毛泽东高瞻远瞩,在《论持久战》中展开了系统而科学的分析判断。

> "中国会亡吗?答复:不会亡,最后胜利是中国的。中国能够速胜吗?答复:不能速胜,抗日战争是持久战。"
>
> 持久战必然经过三个阶段,即战略防御阶段、战略相持阶段和收复失地的战略反攻阶段。
>
> "中国由劣势到平衡到优势,日本由优势到平衡到劣势,中国由防御到相持到反攻,日本由进攻到保守到退却——这就是中日战争的进程,中日战争的必然规律。"

毛泽东预判的"中日战争的进程,中日战争的必然规律",后来完全为抗日战争的历史发展所一步步证明。《论持久战》位列世界十大军事名著之一,自非偶然。

时中共长江局书记王明却对《论持久战》十分不屑。他觉得持久战的理论消极,认为抗日战争要经历三个阶段没有根据。他还作了一首诗嘲讽:"四亿弗凭斗志衰,空谈持久力何来?一心坐待日苏战,阶段三分只遁牌。"

对比王明的书生之见,国中更有苦虑忧思抗战全局战略而不得、一读毛著便茅塞顿开之人。

武汉会战后,在陪都重庆,周恩来向白崇禧介绍了《论持久战》。读完后,白崇禧拍案赞赏,对秘书说:"这才是克敌制胜的高韬战略!"将毛泽东叹为

军事天才。白崇禧推荐给蒋介石，蒋介石对《论持久战》也十分赞成。在蒋
介石的支持下，白崇禧把《论持久战》的精神归纳成两句话："积小胜为大胜，
以空间换时间"。在取得周恩来的同意后，由军事委员会通令全国，作为抗日
战争的最高战略指导思想。

傅作义、卫立煌等高级将领，对《论持久战》也非常赞许。还看到一个
回忆，蒋经国在1940年初同身边的人谈起，他对《论持久战》佩服得五体
投地。他从书架上取出一本《论持久战》的单行本，全书已翻阅得很旧了，
书上红蓝铅笔画的道道、圈圈密密麻麻，书边周围写满了中文和俄文。他说，
文章对于抗日战争的形势、战争发展的几个阶段、战争形式的运用，以及战
争过程中可能出现的困难和问题，分析得十分深刻，有很大的预见性和说服
力，读了叫人万分信服。他还说，他已阅读过七八遍了，有时间还要下功夫
继续钻研。

观念左右人类，思想改变世界。

蒋介石是中国抗日战争的统帅，正面战场是抗战的军事主力。

而中华民族抗日战争的思想制高点和战略核心观念，则在毛泽东。

一言兴邦。一理定乾坤。

中国共产党最终取胜的真正秘密，就在毛泽东思想。

毛泽东之领导地位和历史影响，主要在其思想境界。

近现代中国积贫积弱一盘散沙，却产生了毛泽东思想。

而当代中国之坎坷之问题种种，一个极关键因素即在未能真正总结和继
承、发展和超越毛泽东思想。

"落后挨打"之四：
"以夷制夷"与屡被出卖的中国

1931年日本侵略者挑起"九·一八"事变后，迅速占领了中国东北。就

被侵略的中国而言，主要是国力贫弱，加上南京政府推行"不抵抗"政策。南京政府的行为，包含两层意思，一是"攘外应先安内"，二是"静待国际公理之判断"。

当日本人大事宣扬"满蒙危机"之时，蒋介石正亲统30万大军对江西红军根据地展开第三次围剿，同时，他还在对付两广的反蒋势力。7月12日，蒋致电张学良："现非对日作战之时，以平定内乱为第一。"7月27日又通电全国："攘外应先安内"。在万宝山、中村事件相继发生后，日本人已明言动武，蒋氏于8月16日再电示张学良："无论日本军队以后如何在东北寻衅，我方应不予抵抗，力避冲突，吾兄万勿逞一时之愤，置国家民族于不顾。"9月1日，蒋氏宣布：中正"一本素志，全力剿共，不计其他"。十天后，他又到石家庄面嘱张学良："严令东北全军，凡遇日本进攻，一律不准抵抗"。"九·一八"事变发生时，辽宁、吉林两省驻军为15万，日军不到3万，但是两个省一周内就沦陷于敌手。

战争初起，日本决策圈中的意见并不一致。军部完全支持关东军，若规首相和币原外相则担心列强以《九国公约》《非战公约》为依据进行干预，内阁会议决定采取"不扩大事态"的方针。但是中国的不抵抗，使关东军连连得胜，日本国内的主战派渐占优势；而国际社会的"低调"反应，更使日本得寸进尺，若规内阁一次又一次追认陆军扩大战争的行动，天皇嘉奖关东军，"大陆之梦"风靡整个日本。

蒋公当然有他的难处，他非常清楚中日的力量对比，他更清楚中国之经济、军事和社会发展最需要时间。但即使再忍辱负重，亦未必如愿以偿。

9月22日，从剿共前线返回南京的蒋氏宣称："此刻必须上下一致，先以公理对强权，以和平对野蛮，忍痛含愤，暂取逆来顺受态度，静待国际公理之判断。"南京分别向英美乞援，英国认为东北距它在华权益集中的长江中下游还远着呢，根本不想介入。法国面临对德关系紧张和法郎贬值4/5的困局，无暇他顾。而美国也持观望态度。9月22日国联理事会会议要求两国同时撤兵，30日通过一项既不谴责日本为侵略，又不主张采取任何实际措施的"不扩大事态"的决议。南京的"逆来顺受"和国联及大国的默许，使日本胃口大增，10月初，决定占领东北全境。日军进攻锦州的行动，使列强有所震动，国联终于通过了一个要求日军撤到南满铁路区域内的决定。但是，日本明确表示拒绝撤军，国联也毫无办法。接着日军进攻齐齐哈尔，日本军部和政府最怕引起日苏冲突，日本驻苏大使向苏联政府试探，10月29日，苏联副外交人民委员加拉罕表示：苏联对交战双方都不提供任何支持，采取"严格的不干涉政策"。占领齐齐哈尔后，日军在进攻东北的最后一个目标哈尔滨之前，再次试探苏联，11月初，苏联外交人民委员李维诺夫重申"不干涉政策"，并只要求日本信守诺言，"不损害苏联的利益"。日本人于是再无顾虑，遂将中国东北全部占领。

南京政府的"以夷制夷"，使东北3000万同胞成了亡国奴。

后来，国联派了一个以英国人李顿为首的调查团，到中国和日本转了一圈，发表了一份没有认定日本是侵略者的报告书。随着日本干脆宣布退出国联，这一切也就不了了之。

对于后来的世界形势发展而言，比中国遭受侵略这一事实更为重要的是，侵略者日本人可以为所欲为。国联纯粹是个摆设，英法美俄也都是私心自用，国际上再也没有比这一事实更能为侵略者壮胆助威的了。

说起来，在发动世界大战上，日本人是希特勒的老师。日本人"以身试法"大获成功，国际社会和几个大国对日本侵略中国的无动于衷和无能为力，使希特勒看到了希望，受到了鼓舞，他于是起而效尤。

英法美俄在30年代初为了各自的眼前利益，而姑息纵容日本对中国的侵略，与这几个大国后来姑息纵容德国的侵略几乎一模一样。不完全相同的是，日本对中国的侵略开始并没有直接损害和严重威胁他们的利益，而对德国的迁就从一开始就使他们全部自食其果，再后来则是连德国带日本的苦果一齐往下吞。

当然，最悲惨的还是被侵略被出卖的弱者。他们成了法西斯屠杀和大国交易的双重牺牲品。

1943年3月1日，犹太复国主义运动的领导人魏兹曼在纽约麦迪逊广场公园发表演说：

如果未来的历史学家追溯我们这个时代的凄惨历史，他将会遇到两类令人迷惑不解的事情：第一是罪行本身；第二是世界对这种罪行的反应。……他将百思不得其解的是，为什么文明世界对纳粹残酷地、有计划地杀戮犹太人无动于衷呢？犹太人唯一的罪过就在于他们是昔日献给人类伦理戒律的犹太民族的后裔。他将不能理解，为什么世界的良心还需要唤醒，为什么人类的同情心还需要激起。

不论是对于法西斯德国还是对于军国主义日本，国际社会在有能力制止他们的时候而没有及时坚决制止，终至酿成全球性的大祸，这是整个人类的耻辱，是我们这个文明世界的悲哀。

但是，同是被侵略被屠杀，中华民族与犹太民族又有所不同。犹太人那时毕竟是一个没有自己的祖国没有家园的民族，没有国际社会的帮助，没有各国政府的支持，分散寄居在许多国家的犹太人就不能形成一个整体，以他们自己的力量也不可能制止纳粹那架疯狂的屠杀机器。

而中国呢？中国再落后再贫弱，它也是一个大国，中华民族是世界上人口最多的民族，中国是人类历史上大国历史延续最长的国家。中国之被侵略遭凌辱，责任主要在中国，在我们中国人自身。这是我们无论如何也无法推脱掉的。我们无论找出多少种理由，也丝毫不能减轻我们自身的这种第一责任、主要责任和最终责任。不论一个人还是一个民族，他为自己准备的精神逃路越多，那么他在现实中的出路也就越少，他的处境也就越加可悲。

中国人不自救，没有人能够救我们。

中国人不自强，没有人能够使我们强盛。

中国人不自爱，没有人能够给我们尊严。

中国人不自立，没有人能够扶我们站立起来。

如果是一个普通的中国人，看不到这一事实，那他只能是一个任人宰割的材料；而如果身为当国者却意识不到这一点，那么此公就注定是一个卖国贼。

19世纪70年代日本侵略台湾、吞并琉球后，清政府不思进取，不图自救，终于导致了90年代的甲午战败。清政府利用俄、德、法三国调停，实施"以夷制夷"的结果，使俄国侵略势力纵深进入中国。而俄国势力在东北亚的扩张，又给了日本进一步侵略的借口和迫切性，使日俄在这一地区的竞争和混战不断升级。

后来，面对日本的步步侵略，北洋军阀政府和南京政府不图自救自强，最终日本发动全面侵华战争。南京政府"以夷制夷"的结果，又使美国势力侵入中国，以至在日本投降后的几年中，美国成为取得在华支配地位的帝国主义国家。

中国当权者说是实行"以夷制夷"，但结果大都是被外国人"以华制华"。这种现象，与中国的权势者无一不是以私心当国，无一不是最关心自身权力的秉性直接相关。在这点上，中国的当权者确实没有近代以来日本领导人的那种民族意识和为国家献身的精神。对于中国的当国者来说，除了自己的权力，他们没有不可以出卖的东西，而且不管是出卖给谁。因其如此，他们经常扮演的角色就是列强"以华制华"的代理人。

五四运动之后，中国的民族觉醒和爱国民众运动风起云涌。在20年代，列强多次直接用武力血腥镇压中国的爱国民众。像1922年英国制造的沙田惨案、葡萄牙制造的澳门惨案，1925年日本制造青岛"五·二九"惨案、上海"五卅"惨案，英法军警制造的沙基惨案，1926年英国制造万县惨案，1927年英国制造汉口"三·一"惨案，日本制造汉口"四·三"惨案，直到1928年日本制造济南惨案等等。还有一种，就是中国统治者按照洋人的旨意屠杀中国人。

1926年3月12日，日驱逐舰擅入大沽口，与国民军发生冲突。16日，日、英、美、法等八国向北京政府发出最后通牒，限48小时撤除大沽炮台等。3月18日，北京民众请愿，要求拒绝列强最后通牒，当局下令军警开枪屠杀和平请愿者，制造了"三·一八惨案"。

近代以来，列强对中国的侵略和压迫日甚一日。中国的当权者们，有的时候是强烈的民族主义者，有的时候是帝国主义的走狗。其实这并不矛盾，列强们是要谋求各自在华的利益，中国的当权者则是为他们自己的利益而动作。因此，各个列强，在不同的时期，总能在中国的当权者中间，找到各自的代理人。也因此，外国人拿中国人不当人，中国的当权者更拿中国人不当人。从满清到北洋军阀到南京政府，中国的当权者多次听命于洋人屠杀中国人，甚至是"心领神会"地杀给洋人看。

当我们回顾帝国主义侵华暴行的时候，切不可埋没这部分中国人的"功绩"。这是国耻的一部分，或者说，这是更深层的国耻。

近代以降的中国，国事一塌糊涂，国难无以复加，与日俱增的唯有小民百姓的"忧国忧民"之情。帝国主义与中国统治者和衷共济，促成并不断强化了近代以来中国人所特有的这种"忧国忧民情结"。

"除了一腔热血，我们一无所有；除了祖国富强，我们一无所求。"在每次爱国民主运动中，我们都可以听到青年人类似的呼喊。但这些天真、纯洁而又激动的爱国青年们，没有求到"祖国富强"，却一次又一次地抛洒"一腔热血"。仅仅因为爱国，他们就在中国的土地上，被中国的当权者屠杀。"三·一八惨案"不是第一次，也不是最后一次。

国际关系的实际动力从来都是利益原则。只有永恒的利益，没有永恒的友谊。但看近代以来各个国家之对中国，无一不受它们各自利益的驱使。也正因为如此，中国奉行"以夷制夷"政策的结果，无一不是中国被出卖。

英国是最早打开中国门户的西方列强。具有决定意义的起点就是那次不光彩的鸦片战争。而鸦片贸易就是追求巨额利润的罪恶活动。

在西方势力东渐的过程中，虽然西方的商人对中国的市场垂涎已久，但由于中国社会的自给自足经济和封闭政策，在很长的时间里他们也没有能真正进入中国的市场。到18世纪，一些商人终于发现了鸦片的巨大作用。英国商人从印度、美国商人从土耳其源源不断地将大批鸦片输往中国。鸦片的泛滥给中国带来了灾难性的社会和经济后果。数量惊人的中国白银则使西方人拼命地不断扩大这种罪恶贸易。一位苏格兰商人在他的日记中写道：鸦片交易是如此兴盛，以致"无暇诵读我的《圣经》"。在中国，虽然1729年吸食鸦片就已被禁止，到1800年，关于种植和进口鸦片又有了种种新的禁令，但是鸦片商人和中国贪官污吏的合作使上述任何努力都归于失败。直到1839年，禁烟钦差大臣林则徐到广州，采取断然的禁烟措施。

林则徐是当时中国为数极少的"明白"人之一，但即使是他，仍然不了解世界，不知道国际贸易规则。在禁绝了鸦片贸易之后，道光皇帝又下令永远断绝与英国的通商。在林则徐禁烟之初，英国的反应还是温和的。被林则徐赶出广州和澳门的英国商务监督查理义律要求英国派兵来中国，英国外交部通知他说："女王陛下政府不能支持不道德的商人。"但当得知清政府永远禁止通商之后，英国于是决定以武力打开中国的大门。

从鸦片战争和强迫中国签订第一个不平等条约开始，到第二次鸦片战争，再到怂恿日本侵略中国以对抗俄国，直到八国联军侵华，英国在中国始终扮演的是一个"不道德"不光彩的角色。辛亥革命后，英国多次干涉中国内政和革命，及至弹压中国的爱国民众运动，同样是一系列不道德不光彩的记录。

中国的抗日战争爆发后，英国屈服于日本的压力，关闭国际支援中国的运输动脉滇缅路，使处于劣势和危难中的中国更加孤立无援；但这并没有能阻止日本进攻英国在东南亚的殖民地。而即使在英国与日本处于交战状态、中国和英国已成"盟国"的情况下，英国仍然没有停止它在中国西藏的阴谋活动。

英国侵略西藏和策动西藏"独立"的行为，尤其不道德不光彩。从19世纪80年代起，英国就接连武装侵略西藏和云南。甲午战争后，英国与俄国乘机瓜分占领了中国的帕米尔。1903年，英国进行第二次侵藏战争，先后占领江孜和拉萨。1914年，英国通过炮制非法的"麦克马洪线"，将西藏东南部9万多平方公里的中国领土划入英印版图，最终使这片领土于50—60年代被印度蚕食侵占，成为二战后世界上一国被另一国侵吞的最大的一块领土。

在历史上，对于以汉民族为主体的中国而言，最主要的威胁始终来自北方。匈奴之后有鲜卑，鲜卑之后有柔然，柔然之后有突厥，突厥之后有契丹，契丹之后有女真，女真之后有蒙古，蒙古之后有沙俄，可谓"北患不已"。鸦片战争后，中国的危机多来自东南沿海，但是，北方沙俄之患非但没有减轻，反而日益严重。从1858年起，在60余年的时间里，由于俄国的侵略行径，中国被沙俄割占和脱幅的领土，即超过340万平方公里。

1858年4月，俄国军舰沿黑龙江深入中国腹地的瑷珲城，强迫黑龙江将军奕山签订《瑷珲条约》，割占了外兴安岭以南、黑龙江以北的64万平方公里中国领土。

1860年英法联军攻进北京，俄国人以调停者的身份再次乘机敲诈，通过《北京条约》割占了乌苏里江以东包括海参崴在内的40多万平方公里中国领土。

在第二次鸦片战争期间，中国既没有被俄国打败，俄国也没有费一枪一弹，就攫取了104万平方公里的中国领土，而这还仅仅是第一批，更多的敲诈和更多的掠夺还在后边。

1864年，俄国通过塔城条约，割占了新疆西北的58万平方公里中国领土。

1882年到1884年，俄国又通过伊犁等条约，割占了西北7万多平方公里中国领土。

1914年，俄国强行侵占了位于外蒙古西北部的唐努乌梁海地区17万多平方公里中国领土。

1915年，俄国乘日本向中国提出"二十一条"，通过《中俄蒙协约》，以"自治"的名义将外蒙古侵占。其后，又通过一系列"独立"活动，使面积达156万平方公里的外蒙古与中国脱幅。

上述由于俄国的侵略而使中国丢失的340多万平方公里的领土，相当于6

个法国、9个日本、10个德国或14个英国的面积。这是任何中国人永远都不会忘记的一笔巨债。

340多万平方公里的领土，这是一个天文数字的版图。即使在今天的世界上，国土总面积超过这个数字的，也只有俄罗斯、加拿大、中国、美国、巴西和澳大利亚这六个国家。世界人口第二大国印度尚不到300万平方公里。日本在为期十五年的侵华战争中，占领区的最大面积，也只有270万平方公里。

在近代史上，英、法、美等西方列强对中国的侵略，还伴以通商、开埠、传教等活动，多少在客观上起到了促进中国的近代化的作用。而俄之于华，却只有强占土地和劫夺财富，是对中国有百害而无一利的侵略。比起英法等国以及后来的日本帝国主义那种明火执仗惊震四邻的公开抢劫，俄国的手段，显然更高一级。

但是，俄国对中国的侵害，还不止于此。

1895年中日《马关条约》签订后，俄国联合德国、法国，迫使日本吐出了已经到嘴的辽东半岛。在三国干涉还辽事件中，俄国最为卖力，清政府的当权人物因此对俄国充满了感激之情，把俄国看成是中国最好的朋友，走上了"联俄制日"的道路。总税务司赫德说："中国方面因为过度地感激，正在把俄国的金枷锁套在自己的头颈上。"1896年6月，李鸿章与俄国代表签订"中俄密约"，俄国攫取了中东路权。1897年12月，俄国军舰开进旅顺。1900年，俄国乘八国联军进攻中国之际，突然出兵占领了面积超过100万平方公里的东三省。这个"最好的朋友"原本是列强中不动声色的最黑的主儿。

1905年，日本以对俄一战，终于报了10年前俄国干涉还辽的仇；而再过40年后，俄国人又在这个地方向日本报了日俄战争的仇。1945年9月2日，斯大林在《告民众书》中说：

> 1904年日俄战争中俄军的失败，始终是使人民回忆起来便不胜悲愤填膺。那次失败留下了我国莫大的污点。我们曾相信并期待着总有一天会击败日本，洗刷这一污点。我们这些老辈人等待这一天，

整整等了40年了。而这一天终于来到了。

日本人和俄国人在中国的土地上报仇又记仇，记仇又报仇；可是，被双重摧残和反复蹂躏的中国人呢？

在美丽的海港旅顺，最能使我们感受中国人被反复蹂躏反复出卖的历史命运。

日俄战争起之于日军进攻旅顺的俄国舰队。旅顺又一次成为战场，也又一次沦为屠场。1895年的甲午战争中，旅顺被日军屠城，全城仅剩36人。而在日俄战争中，这座战前有近两万中国居民的城市，经过战火洗劫和屠杀，只剩下了50余人。在东鸡冠山的山脚下，原有一个名叫吴家房的村庄，等到两个帝国主义强盗握手言和了，这个村子在一片废墟中只剩了五间房屋的断壁残垣，从此，吴家房就叫五间房。

旅顺又是一个多次被"别人"占领的城市，一个在国际交易中多次被出卖的城市。1894年被日军占领，"三国干涉还辽"时被中国用巨额银子赎回。仅仅两年后，1897年12月，旅顺就被俄军占领。1905年日俄分赃，旅顺沦为日本的殖民地长达40年。1945年8月抗日战争胜利了，旅顺"回到了祖国的怀抱"。但是，作为苏联出兵东北等等的条件之一，旅顺又成了苏军"使用"的海军基地，直到又一个甲午年之后的1955年。

旅顺，就是近代中国的缩影。

旅顺，和她的祖国一样的美丽，又像她的祖国一样的不幸。

抗日战争开始后，苏联是第一个支持中国的大国。但苏联人这样做，并不是从他们信仰的马克思主义出发，而是从民族利益出发。他们支持中国，希望中国人更多地拖住日本人，以尽量削弱和化解日本进攻苏联的力量。同时，斯大林明显不希望看到一个统一而强大的中国，因此他明确支持相对软弱的国民党，而不支持与他同样信仰马克思和列宁主义的中国共产党。因为他对与自己同样的政权的性质太了解了。从1937年到1939年，苏联对国民党政府的援助达2.5亿美元；而直到抗战胜利，苏联都不大理睬中国共产党。

1945年2月，美苏英三巨头在雅尔塔达成了一项秘密协定，作为苏联尽快参加对日本作战的条件，苏联得到了战后取代日本在中国东北的一切权益的保证。8月14日，在日本宣布投降前的几个小时，斯大林和宋子文为履行雅尔塔协定，签订了《中苏友好同盟条约》和《关于外蒙古问题之换文》、《关于大连之协定》、《关于旅顺口之协定》、《关于中国长春铁路之协定》等附件，苏联得到了帝俄从1898年至1904年间在中国东北享受的同样的权力，作为交换，苏联保证"在道义上、物质上、军事上支持中国，并且唯一地支持中华民国政府"。即使如此，连蒋介石对这个条约也深感屈辱。而这个出卖中国主权和出卖中国共产党的新不平等条约的内容传到延安时，美军观察员注意到，"中国共产党的领袖们看来瞠目结舌和失望万分"。

国民党与苏联一成交，蒋介石和赫尔利立即发起了和平攻势，蒋介石于8月14日、20日、23日三次电邀毛泽东到重庆谈判，斯大林也催促毛泽东去同蒋介石会谈。而其时，美国政府的扶蒋反共政策已成定局。中国共产党人又一次被逼上了绝路。但他们奋斗于危难之时，不屈服于压力，不听从他人摆布，终于使中国人挺直了腰杆。当然这或者也是导致后来新中国过激政策路线的一个历史因素。但中国人是不会忘记一次又一次被出卖的历史的。毛泽东说：

> 历来的中国革命，都是被帝国主义绞杀的，无数的革命先烈，为此而抱终天之恨。

而带领中国人雪洗此"终天之恨"，显然也是毛泽东的抱负和动力之一。

"落后挨打"之五：
不平等条约与炮舰外交的终结

1942年10月9日，美英两国通知中国，表示愿意废除领事裁判权及其他特权（九龙租借除外），经过三个月的谈判，中美、中英就废除不平等条约和改订新约达成协议。1943年1月11日，中美、中英平等新约分别在华盛顿和重庆签订。美英废除不平等条约是中国人民长期反帝爱国斗争的结果，尤其是1937年以来流血牺牲抗击日本侵略的结果。中国的英勇抗战，向全世界显示了中华民族的新的觉醒，改变了中国人任人欺凌的软弱形象，提高了中国的国际地位。在其后的四年间，中国相继与比利时、挪威、瑞典、荷兰、法国、瑞士、丹麦、葡萄牙等国签订了相关新条约。

不平等条约的废除对于艰苦抗战五年半的中国人民是一个极大的鼓舞，大后方和抗日根据地普遍举行盛大的庆祝活动，中国的军心民心为之振奋。

美英废除不平等条约的直接动机自然是为了促使重庆方面积极对日作战，因为那时蒋介石已经靠在美国身上，坐等美国打败日本。美英等国废除不平等条约，承认中国是一个主权国家，这当然是国民政府一直所要求的。1943年，蒋氏在其著名的《中国之命运》一书中，把中国的一切不幸和灾难都归结于不平等条约。但是，他的政权在实质上又离不开来自国外的"不平等"的支持。当他终于在这些新的平等条约上签字的时候，他也就等于宣判了自己的死刑。因为从此以后，他在"安内"中需要西方支持的时候，他将得不到完全的援助，而他以往则很是依靠这种支持来打击对手和巩固自己的权力。

蒋氏是一个民族主义者，但终其一生，他也未能摆脱外国的背景。直到临终，他统治下的台湾仍然靠美国军队的"保护"。

在1927年4月1日，日本外相币原训令日驻上海总领事怂恿蒋介石下决心反共。第二天，黄郛通知日领事：蒋已下了决心，将在四五日内发动反共。接着，果然有了"四·一二"政变。蒋介石对共产党的清洗，不仅为他在国民党中带来了至上的权力，而且减轻了中国富人和外国政府的"忧虑"。在此之前，他曾被看作是一位"红色将军"。而此时，他已证明他是个可靠的国民党人，既反对共产党，又愿意与国内外有钱有势者妥协。当他的新政府于1928年宣告成立并定都南京的时候，各列强政府以迅速承认新"中华民国"

的举动，表示了对他的欣赏。

本来，以蒋氏的个性，他是不会完全投靠于哪一个列强的。他按照孙中山的遗愿"以俄为师"，从俄国学到了最关键的"一党专制"，并且信守终身。他通过婚姻等手段，使自己有了美英集团的背景。但他最欣赏的还是德国的法西斯主义和日本的军国主义，他直觉地知道集权体制既适合于他的意志又符合中国的国情。只是日本发动全面侵华战争又向美开战，才把蒋氏彻底推进了美国人的怀抱。

近代以来，美国与中国的关系也是充满了"戏剧性"的矛盾。与其他列强比起来，美国在中国较少直接动用武力，但是从鸦片利润到不平等条约，美国从来是"利益均沾"、"门户开放"，一样也不少。美国派传教士"拯救中国人的灵魂"，却又积极参与毒害中国人的鸦片贸易；当美国修铁路需要大批廉价劳动力时，美国鼓励大批华工迁美，后来又禁止华人移居美国，百般歧视华人；美国曾鼓励在中国建立民主制度，但却支持和扶持一个独裁的准法西斯政权；美国调处中国和平，却又帮助蒋介石打内战；美国曾帮助中国抗日，后来又联合日本反华；美国人曾斥责中国是苏联的傀儡，后来又和中国一起反对苏联的扩张；等等。

日本侵略中国东北并炮制了伪满洲国，美国的正式反应是"不承认主义"。仅此而已。颇有势力的赫斯特系报纸上的一条标题直率地写道："我们对此同情。但这不关我们的事。"到了后来，当美国发现日本变得越来越可怕时，中国对美国才变得越来越重要。而到20世纪50年代之后，当美国认定红色中国越来越可怕的时候，日本对美国也就变得越来越重要。美国的对华政策，从来都是以美国的利益为出发点。

中日开战后一年，华盛顿的决策者开始不再把中国仅仅视为日本侵略的受害者，中国开始成为美国遏制日本和亚洲战略中具有潜在重要因素的盟国。1939年1月14日，美英法三国发表声明，不承认日本所谓"东亚新秩序"。2月8日，《中美桐油借款合同》签订，美国开始以贷款援助中国。但即使是在这时，日本从美国进口的战略物资仍然有增无减：1937年，美国对日本输出军用品1.68亿美元，占输出总额的58%；1938年，输日军用物资1.58亿美元，占输出总额的67%；1939年，输日军用品为1.87亿美元，占输出总额的86%。美国人当然要围绕美国的利益而动作。说起来，罗斯福先生还算是对中国包括中国共产党都相当不错的美国总统呢，这在世界大国的领袖中，大概也找不出第二个。他在为美国谋利益的同时，还能有一些世界眼光，还能有长期的战略考虑。这使他多少与众不同。

在抗日战争中有限援助中国的美国和苏联，同时都在尽量与日本搞关系，都害怕日本这股祸水直接涌到自己头上。

我们不会忘记在困难时刻给过我们帮助的人。但我们又不该指望国际上的所谓"无私援助"。援助从来都是有条件的，都与各自的利益相关。美国和苏联都是为了使中国更多地牵制日本的力量，才援助中国的。中国战场确实拖住了大部分日军。但我们自己也不必总是强调中国牵制了多少日军，似乎按这个比例，美苏等国给中国的援助就显得太少。中国的抗日战争是世界反法西斯战争的一部分，但它首先是中华民族自己的事情。日本的最主要目标就一直是独占中国，日本侵华战争首先威胁的是中华民族的生存。别人搞绥靖主义，别人帮助或是不帮助、大帮助或是小帮助我们，虽然与我们有关，但那毕竟是别人的事情。别人不帮助我们，我们也要抗日；即使别人反过来都去帮助日本人，我们还是要抗日。我们如果没力量，那只能怨我们自己，不能怨别人帮与不帮。

自己的事情，只能靠自己，只能自己来做。把自己的命运系于别人身上，从来不会有什么好的结果。

蒋氏把自己的命运交给别人，最终失去了中国；

中国共产党自己主宰自己的命运，最终得到了中国。

1940年，斯大林为了对付德国日益增长的威胁，削减了对中国的援助，而美国对中国的援助却开始增加。蒋介石多次对美国人士说，如果他能得到美国继续予以援助的保证，他将对共产党采取更有力的行动。1941年1月，美国贷款1亿美元给中国的法案刚通过几个星期，国民党军队就突然围歼新四军指挥机关，制造了"皖南事变"。

抗战期间，重庆政府从美国先后得到了约20亿美元的援助。虽然这与美国同期给英国、苏联等国的500亿美元的援助不能相比，但它在中国战时经济中却占据了相当的分量。巨额美援既支撑了重庆政府，也对这个政权产生了巨大的腐蚀。

为了使重庆政府坚持抗日，美国只有继续增加对中国的援助。但是，美国在中国的一切努力，都是把它同一个日渐腐朽的政权更紧密地绑在一起。珍珠港事件之前，美国一直在同日本进行谈判，蒋介石警告美国说，美国对日本的软化举动，会使中国"人民的士气将随之崩溃"，"中国军队将瓦解，日本人的计划将因此得逞"，"此种损失将不仅为中国所独有"。日美开战后，蒋介石得到的美援多了起来。重庆的美国观察员马格鲁德将军说，蒋企图把美国给他的一切援助都囤积起来，"主要打算在战后采取军事行动"，"留待同室操戈之用"。1943年11月开罗会议期间，蒋介石多次向罗斯福要求给予10亿美元的援助，同时又拒绝发动缅甸战役。美国的财政部长摩根索揭露蒋氏家族大量贪污的事实，并一再说，他宁肯看着这伙骗子"跳长江"，也不愿给他们"多一个子儿"了。当蒋氏得知美国拒绝给中国新的经济援助后，立即致函罗斯福：

> 因为中国战区的危险不仅在于我们军事力量的低劣，而且，更特殊的，还在于我们的危急的经济情况，它或会严重地影响军队和人民的士气，并在任何时候引起整个前线的突然崩溃。从目前危急的形势来判断，我们不可能再支持六个月，更不必说等到1944年11月了。

果然，没有等到六个月，在日军的"1号作战"面前，中原战线便崩溃了。并且，这一崩溃成了蒋介石所预言的整个战线崩溃的开始。而这个时候，也正是日军气数已尽行将全面崩溃之时。

1944年6月，美国副总统华莱士访华，他在给罗斯福的报告中说：

> 蒋充其量不过是一项短期投资。人们不相信他有治理战后中国的才智或政治实力。战后中国的领袖将从演变或革命中出现，而现在看来更可能是出于后者。

尽管如此，美国的在华政策还是很快转向了全面的扶蒋反共。

日本一投降，美国总统杜鲁门马上发布"第一号总命令"，命令所有在中国的日、伪军只能向蒋或蒋的代表交出阵地和武器。驻太平洋地区的近6万名美国海军陆战队被迅速调到华北，部署在主要城市、港口和机场，帮助国民党军队抢占地盘。美国海军和空军从华南和西南将大批国民党军队运往华北和东北。不管是美军还是国民党军队，都与"投降"的日军合作，共同抵制共产党夺取城市和交通线的努力。几个星期前的敌军，这时却成了默契的盟友。一名美国海军陆战队士兵在给一参议员的信中说："我们甚至重新武装了一些日军部队，以加强防范中共的军队。我们被一再告知，我们长期呆在这儿的原因是代替蒋的军队扼守这一地区。"

到日本投降后的18个月，美国旅游者在太原看到满街都是穿着阎锡山军队军装的日本兵。1946年时，阎锡山由一位身穿日军服装的日本将军陪同检阅他的部队，日本兵和中国兵竟然一起高呼："日本帝国万岁！"而到阎锡山被解放军打败时，日本兵已经构成阎军的主力了。当1949年4月的最后时刻到来时，为阎锡山卖命到最后的就包括今村丰作将军指挥的饿得半死的数千名日军在内。

日本的中国派遣军总司令官、创造"三光政策"的首要战犯冈村宁次，在中国内战时期成了蒋介石的军事顾问。1949年1月，南京政府将冈村宁次无罪释放。毛泽东愤怒地说："我们老实告诉南京的先生们：你们是战争罪犯，你们是要受审判的人们。"

中国的真正变革是不可能由外来的支配进行的。无论是英国人还是俄国人，也无论是美国人还是日本人，都没有征服和变革中国的力量。

中国的事情只能由中国人自己来做。而在近代以来掌握中国命运的政治力量中，只有中国共产党人最有民族骨气，中国才获得了真正的独立。

1949年4月解放军渡江战役开始时，高傲的英国海军当局挑衅性地命令紫石英号军舰从上海向南京的英国大使馆运送物资。虽然后来国民党和英国政府都宣称，根据英国同南京政府签订的条约，英国军舰完全有权在长江上航行，但是，人民解放军正是为彻底废除这些条约而战的。渡江作战中，国民党军舰和英国军舰向解放军开炮。解放军进行还击，紫石英号负伤搁浅于镇江附近江中。英国驱逐舰伴侣号从南京下驶，也被解放军炮火击退。另两艘英国军舰从上海上驶，又被痛击而逃。《纽约先驱论坛报》说：

这个日子很有可能永垂史册，因为在这天，刚刚学会使用缴获的美式装备的中共炮手轻蔑地把英国皇家海军撂到了一边。这一天标志着已经破产的中国旧政权终于被迫承认自己的无能。而那些把全部希望寄托于这个政权的西方各国政府，不得不承认他们无法挽救这个政权，也不得不承认一支崭新的、性质完全不同的力量已经取得了统治亿万中国人民的权力。这无疑证明旧秩序已经完蛋。无论是中国的有产阶级也好，大英帝国也好，或是美国的门户开放政策也好，都不足以为中国人民开辟一条解决当代各种错综复杂问题的行得通的途径。

这确实是一个具有历史意义的事件。近百年来，长江下游一直听凭外国军舰游弋，没有哪一个中国政府能够不让它们出入。如果在30年以前，只要有英国军舰在长江上出现，就足以使中国内战的战局顿时改观。如果在20年前发生这样的事件，停泊在中国沿海的所有外国军舰就会纷纷开进长江教训"不安分"的中国人，各国使节会严厉要求中国赔款道歉，外国报刊也会鼓噪进行报复。

可是，这时既不是1919年，也不是1929年，而是1949年了。

这确实是一个划时代的日子。人民解放军炮击英国紫石英号军舰，宣告了一个历史时期的终结。这个时期就是从1840年英国军舰开到中国进行鸦片战争开始的。在这个时期里，中国成了帝国主义的天下。在这个时期里，他们把鸦片强加给中国，他们割占中国的领土，在中国设立租界，他们的军队和军舰在中国为所欲为，通过各种不平等条约对中国进行攫夺、控制和奴役。

而今，这个历史时期永远地结束了。

人们经常把从1840年到1949年这段中国历史称为"百年痛史"。这个时期中持续不断的天灾人祸内忧外患，给中国人留下了过多的痛苦记忆。而这个时期，也同时是古老的中国打开封闭的大门，开始迈进现代世界门槛的时期。中国的农民或许是从对他们的家园进行狂轰滥炸的日本飞机，才第一次感受到西方的文明，通过吞噬无数同胞生命的日本机枪大炮和坦克，才第一次知道了西方的机械，而物理学和化学科学的成就，对他们来说则是达姆弹和芥子毒气。现代化是落后挨打的中国被迫作出的选择。这是一个苦难与新生、流血与进化、屈辱与开放并陈的时代，是中国在与世界的痛苦磨合中交融的时代。所有这一切，都在中国民族心理上打下了深切的烙印，并对后来中国历史的走向产生了深远影响。

作为历史，那一章早已经翻过去了。

直到今天，那一切还在与我们同行。

在20多把刺刀的簇围中，
一位中国农民抽着最后一袋烟

日军伍长三神高，1955年在战犯管理所写的《试胆——抓住农民，簇拥而上，刺成蜂窝》，用第三人称，记述了杀害一位中国农民的过程。

1942年8月上旬，独立步兵42大队五十君部队，在山东省临清、馆陶、邱县一带连续进行大扫荡。

田地中，刚才还在干活的农民夫妇，因为军队的侵入，拉着七八岁的孩子的手，轰赶着牛跑过大田。

"动一动就打死你们！"三把刺刀对准他们的胸口大喊着。

身材高大的农民像是刚过30岁，用粗壮的大手牢牢地握着牛的缰绳，保护妻子和孩子似的环视着。他向士兵们转过身来，用缓慢的声调说："我是老百姓。"那满是尘土的脸上，有几条流下汗水的印痕。

女人靠近丈夫身旁，从满是补丁的布衣服腰部取下旧毛巾，递给丈夫。

"哼，还好打扮呀！"大林的泥靴踢向了看样子比较老的妻子肩上。

"哎呦！"女人用瘦削的满是皱纹的手，勉强支持住身子，向丈夫求救。那农民太阳穴颤动着，大脚迈出两三步，保护住妻子。他见士兵盯着牛，就一遍一遍地在牛身上各处抚摸着，把脸贴近了牛的脖子。

"喂，那个，那头牛，拉过来！"

"不行！"男人推开伊藤的手，哆哆嗦嗦地把缰绳缠在手臂上。"就是死也不给！"

"反抗吗？这个畜生！"大林挥拳朝农民脸上狠狠打去。在晃晃悠悠摔倒下去的丈夫的前边，女人用消瘦双手来阻挡。母亲膝下的孩子哇地哭出来。

三神猛力抓住女人的头发，把她拉倒了。她从地上站起来，又跪在地上，把丈夫、孩子和牛一一看了一遍，嘴里不停地哀求着："这牛是我们一家三口的命根子，如果把它带走了，我们一家人怎么活呢？"

"甭装傻,我不管这些!"三神一脚朝女人的乳房踢去。被踢翻的女人呻吟着捂住胸口,痛苦地扭动着身子。

牛被抢走了。孩子的头被踢破了流着血。女人紧紧抱着自己的孩子,摇摇晃晃站起来,叫骂着"鬼子",把唾沫向三神唾去。

"喂,你到教官那儿去!"三把刺刀戳着,男人只好往前移动脚步。妻子死死抓住丈夫的脚不放,央求着不让带走,又大哭起来。

"妈的,跟来就把你打死!"三神和大林一起把枪口对准女人的胸膛。

农民平静地回头看着妻子。他把手轻轻放在紧搂住自己的腿不放的妻子的手臂上,说了两三句什么,又抚摸着孩子的头,然后一步一回头地被带走了。

由教官和分队长带领士兵对这个农民拷打和审讯了一阵之后,分队长命令三神把农民带到一棵枣树下刺杀。

被押着走的农民,从衣服里掏出良民证,在众人面前撕碎,扔在地上。纸片随风飞舞,散乱一地。

在大枣树前,农民站住,回头说:"我不怕被杀死,最后让我抽袋烟吧。"

教官赶忙紧握住军刀,又说:"武士的情谊,让他尝尝。"并对士兵道:"好好警戒!"

闷热的盛暑。二十几把刺刀从四面八方紧逼着。那农民把拷打时被撕破了的衬衫前襟掩好,抚摸着被打伤的胳膊和腰,坐在枣树根上,慢慢地从腰里取出烟管。烟管已经被打断了。他一声不响地凝视着烟管,哆嗦着夹杂着白毛的眉毛,瞪着周围的士兵。

农民解开烟袋带子,把烟管插进烟袋,停下手来,用握着袋子的拳头,擦拭了一下粘粘糊糊带血的嘴唇,突然吐出一口带血的唾沫。士兵们都吓了一跳,视线一齐投向粘在石头上的血块。农民取出打火石,咔嚓、咔嚓,慢慢敲着。在他身旁,似乎包围他的日本兵们完全不存在。他使劲地吸着烟，把烟安静地吐出来，又香香地吸着。脸在太阳下晒着，渗出的汗慢慢浸入伤口，他也不擦，只是眺望着天空，盯着喷出的烟雾。他的脸上，竟然浮现出微微的笑容。

"混蛋老百姓，快吸呀！"三神突然喊着扑向农民，用军靴踢他的肩头。但是受到反弹，三神自己却摔倒了。士兵围着教官，轰然大笑。

农民仍旧吧嗒吧嗒抽着烟，吞吐着烟雾。他把烟袋锅儿，用满是茧子的手掌磕去烟灰，粗壮的大拇指灵巧地一转，压上下一袋烟，大口呼吸着。他盯着自己的手掌，张开握上，又张开握上。忽然，他的手不动了。这时，从他的眼里掉下泪来。接着，陆续不断地掉着，渗入干透的黑土里。

分队长猛扑过来，抢下农民的烟管，摔到地上。

教官大喊："笨蛋，快把他的眼睛蒙上！"四个人把他的两手捆住，绑在枣树上。又撕破沾血的汗衫，想蒙上他的眼。这时，农民用轻蔑的声调说："不怕，鬼子，一定报仇！"

他晃动着头，把布条甩到一旁，眼睛注视着士兵们。

"刺杀！"教官拔出军刀，在空中挥舞，命令道。

"啊！"三神拼命刺去。但是，刺刀只扎进肩头大约两寸。鲜血流了出来，农民的肩头开始痉挛。

"怎么啦？你那种刺法……"分队长的皮带狠狠抽在三神头上。

三神想挽回失败，可是，飞出的刺刀又扎在左臂上。

"笨蛋，刺胸口！"分队长喊着。农民仍然紧闭着嘴，眼睛瞪着士兵，又转看伤口。三神哭丧着脸，第三次刺杀，刺在左侧肚子上，刺刀和军服都溅上了血沫。

"注意，刺！"教官高喊着。

大林跑过来刺杀，刺刀扎进喉咙，扎进枣树，断离了枪身。在这一瞬间，满身是血的农民，把全身的力气集中在嘴上，像从丹田发出的那样叫了一声，"鬼子！"突然断气了。

教官高兴地笑着说："成功。全体新兵，试试胆量，轮流刺杀！"

……

我们不知道这位鲁西农民的姓名。

我们只知道，他是一个中国人。

在那场民族浩劫中，千千万万被屠杀的人们许多甚至都没有留下他们的姓名。

他们都是中国人。

几千万中国人倒在血泊之中，民族的血海上蒸腾起一种精神，就是那中华民族之魂。

在杀人者的笔下，我们这位普通而又伟大的农民弟兄的形象可感可触呼之欲出。他的夫妻情、父子情、离别情，他对土地的感情，对生活的挚情，对生命的恋情，直到撕良民证和吐血块时对侵略者的憎恨和蔑视之情，处处体现了中国人所特有的朴实中的精神深度。尤其是在被杀害之前，他视死如归，他将生死置之度外，他大义凛然，他泰山崩于前而不改色，他心定如山，他浩然之气贯长虹……这，就是中国人精神。

相比之下，"武士道精神"又怎么样呢？我们可以把日本武士道的头号"种子选手"东条英机和这位极其普通的中国农民比较一下。1945年9月8日下午4时，宪兵包围了盟军统帅部公布的头号甲级战犯东条英机的住宅，准备将他逮捕归案。东条为逃脱审判，于4时17分用科尔特自动手枪开枪自杀。这位武士道精神最足的武士统帅，尽管他曾经开枪杀害过不知多少中国人，尽管他是用自己选择的方式自我结束，尽管他的医生已经用炭条给他在胸部画出了心脏的位置，但是，真的轮到他自己的时候，他恐惧了，他害怕了，他心虚了，他胆怯了，他"提心吊胆"了，他的心脏在那一瞬间猛烈地抽缩，结果，子弹从他的心脏上方几毫米处穿过。东条英机被美军医生救活，经过远东国际军事法庭的审判，最终于1948年12月22日午夜被送上了绞刑架。无论后来日本人怎样把他当作"护国神"或是什么"英灵"，也无论把他的牌位供奉在靖国神社或是什么地方，这都丝毫不可能挽救也不可能超度他那堕落腐烂的灵魂。他那卑劣丑陋的灵魂注定只能是永世挣扎在地狱里的可怜鬼一个。

这就是武士道精神，只是在杀人的时候他们才能表现出来的一种所谓精神。但即使是在杀人的时候，比如碰上了这位中国农民，他们的武士道精神也不灵了。

这位不知名的中国农民身上所体现的中国精神，就是中华民族之生存和生命之道，是我们民族之不死和不灭之魂。

1939
—
1945

1939年概要

1939年，日军在作战正面发动了6次战役进攻，主要是巩固已占领地区。2月日军占领海南岛，3月底占领南昌，6月占领汕头、潮州，9月下旬进行第一次长沙会战，11月底占领南宁。

在华北，日军师团由13个增加到了22个，兵力达44万。1月至5月、6月至9月、10月至翌年3月，日军连续发动了3期华北"治安战"，对国共两军进行大规模扫荡。日军并于4月对晋察冀根据地、7月对晋东南根据地、10月至12月对太行山根据地进行大扫荡，11月和12月，两次对新四军根据地进行扫荡。

日军对我大后方继续进行狂轰滥炸。本年内，各地遭日机空袭2600余次。

1939年5月至8月，日军在中蒙边境诺门坎地区向苏蒙军挑衅进攻，遭惨败。日军被苏军以优势兵力围歼，损失数万人。

1月14日，美、英、法三国共同发表声明，不承认日本所谓"东亚新秩序"。但同时，英、法都在推行绥靖主义，对日步步妥协让步。2月8日，《中美桐油借款合同》签订，美国开始以贷款援助中国，但日本从美国进口的战略物资却有增无减。

本年，汪精卫集团加紧拼凑伪政权。7月7日，中国共产党为纪念抗战两周年发表宣言，提出"坚持抗战，反对投降；坚持团结，反对分裂；坚持进步，反对倒退"三大政治口号。中华民族的抗战事业，在艰难中坚持和发展。

* 1月15日，日机轰炸潼关、重庆、万县。重庆居民被炸死124人，炸伤

166人。万县被炸死50余人，炸伤80余人。

- 1月16日，日军在山东掖县屠杀440余人。
- 1月18日，日机轰炸延安，炸死炸伤300余人。
- 2月4日，日机18架轰炸贵阳，炸死炸伤2000余人，毁房1326间。
- 2月21日，日机轰炸宜昌，炸死炸伤市民1000余人。

一个日本宪兵在承德

太田秀清口供（1954年10月14日）：

我1938年8月于新京关东宪兵队教习队毕业后，就在承德宪兵分队大阁镇派遣队、兴隆派遣队当上等兵、伍长、军曹。

1939年2月，在承德下板城一带逮捕中国抗日爱国者200余名。在这一集体罪行中，我亲自指挥10名警察逮捕了15人，捕后加以监禁、看守，并押送判刑之到承德监狱。

1941年8月，将拘押之3名中国抗日地下工作人员，在丰宁县大阁镇街东北，我用手枪把3人打死。8月上旬，于汤河口一带参加逮捕40余名中国抗日爱国者，捕后进行灌凉水、上大挂等刑讯，当场我用棍棒打死2名，其余送审判，10名判处死刑和无期徒刑，28名判处有期徒刑。8月中旬，于汤河口东北方参加逮捕100余名中国抗日爱国者，在刑讯中，由于我使用棍棒殴打过重，在拘留所内死亡3名，余者送审判，判处死刑和无期徒刑20余名，5年以上有期徒刑60余名。

1941年11月，在兴隆长城一线讨伐中逮捕中国抗日爱国者300余名后，刑讯致死5名，砍杀2名，40名判处死刑和无期徒刑，160名判处5年以上有期徒刑。我在这一罪行上，以审讯员的身份，亲自上大挂、棍棒殴打刑讯了75名，其中虐死5名，砍杀1名，经我提出判处死刑和无期徒刑书面意见10名，5年以上有期徒刑40名。

1942年4月下旬，在兴隆县六道河子村一带参加逮捕中国抗日爱国者150名，我等3人对全部被捕人员进行上大挂、棍棒殴打的刑讯，我殴打致死2名。

271

其余经审讯后，43名判处死刑和无期徒刑，87名判处5年以上有期徒刑。

1942年1月，于密云县华山庄亲自逮捕中国抗日地下联络员3名，用棍棒殴打2小时后，附上判处死刑1名、10年以上有期徒刑2名的意见书送审判。

1942年5月，在兴隆县牛圈子村南，我指挥逮捕了中国抗日爱国者30名，我亲自用电刑讯，并对3名提出判处死刑、17名判处徒刑的意见书，送交杀害和入狱。

1943年4月上旬，在承德火葬场南参加对承德监狱扣押之45名中国抗日爱国者的集体屠杀，我亲手砍杀了2名。

1943年8月15日，在热河喀喇沁中旗参加逮捕了中国抗日爱国者130余名。

1944年3月21日及22日，在喀喇沁中旗黄土梁子及洼子店地区，计划和参加逮捕了抗日爱国者200余名，对被捕者进行严刑拷问后，将12名送判处死刑，53名判处有期徒刑。

除上面所供的主要罪行外，我在承德地区的军事讨伐中，为了防止抗日游击队的活动，于滦平、赤城、遵化、兴隆、迁安等地，还放火烧毁民房49所，掠夺了价值95375元的中国人民财产。除此，检查盘问了中国人民5420余人，殴打了480余人。

* 3月初，日本宪兵在河南信阳抓捕群众600多人，全部屠杀于县城柳林堤。

* 3月6日，日机15架轰炸银川，炸死炸伤市民300余人。

* 3月17日，日机轰炸襄樊、郑州、吉安。吉安死伤居民300余人。

* 3月22日，日军屠杀路家庄237人，烧毁房屋700多间。

* 3月23日，日机轰炸兰州，唐代著名建筑普照寺被夷为平地，方丈与其徒众均被炸死。

* 3月25日，日军在河北安新县关城村屠杀300余人，烧毁房屋2000余间。

* 3月，日军在山西夏县败退时在各村投放毒品，我军民致死者达数千人。

重庆大轰炸

1937年11月上海失陷后，南京告急，国民政府宣布迁都重庆。1938年10月武汉失守，国民军政机关全部迁往重庆，重庆便成为大后方的政治中心。抗战爆发后，沿海工厂大批内迁，在452家内迁的民营工厂中，迁入四川的有250家，其中大半设在重庆及其附近地区。官营工厂内迁2120家，其中44%迁入四川。重庆市区的人口也由抗战前的10余万人，激增到1939年初的50万人。日本为"摧毁中国的抗战意志"，迫使中国政府投降，从1938年10月开始对重庆进行大轰炸。在八年抗战中，尤其是在太平洋战争爆发前，重庆是我国遭受日机轰炸次数最多、规模最大、持续时间最长，损失也最为惨重的城市。

1939年5月3日，日机自沅州起飞，中午1时17分侵入重庆市空，沿长江北岸轰炸。市区27条街道中有19条被炸。人口稠密、工商业繁荣的市区，顿时陷入烈火浓烟之中，大量无辜平民在炸弹和火焰中丧生。

5月4日，日机27架再度轰炸重庆市区，重庆一片火海，整个市区精华毁于一旦。大轰炸过后，重庆遍地死尸，手足头颅等残骸随处可见。

5月3日、4日两次大轰炸，使重庆市区损毁房屋4871幢，市民死亡3991人，伤2287人，财产损失无可计数，仅都邮街一带被毁的绸店即达15家，损失绸布467200匹。

1939年，日机出动865架次，轰炸重庆34次，投弹1897枚，损毁房屋6599幢，炸死市民5247人，伤4196人。

1940年，日机出动4722架次，轰炸重庆80次，投弹10587枚，毁房6952幢，炸死市民4149人，伤5411人。

1941年，日机出动3495架次，轰炸重庆81次，投弹8893枚，毁房屋5793幢，炸死市民2448人，伤4448人。

从1938年10月10日到1943年8月23日，日机轰炸重庆218次，出动飞机9153架次，投弹21593枚，炸死市民11889人，炸伤14100人，毁房17608幢。

- 5月29日，日军在山东沾化屠杀200余人。
- 5月30日，日军在广东汕头澄海屠杀居民700余人。
- 5月，日军在山西平陆燃烧4000个瓦斯筒，并公布战果称："敌遗弃尸体约2000名以上"。

活体毒气试验

菊地修一笔述（1955年写于战犯管理所）：

1939年5月上旬，我在独立混成第3旅团独立步兵第7大队第3中队任少尉小队长，驻山西省崞县轩岗镇。一天上午，大队长宫崎中佐命令我，将关押在中队的一名八路军战士俘虏，由我部下的一个小队担任警戒，送到中队北侧的碉堡中去，用作毒气试验。他经过连续几天的拷问和殴打，已经两眼深陷，衰弱不堪。

在碉堡前，宫崎对15名提着防毒面具的军官讲述着毒气的效力，最后说："总之，要仔细观察多大浓度的毒气才能使敌军丧失战斗力，或陷入假死状态，以备将来参考。"

我和部下将碉堡的枪眼全部密封起来，又将八路军战士的双脚用绳子紧紧地缠了又缠，把他抬进碉堡。

碉堡里弥漫着毒烟。在安全灯光下，那八路军战士在土炕的中间，保持着坐的姿势，两腿向前伸出，双手被绳子紧绑在背后。他双目圆睁，怒视着站在他面前的每一个日本兵。

时间在一秒秒地过去，由于眼睛受到毒气的刺激，他的睫毛、深陷的双眼都沾满了泪水，随着眼睛的眨动，眼泪如同泉涌，沿着双颊流入口中。一会儿，他轻轻地闭上眼睛，头微微垂下，尽可能地屏住呼吸。但是，每当呼吸时，吸入的毒气便刺激他的神经，于是鼻涕便不停地流入口中。然而，他却一动不动。

大队长命令再放几个毒气弹。碉堡里完全笼罩在一片浓烟之中，充满了毒气。

我害怕吸入毒气，拼命紧勒防毒面具的带子，头和耳朵被勒得生疼。可是，这个俘虏仍然低垂着头，闭着眼睛，屏住呼吸，一点儿也看不出屈服的样子。

时间差不多已过去一小时了，而大队长刚才所讲的毒气效果仍未明显出现。我内心十分焦急，"真是一个顽固的家伙！大概由于中国人是野蛮人，所以这些毒气对他们不起作用，如果是文明人，可能早就完蛋了！"后来，我实在忍不住了，到了碉堡外面，急忙拿下防毒面具，尽情地深呼吸。下士官又拿了两筒毒气走进碉堡。我再进去时，比刚才还要厉害，毒气更重了。他被日本兵接二连三放出的毒气，弄得不断地流鼻涕，眼睛已完全睁不开了，被折磨得微微左右扭动着身体。他的心脏快要破裂了，再也不能一动不动地坐着了。

一分，两分……时间在渐渐地过去，他的身体终于弯向右侧，头部顶着炕。但是，他还没有完全躺下。他一面用头部支撑着身体，一面不断地抽搐着。

随着时间的流逝，他的全部器官，完全丧失了机能，失去了调节呼吸的能力，呼吸变得极不规则，眼泪和鼻涕在炕上流成一片。最后，终于陷入昏迷状态，"啪嗒"地倒在炕上。

我心想："终于完蛋了！不过这家伙还真够能忍的！"这时，副官和军医到他身边，检查了他的眼睛和呼吸。他再也不动了。

把这个处于假死状态的八路军抬到碉堡外面，我们按大队长的命令，用手枪射击他的头部，然后又用刺刀在头上刺了几刀，他就这样被惨杀掉了。

- 6月6日，日军扫荡中条山区，在黄河沿岸村镇屠杀民众300余人。
- 6月7日，日机连续轰炸山东沂水县，炸死炸伤300余人。
- 6月11日，日机轰炸成都，炸死市民200多人，炸伤600余人，毁房1215间。
- 6月30日，日军在汕头赐茶一带屠杀难民300余人，一名日军官连杀50多人。

杀害3万劳工的"北边振兴计划"

1939年，日本侵略者提出了一个"北边振兴计划"，把伪满东、北、西部与苏联边境相毗邻的间岛、牡丹江、三江、黑河、兴安和东安、北安七个省，规定为三线部署的、综合性的大军事基地地区。第一线为军事工事和军用道路，第二线为军事基地和特别道路，第三线为日本开拓团的基地和移民道路。随即在上述地区大规模修筑军事工程。

为推行"北边振兴计划"，日军把在军事基地范围内居住的中国居民强行赶走，把民房全部烧毁，仅在虎林、密山、穆棱、绥阳、东宁等五个县，被赶出的居民就有4000多户。被赶出家的人们在零下30多度的严寒里，冻饿而死的老人和儿童就不下四五百人。

为完成这项庞大的工程，伪满大东公司和伪满劳工协会在东北和华北招募了60余万名劳工。但日伪只准备了10万人的固定住所和18万人的临时住所，因此有32万劳工无处可住。劳工像被关押在集中营里一样，恶劣的生活条件和沉重的劳役，使大批劳工因累、病、饿、冻而死亡。

日军为了保密，在一项军事工程结束时，往往将劳工集体屠杀或秘密处死。由于日军销毁档案，至今无法知道究竟有多少劳工在"北边振兴计划"中被杀害。据粗略的估算，被杀害的中国劳工不少于30000人。

- 7月，晋察冀边区淫雨成灾，日军趁机将沙河、滹沱河北堤掘开，安平、河间等七县被毁良田17万顷，淹没村庄1万多个，灾民达300万人。
- 8月2日，日军在湖北黄陂王家河集体屠杀民众480余人。
- 9月14日，山西旅陕同乡会通电呼吁救济山西灾民，称：山西1700万无辜人民呻吟于日寇屠刀之下，死伤15万左右，灾民50余万人。最近日寇七次扫荡中条山区，九路围攻晋东南，食粮已被焚劫一空，又逢今夏缺雨，待哺哀鸿，盈山满谷。

长沙四浸血海，居民伤亡逾8万

长沙是中南地区战略要地，从1939年9月到1944年6月，日军先后四次侵犯长沙，民众屡遭日军战祸浩劫。

抗战爆发后不久，长沙就成为日机轰炸的重要目标。八年中，日机轰炸长沙达100多次，居民伤亡惨重。

1939年9月14日，日军10余万人进犯长沙，25日陷营田，28日陷平江，继而进袭永安一带，从湘阴沿长沙袁家岭，至平江县城，道路两旁房屋尽被焚毁，长寿街被烧200余家，嘉义岭被烧毁2/3，其余村镇遭焚毁者，不知凡几。日军奸淫妇女，屠杀民众，仅新市一地，被杀男女即在500人以上。

1941年9月7日，日军二犯长沙。占领青山后，日军抓住400多名居民，将铁丝全部穿起来，集体屠杀于三圣庙前。新农村肖蔑生不足一岁的孙子被日军抛到空中用刺刀接住挑死，肖培胜家的一岁男孩被日军用刺刀戳进臀部，抓住两腿撕成两半。中山村一孕妇被奸淫后，日军又剖腹取出胎儿。上山村周吉初等几家人躲在周家嘴的一个地洞里，被日军用毒气将大小24人全部毒死。9月28日，日军占领长沙，掠走大批粮食和财物后退往岳阳。

1944年6月19日，在第四次会战中日军占领长沙。进城后，日军两度大规模纵火，从南正街、八角亭、药王街，一直到中山马路、北正街、北大马路口，大火一片，城南一带，大部被焚毁。

据不完全统计，在日军先后四次入侵长沙中，仅长沙市居民被日军屠杀者即达36460人，重伤9788人，轻伤36748人，焚毁房屋97283间，财产损失总计达法币1250亿元。

● 10月1日，日本中国派遣军总司令部在南京成立，西尾寿造任总司令，板垣征四郎任总参谋长。

铁蹄蹂躏下的湖南，民众死伤达262万人

1938年10月，武汉失守后，侵华日军兵分三路，向湖南发动了大规模军事进攻。四次长沙会战、三次湘北会战、常德会战、衡阳会战，战火燃遍湖南大地。岳阳、株洲、湘潭、长沙、衡阳相继沦陷，湖南大部沦入敌手。八百里洞庭，血浪滔天，潇湘大地，尽为铁蹄蹂躏。日军侵湘期间，全省78个县市中，被日军占领者44个县市，被窜扰者11个县，仅被轰炸者9个县。

根据1946年7月湖南省政府社会处编《湘灾实录》和《湖南省抗战损失统计》，7年中，湖南全省被日军屠杀及间接致死的同胞达920285人，重伤738512人，轻伤963786人，焚毁房屋945194栋，抢劫粮食40689368石，抢劫耕牛642788头，财产损失达121922亿元（法币）。

- 10月31日，日军在河北望都薛庄村屠杀村民299人。
- 10月，日军在湖南金井挥洒田乡屠杀民众1700余人，强奸妇女3000余人。
- 11月17日，广州日军强迫关押在王德光医院的2000名中国妇女组成"姑娘慰问团"送往前线充当军妓，稍有违抗者均被杀害。
- 11月26日，南京金陵大学副校长贝德士发表南京毒物调查称：毒品充斥南京，城内1/3人口已吸食鸦片，幼童亦多吸海洛因。伪政府如无300万元鸦片税即无法生存。鸦片均由日轮自伪满运来。苏、皖、浙日占区鸦片税每月亦达300万元之巨。

劳工血肉堆成的丰满水电站

坐落在松花江上的丰满水电站，混凝土大坝高90米，长1100米，装机容量120万千瓦，水库容积125亿立方米，是日本侵占中国东北期间修建的一座大型水利发电工程，它浸透着8万名中国劳工的血和泪。水电站1937年动工，1942年9月完工，使用劳动力2250万人次。8万劳工都是从关内和东北各地骗

招、强征、抓捕以及俘虏来的。

丰满水电站是一项现代化的工程，然而，中国劳工却是在奴隶状态下被役使。挖洞不许支护，塌方砸死32人。大坝浇注混凝土，把劳工活活浇在里边。大坝合龙被冲垮，100多名工人卷进江中冲走。1938年除夕，工棚失火，当场烧死67人。夏天工棚被风刮倒，压死劳工40多人。从上海来的126名劳工，一冬过后冻死累死66人，一年后只剩下十几人。劳工逃跑被抓回，没有打死的，就用铁丝拧上双手双脚，把伤口洒上盐，扔到江里。最多时一天拉出去138人，5天就死了300多人。

死亡的劳工，大多被拉到万人坑，在距大坝6公里的东山上，日本人称之为"中国人的墓地"。据统计，扔进丰满万人坑的死难劳工，有15000多人。

● 12月24日，日军溯北江而上侵占英德，一周屠杀民众240余人，毁房3000余间。

● 12月31日，日军在台湾高雄杀害哗变之壮丁600余名。

● 12月31日，国民政府统计：抗战开始到本年年底，日机炸死中国公民51601人，炸伤65846人，毁房屋216546间，约合法币144829万元。

侵华战争给中国工业造成的损失

据延安时事问题研究会1939年10月编的《日本帝国主义在中国沦陷区》一书，当时统计的日本发动的侵华战争给中国工业造成的损失计有：

一、失陷的铁路：15097里；

二、失陷及破坏的钢铁厂：12家，年最大生产能力约123万吨；

三、失陷的煤矿：92家（辽宁10家，吉林5家，黑龙江3家，热河3家，河北15家，山西12家，山东12家，河南10家，苏、皖、鄂、浙、察22家），资本30399万元；

四、被占领及破坏的纺织厂：87家，资本14808万元，年产纱线154万包，布36757万平方码；

五、被占领及破坏的面粉厂：155家，其中136家的资本为4095万元；

六、被占领及破坏的水泥厂：9家，资本2464万元，年产量420万桶；

七、失陷的化工盐碱业：18家，其中7家的资本为584万元；

八、被破坏的造纸厂：23家，资本1560万元；

九、被占领及破坏的碾米、榨油业：6771家，资本1931万元。

1940年概要

1940年，日军相继对冀中、晋北、冀南抗日根据地进行重点扫荡。5月，日军发动宜昌作战，先后占领襄阳、宜昌，并从5月起，以重庆、成都为重点，进行持续100多天的轰炸。

3月30日，汪精卫傀儡政府在南京宣告成立。

3月和6月，日本代表和重庆政府代表在香港进行了两次诱降秘密会谈。

8月20日至12月5日，八路军及地方武装104个团在华北向日军发动"百团大战"，使日军在后方战场上遭到了一次出乎意料的打击。

在欧洲，德军继1939年9月占领波兰后，转而西进，本年4月9日，用4个小时占领了丹麦；5月，18天内占领了荷兰、卢森堡和比利时三国；6月10日，占领挪威；德军在38天中歼灭法军50个师，6月22日，法国投降。

9月27日，日本与德国、意大利签订同盟条约，而世界反法西斯统一战线还远未形成：苏联在与德国分割波兰后坐视德军西扫欧洲；美国保持"中立"，仅仅在9月宣布对日本禁运废钢铁；英国屈服于日本，将滇缅路关闭3个月，使中国的抗战更加艰难；日军于9月分三路进驻法属印支北部。

- 2月上旬，日军向广西九塘我阵地发射瓦斯弹和榴弹，我军伤亡2000余人。放毒三日后，九塘17名居民被毒杀。
- 2月，日军向山西翼城县仪门村发射毒瓦斯弹，村民500余人受毒害。

兴隆无人区的制造

兴隆县公安局关于日伪在兴隆罪行的调查（1954年8月6日）：

自1933年日寇侵占兴隆，历经13年的种种罪行是述之不尽的。最残酷的是由1940年日寇的"西南国境治安肃正"的杀人政策实行后，日本派遣了关东军881部队一两千个鬼子常驻兴隆；扩充了警察，建立了15个警察分驻所，4个警察署，在集镇上设有派出所；日宪、特务到处有；村村设有协和会实践集家队。这些组织，由日本人统一指挥，进行灭绝人性的"大集家"、"修人圈"、"下山"、"自首"的囚笼政策；"大检举"、"投匪家族检举"（抗日家属）、制造"无人区"、围剿、扫荡及杀光、抢光、烧光的三光政策。

1942年至1944年三年的春节前后，日寇进行了三次大检举，被捕的12000余无辜人民中，被判决枪杀、刀砍、监押、赶入工矿者就达11400余人。我县五区一个70来户的大莫峪村，在1943年正月一次就被"检举"去72口，大至70多岁的老头，小到14岁的孩子，连哑巴等也一个未剩，全部捕去，在当地就屠杀了42口，送承德监狱判死刑15口，其余分送东北各地当劳工，大部也都死去。七区茅山村，1943年一次被日寇捕去66名无辜人民，除两名跑出外，其余全部送承德杀害了。1942年正月十四，在六区小水泉被日寇抓去93口群众，当时就地给杀死了61口，剩下32口带到倒水流后，一个未留也全部杀害。

兴隆县人民被迫集家赶入人圈26365户，111800多口人。据七个区的大略统计，因日寇修人圈，整天挨打受骂、吃不饱穿不暖，得不到星点自由，被摧残而死者11140余人。在集家并村时，被日寇烧毁的民房23400多间，拆毁民房38300多间。

在兴隆的南土门设有万人坑，被检举之人，凡在兴隆，由锦州高等法院派出特别治安庭前来判处的，均押赴该地执行。仅1944年1月6日，被判处死刑的54名无辜群众，全部是绑到南土门执行的。1943年冬，在兴隆被判处死刑的38名群众，全由驻兴隆的日本宪兵分遣队长一人用日本刀，一刀一个砍死的。

我县有2390多户、1300平方公里、占总面积40%的地区，划为无人区。有11600多口坚贞不屈的中国人民，坚持在无人区守卫自己的家乡。日寇对这些人民，对这片无人区，实行了残暴的三光政策。经常发兵扫荡，见青苗割掉，见房子烧光，见东西就抢光，见人就杀光。据27个无人区村子的统计，在扫荡中被打死的我人民达4000余口。二区小西河一个村，就被日本围剿打死了523口。三区青水壶，被扎死、摔死的小孩就有48个。五区暖和堂，胥景合一家13口，全部被日本人用刺刀刺死，还把尸体用火炼了。七区前乾涧，被日本捕去19名男女群众，将衣服全部剥光，用乱棍打至不能动的时候，又将这19个人装入菜窖内，活活的用火熏死。1943年9月，日本鬼子集中了2万多兵力，围剿我各地无人区，15天的时间，仅一个中田村，就被打死群众179口。张凤彦的妻子，抱着小孩跑到石砬洞内，被日本鬼子搜出，一刺刀扎透了她娘俩心窝、肚肠。鬼子们走后，乡亲们去看时，娘俩流出来的鲜血已经冻结在一起了，可是妈妈还紧紧地抱着她可爱的孩子。小黄木沟一个窑洞内藏着17名群众，被日本鬼子活活用火熏死16人。

有的无人区的人民虽逃过了枪杀、刀砍，但却被日寇的三光政策摧残死去大半。如中田一个村就因无吃无穿住冻饿而死者400余人。

日寇抢光的罪恶更是不胜枚举。在无人区抢去骡子197头，马60多匹，驴1300多头，牛1800多头，羊近3万只，猪1万余头；抢去衣服四五万件，被褥六七千床，布两万匹；砸毁锅、缸二三万口；其他器具是无法统计。无人区的磨盘一个不剩，全部被鬼子砸毁。

日寇就以此兽行摧残兴隆人民，把人民的美好家园变成了父兄被杀、母被砍、家破产的境地，把肥沃的良田变成荒芜的草地，把整齐的住宅变成残垣断壁和焦土，使人民处于无以为生的绝境。

● 3月22日，河北井陉煤矿红庄矿井发生瓦斯爆炸，日本矿长下令封井，日军持枪把守井口，并刺死一名要下井救儿子的老汉，致使357名矿工死亡，440多人伤残。

七道沟万人坑

七道沟铁矿位于吉林通化县七道沟镇，"九·一八"后的第二年，日本侵略者开始对七道沟进行调查和开采勘测。1938年在通化成立"东边道开发株式会社"，下设大栗子、七道沟采矿所。1940年，七道沟铁矿正式开采。

铁矿矿工的来源，一是骗招，对象主要是沦陷区的农民，山东的最多，河北、河南次之；二是从各地抓浮浪和伪满向各村屯强行摊派；三是抗日军的俘虏；四是由征兵不合格的青年组成的"勤劳奉仕队"，进行为期三年的无偿劳役。苦役、饥寒、瘟疫和残害，使矿工大批死亡。1941年赵组从山东招来500多人，一到七道沟正赶上瘟疫流行，不到10天就死了400多人。一个组从1938年到1945年，共从山东骗招了1800多名工人，光复时仅剩下200多人。

从1938年至1945年，日本人从七道沟铁矿运走了1358634吨矿石，留下的是三个万人坑里的16000多具中国矿工的尸骨，即平均每开采84吨矿石，就有一条人命。

- 4月13日，日军在河北易水县常峪沟一带屠杀村民800余人，北棋村40多人被推入井里，日军推一层人，砸一层石头。

- 4月24日，日军在河北博野县白塔村屠杀650人。

- 5月1日，日军开始在山西昔阳县实行"清政大屠杀"。至12月间，共制造29起惨案，屠杀无辜平民1253人。

- 5月4日，日机20架在湖北襄阳城投弹242枚，炸死218人，炸伤517人。

- 5月22日，山西阳城日军以"开会"为名集中逃难群众进行集体屠杀，被杀者近200人。

- 5月至7月，日军再度侵占晋城，在坚水村大肆烧杀并放毒，村民急性中毒死亡2名，慢性中毒死亡277名。

- 6月4日，日军在湖北宜城南部的璞河、郑集、孔湾、朱市和雷河五处屠杀民众500余人，伤200余人，烧毁房屋400余间。

- 6月7日—7月9日，日军扫荡山西兴县等地，大放毒气，我伤亡2000余人。

- 6月8日，日机轰炸沙市，炸死炸伤居民数千人。

- 6月12日，日军侵入宜昌，至16日，日军烧毁房屋六七千栋，屠杀居民数百人。

- 6月12日，日机117架轰炸重庆，炸死286人，炸伤104人。

- 6月24日，日军在江苏丹阳县访仙桥镇近月轩茶馆，前后不到1小时，即屠杀了喝茶者108人。

- 7月1日，日军在湖北江陵县城西门外李家铺丢失一门炮，为此，竟将当地居民500余人处死。

- 7月，日军在广州将抓来修筑军事工程的900余名劳工秘密枪杀。

- 7月，日军在崇明岛屠杀平民数百人，其中一次用机枪集体屠杀100多人。

- 7月，日军731部队将70公斤伤寒菌和50公斤霍乱菌及5公斤染鼠疫菌跳蚤，空投在宁波，致使大批居民患病。

- 8月10日，日机轰炸衡阳，投弹700余枚，炸死炸伤数千人。

- 9月8日，日军在寿阳韩赠村屠杀村民364人，39户被杀绝。

- 9月12日，日军屠杀河北平山县驴山村民700余人。

- 9月13日，日军血洗山西平定县马家庄，屠杀334人。

- 9月19日，日军屠杀山西寿阳羊头崖村民216人，20户被杀绝。

- 9月中旬，日军向围在山东峄县朱沟的抗日军约1500人、民众约500人，投掷毒气弹、燃烧弹并用机枪集中射击，2000余人几乎全部被杀害。

- 10月17日，日军围袭太岳区抗日根据地，13天屠杀平民1000余人。

大同"以人换煤"的血腥掠夺

是年10月19日，晋西北边区的《抗战日报》上，刊登了大同煤矿万人坑的消息。报道日本侵略者在大同矿区设立了多处万人坑和烧人场，无数矿工被活埋和活活烧死。"矿工家属于大女一家5口，在日寇统治期间，跟随丈夫从浑源被把头骗到忻州窑矿。不到一年，丈夫惨死在井下，后靠17岁的大孩子在井下背煤度日。后来大孩子病了，日寇硬说是传染病，把他拉到烧人场活活烧死了。几天后，13岁的大女儿也被拉去烧死。于大女被关进了隔离所，剩下5岁的小孩无人照看，被活活饿死。"

日本侵略者把大同煤矿称为"东亚热源"、"大东亚共荣圈内战争资源之中核地带"，对大同煤炭资源进行掠夺性开采。在八年的统治中，侵略者实行"以人换煤"的血腥政策，数万名矿工被摧残致死。在矿区的荒郊野外、河滩山谷和废旧矿井等地，形成了一个又一个万人坑。解放后，人们发现的较大的万人坑就有14处。

在大同煤矿，日本人经常说，"中国苦力大大的有"，"为了多出一吨煤，不怕多死几个人"。他们根本不考虑技术、设备和劳动条件，更不顾矿工的生命安全。1938年春，煤峪口矿九号掌子面开始透水，日本人继续强迫工人进去采煤，结果，地下水突然冲出，把120多名矿工困在井下15天，除8人生还外，其余全部死亡。1941年6月，白洞西坑一个掌子面冒顶，70多人全部被压死。1942年春，矿区霍乱流行，日本人借口防止传染病蔓延，将许多被苦疫和其他疾病折磨的奄奄一息的矿工也全部扔进万人坑和送到烧人场。当时一个拉尸队的副队长经手扔进万人坑的就有200多人，其中有20多人是活着的。

从1937年9月到1945年8月，日本侵略者从大同煤矿掠夺煤炭1400万吨，60000多名中国矿工被摧残致死，平均每出230吨煤，就死亡一名工人。

● 10月22日，日军731部队在宁波空投染有鼠疫的麦子和棉花，致使99人患染鼠疫，其中97人死亡。日机还在衢县、金华等地投下菌物，使鼠疫蔓延，金华死亡104人，东阳死亡92人，义乌死亡257人，兰溪死亡12人，衢县数年内因鼠疫死亡221人。

● 10月24日，日军对冀中根据地进行"扫荡"，屠杀抗日工作人员200余人和民众800余人。

● 10月26日，日军闯进山西定襄县芳兰村，屠杀村民200余人，烧毁房屋2000多间。八年中，日军先后对芳兰村烧杀13次，遇害村民540人。

- 10月27日，日军屠杀涉县井店村民316人，烧毁房屋738间。

- 10月，日军在山西寿阳实行"并村"，将王村化为焦土，全村300人中有200余人被集体屠杀。

- 11月9日，日军"扫荡"北岳区一个多月，在易县烧毁房屋2200多间，在五台县摧毁村庄90个，烧毁房屋2万多间，屠杀数百人。

- 11月18日，日军在昔阳西峪村屠杀村民386人，杀绝25家，烧毁房屋400余间。

- 11月24日，日本台湾精神动员本部发表《台湾民改日姓促进纲要》，强制台湾民众改日本姓。

日本在台湾的殖民统治

日本侵占我国东北14年，在关内各地为祸8年，而在台湾，日本则整整进行了50年的殖民统治。

1895年6月2日，清政府代表在基隆港外的日舰上向日本人献上割台清单。6月17日，日本的台湾总督府在台北举行"始政典礼"。日本首任台湾总督桦山资纪发布文告："台湾岛及所属各岛屿并澎湖列岛……之管理主权及该地方所有堡垒、军器、工厂及一切属公物件，永远归并大日本国。"

日本在台湾实行总督制，台湾总督集立法、司法、行政、军政等大权于一身，对台湾实行专制独裁统治。为镇压台湾人民的反抗，台湾总督于1898年11月制定了《匪徒刑罚令》。从1898年到1902年，根据这一法令屠戮的台湾民众就达11950余人。

1895年11月日军宣布全台"平定"后，便在全岛进行"清庄"运动。在清庄过程中，每个村庄被杀的居民，都在三五十人以上。1897年以后，日本又实行"日台一体"的宪兵制。当时，日本宪兵共有7个队，其中就有3个驻在台湾。日本殖民者在台湾建立了无所不包的警察网。除一般警务外，警察对保甲、鸦片、行政、刑决、卫生、捐税等无所不管，甚至演戏娱乐、婚丧嫁娶也要干涉。还有专管人民思想的所谓"高等警察"，有权禁止书刊的发行和解散集会。日警可以随意抓人，1895年至1903年，台湾人被抓被关每日平均4000人，到1917年，每日仍不下3200人。抗战爆发后，殖民当局进一步强化警察统治，全台警察达1.8万人，平均160个居民就一名警察。在1942年一年，仅移送法庭的案件就有42万多起。

日本殖民当局强行收夺了台湾的绝大部分土地。通过土地调查、没收垦辟的山林土地等各种手段巧取豪夺，到1914年，山林地中官有地已超过民有地的20多倍。1942年，台湾土地总面积的72%被日本人占有；林野地的97%被霸为官有。

为了在台湾发展殖民地经济，1908年修筑完成了纵贯全岛南北的铁路，扩建了基隆和高雄港口。一个日本人在《日本统治台湾秘史》中说："由于铁路的敷设，才开始了台湾宝库的开发，那隆隆作响的火车轮声，简直有如阿里巴巴的咒语般，成为日本开发台湾宝库的咒语了。"

在殖民当局的庇护下，日资大批涌入台湾，独占了生产和流通的各个领域，排斥和吞并台湾民族资本，形成日资在台的垄断。1929年，台湾工业会社的资本来源中，日资占76.45%。到1941年，资本额500万元的小株式会社，日资占72.7%；500万元以上的大株式会社，日资高达96.6%。

台湾与岛外的贸易，一向以对大陆为主。1897年台湾对日贸易额仅占贸易总额的18.6%，到1907年便达到64%，1937年高达90.2%。以至当时就有人说："此数字于其他殖民地历史上，绝无超过者。"而日台间的贸易结构，更是典型的殖民地贸易形态，台湾输出米、糖、香蕉、罐头、樟脑等初级产品，而由日本输入纺织品、机械、化肥、五金等工业制成品。日本对台湾稻米、蔗糖的劫夺尤其惊人。1900年时，台米输日为1.8万公担，1908年增至195.4万公担，8年中增加了110多倍。台糖输日，1898年为37.8万担，约占台湾总产量的55.3%；至1925年，达到741.2万担，占其时台糖总产量的92.7%；到第二次世界大战前，输日台糖已占日本全国糖总消费量的75%。

日本人在台湾实行鸦片专卖制度。吸食鸦片的人数，1897年为5万人，1901年就增加到17万人。而当局得自鸦片收入，更从1897年的100多万元激增到1899年的400余万元，占总督府经常岁入部分的46.3%。

日本人还在台湾实行文化的同化和奴化政策，宣布日语为"国语"，强制学习和使用，初等学校以普及日语为目的，中等以上学校的汉语完全采用日语拼读法讲授。1937年以后，殖民者强行拆毁小寺庙和居民家中的祖先牌位，要人们改奉日本的"天照大神"，鼓励穿和服，对改易日本姓名的予以优待，及至禁止中国的音乐、戏剧，所有报纸的汉文栏，一概禁止出版。

在日本统治期间，大批日本移民进入台湾。1905年，在台湾的日本人约6万人，1915年为13.8万人，1925年为18.9万人，1935年为27.2万人，1942年达38.8万人，已占了全台总人口的6%。日籍在校男女生分别占全台中等学校学生总数的59.3%和72.8%。台北帝国大学文政、理农两部中，日生超过81%。据1944年统计，全台特任、简任待遇人员133人中，只有1名台湾人；荐任待遇人员2027人中，只有22名台湾人。而同一工种，日籍工人比台籍工人的工资高出1倍，染色工更高出2倍。

日本统治台湾50年，殖民控制经营及奴化同化政策，相当彻底并影响深远。

- 11月27日，日机在浙江金华投撒鼠疫菌，致使当地鼠疫蔓延，130人染病，104人死亡。
- 11月，山西汾阳城日军宪兵队以吃油炸糕为名，邀集仁岩区各村长、村副、书记和小学教员等192人聚合一处，当天屠杀70余人，其余122人被押送太原，后大部被枪杀。

血洗兴县根据地

1940年12月，日军采用"三光"政策，对晋西北抗日根据地的中心兴县进行第三次大扫荡。日军在县城遍地点火，全城的建筑几乎全被烧毁。来不及逃走的民众，都成了日军追杀的目标。在城北关紫沟，日军抓住四五十名群众，用刺刀逼着人们脱光衣服，"老少配对"。一个老汉抄起一块大石头砸日本兵，即刻被刺倒，接着机枪向人群扫射。日军走后，山谷里只有一个五六岁的小女孩，抱着被刺伤的胳膊，在尸体堆上找爸爸妈妈。日军在西关将70多人赶进炕家大院，先拉出妇女强奸，然后让伪军在活人身上练刺杀。一个七八岁的小女孩拉住妈妈不放，日军把她摔到石墩上，脑浆迸裂。躲避在西庵寺内的几十名民众，也没有逃脱日军的屠刀。

县城被日军屠杀了370多人，烧毁3000余间房屋，乡下也厄运难逃。

在郭家峁、程家沟，87人被杀死在土窑里。在红月村，日军把人们集中到打谷场上，当众奸污了10多名妇女，又将22人赶进窑洞中放火烧死，共屠杀了47人。在李家塔，日军抓住20多名妇女，不分老幼全被奸淫。奥家滩一个70多岁的老太婆，被日军先用皮鞋踢肿阴部，然后奸污。一个十四五岁的小姑娘，拼命反抗，被日军用枕头堵嘴捂死后，五个日本兵和七八个伪军对女尸进行轮奸。

瓦塘村被日军洗劫，烧毁房屋300多间，拉走牛和驴33头，屠杀37人，奸淫妇女70多人。一个11岁的小女孩被奸后，很久不能走路。日军用刺刀威逼一个老人奸污自己的小孙女，并让全村人观看。有个妇女因为反抗，就被日军扒光衣服，绑在大缸上进行轮奸。

岔上村有29户人家，被烧得只剩一间草房。许多村庄几乎全被烧光，日军走后，幸存的老百姓无家可归，好多地方都是三五家并居，几十人挤在一孔窑洞里。

据不完全统计，日军这次血洗兴县，屠杀了1300多名民众，烧毁房屋9700多间，抢走和杀死耕牛1000多条，拉走毛驴1400多头，宰杀猪羊5000多头、鸡近1万只，抢走和糟蹋粮食54万公斤，抢劫金银首饰器皿232两、白洋1380元、西北农民币24900元、绸缎布匹70多丈、衣服用具8000余件，捣毁织布机29架，破坏农具不计其数。

● 12月24日，日军在山西寿阳县阳摩寺以召开村民大会为名，集体屠杀村民211人，43户被杀绝，全村仅有五男三女死里逃生。

1941年概要

1941年，日军发动了豫南作战、切断粤闽浙沿海通往内地运输线作战、中条山作战、第二次和第三次长沙作战。

日军对敌后抗日根据地的扫荡，进入了一个更残酷的阶段，在华北叫"治安强化运动"，在华中称"清乡运动"。日军对抗日根据地普遍实行烧光、杀光、抢光的三光政策，其比侵华战争初期日军的报复性烧杀更野蛮，破坏性更大，目的在彻底毁灭根据地军民的生存条件，使抗日根据地进入了最艰难困苦的时期。

1月初，政府军围歼新四军皖南部队，事变后宣布取消新四军番号。"第二次反共高潮"使中国抗战再次出现严重危机。

4月13日，苏联与日本签订《苏日中立条约》，苏联承认伪"满洲国"，日本承认"蒙古国"。两大片中国领土成为苏日妥协的交易，此后苏联对华援助锐减并逐渐中止。

6月22日，苏德战争爆发，德军207个师分三路进攻苏联，18天中推进300—600公里，俘虏苏军30万人。

12月7日，日本联合舰队偷袭夏威夷美国海军基地珍珠港，进而进攻美、英、荷在太平洋属地，太平洋战争爆发。美、英等国对日宣战，中国对日、德、意宣战。第二次世界大战由此成为世界反法西斯战争。

- 1月17日，日军屠杀五台县铺上沟村民272人，20户被杀绝。

潘家峪灭种屠杀

1941年1月25日，日军驻唐山部队司令部从丰润、遵化、玉田、迁安、卢龙、滦县、唐山等地，调了3000多日军和伪军，在驻唐山日军守备队指挥官佐佐木高桑的指挥下，对潘家峪村进行了一场大屠杀。

河北唐山丰润县潘家峪村，位于燕山山脉腰带山东麓，丰润县城北60里处。全村有220户人家，1700口人。日军侵占冀东以后，潘家峪人奋起抗暴，成为八路军冀东抗日游击根据地的中心区和堡垒村，是丰滦迁区抗日民主政府和12团的常驻地。从1938年夏到1940年底，日军对潘家峪围攻130多次，潘家峪人配合游击队与日军进行了大小50多次战斗。

1月25日，是农历腊月二十八，拂晓，3000多日军从四面包围了潘家峪。早上七八点，日军开始挨门破户搜人，把全村1400多人都赶到一起。老弱病残不能走的，都被日军当场杀死。日军选定潘家大院作为杀人场。该院分东、中、西三院前后三进，四周有一丈多高的院墙。日军在院子里铺了一两尺厚的柴草树枝，浇上煤油，土墩和平房上架上机枪。约10点钟，日军将人群赶进潘家大院。人们往外冲，十几个青年冲到门口就被日军全部用刺刀刺死。几个老人出面，求日军放过妇女和孩子，日军的回答是用刀砍下了他们的头。

日军先在东院的二门外点着了大火，机枪和步枪一齐向院里的人群射击，手榴弹在人群中爆炸，人群成片地倒地，活着的人东冲西突，但绝大多数村民都没有逃过大火、枪弹和日本刀。仅西院柴草房和宅屋的夹道中，就死了200多人，多数死后还挤在一起站立着。大火焚烧后，日军又轮番补枪，发现东墙根尸体堆里有人没死，再扔手榴弹。撤离前，日军又在院内遍洒煤油，施放硫磺弹。有的压在尸体堆下的活人，忍受不了烈火烧身，跳进院子的深井中。日军又在村里搜索、抢劫、纵火后，在村外南坡搜出32人，大部分是孩子和妇女，把他们赶到南崖上全部杀害，将尸体挑下崖，盖上柴浇上油，点火焚尸。

惨案过后六天，《晋察冀日报》特约记者雷烨来到现场，拍下许多照片，写出《惨案现场视察记》：

"特别惊心触目引我注意的是，宅门右手石槽上一具女尸。她赤身裸体，有半个脑壳被炸得血脑殷红，她的肚腹若不是被火烧的崩裂，那一定是遇鬼子以刺刀划开。灰色的肠子翻露出来，将要到月的胎儿两只小手抱着小头，横在母亲的肚肠上。

"最使我愤痛的是老人、妇女、儿童的惨死，这些弱者的尸首，也触目皆是。单就大院里来说孩子们小小的尸肢不是一个两个，也不是百十个。在尸场中就很难将孩子的尸首数清楚。那些弯曲乌黑的小手，焦黑模糊的小头，焦炭似的小腿，小棉鞋，在大院里几乎随处可见。

"半焦黑的孩子尸身上还能发现三八式刺刀的戳伤，还有血污。受伤的孩子们先遭受到杀伤的痛苦，痛苦中又遭烈火煎烧。我们的孩子，中华民族的儿童，在不忍想象的痛苦中，被鬼子惨毒地毁灭了。

"暴露在白薯窖边的女尸，据一个农民告诉我，这些都是些年轻貌俊的女子，有闺女，也有媳妇。鬼子把全庄的人圈在西大坑以后，说让她们去做饭，硬把她们推下白薯窖。以后只听到白薯窖里的怒骂、哭号。不一会儿女人的声音慢慢低哑了，又歇一会儿，突然一声女人的惨叫，就没声音了。这时才看见鬼子爬出窖来，点燃几捆玉米秸往窖里扔。我们所看到的大约30多个女尸是如此：赤身裸体，身上没有一块布片。她们是先遭鬼子奸污，再是戳死，最后是遭火焚烧。死者的下身最惨，鬼子奸污了她们又以刺刀挑破她们的下身，肚肠拖出，头发、上身、脸上沾满血污。

"向大院里尸丛中再看一眼吧。有许多已经分不清是男是女，零碎的肢体中，有是还剩下一条腿，一只小脚。

"惨死的母亲还抱着哺乳的婴尸，母亲总是想保住可怜的小生命，以自己的身子挡护着孩子。母亲死了，羔羊似的婴儿也死在鬼子的血手里……"

在潘家峪惨案中，日军杀害潘家峪村民1230余人，烧毁房屋1100多间，所有的财物都被烧劫一空，在大屠杀中仅有276人逃生。

● 2月9日，侵占包头的日军洗劫内蒙古宗教中心王爱召，将文物、经卷、珠宝、神器及壁毯等抢劫运走，而后纵火毁迹，致使王爱召变成一片瓦砾。

下社集体屠杀没有幸存者

2月18日，日军驻大同黑田师团3000余人，包围山西应县下社十二堡。下社由十二个堡组成，俗称"十二联堡"。日军在丰寨堡的铁匠铺内，将本村民众9人和外地客商20多人全部杀死，财物抢劫一空，又放火烧了院子。在李堡，日军搜出7名妇女，奸污后一一捅死，又在三家杀死9个人。

第二天，日军用坦克撞开新堡的堡门。在刘善礼家，日军杀死了刘家11口人和另外4人。在智礼法家，日军杀死6名妇女、数名客商。乔长生院内有20余人被杀害。堡墙西北的土照壁下日军杀死了五六十人。日军把搜捕的60多人赶到杨品良院内，全部用刺刀刺死。日军还轰毁了建于明洪武十四年的天王寺，杀死寺中和尚。在前堡南园的一口井中有27具尸体。在小石口常门道一处就埋了187具尸体。

最大的杀人场在新堡的村北，约9亩大的一块地上，尸体堆了一大半。死者个个血肉模糊，扭曲变形。由于没有一个幸存者，因此没有人（除了日本人）知道在这里发生的集体大屠杀的细节。事后有人数了数，这一大片尸体，约有1100具。

23日，日军撤离下社。前后5天，日军在下社和小石口屠杀中国同胞1700余人。

- 3月12日，日军在绛县里册峪屠杀村民500余人，40多户被杀绝。
- 3月15日，日军在山东徒骇河地区战斗中放毒，八路军中毒者300余人。
- 3月—5月，日军在华北发动第一次"治安强化运动"，对平西、冀中、冀东等地进行扫荡，对抗日根据地普遍实行烧光、杀光、抢光的"三光"政策。

华北"治安强化运动"与"三光"政策

抗日根据地民众被屠杀318万人

1941年到1942年间，日军在中国最大的占领区华北地区，连续进行了大规模的综合型剿灭抗日势力的五次"治安强化"战争。为此，日军从华中向华北增派了几个师团的兵力，到1941年，华北日军达32万多人，占侵华日军总数的40%以上。华北方面军司令官也换成了号称日军军阀"三杰"之一的冈村宁次。为期两年之久的"治安战"，推行"三光"政策，给华北人民造成了重大灾难。

日军把华北占领区分为三种类型，即"治安区"（日伪统治相对稳定的地区）、"准治安区"（日军与八路军争夺拉锯的游击区）、"非治安区"（八路军抗日根据地的巩固区）。在"治安区"，日军主要实行"清乡"政策，即：清查户口，颁发"良民证"，建立保甲制度，实行连坐法；同时强化各级伪政权，建立"新民会"、"兴亚会"、"商会"等各种奴化组织；并在军事上建立伪自卫队、保安团；强迫民众挖筑封锁沟墙和碉堡据点。对"准治安区"，日军实行"蚕食"政策，强迫老百姓集家并村，制造大片无人区；强迫民众大修封锁沟墙和碉堡据点，切断根据地与游击区、八路军与群众的联系。对"非治安区"，日军实行扫荡、清剿和三光政策，一是要歼灭八路军主力，二是彻底摧毁根据地军民的生存条件。

1941年3月30日起，日军开始第一次"治安强化"运动，对冀东和冀中的平津与保定三角地带的八路军进行大举进攻，逼迫两地的八路军主力转移，并在两地进行大规模清乡。

7月7日至9月7日，进行第二次"治安强化"运动，在对根据地蚕食和封锁的基础上，调集了华北日军所能集中的全部兵力近40万人，对离平津最近的晋察冀抗日根据地巩固区北岳、平西区发动"铁壁合围大扫荡"。

11月1日至12月25日，日伪又进行第三次"治安强化"运动，重点是经济战，加强对抗日根据地的武力封锁，在敌占区强行吞并工商业，垄断贸易，强迫种鸦片、棉花，统制粮食，每人只准留一个月的口粮，对物资实行配给，以对占领区人民竭泽而渔，并切断抗日根据地的经济来源。

太平洋战争爆发后，日军为加速把华北变为"大东亚战争的兵站基地"，加剧和扩大了在华北的治安战。1942年3月至6月，进行第四次"治安强化"运动。于4月1日起，对冀东抗日根据地连续发动三期"治安肃正"作战；4月29日起，对冀南根据地进行两周的大扫荡；5月1日，5万日军开始对冀中平原抗日根据地进行"拉网大扫荡"；5月15日，又对晋察冀根据地的太行、太岳区和八路军总部、中共北方局、129师师部进行合围和突袭。

10月8日至12月10日，日伪又实行第五次"治安强化"运动，日军强征民夫10万人，在冀东大修封锁沟和碉堡，在长城西侧、热南山区推行集家并村、焦土政策，制造了绵延3000华里的无人区。

五次"治安强化"运动，给华北人民造成巨大灾难。到1942年底，日军从华北抓走壮丁569万余人，修筑铁路6067公里，公路37351公里，封锁沟墙10200公里，据点、碉堡7800余座，占用耕地4633多万亩，耗费劳力4500万人，使华北沦陷区经济濒临绝境，人民雪上加霜。

在华北五次"治安强化"运动中，日军提出并彻底实施了烧光、杀光、抢光的血腥的三光政策，旨在摧毁八路军抗日根据地巩固区，这比日军在侵华初期的一般报复性烧杀更残酷，破坏性也更大。从1941年到1945年抗战结束，日军在八路军敌后抗日根据地中，先后制造了丰润县潘家峪、遵化县鲁家峪、平山县驴山、定县北疃、应县下庄、胶东马石山、滦南县潘家戴庄、阜平县平阳、井陉县老虎窝黑水坪等数十起屠村、屠镇的大惨案。据不完全统计，日军共屠杀八路军敌后抗日根据地无辜百姓318万人（其中晋察冀边区被杀48万人、冀热辽边区被杀35万人、晋绥边区被杀15万人、晋冀鲁豫边区被杀98万人、山东区被杀90万人）；抓走劳工276万人；烧毁房屋1952万间；抢走粮食1149亿斤，牲畜、家禽5431万头、只，衣被22963万件；损毁农具、家具22270万件。

- 4月12日，日军对内黄、顿丘、高陵的百里沙区地区进行大"扫荡"，使80个村庄变成一片瓦砾焦土，屠杀平民4000余人，烧毁房屋5万余间。
- 4月23日，日军陷浙江余姚，屠杀400余人。
- 4月29日，日军在河北故城霍庄屠杀军民500余人。
- 5月3日，日军侵入惠州，屠杀蓬瀛村民400多人。

重庆大隧道惨案

重庆有7条大隧道防空洞，被称为较场口大隧道的防空洞是最大的一个。

这是一个在地下10余米、宽高各2米、长约2公里、有4个出口的简易市民防空洞。重庆市内共有1800余处防空洞，分为三类，第一种是党政军高官和财界人士的个人专用洞，第二种是机关、公司等单位的专用洞，第三种是一般市民的公共防空洞。公共防空洞内部条件差、设备很少或没有，环境恶劣。

1941年夏，是空袭的第三个夏天，比汉口离重庆近300公里的宜昌被日军占领，使日机在重庆上空的滞留时间显著延长，重庆上空完全被日本飞机所控制。日机对重庆的"疲劳轰炸"不分昼夜地进行，最长的一次持续了7天7夜。

6月5日晚9时，防空警报突然响起，高悬的红灯笼从1个增至2个（敌机飞临上空），市中区居民纷纷涌进较场口大隧道。这个防空洞的最大容量为6555人，而这次进去避难的人激增一倍以上，洞内拥挤不堪。日机的轰炸持续到次日黎明，洞内的通风机又发生故障。近10个小时的高温、严重缺氧、拥挤和混乱，导致惨剧发生。除了几个洞口附近的数百人幸免外，万余名避难居民都因窒息、昏迷、洞口尸体堵塞、挤压、蹈藉而死。大部分死者衣服被撕烂，皮肤为蓝黑色，面目全非。

关于较场口大隧道窒息惨案的死亡人数，当局先是公布为死亡500至600人，因社会舆论批评，调查委员会又公布死亡992人、重伤151人。《重庆抗战纪事》年表6月5日的正式记载为，"当晚，较场口大隧道发生窒息惨案，死伤数千人"；同时记有亲历者郭伟波的话，"一夜之间，窒息压死的市民约一万人。"美国人卡·麦当斯把大隧道出口处堆积如山的男男女女和孩子的尸体拍成照片，《生活》杂志向全世界报道了日本空袭下的悲剧，推测死亡4000人。当时住在重庆的韩素音女士在1968年写的自传中说："约12000人在重庆的公用防空洞中死亡（也有报道说死亡20000人）。"还有一种估计说，死亡30000人。

• 6月30日，日军将2000余壮丁用闷罐车从太原送往石家庄，途中1000余人被闷死。

- 7月27日，日机108架轰炸成都，炸死炸伤市民1600余人，摧毁街巷120条。

- 7月，日军在江苏常太地区清乡，抓捕军民2000余人，仅支塘观音桥一地，就先后屠杀近百人。

"清乡运动"

"清乡运动"是日本侵略者在华北推行"治安强化运动"的同时，利用汪伪政权的配合，在华中和华南沦陷区进行的军事、政治、经济、思想一元化的大规模扫荡活动。1941年7月至1942年夏，第一期清乡首先在苏南的吴县、常熟、太仓、昆山、无锡等10县进行，以后逐步推向整个华中和华南沦陷区。

首先是"军事清乡"。日伪军配合，采取"梳篦"、"拉网"战术，分几路、十几路向新四军抗日游击区进行反复扫荡清剿，建立"肃清地"和"清乡区"，并在清乡区边缘树起铁丝网、篱笆，筑起碉堡、哨所，断绝清乡区内外的联系。

第二步是"政治清乡"。在清乡区建立警察保安武装，实行保甲连坐，强编"自卫团"，并进行"自首"和"检举"，使清乡区变成了一座巨大的集中营。

第三步是"经济清乡"。实行严厉的物资统制，对新四军抗日游击根据地进行经济封锁，并以各种名目对百姓敲诈勒索，许多村庄被洗劫得十室九空。江南百姓称"清乡"为"清箱"。

第四步是"思想清乡"。在清乡区搞"中日亲善"、"和平反共建国"等"特种"奴化教育，开展"新国民运动"，强化法西斯统治。

从1942年春至1943年夏，清乡的重点移向太湖东南地区和上海郊区及苏淮特别区。1943年至1944年初，又转向镇江、苏北地区和浙江杭州地区。1944年春夏对华南广东和华中安徽也进行了清乡。日伪在华中和华南的清乡运动前后持续了近4年，对新四军抗日游击根据地的大扫荡120余次，共屠杀、残害沦陷区民众30余万人。

- 8月，日军将五台山上社至耿庄一带划为"无人区"，在崔家庄将140多人抛进滹沱河，在盂口将60多人抛进河中。

- 8月，热河日军以搜捕游击队为借口，一夜之间屠杀了300多户人家并将整个村子烧光。

- 夏，日军在湖南常德地区投掷染有鼠疫的跳蚤50公斤，导致当地染患鼠疫致死者达400余人。

- 9月2日，日军"扫荡"山西平定北三区14个村庄，屠杀320人，烧毁窑房4000余间，抢粮193万斤。

- 9月2日，日机在连江县城投掷大批凝固汽油弹，焚毁店铺住宅五六百座，1000多人遇难。

- 9月6日，日军占领长沙青山，屠杀民众400多人。

- 9月12日，日军扫荡河北枣强县东南地区，六天中屠杀董庄、前后庄等10个村庄310余人。

- 9月12日，日军扫荡河北平山县，在驴山周围十几个村庄屠杀村民700多人。

- 9月14日，日军屠杀河北平山县东黄泥一带11个村庄588人。

"铁壁合围大扫荡"

1941年8月至10月，日军对晋察冀根据地进行大扫荡。8月，冈村宁次就任日本华北方面军司令，即调集了日军在华北所能集中的全部机动兵力，3个军团、6个师团、5个独立混成旅团共7万日军，加上伪军计10余万人，向晋察冀巩固区大举进攻。这是日军在实施五次"华北治安强化"运动期间，对八路军敌后抗日根据地发动的规模最大的一次扫荡，也是抗战进入相持阶段日军在华出动兵力最多的一次战役，日军号称"百万大战"，以报复一年前八路军在华北对日军发动的"百团大战"。

日军的大扫荡分为三个阶段。从8月14日至21日为第一阶段，即对晋察冀根据地的巩固区北岳区、平西区实施分割包围封锁。从8月22日至9月3日是第二阶段，即"铁壁合围"的主攻阶段。第三阶段从9月4日至10月15日，对根据地实施分区封锁和三光政策。

先是日军的"进攻兵团"在各自作战区域内进行分区搜索和清剿，屠杀抗日军民，摧毁根据地的各项设施，搜索坚壁物资，实施毁灭性的三光政策。"进攻兵团"撤走后，"封锁兵团"在各战略要点，构筑据点、碉堡、公路和封锁沟墙，并继续进行清剿。日军按不同的任务又分为：放火队，烧毁各种设施；搜索队，搜索挖掘埋藏的物资；捕杀队，清乡搜山捕捉群众。日军对根据地的兵工厂、被服厂、医院、学校、机关驻地等，对民众的生产和生活资料，如房屋、财物、粮食、农具、牲畜及至水井、水源等，全部进行彻底的破坏。对被捕的民众，女性，几乎全部强奸、轮奸，直到摧残致死；男性，屠杀或做苦役，撤退时不能带走者全部杀死。在日军对清剿地区确认已经彻底摧毁后，即转移兵力至他处，实行同样的摧毁。

两个月中，根据地干部群众被捕被杀6000余人，被抓劳工2万余人，民房被烧毁15万余间，庄稼被毁5万余亩，粮食被毁被抢5800余万斤、棉花1.2万余斤，牲畜被抢走12.6万余头，被毁农具24.9万余件，军民罹病者达10万之众。日军还在根据地内修据点113处，公路500公里，沿晋察冀边界和冀中冀西界处挖封锁沟153公里，并在晋东北和平山地区"集家并村"，制造了南北长百余里、东西宽60里的大块"无人区"。无人区内，村庄焚尽，资财劫空，树木砍光，水源全部遭破坏，民众除被抓走者外尽被屠戮，遍地废墟，尸骨横野。至此，北岳区和平西区被分割、包围、封锁，晋察冀抗日根据地开始进入了最艰难困苦的时期。

- 秋，日军划定井陉正太路南段八村为"无人区"，将八个村全部烧毁，捕抓村民4000余人，屠杀350人。
- 秋，日军在山西灵丘县南山杀死、刺死、活埋、摔死、烧死村民98人，强奸妇女700余人，劫夺银元52913枚。在下关村捕杀村民308人。
- 10月8日，日军在湖北宜昌附近及茶店子，大量施放毒气弹，我伤亡官兵千余名，死400余，糜烂者80余名。

● 10月9日，日军扫荡山西平定县路北14个村庄，屠杀村民320人，毁房数千间，制造无人区。

晋冀边界无人区

无人区又被日军称为"无住地带"、"无居民地带"、"无住禁作地带"，最初是由关东军在东北创造的。

据记载，日军从"九·一八"事变起，到1945年投降，14年中，在中国的东北和华北制造了六大片无人区：

1933年至1939年，关东军在吉林延吉、通化、珲春、辑安、宽甸等六县搞大规模集家并村，首次制造了大片无人区。

1936年，关东军在辽宁北票二龙抬川20多村制造了又一块无人区。

1941年秋冬，日军在华北推行"治安强化运动"期间，在山西、河北交界地带制造了长200余里、宽50余里的第三块无人区。又在河北平山南部制造了第四块无人区。

1942年，日军在山东鲁山一带42个村庄制造了第五块无人区。

从1942年秋冬第五次"治安强化运动"开始到1944年，日本关东军、蒙疆驻军和华北方面军联合，在华北北部的长城沿线（即伪满洲国"西南国境"）周围，制造了长1000余里、宽200至300里的第六块，也是最大的一块无人区。

1941年8月，日军在对晋察冀抗日根据地北岳区进行"铁壁合围大扫荡"时，即开始在北岳区西线晋冀边界实施无人区计划。首先，从涞源县西南直到山西娘子关，沿着山脊修筑了第一条宽2丈、深1.8丈、长达数百里的封锁沟。接着，又在此沟以西几十里修筑了第二道封锁沟。然后，把两条沟之间通通划为无人区，区内1000余座村庄全部抹掉。这条线仅从河北阜平县龙泉关到山西盂县上社以北的一段，就制造了长200余里、宽60余里的无人区，致使其中的几百个村庄都变成废墟。之后，在北岳区的南线，从盂县、井陉连接处到河北平山、灵寿、行唐一线，又挖了一道宽3至4丈、深1至2丈、长70余里的封锁沟；在石山地段，便筑起封锁墙。在这条沟墙以外10里内，又制造了700余平方里的无人区，仅3个县就有50多个村庄被彻底烧毁。

日军制造无人区，采用彻底的三光政策。在平定县北部，日军出动200人，拉民夫2000人，组成拆房队、挖窑队、放火队、破坏队、切穗队、镰刀队、抢粮队、搜索队等，将30余个村庄、2000余户的房子、窑洞全部拆毁、烧光，地里庄稼全部割掉烧毁，所有粮食、财产洗劫一空，使近万名百姓流离失所逃往外地，不愿走的都被就地杀害，连庙里的老和尚因不及逃跑也被日军刺死。

《晋察冀日报》记者在扫荡后入无人区采访，记录下了那些过去人口比较密集的村庄变成无人区之后的情况：

一天的黄昏，走到庄头东边的大路上，有块木牌插在路的当中，上面写着：

"大大日本皇军山西派遣军片山兵团告白：此为日军管内无居民地带，业经彻底毁灭，如有人胆敢在此行动，即予格杀不赦！"

村庄经过"皇军"宣扬"王道"之后，1000来间的窑洞和房屋都被挖平了，只剩下2尺来高的墙角，街道和院子都堆满了破碎的石头、砖瓦、泥土；所有的家具杂物都被砸碎或烧毁，每一个院子里都有一大堆衣物、木箱的残骸，还有铁锅、瓦罐、碗碟的碎片；全村的水井都被石头填平，碾子和石磨都被炸碎；村庄周围的果木都被锯倒，只剩尺把长的一截树根。一个大院里躺着三具尸体，一具是男的，一具是女的，都约莫40来岁，另一具是个10来岁的孩子。村庄周围的庄稼都被敌人抢光，抢不走的稻草、高粱杆、棒子秸都被烧光，地里堆着一堆一堆的灰，有的还在冒着烟。

在制造平山无人区时，日军将20多个村庄全部烧光，把人驱赶到据点。东苏庄不愿走的村民被枪杀了30多人。被强迫并村到西回舍的2500多人，日军把青壮年全部押到矿井当劳工，把青年妇女全部抓到堡垒蹂躏，剩下的老弱妇孺则全部用刺刀屠杀。

1943年，《晋察冀日报》记者又到无人区采访：

所到各村见不到一个人，除了乌鸦之外，也见不到一个动物，只见荒草在院子里长得与门齐，水井被填了，碾磨被砸毁了，分不出街道，分不出房间，村村都成了瓦砾堆。当到达盂县砖村的时候，听见一间破房里似有小孩的哭声，我们进去一看，原来是一个小狼羔在嚎叫。看来这里已很久无人住过了。

- 10月中旬，日军在宜昌使用毒气弹，中国军民1600余人中毒，其中600余人致死。
- 11月2日，5万日军对沂蒙山区进行大"扫荡"，26天中屠杀民众3000余人，抓捕1万多人，烧毁房屋5000余间，抢粮160万斤。
- 11月4日，日机在常德和桃源等地投掷鼠疫杆菌，致使600余人死于鼠疫，石公桥镇就死亡80多人。
- 11月，日军在天津押运千余名壮丁上船时有人逃跑，日军用机枪扫射，当场枪杀300余人。

周化祯女士的血泪控诉

对佐古龙佑犯罪事实的法庭调查（1956年7月8日）：

佐古龙佑：1941年12月，齐齐哈尔宪兵队和齐齐哈尔铁道警护队的联络员来到锦州铁道警护队，向池田队长说在锦州附近潜伏有抗日救国人员。池田根据这个报告，逮捕了嫌疑人，然后向我作了报告，我鼓励了他们，叫他们努力干。池田就领导队员包围了锦州铁路员工宿舍，进行了逮捕。结果又判明在山海关、叶柏寿、阜新、通辽、打虎山等地还潜伏有抗日救国人员，把这个情况向我作了报告。我于1942年1月中旬召集有关各铁道警护队的警察主任，在锦州开会，命令他们彻底进行逮捕。

审判长：传证人周化祯到庭作证。

审判员：你是周化祯吗？

答：是的。

问：你在什么时候被锦州铁道警护队抓捕过？

答：1941年12月。

问：你把受害的经过讲一讲。

答：1941年12月16日晚6时，伪锦州铁道警护队的警察，有10余人，把我家的大门踢开，像恶狼似的闯进屋中，进屋什么也没说，首先打我几个嘴巴子，同时用刺刀按在我7岁孩子的脖子上，问他："你爸爸上哪去了？"又问我："你丈夫周振环到哪里去了？"这个时候，我那两个5岁和3岁的孩子，看见这种凶恶场面都吓得大哭起来，日本鬼子就把两个孩子由被窝里拉出来，用被裹上扔到炕里边去了。接着打我的打我，翻的翻，屋里屋外没有一个地方不翻到。就这样，一直闹到11点半，给我带上手铐押到警护队拘留所。

第二天，12月17日早晨5时，就把我提出来过堂，问我："你丈夫到哪里去了？"又问："你丈夫有什么朋友？都是谁？"我说："不知道。"这时，这些野兽们就下了毒手。那时我怀孕近7个月，他们首先用胶皮板子打嘴巴，顺嘴角往外流鲜血，接着就用胶皮鞭子抽，以后又用又细又尖的竹签子刺指甲，扎进去拿出来，拿出来扎进去，我10个手指头刺伤了7个，我还是没说。这时拥上来4个铁道警察，一脚把我踢倒，按在地上，把我全身衣服完全扒掉，拿出一整束香，点着了，先烧头皮，接着往下烧，一直烧到大腿里子，烧得最为严重，（哭）现在还有很大伤疤。烧完后，又开始过电，电匣子有两根铜丝，拴在两个大拇指上，鬼子用手一摇，我的心好似蹦出来似的。一会儿，这群野兽们又把两根铜丝拴在我的两个乳头上，用力一摇，我就昏过去了。（痛哭）当我苏醒过来以后，又用细绳子拴在乳头上牵着走，不走就打，前头牵着，后头赶着，在刑讯室里，还污辱我。这样，他们觉得还不够，又用惨无人道的毒辣手段，用又细又尖的竹签子刺阴道。（哭不成声）当我疼痛难忍骂他们时，他们拿破布头沾上辣椒面塞在我嘴里，使我不能呼吸，我又疼得昏过去了。当我苏醒过来后，来了两个铁道警察，连打带拉，把我拖到拘留所里。我在警护队就这样被折磨了20天。

铁道警护队从12月14日到31日，共逮捕了抗日救国人员40名，当我被警护队押着的时候，我听伪警察说，我的丈夫周振环，在12月31日晚8点抓来了，我听到这句话时，好像乱箭刺心。（哭）我知道人要是到了警护队，那就是到了虎口，决不能出去。

在1942年1月3日，他们把我提到审讯室里，我一进门，就看见我丈夫伸着臂膀在挨打，吊在那里满头大汗，这时候警察强迫我跪在一边，叫我亲眼看着我丈夫受刑。我不愿看时，他们还打我。他们先把铁钳子烧得通红，往我丈夫身上夹，烙得吱吱地响，烙出了黄油。钳子拿下来时，肉也掉下来了。连烙几次，人就昏过去了。放下来用凉水浇醒后，又开始往嘴里鼻子里灌辣椒水，把肚子灌大后，又在上面踩，辣椒水从嘴里鼻子里倒流出来，人又昏过去了。苏醒后又用灭绝人性的手段（哭）用猪鬃捅尿道，刺得小便流血，人马上又昏过去了。苏醒过来，又把小便用细绳子拴上，悬空吊起来，人就昏过去了。比这更残酷的刑罚是滚钉笼子。（痛哭）钉笼子是椭圆的，三面是钉子。当人从笼子里拿出时，已成了血人。他受这样的毒刑，我亲眼看到的就有三次。

1942年1月5日，把我放出来了。有一次我给丈夫送饭，看见他正在审讯室坐老虎凳。日本铁道警察把人绑住，两手背在后边，垫上砖头，腿上面压着两个杠子，狠狠地压，鲜血直流。当时我心痛得昏倒在地，后来他们把我打了回去。我丈夫周振环在锦州铁道警护队押了80多天，于1942年3月24日押送到伪锦州监狱。

在1943年4月7日中午12点，在伪锦州监狱的执行场把他绞死了，那天一同绞死3个人，周振环、杨景云和张化堂。

第二天早晨我去领尸，他们把人给我抬出来，头上蒙着一张白纸。当我把白纸揭开时，凄惨万分，（哭）眼珠子完全冒出来了，舌头伸在嘴外，鼻子、耳朵都流着血，脖子底下没有皮了。在我给他换衣服时，看见他身上一块好地方也没有，伤疤顶上是伤疤，腿肚子两半了，骨头露在外边，左边屁股上有碗大一块伤，很深一个黑窟窿，左手少了两个指头。（哭）

佐古龙佑，你有没有父母？你有没有妻子？你有没有孩子？当你的亲人遭受这种摧残的时候，你将有怎样的感觉？（证人脸色发白，站立不稳，被人扶住坐下。）现在我请求法庭把这杀人的强盗狠狠地惩办。

审判员：被告人佐古龙佑，你对证人周化祯所讲的，有什么话说？

答：我所领导的铁道警护队所做出的暴行，实在是极端残酷的和非人道的。（哭）这是我一言难尽的罪行，我虔诚地谢罪。

1942年概要

1942年1月1日，由美英苏中四国领衔、26国签署的《联合国家宣言》发表，签字国保证全力对抗"三国同盟"，并保证不单独与敌国缔结停战协定或和约。国际反法西斯统一战线正式形成。3月12日，美国同意向中国贷款5亿美元。6月2日，中美签订《租借协定》，美国承诺以武器装备援助中国抗日。

日本自上年底占领香港和泰国后，本年1月占领马来亚，2月攻占英国经营了20年的堡垒新加坡；经过5个月的激战，占领了菲律宾群岛；还占领了西太平洋全部美、英海空军基地，重创了美国太平洋舰队和英国远东舰队，夺取了制海权和制空权。

5月，日军侵占缅甸，侵入云南省境。除大西北外，中国对外的海路和陆路交通线，均为日军切断和控制。

为"以战养战"和支持太平洋战争，日本加紧了对中国沦陷区的控制和掠夺，强调进行政治、经济、军事、文化一元化的"总力战"，使华北"成为培养补齐战斗力的基地"。日军在正面战场继续第三次长沙会战，进行浙赣作战，并对各敌后根据地进行大规模扫荡。本年，日军在华北进行了第四次和第五次"治安强化运动"，并对华中和华南根据地进行"清乡"，尤以对冀中的"五一大扫荡"规模最大，最为残酷。

1942年，是世界反法西斯战争发生重大转折的一年。6月，美日海空军在中途岛激战，美军以少胜多，日军丧失战略主动权。8月至10月，美军进行所罗门群岛的瓜岛登陆作战，日军从此处于战略守势。在苏联战场，苏军在斯大林格勒战役中由防御转入进攻。北非战场上的英军也开始进入反攻。在此形势之下，日军被迫取消了计划进攻重庆的5号作战。

● 1月5日，《华北评论》公布从中国华北运往日本的中国劳工人数为：1937年32万人；1938年50万人；1939年95万人；1940年140万人。

● 1月下旬，日军在热河发动"大检举"、大搜捕，几天中逮捕2000多人，屠杀400多人，仅在兴隆街南土门山沟就集体屠杀200多人。

惠州四度化废墟

抗日战争期间，广东惠州城曾四次沦陷于日军之手。

1938年10月14日，日军在城外飞蛾岭经过几个小时的战斗，进占惠州，继而各路日军进入惠阳，未遇抵抗，惠州第一次沦陷。日军进城后，大行烧杀，惠州最繁华的水东路，大火10余天不熄，其余街道店铺、民房，大都被毁。日军侵占惠州的50多天里，居民死伤惨重，老妪和幼女亦被日军奸淫。12月7日，日军退出惠州时，又炸毁了东新桥。中国军队温叔海师于日军退后两日方进城，将至城下时令部队放空枪千余发，旋电报上司，称力战数昼夜，逐去日寇，光复惠城。

1941年5月3日，日军经两日激战，第二次侵占惠州，市民多已避难出城，日军到各处搜索，在蓬瀛村屠杀村民及城中逃难者400多人。日军10日撤退，当天拂晓，数百日军携带火具至城中各处，以鸣炮为号，第一声炮响，全城烟火冲天，鸣第二炮，日军退走。市区房屋被焚毁达80%，西湖周围的名胜古迹如栖禅寺、永福寺、元妙观等都被烧毁。惠州再度变成废墟。

1942年2月4日，日军第三次攻陷惠州。在埔头，日军屠杀100余人，在礼门义路及叶屋巷口屠杀100余人，在南津牛颈岭屠杀300多人，在五眼桥河边活埋了几十人，还有许多用汽车拉到郊外的被屠杀者。第三次沦陷时间最短，一共三天；但这次日军杀人最多，三天中屠杀惠州居民3000多人。

1945年1月14日，日军第四次占领惠州，直到日本战败投降。

日军四度占领惠州，被屠杀的市民约5000人，惠城几度化为废墟，财产损失不计其数。

● 2月15日，10万英军在新加坡向已经弹尽粮绝的2万日军投降。日军在马来亚和新加坡，屠杀了数以万计的华侨（美国国务院抗议日本虐待俘虏的文件中说，"在新加坡大约有15万中国人被日军用军刀一砍两截而死。"）。

大同三次"坑儒"

1942年2月15日是春节。这天，大同日军宪兵司令以请客为名，将各界知识分子397人"请"到宪兵队。桌子上，放着几本商务印书馆出版的《模范英语读本》。日本人让每个中国人都念一段，凡是会念的都站到一边。等所有的人都念完了，大同日军特务机关长田中一则宣布：凡是懂英语的都是亲英美派，是皇军的敌对分子。接着，便将这些知识分子押到郊外，全部杀害和活埋在5条深沟里。

还在太平洋战争爆发前，日军便在大同对知识分子进行了三次大逮捕。1941年4月3日，日军逮捕知识分子和爱国人士150余人，杀害70余人。大搜捕是从汉奸王珩的告密开始的。王的公开身份是小学教员，又是医生，还是基督徒。其时大同基督教堂有一电台，许多知识分子经常在那里打听消息，议论时事。日本宪兵队根据王提供的线索进行大搜捕，开始以"抗日救国会"问罪，后来又按"共产党"论处。抓了人以后就严刑逼供，让人们填写共产党地下组织表。越株连越多，一直抓了数千人。被捕者中，有教员，有医生，有商人，其中有相当数量的中小学校长，还有当地的著名绅士。被捕的人，大都经过多次刑讯，刑讯后，一部分就地处理，一部分解往张家口日军部审判。在三次大搜捕中被捕的知识分子，共有1300多人被判刑，有500多人被公开处死，还有许多人被刑讯致死和死在监狱。

● 2月，日本人从辽宁抓走3000余名劳工修筑军事工程，完工时将这些劳工全部杀害。

● 春，日军在河南内黄县枣林屠杀村民1300余人，全村居民几被杀绝。

● 3月11日，日军屠杀灵寿县东城南村男女老少800余人，全部抛尸封锁沟内。

活体解剖的"世界最高纪录"

汤浅谦笔述（1955年写于战犯管理所）：

潞安陆军医院为本院和驻山西潞安的36师团的军医举办了一个叫"潞安军医教育班"的研究会，研究战争医学。为了提高青年军医的手术水平，每年都进行四五次以俘虏为材料的活体解剖。我刚来到军队不久，于1942年3月下旬，作为该医院传染病房的军医中尉，第一次参加了活体解剖。这次暴行是在位于医院内运动场一角的解剖室里进行的。在这里还排列着露天火葬场和灵堂，附近一带已埋满通过解剖而杀害的尸体，几乎再也没有挖新坑的余地了。不时可看到野犬将泥土挠开，在咬食尸体。

这一天下午，我们医院和36师团的军医约二十五六个人，在医院院长西村军医中佐的指导下，将从36师团带来的两名俘虏，作了活体解剖。这两个人年纪都在30岁左右。当他们发现面前的手术台上放着手术刀、剪刀，还有穿刺器和锯子时，便明白将要被一刀一刀地割成碎块，他们毫不畏惧地充满仇恨和愤怒地瞪着我们。

我向一个比我先来的军医问道："干过什么事情的俘虏才要杀死呢？"他说："你说什么呀？八路即便被俘虏了，也不会听从摆布的，所以要全部杀光！"他似乎认为这是理所当然的事情。

过了一会，两名俘虏被剥光衣服，绑到手术台上。直到这时，他们仍然出人意料地镇定自若，也可能是决心显示中国人至死不屈的意志吧。护士打上麻药，又蒙上了他们的眼睛。这样做是为了不使军医在手术过程中与他们的目光相遇而感到畏惧。注射麻药也并不是为了减轻他们被宰割的痛苦，而是怕他们在手术时扭动身体。

杀人手术开始了。军医们闪着异样的目光，围在手术台周围。外科主任音羽军医向大家讲授腰椎麻醉的做法。"什么？还要皮肤消毒？总之要杀死，有必要吗？哈哈哈！用力刺进去就是了！"

麻药刚刚注射，就开始切盲肠。"啊——！"俘虏一阵阵地叫喊，并挺直身体。但因被绑着，只能摆动手脚，扭动身体。音羽用手术刀切开腹部，俘虏高亢的绝叫声回响在狭小的手术室里。"啊！讨厌的家伙，麻药还不起作用吗？汤野君，你给他做全身麻醉！"我想，这可是试验麻药效果的好机会，于是将大剂量的乙醚滴在吸入器上，然后放在俘虏的嘴上。他呼吸了三四次后，只见脸色变得苍白，一面"呵、呵"地喘着，一面痛苦地左右摆头，企图摆脱掉吸入器。我用力将吸入器按住，不久，他便开始用肩部呼吸，陷入昏睡状态了。

"用了那么多乙醚，也不会立即窒息而死呀。"一旁的一名军医，带着几分赞美的语气，小声对我说。"如果死了，手术就没意思了！啊哈哈！"音羽一阵大笑。手术刀刺入下腹部，"哧"地一下鲜红的血喷涌出来，是动脉出血。被麻醉到死亡边缘的俘虏几乎已经没有意识了，但由于痛苦而满脸冷汗，下颌"喀哒、喀哒"地打战，断续发出刺耳的呻吟。腹部被开了一个大洞，取出肠子，用剪刀切掉盲肠。痛得一动不能动的俘虏，只是在痛苦地喘着气。军医们若无其事地又将脐部以下切开，开始练习肠缝合的手术。

在另一张手术台上，西村院长向大家讲授截断左臂的方法。俘虏挣扎着，一阵阵发出"咕——咕——"的呻吟。当用锯锯骨头时，他的手臂痉挛着。濒临死亡的俘虏急促地喘着气，苍白的脸上满是粘汗。我在好奇心的驱使下，更加大胆了，手握弯成钩状的气管切开器，对准微微动着的喉头刺进去。由于皮肤是软的，用不上力，刺不进去。俘虏痛得形相大变，发出低沉的叫声，头在左右摆动着。"用力！不管是食道还是什么，只管往里刺！"在西村的鼓励下，我用尽全力一刺，"扑哧"地刺穿了。俘虏随着呼吸喷出了血沫，脸上已完全失去了血色，呼吸困难，只有鼻翼急促地翕动着。由于喉头被打开了一个洞，连呻吟声也发不出来了。

就是这样，在大约两小时的时间里，练习了肠缝合、切盲肠、截肢和气管切开等手术后，部队的军医们回去了。这时已近黄昏时分，解剖室的水泥地面上洒满了鲜血，室内一片死寂，只听到俘虏时断时续的呼吸。我想到要进行最后一项试验，把乙醚吸入注射器，注射到俘虏肘部已变得很细的血管中去。只是连续发出两三次咳嗽声，呼吸停止的同时，脸一下变得苍白。

另一个奄奄一息的俘虏，西村刚给他心脏里注射了空气，他似乎感到还不满足，"光是注射空气，还轻易不死呢！哈哈！"他停下手来。我想正好利用这个机会，向卫生兵显示一下我的胆量，于是便约音羽，两人用带子把俘虏勒死了。

我在潞安的3年里，就是这样，通过活体解剖，惨杀了18名俘虏及和平居民。有时是摘出眼球或睾丸，还有一次，受原电信联队长的委托，为了给日本制药会社寄去注射药，而取出了人脑。我就是通过这些手段来提高自己的手术水平，从而更好地为日本帝国主义的战争服务。

森村诚一在《食人魔窟》（第三部）中记述道：

……这时病理学家、金泽医大教授石川太刀雄丸博士也已积极参加了731部队的工作，并且干得相当出色。譬如昭和十五年（1940年）的秋天，吉林省农安地区因731部队施放鼠疫菌导致鼠疫流行，出现很多鼠疫患者，这时，单是他一个人就十分麻利地解剖了57个患者，事后石川博士在一篇报告里说："从人数上讲，这可说是开创了世界的最高纪录"（见日本病理学学会会刊第34期）。

- 3月27日，日军在文登县营南陈家村屠杀230多人，烧毁房屋1008间。
- 3月，因日军散布细菌，绥西一带鼠疫蔓延，至3月2日，五临一带死亡205人，河西一带死亡82人，碛口死亡21人；至3月6日，陕西府谷死亡69人；至3月12日，伊盟暨东胜县死亡超过100人。
- 3月，日军在湖北沔阳作战中，逼迫中国民众为其作前锋，被击毙者达数百人。

承德日伪罪行调查

承德县公安局关于日伪在承德县罪行的调查（1954年7月23日）：

日寇于1931年进攻承德县，为了镇压我县抗日农民，摧残百姓，全县设有警察署5处，宪兵队4处，国兵、讨伐队、协和会各6处，村公所11处，分驻所18处，均设于我县人口集中的城镇，为法西斯统治人民的工具。最严重的是在1942年，非法划定无人区，修人圈，大抓国事犯，到无人区扫荡，残酷地实行杀、烧、抢三光政策，奸淫妇女，逼得农民妻离子散。

仅在日伪统治的13年内，据不完全统计，抓去曾给我军送过信的、做过鞋的、听过我地方工作人员会议的劳苦农民，就有20277名，如1937年和1942年两次逮捕，共抓去800余人。仅1942年12月在四区砖瓦窑子村，一次就抓去农民60余人，送承德市治安庭处理后只放回五六人，其余被判徒刑送至东安等地，至今一人未回，全押死在监狱。其中抓去下板城附近村子的农民计400余人，有的被杀死在承德市水泉沟内，有的被判徒刑后释放，有的关在监内。杀死我抗日干部93名，战士296名，村干部234名，抓农民去阜新等地做劳工的14973人，其中因做劳工被打骂、食不饱穿不暖，在工地冻饿而死的约3186人。

此外，在集家并村中，许多人房屋、粮食被日寇烧光、抢光，甚至一家劳动力都去做劳工或被杀死，只剩下妇女、小孩，老的老，小的小，全集到人圈里，没有一粒粮，没有房子住，地方很小，人特别多，每天还得受严刑拷打，这样致死的有20918人。如常峪沟村，在一个很小的野地里修了一个人圈，把附近百姓赶到那里的有百余户，还有国兵、讨伐队150余人，每天翻箱倒柜，奸淫妇女，叫百姓训练、修堡垒等，因被打骂和冻饿而死的就有150余人，如陈荣等10余户因男人死去，妻离子散。最毒辣的是，我县有百余个村被划为无人区，在这些村实行烧、杀、抢三光政策，并不许农民去这些村子种地。有警察局日本人黑岩股长带讨伐队百余人，专门到无人区扫荡，杀、烧、抢掠、奸淫妇女等，光无人区就杀我基本群众1166名。如1942年，在一区西化于沟扫荡，逮捕农民李树林、杨和等29人（全是各家家长），带到一个小院内，排成队跪下，用机枪点射，打完后，又用刺刀按个的挑，最后又用柴火烧，这29个农民，被机枪打、刺刀挑、火烧等，活活死去26人，只3人在那些人身底下，刺刀未挑着，才留了条活命回乡。又如11区贾家庵村，1942年4月间，一次就被日寇围剿住群众24名，弄在一起活活用刺刀给挑死，死后并把尸体用火烧了。如胥景春、胥景见、赵延增等户，1942年以前一家有八九口人，被残害现只剩两口人。

最惨无人道的是，无人区赶下来的姑娘、媳妇，配给那些匪兵为妾的就有10余名。如坚持在山地的农民李存龙一家3口人，被杀害两口，只剩下个16岁的女孩被配给匪兵。

* 4月初，在雁北敌占区内，日军命令老百姓交纳胡须、鸡毛、老鼠、虱子、臭虫等物。胡须不论老少，每人交2两，鸡毛每户交2两，老鼠每人交2只；不能交出者，则交白银（每只老鼠折合白银1.4元）。伪广灵、浑源、应县政府，下令各村每户交虱子、臭虫各5000只。

* 4月16日，日军在遵化县鲁家峪屠杀干部、伤员和村民350人。

热河特别治安庭杀人如麻

饭守重任笔供（1954年6月20日）：

1942年3月前后，我出席了伪司法部审议八田参事官起草的关于设置特别治安庭文件的会议。我赞成这个法案，并参与策划了这个法律的拟定。根据这个法律，在某一地方治安状况紧迫，为了迅速恢复治安，认为有绝对必要的时候，由司法部大臣命令，得在特定的高等法院内设置特别治安庭。在这个庭里，对治安庭案件的审理，第一审即作为终审。关于开庭，规定可以在法院法庭以外的适当场所进行。由于实行这个法律，1942年4月以后，锦州高等法院设置了特别治安庭，到1945年8月战争结束，三年多的时间，被特别治安庭处死的热河省爱国人民就有1700名之多，以审判的名义实行空前的大屠杀，并对2600名的爱国人民处以无期徒刑或有期徒刑20年、15年、10年、8年等的重刑，投狱监禁，其中数百人因营养不良死在帝国主义的监狱里。

长岛玉次郎证明书（1954年6月17日）：

在热河地区，宪兵、伪满警察、铁路警护军共逮捕中国军民10656名，其中由热河特别治安庭审判的约3600名，死刑980余名，投狱2600余名。这仅是概数，并非全部。我记得，在《西南防卫军战果统计》上载，自1942年至1944年上半年，在热河特别治安庭审判的约有4000名，其中判死刑的有1000名，入狱者约3000名。

投狱的约3000名，这些人被转到锦州、阜新、安东、鞍山、本溪湖、营口、四平等地的监狱后，在狱中因拷问、做试斩对象、病理实验、人体解剖或因营养不良等而秘密杀害的约800名。这是前锦州高等检察官书记官板桥润，1944年11月前受前锦州高等检察厅次长村上康四郎之命，做伪满建国10周年特赦令调查而了解的事实。

这些人中，在狱中因拷问致死的在50%以上，其他也有秘密杀死或做人体解剖而死的。这是考虑到如对抗日爱国人员全部宣判死刑，会更加激起人民大众的反抗，无法压制，因此减少公开处死刑的数目，而在暗中秘密地不依据任何法令来处死。

"五·一"大扫荡

1942年，日军在华北推行第四次（4月至6月）和第五次（10月至12月）"治安强化运动"，对抗日根据地进行了近百次扫荡，其中以"五一大扫荡"规模最大，最为残酷，冀中根据地在这次扫荡中遭受了极严重的损失。

冀中抗日根据地是全国创建最早和最大的平原抗日根据地，是平原游击战争和地道战的发祥地。它贴近平津，处于华北沦陷区的腹心地区，境内有被日军视为运输生命线的津浦、平汉两大铁路动脉。太平洋战争爆发后，日军首先加强了对该区的蚕食，到1942年4月，在这块6万多平方公里的土地上，共筑碉堡、据点1300多个，公路4300多里，封锁沟3500多里，根据地面积日益缩小。

5月1日，日军调集4个师团、两个混成旅团共5万余兵力，配备飞机、坦克、炮兵和骑兵，在冈村宁次亲自指挥下，由北而南、从东到西，开始对冀中根据地进行为期两个月的"十面出击"、"铁壁合围"大扫荡。两个月中，八路军进行了270次反扫荡战斗，毙伤日伪军1.1万多名。日军在哪里吃了败仗，就对哪里的民众进行报复，制造惨案。日军在消灭冀中军区主力部队和首脑机关的计划落空后，转而分区清剿地方部队和民兵，搜捕地方干部，破坏根据地的所有设施，实行彻底的三光政策，并在根据地内大修碉堡和封锁沟墙，实行"集家并村"和"大编乡"以及"自首"、"检举"等各种清乡措施，以对冀中进行牢固统治，彻底消灭抗日力量。

日军事前对"五一大扫荡"作了充分准备，除投入大量优势兵力外，扫荡前后都配合以政治思想的渗透和基层伪政权的建设，因而是一次军事、政治、经济、思想和文化的"总力战"。这次扫荡使冀中平原抗日根据地遭受相当严重损失：主力部队由14852人减少到10980人，损失30%；地方部队由15805人减少到8747人，损失40%；地方干部损失2/3；无辜群众被屠杀20000余人，被抓劳工50000余人。日军共修据点碉堡1753处，平均每四个半村就有一处，公路增至8583公里，封锁沟增至9372处，冀中平原被分割为2670小块。经过残酷的大扫荡，冀中平原变成了"出门跨壕沟，抬头见岗楼，无村不戴孝，到处见狼烟"的恐怖世界。

● 5月16日—7月1日，日军发动浙赣作战，打通浙赣线。三个月占领浙江的28个市、县，仅在浦江、诸暨、东阳三个县，就屠杀平民1400余人，烧毁房屋10.2万多间。

北疃毒杀惨案

5月27日，日军第53旅团少将旅团长上坂胜率所属第一大队500余人，围袭河北定县北疃村。日军根据汉奸提供的该村地道图纸，先堵塞了南北疃地道的出口，然后从三面向村子进攻，县大队和民兵节节抵抗后撤入村中地道。日军在村中又按图纸找到了几处地道口，将高浓度窒息性毒气点燃后投进洞中，再用棉被盖住洞口。毒气迅速在整个地道中散布弥漫，毒烟从各个洞口溢出，日军又在新发现的秘密洞口继续向地道中放毒。

在地道中避难的民众有八九百人。有辣椒味、火药味和甜味的毒气，使人流眼泪、打喷嚏；继而呼吸窒息、流青色鼻涕。人们受毒越来越重，一批一批在挣扎中窒息死去。有的头扎地面而死，有的撕烂衣服顶着洞壁而死，有的紧搂着孩子而死。王牛儿带着10岁和8岁的两个儿子，小儿子临死前叫妈妈，王说："儿啊，别叫你娘啦，她不知死在哪儿了，咱爷仨死在一块吧。"两个孩子头枕父亲的两膝而死。一位50来岁的妇女，两臂挽着两个10来岁的女儿仰死洞中。

年轻力壮的人们冲出洞口，即被日军抓捕。有的关在小屋子里，在毒气的继续作用下慢慢成批死去，有的被用铁丝穿锁骨绑在树上点火烧死，有的被刺刀刺死，有的被挨个砍头。十几个老人、妇女和小孩爬出洞口时已奄奄一息，日军把他们一个个全部扔进王尚志家的水井里淹死。几十名受毒稍轻的青壮年，被日军弄到了东北抚顺煤矿当劳工。

从5月27日至28日的两天一夜里，日军在北疃村共毒杀、枪杀、砍杀800余人。

● 6月，日军在发给沦陷区居民的"居住证明书"中暗夹毒药。河北某区一居民，误将"居住证"掉进锅中，一家三口食粥后，全被毒死。该县七、八、九区等都有同类事件发生。

● 7月20日，日军在江西余干县清水渡，将30余条难民船上的难民，以5人一串，反绑双手，全部投入河中溺死，并焚毁船只。

战俘集中营

侵华战争期间，日军公然违背《日内瓦优待战俘公约》，大规模虐待、屠杀中国战俘。

1937年，侵华日军上海派遣军司令官朝香鸠彦曾发布"杀掉全部俘虏"的密令。侵华日军华北方面军司令冈村宁次曾下令，用俘虏作为新兵练习刺杀的活靶子。1943年，日本陆相发布一项条例，规定战俘如犯违抗之罪，必须加以监禁或拘捕，并可采取为维持纪律所必需的任何其他措施。

抗战期间，日军在各地都设有长期或临时性的战俘集中营。这些集中营条件简陋，房舍不足，没有卫生设备，医药极少或根本没有。日军对战俘任意虐待直至残杀。如拳打脚踢，强迫在烈日下暴晒，将手臂吊起来，捆绑后让蚊虫叮咬，关进笼中不给饮食，禁闭在地下黑室中几星期等，甚至枪毙、刺杀、斩首、淹死等。

太原"工程队"是一座常年关押有6000多名中国战俘的集中营。囚室用席子搭成，冬冷夏热，一个囚室囚禁几十人至几百人，拥挤污浊。俘虏每天只给两顿饭，一顿是一两掺了沙子的玉米粒、橡子面。俘虏每天从事抬煤、筑路、开矿等苦役。青壮年俘虏还定期抽血，为日军提供血源。1942年7月26日，日军大队长安尾正纲传达上级命令，用中国俘虏练习刺杀。日军将俘虏每50人一组，分别绑在木桩上，嚎叫着把刺刀刺进俘虏的胸膛。仅这一次就屠杀了220名战俘。8月上旬，又有120名战俘，包括50名女俘，也被同样杀死。

- 8月2日，日军占领浙江临时省会松阳县城，20多天中屠杀居民1571人，烧毁房屋1440所。

- 8月上旬，冀中大雨，滹沱河、沙河、唐河、子牙河洪水暴涨，日军决堤180余处，受灾村庄6752个，灾民达200万人。

- 8月29日，日军在江西塘南屠杀居民860多人，烧毁房屋723幢。

- 8月，日军在金华、兰溪一带撒布霍乱、赤痢、鼠疫等媒体，致使恶疾传染蔓延。仅义乌县崇山村380多户中，因鼠疫死亡320多人，有30户死绝。

- 8月，日军以减少消费为由，在大同活埋城内乞丐500余人。

- 10月19日，日军在岳阳昆山一带清乡扫荡7天，屠杀民众1800多人。

同时在烟家塘屠杀居民167名。

● 10月，日本华北方面军参谋长安达称："华北已新筑成碉堡770余个，遮断沟修成11860公里长，实为起自山海关经张家口至宁夏的万里长城的6倍、地球外围的1/6强。"

● 秋，冀东日军在卢龙县武各庄屠杀群众100多人，在迁安县沙河驿屠杀群众数百人，在上营庄屠杀50多人。

马石山杀人有花样

马石山位于山东乳山县，是胶东抗日根据地的中心地区。1942年11月，冈村宁次从北平飞到烟台，调集青岛、烟台、莱阳等地的2万余名日伪军，对胶东根据地中心区进行拉网大扫荡。到12月23日，日军将方圆40公里的马石山团团包围，数千名群众和部分地方干部及八路军伤病员陷入险境。

马石山附近的几个村子，都被日军烧光。西尚山村村长王连福被日军割掉耳朵后杀死。大龙口村的王晋京被绑在树上，用开水从头顶淋下，然后被刺死。石棚村王绍良的妻子分娩不到三天，被日军轮奸致死。

24日起，日军开始步步搜山围逼马石山主峰。在金银顶采石坑，日军抓住了几十人，用刺刀逼着人们躺在地上，解开衣服，然后日本人坐在中国人的脑袋上，用刺刀慢刺慢割，慢慢杀死，一连杀死了50多人。

在马石山，日军残杀中国人的方法多种多样：招民庄70多岁的许德玉，被日军用草苫卷起来，从下边点火一直烧到头顶，叫"烧草人"；西山一孕妇，被日军剥光衣服，从悬崖上扔下去，叫"摔西瓜"；在金银顶日军把9个人拴成一排，迎面射击，叫"打活靶子"；还有把人横架在锅撑上烧死，将人开膛破腹，把小孩劈成两半，把妇女衣服剥光，割去乳房，往阴部插木棒等等。

在这次惨案中，日军屠杀马石山军民503人，其中绝大多数是村民。

潘家戴庄火烧三日化焦土

12月5日，250名日伪军包围了冀东滦南潘家戴庄，挨家挨户将全村人都驱赶到村东南的"会场"上。场四周站满了日军，架上了机枪。

日军先从人群中拉出教师马文焕问八路军的情况，马说不知道，立刻被乱棍打死。日军又陆续拉出齐盘成、李庆发、李忠海等十几名村民，逐一逼问，逐一打死、刺死。潘恩田被拉出逼问、打倒、刺伤，他的母亲上前护着儿子，被日军杀害，他的妻子和妹妹被活埋，4岁的儿子也被日军活活摔死。

时近中午，日军拉出20多个青年，用枪逼着他们挖大坑，挖成后就枪挑棒打把人们往坑里赶，又堆上柴禾纵火焚烧。爬出来的人，又被日军扔进火坑。只有周树恩一人乘日军不备，从火坑里爬出，扒下着火的衣服，赤身逃出杀人场。

日军吃过午饭，又逼着人们在已经堆满死人的火坑旁再挖一个大坑，用刺刀、棍子和绳子把妇女们往坑里赶。日军把十几个青年妇女拖到一个大院里进行轮奸，再将她们拉回杀人场全部枪挑活埋。齐安居的妻子爬出大坑，被日军当胸一刺刀，两个女儿趴在妈妈身上大哭，又被日军双双用刺刀挑进坑里。日军抓起孩子就往大坑里扔，或顺手一刀砍掉脑袋，或一脚踢进火坑。还有30多个孩子，被拎着小腿往碌碡上摔，一个个摔得脑浆迸裂。60多名孕妇全部被剖腹杀害。最后，日军把20多个挖坑的青年也全部杀死在杀人坑里。

屠杀过后，日军又回到村里，砸门撬柜，抢劫财物一空，再纵火烧房。大火烧了三天三夜，潘家戴庄化为一片焦土。

在潘家戴庄惨案中，1280人被屠杀，27户被杀绝，烧毁房屋1030间。

- 12月6日，日军在山东荣城崂山地区屠杀平民和被俘人员300余人。
- 12月8日，日军在河北迁安县大杨官营屠杀民众312人。
- 12月，日军在承德监狱"治安所"进行集体屠杀，两次在水泉沟砍杀1000余人。

赵奎、刘文振的控诉

对木村光明犯罪事实的法庭调查（1956年7月7日）：

（木村光明从1941年6月任承德日本宪兵队特高课长，多次指挥抓捕和刑讯抗日人员及和平居民。1941年6月至7月，抓捕和平居民52人，其中刑讯致死2人，50人移送审判，5人判处死刑，39人死在狱中；1941年8月，抓捕和平居民32人，其中27人移送审判，5人被处死，17人死于狱中；1941年10月，抓捕抗日人员及和平居民204人，其中165人移送审判，7人被处死，130人死在狱中；1942年12月，抓捕和平居民18人，刑讯后全部移送审判，其中10人被处死，3人死在狱中；1943年1月底，抓捕抗日人员及和平居民239人，刑讯后，其中2人被砍死，15人被判处死刑，133人死于狱中。木村光明在法庭上对上述事实全部承认。）

审判员：根据侦查中赵奎、杨保玉等人的证明，1942年7月4日，承德日本宪兵队协同警察在青龙县九虎岭村抓捕我国抗日救国人员及和平居民100余人，酷刑拷问后，其中12人被送交伪司法机关，结果11人惨死狱中。这是事实吗？这个事件你参加指挥了吗？

木村光明：这是事实。宪兵队长安藤次郎到宽城命令我指挥，我和笠井中尉分队长一起去参与指挥这个事件。

审判长：传证人赵奎到庭作证。

审判员：你是赵奎吗？

答：是。

问：你把1942年7月日本宪兵队在你村抓捕、残害老百姓的经过讲一讲。

答：1942年旧历五月二十一日，喜峰口日本宪兵队到我们九虎岭村抓了100多人，把我们押送宽城警察署拘留所。第二天早晨，把我、陈祥等15人提出，带到审讯室，日本鬼子问我，你在救国会里担负什么责任，我说什么也没担任。日本鬼子就把我的上衣剥下，按在地上拿鞭子抽和木棒子打。把我们15人一直打到下晚黑夜，才押回拘留所。第三天又把我们15人提出来，带到警察署房后井沿灌凉水，把我灌得出不来气昏过去了，又用香火烧我的肋巴，把我的肋巴烧得都是大泡。我苏醒过来时，又用凉水把我灌昏。当我又苏醒过来时，看到陈祥也和我同样被日本鬼子灌凉水，用香火烧他的肋巴，把肚子灌大后，在他肚子上用脚踩，灌进去的凉水顺鼻子、嘴流出来。一个鬼子踩，一踩一张嘴，另一个鬼子就灌，当时把陈祥的腰脊骨都给踩脱节了。还有一个鬼子捏着杨宝万的脖子往水坑里浸，一连浸四五次，把他就浸昏过去了。旧历七月二十五日，伪锦州高等法院到承德监狱把我们12人提出宣判。判后不几天，孙广和等3人都死在承德监狱了。到旧历八月初五，把我们9人押送到营口监狱，强迫我们干重活，不给吃饱，到冬天墙上的霜有二指多厚，连冻带饿，杨顺友他们8个人都先后死在营口监狱了。我在监狱被押的时候，讨伐队长把我老婆给霸占去了，我两个大女儿也给抢去了，我两个小儿子饿死了。（哭）日本鬼子把我家害得妻离子散，家破人亡。（哭）我要求法庭对这些凶手严加惩办。

问：被告人木村光明，刚才证人赵奎所讲的你听清了吗？你还有什么要讲的？

答：听清了，是事实，我请求法庭给我严重的惩处。除此之外，我没有别的话。

问：根据侦查中刘文贵、刘文振等人的证明，1943年1月17日，承德日本宪兵队所属喜峰口宪兵分队在青龙县九虎岭村的大野鸡峪抓捕我国和平居民刘文贵等19人，用棍打、火烧等酷刑摧残后，其中1人被酷刑致死，1人被塞进冰窟窿里淹死，1人被挖去双眼后又被挖出心脏惨死，6人被枪杀，连8个月的婴儿也被摔死，这一事件你参加了吗？

答：这一事件是我协助队长指挥喜峰口宪兵分队干的。

审判长：传证人刘文振到庭作证。

审判员：你是刘文振吗？

答：我是刘文振。

问：你把你所知道的日本宪兵队于1943年1月17日在你们村所做的暴行讲一讲。

答：1943年1月17日，喜峰口日本宪兵队到我们九虎岭村大野鸡峪抓人，共抓了19人，其中有我父亲、弟弟、小孩和我老婆。当时他们把赵润的下巴颏打碎，把他打死了；把赵相阁按在地上，挖去双眼，又挖出他的心脏；把赵明塞在冰窟窿里淹死；把刘凤贵带到大磨石沟，用木棍活活的钉死，这根木棍是后来我用脚踩着他尸体的脊梁骨给拔出来的，有1寸多粗，2尺多长，头上是三棱角的。还有我那不满8个月的小孩刘双和，在我老婆怀里吃奶，也被日本宪兵夺去活活的摔死。同时又把我老婆扒去棉衣，绑在木桩上，用火烧她的肋巴，烧后又用木棍打，她已成残废，至今不能劳动。其余的人被带到孟子岭，日本鬼子又把刘谦、刘文学、刘文远、赵裕富、赵志等5人给枪杀了。赵裕富和赵志是父子，赵志才12岁，被日本鬼子枪杀时还拉着他爹的手。宪兵提关仁玉、赵荣和我父亲刘春过堂时，强迫他们承认是反满抗日工作人员，不承认就用煤油掺水灌，用木棍打和烙铁烙，把我父亲的头皮都烙没有了，天灵盖露出骨头，鼻子烙掉了，肋巴也烙糊了。他们3人因为再也不能忍受酷刑就喝卤水死了。这都是日本鬼子所干的惨无人道的暴行。我要求法庭对杀人凶手严加惩办。

问：被告人木村光明，你对证人刘文振所讲的还有什么话要说？

答：我违反了人道主义原则，犯下了最残暴的罪行。我请求严厉惩处我，我再没有什么讲的了。

- 冬，日军731部队在吉林农安县把鼠疫菌散布于田间、水源和居民区，造成四五千人死亡。
- 1942年冬至1943年，日军在海南琼山、文昌一带扫荡，屠杀居民1万多人。

1943年概要

1943年，日军继续以对各抗日根据地进行扫荡为进攻重点。本年，日军对华北根据地的扫荡次数与上年大致相当，由于日军兵力不足，扫荡强度有所减弱，华北抗日根据地不仅没有缩小，反而逐步发展和扩大。敌我态势开始发生逆转：日军脱出优势，我军脱出劣势。

在正面战场，日军进行了鄂西作战和常德作战两次较大行动。

本年，国民军队的投敌达到高潮。到5月太行山战役中24集团军总司令庞炳勋、新编第5军军长孙殿英投敌，政府军将官投敌58人，中央执委投敌22人；全国伪军总计60余万中，投降的军人为50万人。

1943年1月11日，中美、中英平等新约分别在重庆和华盛顿签订。美、英废除不平等条约是中国人民自1840年以来百余年反帝爱国斗争的结果，尤其是1937年以来流血牺牲抗击日本侵略的结果。中国的英勇抗战，向全世界显示了中华民族的新觉醒，改变了中国人任人欺凌的软弱形象，提高了中国的国际地位。

11月，美、英、中三国首脑在开罗举行会议，12月1日发表《开罗宣言》宣告："我三大盟国此次进行战争之目的，在于制止及惩罚日本之侵略"；日本所窃取的中国领土，如东北四省、台湾等，都必须归还中国；三国决定使朝鲜自由与独立；三国将坚忍进行其重大而长期之战争，使日本无条件投降。

在欧洲战场，2月2日，历时200天的斯大林格勒会战胜利结束，德军损兵150万，苏军从此掌握战略主动权。在北非战场的德意军队被全部肃清后，7月，美英军队在西西里岛登陆，墨索里尼政权倒台，9月，意政府宣布投降并对德宣战，轴心国解体。

在太平洋战场，8月，美军攻占阿留申群岛，10月，克所罗门群岛的新乔治亚岛，11月，克布根维尔岛，同时攻占吉尔伯特群岛。日军太平洋外防御圈崩溃。

- 1月2日，日军占领安徽立煌县城，在茅坪村屠杀462人，烧毁房屋400多间。
- 1月23日，日军屠杀山西五台县大柏山、下柏沟民众220人。
- 2月1日，日军在承德鹰手营子、东涝洼、南双庙等7个村抓捕上千人，254人被残杀，遭劫连累死亡者又有600多人。

大莫峪幸存者无几

大莫峪村位于兴隆县东南60公里的长城北侧，是个有42户人家的小山村。

1943年2月7日，农历正月初三，晚上，日伪军突然包围了村子，男人们大都躲了起来，日伪搜遍全村，没有发现一个男性青壮年，便放火烧村。整个村子一片火海，女人和孩子被烧得焦头烂额，四处奔跑。藏在草堆等处的男人们一出来，大都被抓捕。73名村民被捆往沙鼎日本宪兵队，拷打一天之后，日军将其中的32人押到蓝旗营村南的一个土坎下，全部用刺刀挑死。这天，日军还杀害了从其他村子抓捕来的80多人，共屠杀了110多人。

日军将大莫峪抓来剩下的41人，解往兴隆、承德等地，其中40人被处死，仅有一人幸存到日本投降。

惨案过后，村中有24人因烧伤致残、无钱医治而死去，有62人冻饿而死，有8人被日本宪兵和特务逼迫致死。

从1943年2月到1945年8月日本投降，仅仅两年多的时间，大莫峪这个42户的小山村，就死去了166人，而幸存者只有老少残疾41人，死亡的占80%以上。

- 2月9日，日军扫荡鲁南山区，逮捕平民和八路军人员800余人，当场屠杀650人，其余150人中有115人被杀害在济南琵琶山万人坑。

- 2月上旬，日军在进攻山东临清县大张官营时发射毒瓦斯，毒杀、炸死我军民370余名。

- 2月10日，日军在兴隆县进行第二次大检举、大逮捕，抓走4000多人，一夜间杀害了400多人。

- 3月1日，日军在灵邱县刘庄屠杀村民242人，杀绝35户，烧毁房屋1500间。

- 3月14日，日军在交城平川抓走平民284人，将其中近200人杀害。

"济南新华院"

"济南新华院"是侵华日军驻济南部队，于1943年3月在济南市扎营街西北角建立的一座关押和杀害中国抗日军民和爱国人士的集中营。由驻济日军第12军（1944年后为第43军）参谋部直接掌管。院四周有两米深的水壕沟，围墙上有电网，四角有岗楼，日军昼夜严密监视。

押送到"新华院"的人，都要先抽200CC的血，再进行预审，预审的刑罚有十几种，有殴打、水刑（灌凉水、辣椒水）、火刑（用蜡烛、香、火筷子和烙铁等烧烫）和吊刑等进行逼供。然后根据"罪行"，重者送军法会议审判，轻者编入各种"训练队"，再从事劳役或押解到东北和日本当劳工。

人们在"新华院"里，每天要做十几个小时的繁重劳役，吃的是掺了沙子的高粱饼和烂胡萝卜叶，许多人饿得偷喝浆糊或捉老鼠充饥。他们常年赤脚干活，冬季常有人冻掉双脚。1944年除夕之夜，就冻死60多人。

日军规定，劳役中不准四处张望，大小便要请假。稍"表现不好"，即施以酷刑，直至放狼狗咬、割耳朵、挖眼、活剥皮、活埋等。1944年6月，3名计划越狱人员被日军抓获，当即绑在旗杆上，扒光衣服，用开水烫、刺刀刺，最后被狼狗撕死。还一次，日军将准备逃跑的20余人，捆在木桩上，男的零刀剐死，女的先让狗咬阴部，再开膛杀死。

"新华院"还是日军的细菌、毒药试验所和抽血虐杀战俘的杀人场。日军济南"防疫给水部"培植出的病菌，先拿到"新华院"在战俘身上进行效力实验。对编入"抽血队"的人，定期抽血，致使很多人由强而弱，由弱致死。对患病的人，轻者送卫生班作细菌实验，重的扔进病号房。进了病号房，就等于判了死刑，好多人还没死，就被拉出去活埋。开始，"新华院"每天向外拉尸体一二车（一车8具），后来增加到一天三四车，五六车，多时十几车。从"新华院"以西至堤口庄以东、黄家屯以南一带，数里内到处可见累累尸骨，有的坑洼处的碎人骨有一尺多厚。

从1943年3月到1945年8月，"济南新华院"共关押过中国人35000余名，其中被酷刑和劳役残害致死者约15000多人，被抽血致死者100余人，被注射毒药致死者数百人，被作细菌试验致死者数百人，被押往东北和日本当劳工者10000余人。

- 3月，日军在山西阳泉县平定南门外活埋河北难民200余人。
- 3月，日军在巴彦、木兰、东兴三县屠杀抗日军民1000余人。
- 春，日军在河北省姜国勤村将这个有400多户人家的村庄灭绝，全村仅有20人逃生。

人间地狱兴隆县，死难者6万

1933年，日军侵占兴隆后，即派关东军第8师团第31联队沿长城驻守。1934年把兴隆划为伪满的"西南国境"。1940年起，日军开始搞"西南国境治安肃正"，集家并村，进行大检举、大逮捕、大屠杀。

1942年1月下旬，日军在大川各村进行了全县规模的大检举。几天之内，就逮捕了2000多人，屠杀了400多人，其中在兴隆街南土门山沟就集体屠杀200多人。其余的人被运到东北各地做劳工，没有一个活着回来的。仅80多户的楸木林村，被抓走百余名男人，在南土门日军用机枪扫射，100人当场死亡，只有1人夜间逃出，旋因伤重死在家中。楸木林从此成了寡妇村。

1943年2月初，日军又在大川各村进行第二次全县规模的大检举，逮捕4000多人，在县内屠杀数百人，其余全部送往东北当劳工。在高台子和灰窑峪两个小村，日军将70多名青壮年男人全部抓走，从此下落不明。

1943年4月至6月，日军在全县搞了3个月的大集家。全县近一半的地区被划为无人区，毁了2000多个村庄，将12万人赶进了199座人圈（占全县16万人的75%），16万亩以上的耕地被禁止耕种。对坚持不进人圈的人，日军见一个杀一个。日本人扫荡进了山区根据地，就像追捕猎物一样追杀中国人，杀死后将耳朵割下用铁丝串起来，回去按数领赏。

1944年1月初，日军扫荡八区和大小黄崖根据地，搞铁壁合围，宣称要把无人区的每块石头都翻过来。在连续的残酷扫荡中，根据地居民牺牲3000多人，冻死饿死1000多人。日本人不仅要杀光中国人，而且对凡是有生命的东西都不放过。在热南山区根据地里，几乎连一头驴、一只鸡都没有了。那时候，兴隆羊羔峪张村长家里还有一头小猪，都被人们当成稀罕之物。这小猪只要听到山头的警报哨一响，就从圈里蹿出来，乖乖地跟在人的后头"跑反"。长城沿线的森林，也被日军一次又一次地放火烧光了，一片焦土中裸露着那道古老的长墙。房子更是反复被烧，驴儿叫村从1941年到1945年，被烧了18次。粮食和各种财物每次都被抢空。连半口破锅、一个空瓶，日本兵也不放过，一定砸毁捣烂。而每年春夏之交，在青苗正长的时候，日军还要进行"割青扫荡"。日军割了一茬，民众又种晚茬，日军又把晚茬割光，人们再种上蔓青、萝卜，日军来了再割掉。日本人就是要彻底摧毁中国人的一切生存条件。屠刀之下的中国人则同日本人进行悲壮无望的生存苦斗。

人圈的正式名称叫"集团部落"，是名副其实的法西斯集中营。在人圈中，两三人结伙说话或晚上在家点灯聊天的，家中有茶缸、灰色和草绿色衣服的，衣服扣子超过5个的，布鞋超过2双的，皆列为思想犯抓入监狱。家中有大米、白面、纸烟、手电等物品，皆作为经济犯入狱。兴隆六道河子一个居民得病，弄点米熬粥喝了，不想在街上呕吐，被警察看见有米粒，马上以经济犯被抓了起来，拷问粮食的来路，受尽了折磨。人圈里的居民有"四多"：要饭的多，病死的多，吃糠咽菜的多，披麻袋、光膀子、露乳房的多。

中国人在人圈里被剥夺了一切自由，唯有吸毒不受限制。人圈中唯一供应充裕的物品就是鸦片。日军把耕地压缩到人民难以维持生命的程度，但鸦片种植的面积却逐年扩大。人们不交足鸦片"出荷"，就不配给生活物资。吸毒、扎毒针在人圈里泛滥成灾。一般的人圈中，成年男人中的吸毒者要占到2/3，女人中的比例也不小。吸毒不解瘾，就扎毒针，随身携带注射器，犯了瘾，弄个酒盅，冲点鸦片水，隔着脏衣服就扎进去。扎得浑身结满大大小小的硬疙瘩，遍体烂疮，到了无处下针的程度，也就基本上毒死、瘾死了。

据兴隆县抗日政府统计，1942年1月至1943年12月，全县大检举入狱死亡的就达12000多人。1944年春节前后，日军在全县进行第三次大检举，仅大年初二的夜间，就从人圈中抓走2000多人。日军的特别治安庭就地过堂，日本法官手持墨笔，在每个被刑讯的人鼻子上点点，有的点红点，有的点蓝点，并说点蓝点的人释放。但"审判"完就将点了蓝点的120人带到人圈外的西下坡，用机枪全部射杀。这次大检举在全县各地屠杀了几百人，其余全部送往东北做劳工。

日本侵略者在兴隆制造无人区3年，屠杀民众15400人；大检举逮捕15000人，其中在本地屠杀1000余人，其余全部被押往东北和日本做劳工，有相当多的人是被押送到东北边境修军事工程，完工后全部被秘密杀害。3年中，日本人在兴隆烧毁拆毁民房70000多间，抢走大小牲畜30000多头。1943年夏季人圈中发生伤寒等疫病，一次就死亡6000多人。靳杖子村一天就死了40多人。有700人的厂沟人圈，两年中就死亡265人。在一次鼠疫中，村村都死了不少人，大水泉村死亡300余人。

1933年兴隆被日军占领时，约有14万人口。1941年统计，全县有16万余人；抗战结束后统计，只剩下10万余人。即使不计人口自然增长的因素，在制造无人区的3年多里，全县被杀害、抓走、监禁和因瘟病、冻饿等而死的非正常死亡人数也超过60000人。

● 4月，日军在山西灵寿县撒布老鼠跳蚤，使鼠疫蔓延。上、下石门村共200多户，多时每天死亡40至60人。万司言村每天病死10至20人。驻当地的八路军染疫死亡36人。

● 5月7日，日军清剿河北完唐地区，7天中屠杀、打伤群众800余人。

3000名日军三天在厂窖屠杀3万多中国人

1943年3月，3万余日军从湖北荆江各个渡口大举南犯。驻守在滨湖一带的中国军队第73军和44军一部等，计约10万人。中国军队虽数倍于入侵日军之兵力，却一触即溃，半壁洞庭拱手让敌。大批逃难民众和溃兵涌入厂窖地区。

厂窖位于洞庭湖北岸，系由28个小垸并成的湖洲大垸，三面环水，犹如半岛，面积50余平方公里。

5月8日，3000余名日军从水陆两路合围厂窖，截断了73军残部和逃难民众的西撤退路。从9日到11日，这3000名日军三天中屠杀了30000多中国人。

在永固垸，日军屠杀了2000多人。日军将人们成串捆绑至各个场屋，实行集体屠杀，或捆绑后推入水塘淹死。在戴吉禄禾场上，日军把120多人绑在两排杨树上，每棵树绑三四个人，先用机枪扫射，没死的再用刺刀刺杀。

在瓦连堤，日军屠杀了3000多人。人们纷纷躲到沟港、树丛、庄稼地里藏身，日军即排成长队沿大堤两侧作了几次梳篦式的踏青扫荡，见人就杀，一个不留。7里多长的瓦连堤，平均每华里被杀死430多人。

在2000多米长、200余米宽的甸安河，云集着近4000名溃兵和难民，日军用飞机炸，骑兵冲，步兵搜杀。人们在弹丸之地进退不得，几乎全部被屠杀。

在厂窖沿河水域，3000余艘民船和近万名船民难民被日军堵截。日军把人们赶上岸，把船上的财物抢空，放火将船全部烧毁，大火几昼夜不熄。对船民和难民，日军除集体屠杀、枪杀和刺杀外，还将三五十人一串，用纤绳拴在汽艇后面，高速疾驶，直至全部拖死淹死。日军又用长纤绳以活套逐人套上脖子，用力绷直，把人们赶入水中，将头尾两人砍死，越挣扎绳结越紧，直到全部勒死淹死。沿河的船民和难民，被日军屠杀者达6800多人。

在连山垸一带，日军屠杀了1000多人。在里中湖周围，屠杀了800多人。

与厂窖相邻地区，在三岔河，日军屠杀了2000多人。在下柴市，屠杀了1500余人。在游港乡，屠杀了1000余人。在武圣公，屠杀了500余人。在安乡边界，屠杀了1000余人。

"在厂窖小集，敌人用9把刀杀74人，仅一人逃生。在汀汊洲用4把刀杀30余人，无一幸免。""有一个敌兵，独手杀了我们50多个男女同胞。有3个敌兵，共同杀了我们100多个男女同胞。他们的刺刀戳弯了，就用斧头劈"。

茅草街10岁的小女孩之初，被两个日军轮奸，"其母痛恨，与女投河而死"。一个12岁的船家女，被一群日军轮奸致死，尸体扔进河中。一名62岁的老妪，被8个日军轮奸后，用刺刀从下身刺到小腹致死。肖家湾一未婚女子，被13个日军轮奸昏迷后，将糠灰搅入阴道，最后插入刺刀。16岁的肖姓姑娘，被一日军抓住，姑娘奋力挣脱奔跑，日军追至河边再抓住，姑娘拖住那个日军一起滚入河中，同归于尽。

在厂窖大屠杀惨案中，日军共杀害我同胞32000多人，致伤残者3000多人，被强奸的妇女2000多人。

- 5月14日，日军在河北易县狼牙山地区扫荡4天，屠杀村民300余人，重伤200余人，烧毁房屋7000余间，狼牙山周围50里变成瓦砾焦土。
- 5月，日军扫荡山西黎城，屠杀群众700余人，仅城隍庙的一口水井中就有173具尸体。

劳工收容所

日本侵略者在中国境内劫掠劳工，大都通过设在各地的劳工收容所运送到东北或日本国内。劳工收容所一般设在交通便利、易于控制的港口和城市，如北京、天津、石家庄、济南、开封、徐州、塘沽和青岛等地均设有劳工收容所。其中以石家庄、塘沽和青岛的收容所规模最大，一般可以关押几万人。特别是1943年设立的塘沽收容所，是华北地区最大的一个劳工转运站，每年有几十万劳工从这里转运出去。

劳工收容所是关押劳工的法西斯集中营。在收容所四周，戒备森严，大都有电网、壕沟和炮楼，军警日夜巡逻监视。塘沽收容所是五排铁皮顶大仓库，夏天闷热，冬天寒冷，每个屋子住500余人，屋内埋一口大缸作粪桶，室内屎尿遍地，传染病蔓延。在青岛收容所，数日间曾病死300多名劳工。在石家庄劳工集中营，每个人还必须定期抽血供日军使用。对企图逃跑的劳工，日军在进行严刑拷打后，不是枪杀、砍头，就是绑在电网上用电击死，或是将劳工全身涂上沥青，两眼染成红色，在烈日下暴晒而死。石家庄收容所一次抓回200多名逃跑的劳工，被日军全部处死。

- 6月18日，日军屠杀永年县小汪北村279人，烧毁房屋800多间。
- 6月中旬，日军在黑龙江巴彦、木兰、东兴三县再次抓捕群众320余人，连同3月15日逮捕的400人，一齐关进监狱，计有60余人被刑讯致死，60人被判死刑，其余600人也大部分惨死于狱中。
- 6月23日，日军扫荡河北定南区，在30多个村庄屠杀300余人。
- 6月，日军清剿太行山区，沿途杀人放火，屠杀平民2000余人。

活体细菌试验

竹内丰笔述（1955年写于战犯管理所）：

1943年8月，我作为军医中尉，在华北方面军华北防疫给水部济南支部，从事细菌制造业务，用11名八路军俘虏进行了伤寒菌的培养，制造出16桶细菌战用的伤寒生菌，并分别将这11人进行活体解剖而杀害。

这11人被拘留在房子入口处，给他们注射我们培养的伤寒菌，或将细菌投在食物里让他们吃下。不久，症状出现了，持续高烧、呻吟，甚至说胡话。我心中暗自庆幸，"这个菌种的感染力相当强，用于细菌战是毫无问题的！"

俘虏们的高烧和衰弱已经达到顶点。为了使身体稍微舒服一点，企图转动一下，但是脚上戴着沉重的镣铐，不能自由活动，无法翻身。他们用充血的眼睛怒视着去观察病情的我们。病情一天天加重，原来所谓临终的痛苦就是这样的。由于大量摄入剧烈的活细菌，病情一直恶化下去。全身瘦得只剩下骨和皮，陷于危重状态。两颊像被刀削的一样，塌陷下去，只有颧骨高高突起。他们已经不能自己翻身了，呼吸微弱，只有鼻翼还在翕动。

这样，我得以确认我所培养的伤寒菌种具有极强的感染力。我还要通过解剖进一步检查由于细菌感染而受到损害的内脏各器官的变化。

将他的手脚牢牢地绑在解剖台上，把麻醉罩放在他的口和鼻子上，滴上纯酒精、乙醚和氯仿的混合麻醉剂，使之陷入麻醉状态。我拿起手术刀，尽量用力，从胸窝直到耻骨，将深深下陷、烧得滚烫的腹部垂直切开，打开了腹腔。木村军医将一个很大的钩形器械插入刀口，从侧面将腹壁拉开。我从扩开的腹腔里，把内脏拿出，放在一个搪瓷盆里。然后，同木村一起开始检查病变。细菌的侵蚀力完全像我们预期的那样明显，由于获得了今后用于大批杀人的材料，不禁心中暗喜，互相议论着："这样一来，就可能在细菌战中发挥作用了！"

我又把被细菌侵蚀变化明显的部分肠管切断，又将脾脏摘出，装入标本瓶，以便制作切片标本，充作报告材料。我又把一支大型穿刺针管插入胆囊，抽取胆汁，以备培养。

当我们的目的都达到以后，便向他的肘部注射了两毫升吗啡液。他的心脏终于停止了跳动。

就是这样，我和木村军医一个接一个地，把11名俘虏都作为效力试验的培养基而杀害了，将获得的大量细菌交给华北方面军，或附上标本，为发动细菌战提供了资料。

● 9月，日军独立混成第19旅团在华南进犯四邑，攻陷台山、单水口、三埠。台山地区在中村次喜藏旅团的反复扫荡和天灾中，一年内死亡民众达20万人。

山东卫河细菌战惨案

林茂美口供（1954年10月7日）：

1942年12月，我由41大队转到59师团防疫给水班，任检查助手及书记，阶级是卫生曹长。防疫给水班有上尉班长1名，班副1名，下士官2名，卫生兵25名，共29名。防疫给水班表面上是防疫和检查水质，实际上是培养和散布细菌来杀害中国抗日军及和平居民。我在细菌室担任化验和培养细菌的任务。

我们培养的细菌主要是霍乱菌、伤寒菌、赤痢菌、结核菌等，有时还培养流行性脑膜炎菌。我在防疫给水班时，共培养90管玻璃管、计霍乱菌30管、结核菌10管、赤痢菌10管、伤寒菌30管、脑膜炎菌5管、流行时疹菌5管。原菌是从山东济南同仁会防疫所拿来的。每玻璃管能容纳细菌1—2毫升。它的杀伤力，拿霍乱菌来说，每一玻璃管细菌能杀害100人左右。

1943年2月，山东省泰安县发生天花，当时给水班派了3个人去，给两名患天花的注射了伤寒菌，两天以后这两名妇女都死了。为了检验细菌，1943年7月，到泰安县小学校，强制从30名小学生及20名和平居民耳朵上，每人抽了约2克的血。又于同年8月，侵入泰安县万德村，进行检查大便实验，指挥部下侵入各户，不论男女，强制将便管插入肛门，进行直接采便。被强制采便的约300名。

59师团防疫给水班，于1943年8月至9月间，在山东省馆陶、南馆陶、临清等地散布过一次霍乱菌。当时散布在卫河，再把河堤决开，使水流入各地，以便迅速蔓延。我参加了这次散布。细菌是由我交给44大队军医中尉柿添忍，再派人散布的。散布细菌以后，仅我们所在地区我所知道的，就有25291名和平居民死亡。总的伤亡数字我不知道，因为当时是非常秘密的。

9月上旬，第59师团长细川中康命令独立步兵44大队长、中佐广濑利善决开卫河河堤。44大队少尉小岛隆男奉大队长之命，同其他6人，在距临清县城500米的一座桥的50米上流处，将卫河决口，将河水引向临清西北武清县及河北省方向。此次受害的中国人约达10万人。9月中旬，以44大队长广濑为首的500人，从临清出发，在东昌、梁水镇一带进行侵略行动。在梁水镇附近有大批中国人的霍乱患者和死者。小岛曾亲眼看到40名中国的中年男女因患霍乱而死亡。在堂邑、馆陶、临清各县侵略过程中，44大队军医柿添了解各村霍乱传染的情况，他说："所有的村子都有霍乱病人和死者，找不到可以宿营的地方。"由此可见，这附近一带几乎全部成为霍乱细菌战的牺牲品了。

1943年9月20日前后，第59师团长细川命令我前去调查霍乱初发地南馆陶驻地及其附近的中国居民的情况。我带领3名卫生兵和一小队赴南馆陶，侵入10户居民家检查，发现有20名中年男女受害，上吐下泻，严重脱水，完全呈霍乱症状。得不到任何治疗的这些中国人，无疑将全部死去。

9月下旬，我等5人奉细川的命令，侵入临清驻地周围中国人住宅。对20户居民调查的结果，发现了中国的中年男女30名霍乱患者。这些病人排出汤样的粪便，剧烈呕吐，身体极度虚弱，骨瘦如柴，十分痛苦。中国人生活困难，衣食无着，更谈不到支付医药费。他们对于传染力极强又难以预防的霍乱毫无抵抗力。可以肯定这些患者必将全部死于抵制试验。

难波博口供（1954年12月27日）：

1943年8月末，山东省卫河涨水时，制定了防止石德、津浦铁路被冲毁，及毁灭八路军根据地的"一举两得"的阴谋计划。我以旅团情报主任的身份，参与了这个阴谋计划，并选择了掘毁卫河堤的地点为馆陶至临清中间的拐弯处。经旅团长认可后，我向44大队下达了掘堤的命令。结果使馆陶北部的曲周县、丘县一部分，临清县河西地区、威县、清河县的一部分受到灾害，受害面积约900平方公里，受害居民约45万人。由于水灾被淹死、因决堤而流行霍乱病致死以及被水围困饿死的居民约22500名。第44大队除决溃上述地点外，又将临清大桥附近的卫河堤决溃，结果受害面积约达960平方公里，受害居民约有70万人，其中由于水灾而死亡的居民约有3万人。这个数字是事后由44大队去调查的，我也乘飞机去视察过。

矢崎贤三笔供（1954年）：

1943年8月下旬至9月中旬，独立步兵大队大队长广濑利善，奉旅团长田坂八十八的命令，命令第3中队长福田武志，在南馆陶以北约5公里处决堤；又命令第2中队长蓬尾又一，在临清县尖冢镇附近的尾河北岸决堤。同时，9月中旬，在临清大桥附近用铁锹将卫河北岸堤坝决开宽、深各50公分，长5米的决口，洪水从这里冲毁堤坝150米，流向解放区。结果960平方公里以上的地区浸水；约40万吨以上的农作物和96000公顷以上的耕地遭到破坏，6000户以上的中国人房屋倒塌。由于散布霍乱菌而染病死亡，以及因饥饿、水灾等原因被杀害的中国和平居民32300人以上。

独立步兵44大队从1943年9月下旬到10月上旬期间，在山东聊城、堂邑、馆陶、临清及冠县等地，为进一步使霍乱蔓延而进行讨伐，迫使霍乱病人逃往中国人中避难，从而使霍乱进一步扩散，达到杀害中国人的目的。

1943年10月上旬至中旬，59师团在鲁西地区发动了十八秋作战。当时在该地区早已由日军散布霍乱菌，中国人因此而染病。日军通过此次讨伐，驱使病人逃往外地避难，以便使霍乱在中国人中间进一步蔓延。

通过以上三期讨伐行动，在中国人民中散布的霍乱菌在鲁西一带（临清县、丘县、馆陶县、冠县、堂邑县、莘县、朝城县、范县、观城县、濮县、寿张县、阳谷县、聊城县、茌平县、博平县、清平县、夏津县、高唐县）蔓延，从1944年8月下旬到10月下旬间，有20万以上的中国人民和无辜农民被霍乱病菌所杀害。我直接指挥部下实行了这一杀人阴谋。

- 夏，日军制造的人圈中瘟疫蔓延，河北遵化县新立村一个人圈中因传染病有530人致死。
- 9月中旬—12月中旬，日军4万余对晋察冀根据地北岳区进行"毁灭大扫荡"。三个月内制造许多起惨案，屠杀民众6670余人，烧毁房屋13万余间，抢走牲畜8万余头，毁坏农具17万余件，抢粮6万余大石。

"矫正辅导院"

"矫正辅导院"是日本侵略者从1943年起，在中国东北各地建立的法西斯式集中营。其主要目的是为了进一步榨取中国的劳动力，加紧经济掠夺，同时强化殖民统治。

从1941年开始，伪满政权每年驱使200多万中国劳动力，为日本的侵略战争服务。太平洋战争爆发后，日本国内的人力、物力、财力资源，几乎消耗殆尽，于是更加紧了对中国东北的全面掠夺。1942年与1941年比较，伪满的"思想犯"增加了两倍，"经济犯"增加了两倍半，"刑事犯"增加了一倍，仍不能使日本人对东北的"治安"满意，也不能满足日本对劳动力的需求。1942年10月，关东军即指令伪满着手搞矫正体制，计划把其时东北"浮浪者"的1/3，即10万左右的人，关进矫正辅导院，进行强迫劳动。1943年4月，伪满将司法部行刑司改为司法矫正总局，陆续开始在东北各地建立矫正辅导院。9月，正式公布《保安矫正法》和《思想矫正法》，以预防犯罪为名，可任意抓捕中国人，强制从事劳役。日伪的打算是，这样一来，既可以实行高压统治，又能获得急需的劳动力。

1943年4月，佳木斯警察局令各派出所"抓浮浪"，于是就在各市区把行人围起来，或者把街道堵起来抓人。同年4月27日，奉天警察局一次就抓了3576人。同年7月，鞍山警察局把1日到7日定为"防范周"，规定第一至三天抓浮浪，第四天抓商贩，第五、六天抓盗窃，第七天抓不良青少年。1944年鞍山制铁所急需一批劳动力，矫正院就要求警察局临时抓捕了1000多人送往工场。

东北的各矫正院，1943年关押了7000多人，1944年上升到2万人，到1945年8月，达到5万人。由于乱抓滥捕，各矫正院人满为患，夜间人们也只能一个紧挨一个地坐着，一旦上厕所就会失去自己的一席之地。这种监舍，被称为"陆地上不动的贩奴船"。

矫正院进行"思想矫正"的方法有两种：一是"精神训练"，即进行各种严厉惩处直至使用刑罚，刑讯致死；二是送到工厂矿山做苦役。这便是所谓将"不够国民资格"者"更生"为"健全国民"的过程。因此，矫正辅导院同日伪的监狱没有什么不同。矫正总局局长中井久二曾承认，矫正院的死亡率达7%。通化的矫正院收容有500人，死亡了200人。有的矫正院的死亡率高达50%。

长春的矫正院名为"新京更生训练所"，成立于1943年7月，到1945年8月瓦解，共收容监管过7000余名浮浪。长春当时大约有6万名男性青壮年小商贩和无业者，即每8人中就有1人被抓进训练所。这些人被分成28批，分别押送到密山滴道炭矿、营城煤矿、鞍山弓长岭矿山和大连造船厂等地，服无酬之劳役。到1945年日本投降后，仅有2000余人生还回家，其余5000余人皆死于劳累、事故、饥寒病饿和被杀害。

"两条腿的野兽"在平阳

在1943年秋季日军对晋察冀北岳区发动的毁灭大扫荡中，荒井部队对河北阜平县以平阳村为中心的60里长、40里宽范围内的近百个村庄，进行了87天的轮番搜捕和反复扫荡，屠杀根据地民众1100余人，烧毁房屋5000余间。

9月21日，日军在平阳村南山抓住根据地交通站站长张卫生及其怀孕的弟媳，荒井和翻译指着7个月的孕妇打赌，一个说是男，一个说是女，争执不休，荒井命令士兵当场将孕妇衣服扒光，用刺刀破肚挑出胎儿。母子双亡，荒井大笑。

9月23日，日军搜剿平阳附近的杨树沟，孟连书60多岁的母亲被抓住，日军将老人零刀碎剐，老人皮肉尽而气未绝，又被扔进火中烧死。

在山嘴头，日军把15个村民的头都塞进各自的裤裆里，踢下山坡滚摔而死。

9月25日，日军到20里外的曲阳县韩家峪扫荡，放火烧了沿途10余个村子的房子和数十个草垛。日军将村民李德元倒栽在土坑中活埋，他的上身被埋进土里，两腿在朝天摇动，日军抓着那抽搐的腿取乐。李清林被日军捆起来，用刺刀割开他的前额，拉下皮蒙住眼睛，再倒插在水中溺死。

10月15日，日军在铁岭村西老虎窝，杀死、烧死和用石头砸死30余人。

10月22日，日军第三次搜索平阳南山，从地洞中搜出25名妇女，问不出八路军的去向，就一刀将16岁的张大素的头砍下。日军把人头放在一张椅子上，逼妇女们跪地围观。女人们都哭了。日军把人头甩到张的母亲的怀里，喊着"不许哭，要笑！"母亲抱着女儿的头号啕不止，被日军刺穿胸膛而死。日军挑出5名漂亮的妇女押回据点，其余18人全部被推入洞中活活烧死。

10月22日，日军在北水峪抓住一个青年，把他捆起来拉到一处陡坡上，拴一根长绳推滚下山，滚下去又拖上来，拖上来再往下滚，来回折腾，直到滚死后扔下山崖。同村孟祥的十几岁的儿子被日军捆起来放狗扑，一口一口撕扯而死。

11月11日，日军在上平阳抓捕到98人，用细铁丝将人们双手反捆，再两人一对绑在一起，毒打折磨6天6夜，除8人侥幸逃生外，其余全被逐个杀死。

11月21日，罗峪村妇联主任刘耀梅被日军抓住，荒井亲自审讯，虽施酷刑也无结果。第二天再刑讯，刘历数日军暴行，荒井令剥下刘的衣服，亲自把她大腿上的肉割下来，让人烤熟，用刀叉起一块，这位据说是日本皇族出身的日军大队长边吃边说："好吃，好吃。"刘耀梅骂他们是"两条腿的野兽"，并告诉他们："中国人斩不尽，杀不绝，吓不倒！血债一定要用血来还！"荒井指使日本兵把刘耀梅腿上、胳膊上和胸脯上的肉一块一块一条一条地割下来，烧熟后，让被逼前来观看的人们吃，还把肉塞到刘的嘴里。血肉模糊的刘耀梅几次昏死过去。最后，荒井举着战刀逼到她跟前，要挖出她的心。刘耀梅高呼口号就义。死后，荒井又将她的头割下来扔进井里，把她身上的肉割下来，用铁丝串上提回平阳，剁成饺子馅吃了。

12月4日晚上，日军将150多人绑出平阳村外，人们再也没有见到这些乡亲回来，只看见日军回村后，在大水盆里洗带血的刺刀。

12月9日，日军撤退前夕，把60多名妇女绑在一起，问"你们愿意跟着走，还是愿意回家？"人们都说"愿意回家"。日军就把她们一个个扒光衣服，全部砍头杀害。

上平阳村20岁的孕妇王金亭被日军扒掉衣服，按在一口红漆楸木棺材里，20多名妇女被刺刀逼着脱光衣服，围在棺材四周观看。日军先从胸口一层层剖开，在王的惨叫声中，划开肚子，挑出已成形的胎儿，又摘出颤动的心脏，放在白瓷脸盆里端走，用油炒后，逼着周围的妇女们挨个吃，"不吃和她一样地死啦死啦地！"还问吃了"香不香"。说"你们谁要回家，都这样地杀了的，心的炒了吃！"

日军扫荡过后，平阳到处是尸体和血迹。东场上堆着36具尸体；17个山药窖里都塞满了死人；一个院子里躺着20多具无头女尸，人头滚了一地；平阳街上死尸300多具，许多人头堆在一堆，烂肠碎骨和一条一缕的人皮遍地都是，街道两旁的树上也挂着人肉……

- 10月2日，日军第四次占领安徽广德。前后共炸死、烧死和屠杀居民24000多人，全城四次变成废墟。
- 10月7日，日军在冀东迁西县长河川屠杀245人。

● 10月18日，日军在河北任丘县城开展"新国民运动"，一个月屠杀居民500余人，致残千余人，烧毁民房2500余间。

● 10月下旬，日军对苏中四分区进行扫荡，屠杀群众1000余人，抗日干部200余人，抓走6100余人。

● 10月，日军为了加紧进行细菌武器的实验，从关内和东北各地抓劳工3万余人，抢修辽宁金州龙王庙"陆军医院"（细菌试验场）工程。苦役、疫病和残害，使8000多名劳工葬身在半山腰的万人坑。

平山浩劫，亡人5万

平山县位于河北省西部，太行山东麓，东距石家庄70华里，南距正太路50华里，滹沱河由西向东横贯县境。八年抗战期间，中共北方分局、晋察冀军区、第四军分区、三专署和五专署曾长期驻在平山。为了民族解放，平山人民作出了巨大贡献，付出了巨大牺牲。

1943年秋，在对北岳区进行的毁灭大扫荡中，日军在平山制造了13起惨案，屠杀2966人。

9月23日，日军侵占焦家庄。日军把抓来的民众关在李正明等三家的屋子里，几乎每天都要杀一批人，或砍，或刺，或烧，或铡，死后将尸体扔进井中。李正明家的井里投进了105具尸体。李录子家的水井中塞满了110具尸体。在王顺心、贾有录家的两个大猪圈里，也堆满了被日军杀害者的尸体。在李高梁家的井台上，日军搭上了两扇门板，上面放着铡刀。日军把人们一个一个地抓出来，摁倒在铡刀下，活活地铡成两截或三截，再将断尸残体扔进井中。日本兵在这里接连铡死了160名中国人，井沿结成一层厚厚的血痂，井边的墙壁被喷染成了血墙。日军盘踞焦家庄28天，被害者的尸体填满了"三井两猪圈"，400余人被屠杀，烧毁房屋700多间，全村所有树木都被砍光。

在苏家庄，日军屠杀了150余人，其中100多人是被关在地窖里边烧死烧烂的，奸淫妇女100多人，烧毁房屋600余间。

12月12日，日军在东、西南岗屠杀135人。

1943年秋，日军从平山及周围各县强抓民夫四五千人，在平山的黄巾寨、北顶、王母观山修建三处堡垒群。从秋到冬，民夫穿着破烂单衣。一次四名逃跑的民夫被抓回来，日军集合民夫站成一大圈，在中间将四人挨个砍头。黄巾寨有个民夫60多岁了，逃跑被抓回，日军将他的头砍下，先挂在树上示众，又插在木板上栽在路旁，板上写着："谁再逃跑，如此对待！"那白发苍苍的人头一直在路旁插了两个多月。在樊土沟周围，十几步远就有一根尖木桩，每根桩尖上都插着人头。日军还用铁丝穿鼻子、锁骨、脚大筋，开水浇头，狼狗撕咬，挂天灯，活埋等各种方法残杀民夫。还有一种"摔烂柿子"。几处山顶都有数十丈高的悬崖，日军经常把不顺眼的人一脚踢下悬崖，人被摔得血肉模糊，如烂柿子一般。仅黄巾寨的西崖，就有200多民夫被踢下摔死。修建三处的20座碉堡期间，日军残杀了1800多名民夫。

从1941年起，日军在平山境内制造了700多平方公里的无人区，涉及20多个村子。仅1941年9月28日一天，日军就将河西村1350间房、东苏村500多间房和屯头村110多户的房子全部烧毁。一年中，屯头村有100多人被日军屠杀。

日军侵华八年期间平山县各种损失统计：

被日军杀害14213人；因战祸、灾病致死34719人；被日军抓走下落不明者975人；被日军致伤残者1049人；被烧毁房屋151521间；损失粮食72371651公斤；损失钱财70904595元；被杀牛马等大牲畜14149头；被杀猪、羊74977头；损失衣服1155163件；损失被褥155813条；损失棉花594786公斤；损失布匹248757匹。

- 秋，日军扫荡河北涞源县，在北城子村活埋133人，在寨头、走马驿一带屠杀700余人，其中在仅有110人的寨头村就屠杀了108人。

- 11月，日军扫荡河北井陉县，屠杀平民1000余人。在老虎窝村，对躲在山洞中的村民施放毒气，男女老幼150余人被毒死；在黑水坪，日军用火烧、狗咬、刀劈，杀死400余人。

常德5.3万人被屠杀，3.5万人被强奸

常德地处洞庭湖南岸，是湖南省的重要粮仓。

1941年11月4日，日本飞机在常德上空投下大量谷、麦、豆、高粱和棉絮、布条等物，市民将这些东西集拢，共有四五百斤。经检验，发现日机空投物中带有烈性传染病菌。12日早晨，家住关帝庙街的12岁女孩蔡桃儿，由其母背着到广德医院看急诊，确诊为鼠疫症，抢救无效，于13日上午死亡。此后，发现病例逐日增多，平均每天在10人以上，直至第二年二三月间才有所缓解。这次鼠疫，常德的死亡人数达600多人。

1943年11月初，日军分三路进攻常德，除了飞机炸、大炮轰和纵火外，日军还施放了80余次毒气，仅11月26日至27日，日军就用飞机、大炮和掷弹筒向常德城发射毒气弹24次，中毒者1000余人。

在进攻常德期间，日军就在城郊大行烧杀淫掠。常南二里岗乡民刘氏，被日军轮奸七次，已经气息奄奄，后边来的日军仍不放过，直到将刘奸死。罗家桥罗氏之女，年仅12岁，被日军奸后分尸两段悬挂于路旁树上。11月23日晨，日军在石门桥抓到中国士兵和难民100多人，在东门外盐关一间小屋里全部烧死和砍死。毛家湾一袁姓人家，日军到来时慌忙逃走，未及将睡在床上的两岁小孩抱走，日军把一扇石磨压在小孩的身上，孩子肚裂肠流而死。在蔡家湾，一老年妇女被强奸致死，两个中年妇女被轮奸成疾。蔡惠全80多岁的祖父被日军用皮带活活抽死。

12月12日，日军攻占常德城。日军集体屠杀中国军队的伤兵，在城内用油火烧死300多名居民，抢劫、强奸、纵火，无所不为。

据1943年12月23日长沙《大公报》记载："估计常德争夺战期间，被敌残害人民约3300名，被奸妇女约5080名，被掳妇女180名，因奸致死妇女180名，被掳男子约3400名，被掳儿童约320人，劫掠商家7000余户"。

在常德附近各县，被日军杀死的共达53260人，受重伤的有10754人，受轻伤者184907人。据翦伯赞《中国史论集》，常德一带各县有"35185名妇女

被强奸，4237名妇女被奸污致死，83490人被掳去，烧毁房屋73383栋，抢去粮食16589480石，损失耕牛86512头。此外还有300万以上无家可归的难民"。

- 12月24日，在湖北大冶狮子山矿区，日军强迫369名工人在装有2000多吨炸药的矿洞内作业，炸药爆炸，300多人全部遇难。惨案发生后，矿工家属亲友奔上山呼救，又被日本兵开枪屠杀100多人。

- 冬，日军在河北张北县狼窝沟修筑军事工程，大批劳工遭秘密屠杀，仅在一个黑风口工地上，一次就有200多劳工被塞入安固里淖冰湖中冻死。据材料，大约有3000余人被杀害。

- 本年，伪满本溪湖煤矿发生瓦斯大爆炸，死亡劳工1800多人。

- 据本年度统计，日军在华抢劫公私文物有据可查者，计有书籍、字画、碑帖、古物、仪器、标本、地图等360余万件，劫掠古迹741处。

一个日本宪兵在1943年

松植犹薮笔供（1954年8月1日）：

1943年3月19日下午6时许，于兴隆县西南长城线茅山至黄崖关间的村庄，按特高课长木村光明的命令，"在赤化地区，必须彻底的扫荡肃清，不留一草一木"，我（承德宪兵队兵长）等5名将村中卧病老人和怀抱幼儿的妇女39人，强制拖出，领到山里狭窄道路上，用绳子绑上两手，我用日本十四式手枪，枪杀了15人，并动手将尚未死的被害者二三名烧死。其余24名，被同伙宪兵全部枪杀。

3月25日前后，于茅家村至黄崖关间，采取守候、偷袭和盘查等方法，共逮捕200余名，大部是青年农民，被押解到兴隆，后送往北满某地。

4月20日前后，于兴隆茅山西南长城线山峪，枪杀了八路军30余名和中国农民10余名，我用步枪枪杀了农民三四名。

4月29日，参加偷袭茅山西北零散民居，枪杀了青壮年农民20名。

5月15日拂晓，参加偷袭喀喇沁中旗榆树林子村北的民居，一齐射击，枪杀了农民15名。

5月18日前后，参加偷袭榆树林子村附近零散民居，枪杀了试图逃难的农民6至7名，并逮捕了6名，我等两人对他们灌凉水、殴打刑讯，又将6人全部杀害。

5月至6月，参加潜伏和偷袭，逮捕了南榆树林子周围村庄的农民约350名，经殴打、灌水和过电等刑讯后，将50余名送交特别治安庭。同时参加放火烧毁了100余户的房屋。

8月9日前后，在热河喀喇沁中旗七沟村东山里的民房里，我用日本马枪射击正在休息的八路军11团侦察兵，1名打在腹部，1名打在大腿关节，又用斧子将约60岁的户主背部砍成重伤，然后和同伙一起，把濒死的战士和老翁拖到炕上，用易燃的家具压在被害者身上，放火烧房子，将他们一并烧死。

8月19日上午10时左右，在喀喇沁中旗三岔口村口，将两名逮捕的35岁左右的中国农民，拉到200余名村民面前，我为了试验自己日本刀的利钝，主动向派遣队长请求，亲自砍杀了这2人。

9月下旬，参加夜间潜伏袭击八路军，打死3名，逮捕8名，一周后送交特别治安庭杀害了。

10月中旬，参加偷袭三岔口村以东零散村落，一齐将正准备逃难的农民10余名，全部射杀。

10月至11月下旬，在七沟村周围连续逮捕约200名，其中我指挥伪军亲自逮捕了20名，将70名送交治安庭下狱。同时，在两个月中，参加放火将七沟四周的200余户民房全部烧毁。

11月上旬，于三岔口附近，参加逮捕农民3名，殴打和灌水等刑讯致死，还逮捕了1名抗日宣传员，送交治安庭处死。

11月下旬，于喀喇沁右旗五家和七家村，参加逮捕农民约150名，在当地进行殴打、灌水等刑讯，将20余名送交治安庭。

12月中旬，命部下汉奸将喀喇沁中旗八里罕村1名30岁左右的中国妇女，骗到派遣宪兵队，我进行了强奸。

1944年概要

1944年，世界反法西斯战争节节胜利。

年内，苏军向德军连续发动10次歼灭性突击，歼灭德军260多万，将德军赶出国境，并开始解放东欧。6月6日，盟军在诺曼底登陆，开辟第二战场，解放了法国、比利时。德国的战略防御全面崩溃。

美军在太平洋发起强大攻势，实施越岛作战，相继攻占马绍尔群岛、塞班岛、关岛、西提尼安岛，突破了日本所谓"绝对国防圈"。10月，美军胜利进行菲律宾莱特岛登陆作战，7万日军全军覆没，日本海空力量所余无几，此后作战只能依靠自杀飞机和自杀舰艇。

在印缅战区，中、美、英联合作战，歼灭缅甸和云南境内的日军主力，翌年1月，中印公路完全打通。

在国内敌后战场，抗日武装开始进行内线反攻和外线挺进作战，从华北、华中到华南，年内作战2万余次，歼灭日伪军30余万人，攻克据点5000余处，解放人口1200余万。

本年，日军在侵华战场上孤注一掷，发动了规模巨大的豫湘桂战役（日本称1号作战）。4月中旬，日军进行河南作战，以6万兵力攻击中国守军61个师、50余万人，37天中连下郑州、洛阳、许昌等中原重镇和38个县。5月下旬，日军10个师团15万人发动湖南作战，中国守军54个师迎战；6月19日，长沙陷落；8月8日，日军攻占衡阳。衡阳守军3个师抗击日军两个师团的进攻达45天。8月底，日军9个师团11万人进行打通湘桂线作战，中国守军为16个军39个师，日军相继占领桂林、柳州、南宁和贵州独山。在8个月中，日军长驱2000多公里，侵占了河南、湖南、广西、广东的大部和贵州的一部分，占领了7个空军基地和36个机场，使中国又有20多万平方公里土地和6000多万同胞沦陷。

本年，中国正面战场以优势兵力而一败涂地，与欧洲战场、太平洋和印缅战场、国内敌后战场的接连胜利形成了鲜明对比。

● 1月13日，日军在山西贺家湾熏死躲在山洞内的老弱妇孺200余人。

● 1月14日，日军在山西柳林、石家峁一带烧杀淫掠9天，120多个村庄遭难，屠杀500余人。

● 春，日军扫荡冀东黑河川及大小黄崖等根据地，屠杀平民3000余人。由于日军反复扫荡，冻饿致死者1000多人。仅中田村即被杀害179人。在成功村，日军一次杀害民众30多人，并将眼睛、心脏、生殖器等都挖出来。

2万劳工命丧五顶山

五顶山位于黑龙江富锦县城东南20公里处，为小兴安岭的余脉，总面积120平方公里，靠近中苏边境。1942年春，关东军占据了五顶山，从日本国内派遣专家，运来大批军用物资，抓来数万名中国劳工，修筑五顶山军事工程。

五顶山的劳工2万余人，全是从外地抓来的，关东军对全山劳工实行区、棚、队、班管辖，山内分东西南北四个区，每区下设若干棚，每棚住100到120人，每棚两个队，每队4个班，每班10到15人。每棚劳工由一个日军小队看押，并配有3到5只日本狼狗。每天早上出工前，在棚前点号，然后，给每人戴上"黑帽子"（劳工押进山时就是戴着黑帽子进来的），劳工左手扯住一根长绳，右手持工具，达到现场后摘下黑帽子，在监视下干活。中午不准出坑道，每人发两个黑饼子、一块咸菜。收工后仍然戴上黑帽子回棚。夜间，把劳工的左肢都用一条绳子拴住，5个人一串。夜晚不许大小便，有特殊情况，一串人都起来，被押着同去同归。

五顶山的劳工大致分两部分，一部分修盘山道，开山打石头等，干完一项转到另一项。另一种是挖山洞、修碉堡等秘密工程的，工程结束之日就是全部劳工"归天"之时。但无论哪种劳工，都别想活着出五顶山。病了就被扔进狗圈，或是送进医疗所，而进医疗所和进狗圈一样，都是有去无回。

一项工程完了，日军照例要开个"庆祝会"。会后，劳工们吃上了平时根本吃不到的好饭：两合面的馒头，一大碗见油腥的菜汤，还有两块日本咸菜。常年不见米面的劳工自然个个狼吞虎咽。可是，回到棚里一躺下，劳工们就再也起不来了。第二天，日本人便宣布，某区某棚的劳工得了传染病全部死亡。为防止"传染"，倒上汽油，焚尸灭迹。

也有的工程结束时，日军说把"辛苦大大的"劳工们送回家，点名上车，戴上黑帽子，然后拉到万人坑一车一车地杀掉。

日军对中国劳工还有一项优待，那就是从进棚起，每人每天发一个烟份，半年后发两个，超过一年的，每天发三个大烟份（约一钱半）。这大量的烟土，都是日本开拓团专为五顶山军事工程种植加工的。中国劳工们全染上了毒瘾。一项工程完工后，不用一枪一弹，只要三日停发大烟，全棚劳工便就地长眠。

从1942年春到1945年8月，日军在这座山上共杀害中国劳工20000余人。

• 5月初，在河南新郑县城西门外，日军战车第4师团在战壕内碾死、射死抗日军约200人、和平居民约100人。在临汝镇河滩，骑兵第4旅团骑兵斩杀、踏死抗日军约700人、和平居民约400人。

• 5月3日，日军侵袭河南襄城六王冢，屠杀2000余人，奸淫妇女200余人。

• 5月10日，日军在河南宝丰县观音堂、柏林一带屠杀300多人，包括200余名抗日军俘虏。

• 7月，日军在天津强征中国妇女充当日军军妓，"每批二三十名，以三星期为期"。

百次轰炸逼衡阳，死亡近6万

从1937年9月起，日军开始对衡阳进行轰炸，到1944年6月，总计达百余次。

1938年中秋节之夜，日机9架飞临衡阳轰炸扫射，城中火光冲天，尸横遍地。一对新婚夫妇被双双炸飞，新娘的腿挂到了树上。1938年11月，日机20架轰炸衡阳，居民死伤千余人。1940年8月10日、15日，日机两次轰炸衡阳，投弹700余枚，炸死炸伤居民2000多人。1941年8月中旬的一天，日机86架轰炸衡阳，炸死数千人，仅回雁峰附近就炸死居民500多人，回雁寺也全被炸毁。

日军飞机对衡阳最猛烈的轰炸，是在1939年4月6日，108架飞机分三批轮番轰炸衡阳。一批从城北草桥炸到城南回雁峰，一批炸东岸的机场和西岸的大小西门，一批则在北正街、司前街、上下长街、大西门正街一带投下大量燃烧弹，全城大火烧了一天，许多市区被炸成废墟，两华里的长街全部化为灰烬。一个伤兵收容所的数百人全部被炸死。"后据调查，这次轰炸，共炸死居民近万人"。

1944年春，日军发动旨在打通平汉、粤汉路的"一号作战"。攻陷长沙后，日军长驱直入，直逼湘南重镇衡阳。

在进攻衡阳的作战中，日军多次大量使用毒气，我军民中毒者甚众。日军还大量投掷燃烧弹，在挂有红十字标志的临时野战医院，就有数千重伤军民葬身火海。

8月8日，衡阳沦陷。日军继续烧杀无度，四五百名中国军队伤病员被关进船山中学，不医不食，致使绝大部分死亡。有的伤员勉强爬到附近菜园摘瓜充饥，又被日军刺死。

衡阳郊区松山乡有40%的人被日军杀死及强奸而死。弯弓塘屋场，共有90多个居民，被日军杀死70多人，剩下不到20人。在二塘附近的唐家，日军欲对一妇女施暴，其丈夫上前护救，被日军用铁丝穿挂在树上，浇上汽油活活烧死，日军又将妇人轮奸后刺死。在铁门路江边，日军奸淫一抱小孩的妇女后，将母子二人推入江中，那妇女向上挣扎，又被日军以杆打下，母子双亡。一群乘船外出避难的男女，被几个日军截住，日军跳上船，用枪逼住男人们，全部捆起来赶至船尾，遂对女人进行轮番强奸，妇女均被摧残昏迷，日军又将所有财物抢走。

衡阳，这座有50万人口，在抗战后期的未沦陷区中经济发展仅次于重庆、昆明的繁荣城市，经过47天的战火，全城尽为废墟。全市50000多栋房屋全遭摧毁，完整的仅存5栋，尚能勉强居住的也不过60栋，各种财产损失达法币5701亿元。市民因战争死亡29480人，伤残25430人，此外，在一年的沦陷期间，因毒气细菌瘟疫致死者达30000余人。

- 10月17日，日军在河南长垣县前、后小渠屠杀690人。

- 10月，日军117师团进行河南林县作战，在2个村屠杀和平居民130余人，烧毁3个村子的房屋1100余户。撤退时，由防疫给水班散布霍乱菌，民众染疫死亡100多人。

- 10月，日军在四个月内三犯广东揭阳城，在官硕、梅北、锡场、埔尾等地屠杀民众1500余人。

桂林的白骨洞和血泪岩

1944年10月，侵华日军第六方面军在冈村宁次的直接指挥下，进犯广西。11月10日，日军占领桂林。在桂林沦陷前后的半个月时间里，日军制造了多起惨案，屠杀居民及伤病员1300多人。

七星岩位于桂林漓江东岸、普陀山山腹，岩洞有四个洞口，洞迂回长达1公里，内有泉水和钟乳石笋，是著名的旅游胜地。中国军队利用七星岩作为战地医院和仓库，前沿阵地相继失守后，391团指挥部也迁入岩内。11月9日，日军向洞内施放毒气，千余伤病员和官兵，大部中毒昏倒，只有很少的人从七星后岩突围冲出。直到桂林光复后，人们发现七星岩内尸骸狼藉，由当地警察局派人收殓出823具尸骨，合葬为"八百壮士墓"。

10月29日晚，日军进入桂林东郊的王家村，见村中无人，便放火烧房。躲在山上的一些村民下山救火，被日军发现了人们藏身的黄泥岩。岩中有王家村及邻村的400余村民避难。两个日本兵追到洞口强奸了两名妇女，一个日军出洞时失足摔死，山下的日军蜂拥而上，带着从村里抢的干辣椒，并用衣服包着毒气瓶，放火熏烧岩洞。洞内避难的400余名民众全部被熏死毒死。仅王家村就死在岩中137人。后来，人们将黄泥岩易名为"白骨洞"。

11月6日上午，日军到桂林南郊雁山镇五塘村搜杀，发现了大吉岩，五塘等村的村民及外地难民200多人躲在洞中。日军将村民们放在洞口的箱笼、衣物、土烟叶等可燃物堆拢，浇上煤油，点火熏呛洞中人们。在山上隐藏的男人们眼见岩口大火浓烟，但因日军把守着洞口，不能相救。黄昏时日军撤走后，人们下山扑灭余火，但只救活了几十人，其余208人被熏死在洞中。此后，大吉岩改名为"血泪岩"。

黔南惨案，10万人罹难

据第四战区第97军166师参谋长曹福谦《湘桂黔大溃退目睹记》：

1944年8月衡阳失陷后，日本人开始向大西南进攻，拟打开重庆的后大门。9月，敌人从衡阳出动进攻广西。广西首当其冲的是全州，全州的守军是93军。93军由四川綦江出发，7月间到达全州后，不积极做阻止敌人的作战准备，有些军官们竟用汽车载上东西物品运到重庆去做生意，图利赚钱。这些东西物资不是盗取国家的，就是从湖南、广西的商人和难民手中便宜买来的，也有强行扣留的，明抢暗夺来的。

9月14日，93军军长陈牧农将全州城防撤守，退出城郊30多里之外。全州城郊烧了十几天的大火，日本人唾手而得全州城。这样湖南通广西的东大门已被敌人打开了。

由浙江、江西、广东、湖南逃来的老百姓，一点也没有歇歇足、喘口气的机会。因为全州一失，而且失得太快，难民们不得不拖男带女、扶老携幼地向西逃走。由于部队只顾撤退得快，不掩护他们，其中走不快、走不动的难民落在后边，成批成伙地被日本人抓着集体枪杀了。公路上堆满了人，人人都直着脖子，呆呆地向前蠕动，到底走到哪里去，谁也不知道，只管向前移动就是了。难民的脚肿得很大，就用破棉花包着，像骆驼似的，抬得高高的，左摆右摇地摆着走。大人小孩饿死在路上，死后肚子膨胀的大大的像一面鼓，横在公路上。父不能照管子，夫无法照管妻，我走我的路，你死你的，虽至亲骨肉，不能料理一下后事。前边走的人死了倒下去，后边来的人还是踏在死人身上，或让过去仍然继续走。

在广西境内沿湘桂铁路及其以北地区前进之敌，是由新装备好、完全美式武器的46军负责堵击的。可是这年10月间，该军不战而退，节节后撤。（还不能说是败退，因为根本没有打，故只能说是"后撤"）后撤的46军像引着敌人前进的样子，做了敌人的向导。倘没有他们在前边引着敌人走，可能敌人会停留一下，或迷失方向的。46军后撤的快，如同和敌人赛跑。有时敌人还跑在该军的前头，如入无人之境。11月中旬，敌军长驱直入，毫不费力马不停蹄地直接渗入广西的心脏桂林。

蒋介石因派系斗争的关系，临时改调97军去增援。97军10月21日由重庆出发。该军所辖166师及196师两个师，我是166师临出发时到差的参谋长。师长王之宇、副师长黄淑皆住在重庆的公馆中，不随部队行动，怕的是吃苦。到达金城江后，就遇着填满公路中的"人流"，挤得部队走也走不开，有时把部队阻隔成几段。第四战区司令长官张发奎的长官部也乱纷纷地往下撤，在难民的"人流"中乱打乱推找路跑，向后边撤退。这时官僚们的"官体"也不能保持了，一律徒步，有的赤足，争先恐后地逃命，看谁跑得快，就算有本事。

29日我们都钻进大山向贵阳方向逃去了。恰好敌人沿汽车路进攻，我们的后边没有一个敌人追击，我们就大摇大摆慢慢地向后撤。前方部队只顾后撤，对敌人不予截击，后方的增援部队又赶不到，敌人如入无人之境，长驱直入，行军似地到达六寨，接着又到达独山、都均。12月初蒋介石马上慌了手脚，相继派何应钦、张治中到贵阳，布置撤退的准备工作。后来还是因为这条路线太长，日本人仅突进一个旅团，兵力不敷分配，到贵阳南百十里路的麻田县停止下来了。

六寨是个大集镇，被日本飞机炸平了，张发奎几被炸死。汉奸在镇内放火，也烧成一片焦土。独山大火半月之久，烧成一片瓦砾。由湘桂沿线撤退下来的仅仅运到独山的最后一批重要物资，也一概被烧完了。独山比其他地方烧得更惨，偌大的专员公署驻在地独山城，贵州的南部重镇，又变成一片焦土。日本人在南丹、金城江、六寨、独山、都均等地屠杀的难民及本地居民，总数在10万人以上。

- 本年，伪满交通部直辖的穆兴水路改修工程中，死亡劳工1700名。
- 本年，在关东军的兴安岭筑城（王爷庙）工程中，死亡劳工6000人（劳工总数不到2万人）。

1945年概要

1945年是日本的侵略战争彻底失败的一年。

法西斯德国随着4月25日苏军和盟军会师易北河、5月2日苏军攻克柏林而灭亡。

3月，美军攻占硫磺岛，5月，收复菲律宾，6月，冲绳决战结束。5月，英军攻占仰光，解放缅甸。日本帝国主义陷入绝境。

侵华日军发动了鄂北老河口作战（3月至4月）和湘西芷江作战（4月至6月），摧毁了两处的美空军前进基地，但在中国军队的绝对优势之下，日军基本以失败而结束。

夏季，日军从中国南方收缩兵力，中国军队跟随推进，收复广西和江西、福建、广东之一部分。

在敌后战场，日军已处于守势。八路军、新四军和地方武装在春季和夏季攻势中，进行战役、战斗数千次，毙伤俘日伪军14万多人。到抗战胜利，中国共产党领导的军队达128万，解放区人口超过1亿。

本年2月，苏、美、英三国首脑举行雅尔塔会议，达成协定：一、在德国投降后3个月，苏联参加对日作战。二、作为上项的条件，1.美、英两国同意维持蒙古人民共和国的现状；……3.考虑苏联对于大连港的特殊权益，使该港国际化，将旅顺港作为苏联的海军基地，北满、南满两铁路由苏联与中国共同经营。虽然日本的侵略势力即将被逐出中国，虽然不平等条约已经废除，但是，各大国为了其各自利益，又在中国开始了新的角逐。

7月26日，中、美、英三国发表《波茨坦公告》，敦促日本无条件投降。

8月6日、9日，美国在日本广岛、长崎分别投掷原子弹。

8月9日，百万苏军进攻中国东北，参加对日作战。

8月15日，日本宣告向盟国投降。

9月2日，日本投降签字仪式举行。

9月9日，中国战区日军投降签字仪式在南京举行。

日本发动的侵华战争以彻底失败而告终。

中国的抗日战争以巨大的民族牺牲终于赢得了废墟上的悲壮胜利。

中国人民的胜利，不仅粉碎了日本自"九·一八"事变开始的武力征服中国的野心，而且结束了日本长达七十年的侵华历史，并为日本从法西斯统治中得到解脱创造了条件。

琵琶山万人坑

在济南市西郊西十里河庄琵琶山的南面，有一座万人坑，面积1700余平方米，四周有围墙，内有大小尸坑8个。在日军占领济南期间，凡是被"济南军法会议"判处死刑者，都押到琵琶山万人坑杀害。

从1941年到1943年的3年间，日军几乎每隔一天在琵琶山就有一次屠杀，少则几人十几人，多则几十人甚至上百人。万人坑修起不久，日军就将满满三卡车抗日军民屠杀在这里。1943年1月，80余名病俘人员在这里被杀害。1943年2月中旬，日军扫荡鲁南山区，逮捕八路军和民众800余人，其中650人被就地屠杀，余者150余人被押到济南，交军法会议审判，40余人被拷打致死，75人被判处死刑在琵琶山遭到杀害。1945年2月初，日军第53旅团和54旅团在扫荡中，逮捕抗日军民1000余名，就地屠杀870余人，剩余130余人解至济南，30余人被刑讯致死，70多人军法会议被判处死刑杀害在琵琶山万人坑。

日本投降后，驻济南日军将军法会议的档案全部转移销毁。因此，在琵琶山万人坑被杀害了多少中国人，已经成为一个历史之谜。

1954年底到1955年初，济南市人民检察院会同有关部门，先后两次对琵琶山万人坑进行发掘，共拣取遗骨4木箱、8席包、557蒲包，提取子弹头200余枚。经法医组集体鉴定，遗骨为746人，其中可判断性别者，男性283人，女性7人，难以判断者456人；其中被火器烧伤后杀害者173人，火器伤及钝器害者15人，被钝器杀害者22人，锐器杀害者3人；颅骨粉碎骨折致死者210人，尸骨完整主要损伤肉体组织致死者97人，余为尸骨零散无法鉴定者。从遗骨判断，日本侵略者的杀人手段主要有枪杀、砍杀、刺杀、绞杀、殴杀、烧杀、活埋、犬咬等十几种。

- 2月14日，日本军警在黑龙江通河县凤山、凤阳、宝山等地抓捕267人，刑讯致死188人。
- 3月31日，日军在山东茌平县张家楼村屠杀330人，打伤271人，烧房2723间。
- 4月18日，日军在河北北宁路南地区屠杀平民700余人。
- 4月，日军在河北灵寿县朱食村一带屠杀村民300余人。
- 夏，日军在冀东杨沟河，活埋平民600余人，打伤400余人。
- 6月30日，我被劫押到日本鹿岛花冈的劳工暴动逃跑，被日本警察抓捕押回中山寮，97人惨死。是为"花冈惨案"。

劳工尸骨遍虎林

从1936年到1945年，关东军在虎林驱使数以万计的中国劳工，修筑地面和地下军事设施、飞机场、军用公路和兵营。这些劳工，大部分是从东北和关内各地骗来、抓来和强征来的，也有部分是抗日军的俘虏。

曾在虎头修地下要塞的孙同修说：1941年在虎头小南山工地有3500来名劳工，到秋天向回送的时候，和北山工地的劳工加在一起，才剩2000多人。劳工王庆增说：我们1941年来高岗组工棚子是400多人，到1944年向回送时，死去一半，剩200多人了。

《北满永久要塞》中两处记载了集体屠杀劳工的事件："1940年，虎头要塞工程完成后，将抓来的中国军队俘虏，摆酒宴引至山谷间，正在吃喝之际，山顶上的机关枪一齐向这些人射击，全部被杀死。""1943年某日，虎头地下要塞工程9/10挖通，将中国军队俘虏诱至猛虎山麓（猛虎谷）的洼地设酒宴进行'慰劳'。其中一俘虏看势头不对，当即逃离，其余的人也都跟着向洼地逃跑。就在这时，埋伏在四周高处的重机枪响了，全部倒在血泊中。"

除了日本人，没有人知道到底有多少中国劳工死在虎林。人们只能看见，从西大沟至飞机场的公路旁、地下要塞周围的荒野里、石青山根、迎门顶子山沟里、忠诚新开河两侧，每一处都有大量劳工的尸骨。

1945年8月10日，刚刚光复的虎林街上，走过幸存的千余名中国劳工，他们穿着破烂的衣服，互相关照着，向着家乡的方向走去。

● 6月30日，湖北宜昌日军第97旅团医院以预防脑膜炎为借口，强迫居民注射，被注射者顷刻手臂肿胀，到该日已死亡1000多人。

日军的"郊游"

下面是原日军731部队少年队员秋山浩（笔名）在《特殊部队七三一》中"可怕的郊游"一节里记述的一件事：

7月初的一天。是一个天朗气爽的早晨。和往常一样，在高木班的预备室里，我和佐佐、保坂呆在一起，正在换衣服的时候，佐川技术员进来了。

"今天用不着换啦。为了散散心，我带你们到郊外玩儿去。"佐川技术员指着西北面这样说。

到达村庄的时候，已快12点了。这个村子大约有20来户人家。用土坯砌的平房，一户挨着一户。有两三棵像是忘了往上长而蹲在地上的小柳树。我们自从到满洲以后，连树木也成了稀罕的东西了。我们都以好奇的眼光，望着在屋檐底下和泥的老头儿，或者光着脚的小孩子以及探头探脑的女人们。

我们找了一块荫凉的地方坐下来，把饭盒刚一打开，起初还怕人似的小孩子们，就一起蜂拥过来了。我们中间也有拙嘴笨腮地用不流利的中国话和小孩子们攀谈的。

到底还是佐川技术员，用中国话把小孩子们哄住了。他从口袋里掏出馒头来，每人给了一个。乍一看，这是一幅亲切动人的情景，可是当佐川把馒头递给他们的那一刹那，他的脸上显得非常不自然。但是，我没有想到，这正是前几天刚在电影上看到的阴谋破坏班的那一套把戏。

在郊游后的第三天，早晨刚上班，雇员们便和往常不同，在走廊里忙忙碌碌地走来走去了。综合一下听到的只言片语，我才知道在那个中国人的村庄里发生了鼠疫。想起来在给馒头的当时，佐川技术员那尴尬的笑脸，我不禁有些发抖了。

研究员们轮流着驱车到这个村庄去调查传染的情况和治疗药品的效果，我作为他们的助手，也到现场看过一次。

在强烈的阳光照射下，穿着橡胶制的防毒服，简直闷热得像蒸笼似的。屋外看不到村里的居民。对于发生了鼠疫患者的人家，为了防止苍蝇的媒介作用，把整个房子罩上了一个像蚊帐似的极大的白色铁丝网。

吃了馒头的小孩子们，一个不剩，都得了肺鼠疫，其中有好几个早已丧命。并且新的患者好像在追赶他们似的陆续不断地发生。不难想象，成群的苍蝇和跳蚤可能已经把细菌传布到村子里的每一个角落了。我跟在军医的后面，走进一所罩着铁丝网的人家。虽说在实验中在像片上看惯了，但这里残酷的情景，实在令人目不忍睹。一想到这就是那天天真地玩耍着的小孩子中的一个的时候，我立即感到无比的恐惧和不安。

让我帮助解剖尸体，从肺脏、脾脏等各部分，分别制作检查用的涂片标本。我没有心思去钻研它，只是机械地动动手而已。从墙外传过来悲惨的呻吟，铁丝网外的苍蝇，嗅着取出来的脏腑嗡嗡地叫着。

约莫经过一个星期，这个村庄全被烧光了。据说其中也剩下没死的，但是由于这是极端秘密的实验，所以在实验完了之后，一人不留全部杀光了。

像电影上演过的一样，这种悲惨的实地演习，好像进行过了很多次。

从1942年冬到翌年的春天，在农安县城流行过鼠疫，四五千户人家被烧毁了一多半，据说这也是731的阴谋破坏班暗中搞的。

- 8月6日，美国在日本广岛投下第一颗原子弹。
- 8月9日，苏军出兵东北，参加对日作战。

● 8月9日，根据关东军司令官的命令，日军在海拉尔市处死了大批当地居民。

庙沟灭口屠杀中的幸存者

1945年8月8日深夜，苏联境内的探照灯突然射向日军占领的黑龙江东宁县城，在飞机大炮的掩护下，苏军向日本关东军的前沿阵地发起攻击，双方展开激战。与此同时，日军也开始了对中国劳工的大屠杀。

关东军经营东宁，已有10多年。常年都有数千名劳工在这里施工。劳工和抗日军俘虏不断地被摧残致死，从各地抓来的人又不断地补充进来。到日本投降前夕，在庙沟地下工程施工的劳工约有3000人。

8月9日，苏军攻势猛烈，日军灭亡在即。为了消灭人证，日军欺骗人们，为保证劳工的安全，防止被炮火杀伤，所有劳工都要按工区迅速进入地下工程，并在入口处堆起3至5米厚的砂石泥土，以防毒气进入。在日军的武装看押下，数千名劳工被赶进了地下工程，然后又一段一段地用砂石泥土堵死。3000余名劳工就被永远地埋葬在了里边。

8月中旬的一天下午，刚解放的东宁县地方治安维持会门前，来了30多个衣衫褴褛、瘦骨嶙峋的人，向人民政府控诉日本侵略者在庙沟残杀大批劳工的罪行。他们是三四年前从山东、河北被抓来的劳工和被俘抗日战士。日军将人们赶进地下工程时，他们是最后进去的一部分劳工，靠入口处最近，大家齐心扒开了堆堵在巷道中的砂石泥土，侥幸得以逃生。这30多人，是庙沟惨案中3000余名遇难中国劳工的幸存者和历史的见证人。

日本侵略者在东北奴役劳工，200万人死亡

1932年至1938年间，每年从华北抓、骗招到东北的劳工为40万至70万人；1939年，从华北抓、骗招到东北的劳工为100万至130万人。

伪满每年役使劳工数：1942年100万人；1943年120万人；1944年130万人；1945年160万人。

在抚顺煤矿，1939年1年中就有10190名工人死亡，当年的矿工死亡率达到15%。1940年4月至1944年底，从关内押送到抚顺煤矿的军事俘虏为4万人，而到1945年8月日本投降，这些人中只剩下了7000人。

日本统治中国东北期间，奴役劳工达数百万人，而在东北各地留下了59个万人坑，加上山西、河北、安徽、广东等地的万人坑，已发现有80多个，至少埋葬着死难劳工的白骨70多万具。

据粗略统计，仅东北三省各矿业中，被折磨致死的劳工不下200万人。

● 8月10日，日本表示接受《波茨坦公告》。

日本对中国煤铁资源掠夺统计

年份	铁矿石（吨）	生铁（吨）	煤（吨）
1938	868485	27451968	
1939	4502222	1064221	36578974
1940	5317159	1118833	44453465
1941	7559917	1452983	56275591
1942	9894561	1706673	59208409
1943	10654235	1818517	50075141
1944	7949346	1370000	48280463
1945	426245	176138	23918000

● 8月10日，日军在哈尔滨将731细菌工厂的1000余具尸体标本销毁，同时秘密处死囚禁的300人。

末 日

原731部队少年队员秋山浩所著《特殊部队七三一》节录：

永远牢固封锁着的中央走廊的铁门打开了，从里面飘荡出一种使人难以忍受的烟气。我虽然知道在走廊的那边，有囚禁"木头"的秘密监狱，但是，到里边来还是第一次。在门口，站着五六个警卫兵，手里端着上了刺刀的枪。我们一进门，门就又被关了起来。

我虽然知道，现在已处于紧急状态，可是一进去，还是使我大吃一惊。这是地狱的写照呢，还是屠宰场？走廊里，牢房里，遍地都是尸体，在血泊中堆成一片。一望而知，这些尸体都是经过痛苦挣扎之后，才悲惨地死去的。

据说，为了让敌人找不到这里有监狱的证据，曾在早饭里放上氰酸钾，企图把这些"木头"全部毒死。可是，当时有些人发觉不对头，没有吃。对还活着的人，便用机枪从小窗口向里扫射，有些还没有断气的，再用手枪一个个打死。

有人把尸体从屋子里陆续地拖出来，抓住手脚正在向当中的院子拖。原来令人作呕的、莫名其妙的烟味，就是这院子里焚尸的烟。一个月前院中就挖了8个大坑，现在许多尸体堆在坑里，正在喷着黑烟燃烧着。尸体上，是浇了汽油的。当我们在口型楼外销毁瓷制炸弹时，这里就已经动手了。搬尸体的人们的身上和脸上，都沾满了血污，就连戴着手套的手，也都染成了黑紫色。

监狱分列在走廊的两旁，靠东边的叫甲号，靠西边的叫乙号。我进去的屋子是甲号楼下的一间。我们去晚了，没有手套，只好赤手拖尸体。当我的手碰着尸体的时候，我的血液循环系统就像发生了障碍似的，顿时感到冷冰冰地阴森可怖。这些尸体虽然早已气绝，可是他们和病死的人不同。这些胀得圆鼓鼓的倔强的犯人，当我一伸手去拉，他们满眼怒火好像要来反咬我似的。把尸体拖到院子中间之后，放到火坑旁，浇上汽油便扔进坑里。瞬息之间，尸体就被烧得乌黑焦枯。几十具摞着的尸体，被大火烧得响声滋滋地散发着异臭。干这种恐怖勾当的，有200来人，都穿着草绿色的工作服，也分不清谁在指挥。反正大家只有一个目的，烧得越快越好，都怕苏军追来，再跑就来不及了。

楼下的尸体几乎被搬完了。因为把尸体处理完了之后，还要炸毁监狱，又要在苏军到来之前，逃到安全地带，大家都十分焦急。但是，在二层楼上还残留着无数的尸体，而即使剩下一具尸体我们也不能走。到了傍晚时分，有的人不耐烦再把尸体顺着楼梯往下拖了，而是直接从楼梯往下扔。焚烧尸体的人更是焦急，不等下边的尸体烧光，就往里面抛新的尸体。到7点钟左右，8个大坑都被填得满满的了，剩下的尸体再无处可埋。如果完全烧透，都烧成碎骨灰，也许8个大坑就够用了。怎么办？请工兵营来协助，这不行。即使是同一部队里的人，也不能让他们知道"木头"和监狱的秘密。拖到总部院里去，就会被满洲人的夫役发现，那更不行。最后来了命令，浇水将火扑灭，把尸体弄上来，重新再烧透。

命令一下，大家动起手来，一个传递一个地往坑里泼水。烧得正旺的油火，一遇到水，火势更猛。经过大量泼水，火焰终于熄灭了。黄昏好像突然降临到人间，院子里一片昏暗。我们开始从坑里往外拖尸体。尸体烧透了的部分，骨节脱散，七零八落，只好用铁锹往外掏。还有些较完整的尸体，就用铁叉子叉。可是，当铁叉扎了进去，想要用力往上挑时，反倒像被吸进去似的往坑里面倒。不得已，只好下手去抓。那尸体浮面的烂肉，一碰到手，就粘糊糊地脱落下来，连手指缝里都牵拉着烂肉丝。因为尸体都是摞着烧的，如果不用力，根本弄不上来。我们就像魔鬼一样，不顾一切地狠命用手抠进里边，拼命地往外拖。渐渐地习惯了之后，不管是没烧透的人骨头也好，臭气也好，都已经不大能刺激我的麻木不仁的神经了。但是，一些烧得半生不熟的肉块，和到处糜烂不堪的脏腑，简直叫人无法收拾。还有，那些带着活人神色的眼珠，和烧剩下的半张人脸，还是使我的心弦不住地发颤。无意中一抓表面上好像是被烧得焦黑的头颅，结果只剩着半张脸，如同一个没有断气的人间幽灵，立刻又出现在我的眼前。

我们这些干着这种惨绝人寰的、不可想象是人类世界上的勾当的人，面部表情大概都已经失掉了正常的感觉。我就像一个头上烧得呼呼作响，而自己却感觉不出热的疯子一般，带着一副失去知觉的神情，像个垂死的人，在那里活动着。

雨，仍在继续下着。开来了粉碎机和货车。我们把烧得残缺不全的，从坑里弄上来的尸体，用铁锹背拍敲，或翻来覆去地往地面上砸，把肉从骨头上弄下来，把掉下来的肉，扔到坑里，再洒上煤油用火烧。把剥光了的人骨头，投进粉碎机里，碾成粉末，再将这些粉末装在货车和卡车上运出去。

坑里的尸骨全部被掏了出来，再把剩下的尸体扔进去继续烧。这时候大地已经更加黑暗了。可是，碎骨烂肉裹着血污，满地都是，那种惨状，在黑暗中仍叫人不忍卒睹。

天黑了，安上照明灯继续干。也不知道是第几次卡车开到我的身旁时，一个从卡车上跳下来的人扶住了我的肩，原来是林田。我们只是相对无言地望着。他用下颌指了指卡车，意思是叫我"走吧"。我用铁锹铲起像浸湿了的石灰一样的被粉碎了的人骨头，往卡车上装，紧跟着，我就坐在了它的上面。

雨大得出奇。没有长草的地面上，泥泞不堪，在疾驶如飞的卡车两侧，猛溅着污泥。

出了兵营，卡车奔驰在草原上。虽然是一片草原，但到处坑洼不平。洼地里积存着雨水，露在外面的只是草梢。轧碎了的骨粉，就被抛在这些洼处。因怕露出什么痕迹，为了使人辨认不出是人骨头，把胡乱砍下来的一些马头、马脚，或者是烧过的实验动物的一些残骸，都洒在粉碎了的人骨头末的上面。

弄完了的时候，已经是深夜了。

● 8月15日，日本宣告向盟国投降。

● 8月15日，长春日军由敏部队以5辆坦克在大马路对示威游行的中国人进行镇压，当场打死约150人。同一天，在长春大经路，打死民众20余人。16日，在长春南关附近，日军10余辆坦克对千余暴动群众进行镇压，当场打死100余人；在南湖房产住宅区打死群众30余人。宣布投降后，长春地区日军共26次屠杀中国人，杀害477名。

● 8月19日，在沈阳北市场附近，日军打死中国暴动民众52人；在奉天车站前，打死25人。在沈阳地区日军9次屠杀中国人154名。

● 8月16日，日军在宝清县泥鳅河三次集体屠杀伪军28团官兵200余人。

- 8月19日，日军在龙江县三家子屯屠杀村民83人；同一伙日军路过申地房子时，又屠杀了民众80余人。
- 8月22日，日军在黑龙江依兰县西刘油坊屯屠杀民众105人，伤14人。在依兰土城子一带屠杀54人，伤8人。在依兰长胜屯屠杀老弱妇孺和学生110余人。
- 8月25日，日军在大同以"维持治安"为由，四处捕杀居民，5天中屠杀200余人。
- 8月26日，日军阻挠我军解放山西汾阳，用毒气杀害八路军官兵67名。
- 9月2日，日本投降签字仪式在美国"密苏里号"战列舰上举行。
- 9月9日，中国战区日军投降仪式在南京举行。
- 10月25日，驻台日军投降仪式在台北举行，台湾自此回归祖国。

永志不忘：中国人死亡2100万、伤1400万

从1931年"九·一八"事变到1945年8月，日本侵略者侵占了中国2753254平方公里的国土、970余座城市（全国城市为1200个），沦陷区人口2.57亿（全国人口共4.5亿）。

侵华战争给中国人民的生命和财产造成了巨大损失，中华民族遭受了空前的浩劫。

坐落在卢沟桥畔的中国人民抗日战争纪念馆，在陈列厅中醒目地标示出日本发动的侵华战争给中国造成的巨大灾难：

死亡2100万　伤1400万

损失5000亿美元

度
尽
劫
波

原子弹的多重悲剧

历史就像流水。

时光似乎能冲淡一切。

那场战争过去已经数十年了，大半个世纪的风风雨雨，带走了许多东西，但是也有许多东西是不可能随岁月而消失的。几十年后的今天，那场战争对于每个民族和每个人而言，都各有其忘记的部分和铭记的部分。

诚然，东京大轰炸是日本人所不能忘记的。

1945年3月9日夜，300架美军B-29战略轰炸机轰炸东京。在那个夜晚，东京死亡7.8万人，150万人无家可归。第二天，日本电台广播说：

> 风暴般的火焰吞噬了一个又一个市区，在一片焦土中间，偶尔能见到少数水泥建筑的断壁残墙。当第一批燃烧弹泻下时，一股股浓烟腾空而起，下面是滚滚火球闪耀着强烈的淡红色光芒。从浓烟中穿过的"超级空中堡垒"，它们飞得这样低，真是吓人。整个城市被照得如同白昼。在这天夜里，我们以为整个东京都已化为灰烬。

诚然，广岛原子弹是全人类所不能忘记的。

1945年8月6日，美国白宫发表一项公报说：

> 一架美国飞机今天上午在广岛市上空投下一枚炸弹，仅仅一枚……我们掌握了物质世界的一种基本力量，太阳就是从中汲取能量的。这股力量已经针对那些在远东大肆烧杀抢掠的人爆发出来了。

广岛和长崎两颗原子弹，在瞬间造成了十几万人的死亡。到1950年，致死人数超过了30万。

这些人类悲剧是我们永远也不能忘记的。

但是，我们也不能忘记其中的因果关系。

在日本的东京博物馆举办的展览中，对1945年的东京轰炸作了详尽的描述，却几乎没有对导致轰炸的原因作出解释。

在广岛原子弹爆炸纪念馆中，人们同样看不到关于原因的明确说明，而在展品中有一幅1937年的照片，记录着广岛居民举行盛大提灯游行，热烈庆祝日军占领中国首都南京的场面。在照片下端的说明中，仅以含糊的口气写着："南京中国居民被杀害的数字有种种说法，从几十人到几十万人不等"。只是在所附的英文说明中注为"中国宣布的数字为30万人"。

他们有意无意地在广岛原子弹纪念馆中陈列着庆祝占领南京的照片，就是因果关系的最好说明。尽管在那日文解说中欲盖弥彰，他们实际上非常清楚孰为因孰为果。即南京大屠杀、重庆大轰炸、偷袭珍珠港和马尼拉大屠杀是因，而东京大轰炸和广岛、长崎原子弹是果，是日本发动侵略战争的必然之果。但是，如果把南京、重庆、珍珠港和马尼拉作为果，我们却找不到这种必然之因。无论日本人为他们的"大东亚圣战"开列出多少种"理由"，那也都是建立在侵略者逻辑之上的推论。

从战前到战中到战后，从过去到现在，有些日本人一直在绞尽脑汁把他们发动的那场侵略战争打扮成黄种人反对白种人的战争、把亚洲从欧洲殖民者的奴役下"解放"出来的战争，及至"膺惩暴支（中国）"的自卫战争等等。如果不看他们的行为而仅仅从其言论判断他们，他们无异于一群圣洁的天使。然而，寻找"高尚"理由本身，就说明了他们内心的龌龊和行为的卑劣。

日本侵略者显然非常清楚他们是在犯罪，非常清楚他们就是不折不扣的战争罪犯。不然，他们就不会在投降之后迅速销毁了全部秘密档案和文件。

日本战犯没有重犯德国法西斯魁首们犯过的错误。德国人未能销毁自己的档案，于是在纽伦堡审判过程中档案全部落到公诉人的手中。日本人从他们的轴心国伙伴的行为中吸取了教训。从1945年8月14日日本同意投降，到8月30日第一批美军空降部队才开始在东京着陆，在美国人给日本人留出的这宝贵的十六天内，东京政府大厦顶上浓烟滚滚，政府、大本营和各个机关都在全力销毁档案，无数的各种各样的秘密文件几乎全被烧毁。那些档案和文件记录着日本帝国的首脑们破坏和平、违反人道、践踏战争法规和惯例的滔天罪行。不仅东京销毁了秘密文件，在日本各地，在中国和东南亚，凡有日本陆海空兵团和部队司令部的地方都在忙于销毁文件，各战俘营、监狱、警察厅、宪兵厅等，也都把秘密文件全部销毁了。

日本侵略者销毁文件干得是如此之彻底，连销毁文件的命令本身也销毁了。但是，有一个细节却说明了这一切。在抚顺战犯管理所审讯日本战犯岛村三郎的时候，检察员出示了他当年亲笔签署的杀害中国人而向伪恩赏局请功邀赏的报告书，岛村当即脱口骂道："这些混蛋，连这种文件都没焚毁就逃跑！"

显然，日本侵略者非常清楚他们是在进行战争犯罪。看一看一号战犯东条英机在法庭上的供词便知：

　　1942年4月18日由美军上校杜立德指挥的空军中队的飞行员对东京进行了空袭。他们违反国际法，施以暴行。无需提醒，施加给平民百姓的暴行，根据国际法属于战争罪。

确实是"无需提醒",没有任何疑问,"施加给平民百姓的暴行,根据国际法属于战争罪"。

当日本军队在南京、上海和中国各地对和平居民进行大屠杀的时候,当日本飞机将成千上万吨炸弹投掷在中国城市的时候,日本政府和军人,还有东条英机本人,他们可曾想到过国际法么?不管想到没想到,但是他们非常清楚国际法,清楚到了"无需提醒"的地步。因此,他们非常清楚他们是在进行战争犯罪,而且"无需提醒"是在故意进行战争犯罪。

显然,日本侵略者非常清楚他们就是战争罪犯。不然,他们就不会在最后关头仍然坚持在投降条件中列入第二项"惩办战争罪犯应由日本人自行处理"。在日本战败已成定局的情况下,帝国首脑、高级职业军人、宪兵、检察官及其他战犯之所以拼命要求继续作战,因为他们非常清楚,战败之后,他们必将要受到惩罚。为了逃避绞刑架,使自己多活上几天,他们宁愿将自己的国家化为焦土,让全体日本人民和他们同归于尽。为此,他们叫嚣"本土决战",鼓噪"一亿玉碎",拉着所有的日本人都为他们殉葬。

战后,日本政府没有处理过一个战犯。事实是明摆着的,因为战前和战中一直是日本的最高统治者、战后继续是日本的"象征"的天皇裕仁先生就是头号战犯。

在日本历史上,"万世一系"的天皇实际掌权时间并不长。公元593年推古天皇即位,日本古代天皇制才正式确立。此后到明治时期的1000多年中,天皇掌权的时间只有200多年。从9世纪开始,政权先后落入"摄政"、"关白"、"幕府"手里,天皇完全成为傀儡。"神圣不可侵犯"的天皇被废黜者有之,流离失所者有之,被逼投海自杀者亦有之,幕府还导演过南北天皇互称"正统"的闹剧。

明治维新确立了近代日本的天皇制统治,明治宪法赋予天皇以绝对的权力:"万世一系的天皇统治大日本帝国","天皇神圣不可侵犯","天皇作为国家元首,总揽统治权"。

1926年12月，裕仁继承皇位，成为日本的最高统治者。裕仁统治日本的历史就是一部日本对外侵略不断升级的历史。在1931年至1945年日本发动侵略战争期间，裕仁一直行使着最高统帅权。

1932年1月8日，裕仁颁布"敕语"嘉奖即将占领整个中国东北的关东军：

宣扬皇军威武于中外。朕深嘉奖其忠烈。朕希望尔将士更加坚忍自重，以巩固东亚和平之基础，报答朕信赖之恩。

1937年9月4日，裕仁向第72届帝国议会开幕式发表敕语说："朕命国务大臣向帝国议会提出特关时局紧急追加预算案及法案。"在裕仁的命令下，临时议会通过追加20亿日元巨额军费的决定，相当于日本当年岁出预算总额的75%。稍后，裕仁又否决了参谋本部的和谈方案，而支持政府的强硬对华立场，并批准近卫首相发表"不以国民政府为对手"的声明。

1940年9月27日，裕仁发布诏书，宣布承认日、德、意三国军事同盟：

扬大义于四海，合乾坤为一宇，实乃皇祖皇宗之大训，朕为此凤夜眷眷而无所措。……朕切望早日戡定祸乱，恢复和平。……兹观三国间条约之缔结，朕甚感欣慰。

1941年12月初，裕仁在御前会议上亲自做出了向美英开战的最后决定。开战后，裕仁发布宣战诏书。他对日军的初战告捷欣喜万分，发布了一连串的敕语，为陆海军加功鼓励。1942年3月9日，木户内臣在日记中写道：

圣上龙颜甚悦，欣欣然而谓之臣曰："所获战果快之极也。"

战争末期，日军广泛使用自杀性的特攻战术，裕仁知道后说："至于这样吗？不过，干得好！"

日本投降后，东久内阁害怕国际法庭审判日本战犯，准备向盟军司令部申请由日本自行审判，裕仁立即表示反对："敌方所列举的战犯均为竭尽忠义之人，如以朕之名义处罚他们，实在于心不忍。"

日本学者赤间刚在《昭和天皇的秘密——你在地狱中徘徊吧，裕仁天皇》一书中写道：

> 其实"开战"和"终战"的决定都是根据天皇的"圣断"做出的，同样，始于1931年9月的侵华战争也是根据天皇的"裁决"和意志开始的。

> 毋庸质疑，天皇对1931年至1945年间日本发动的侵略战争负有不可推卸的责任。这是不言而喻的。

> 天皇是本世纪最大的恶人之一，是他导致310万日本人和2000万亚洲人民在战火中丧生。这种罪孽是亘古未有的。同样恶贯满盈的德国独裁者希特勒畏罪自杀了，说明他还认识到了自己的罪过，而天皇似乎一直无悔过之意。

> 天皇临死前被卑鄙无耻的新闻界加以"美化"，但死后他注定要下地狱。无论怎么祈祷他都注定要下地狱。善因善果、恶因恶果，这只是佛教的一条教诲。但即使在基督教国家的英国，该国的报纸也宣称"天皇要下地狱"。任何一种地狱都会接受恶贯满盈的裕仁天皇。

战后，美国对日本实行军事占领。美国人在对日本进行强制的"民主化改造"的同时，又保留了日本的天皇制。作为保护天皇的第一步，就是使他免于被审判。远东国际军事法庭审判长韦伯因坚信天皇裕仁应对战争负责，而在审问东条英机之前的关键时刻被召回澳大利亚，美国法官接替审判长的位置后，审判便得以按"计划"进行。韦伯在审判结束后说：

天皇掌握着日本军政大权，在天皇促使战争结束问题上，这一点暴露无疑。同样，天皇在开战时也明显发挥了作用，检察官方面有明确的证据证明这一点。

《纽约时报》当时也说："法庭的被告席上明显有一个人缺席，这个人就是天皇。"其时美国的民意测验表明，有30%的人要求对裕仁处以绞刑。

东条英机在开始出庭时就说："日本国民根本不会违背天皇的意志行事，日本政府和日本的高官则更不会。"后来，日本政要以改善东条家属生活为条件，才说服他改变口供，说战争的责任全在他自己。兔死狐悲。裕仁在战后接见记者时仍为东条英机等被处死的甲级战犯辩护，因为那些双手沾满亚洲人民鲜血的战犯确实都是他的"竭尽忠义"的仆人。

保留天皇制后来曾作为美国重建日本的"有远见"的"明智"之举，说这为日本的复兴提供了稳定的基础。但是，保留天皇制与保护战犯裕仁本来是两个概念。审判头号战犯裕仁，另找一个没有血债者作为日本的"象征"，这不仅与保留天皇制并不矛盾，而且对日本的形象、对日本人的心态都有莫大的益处。然而，美国保留天皇制的政策，在实际中却成为包庇日本战犯的政策。

东京审判，虽然是对1931年以来日本侵略战争的判决，但却把责任限定在以日本军人为主的被告一伙人身上，而免去了这个期间日本的领导者、同是战争责任者的天皇、重臣、高级官僚、财界巨头等的罪责。战后，日本的各色大小战犯继续活跃在政界、商界、学术界，成为政府要员，及至接二连三地出任首相，这既是对东京审判的嘲弄，也是对国际战争法、人类道德准则和良知的嘲弄。

即使是对军方的战犯，没有审判的也大有人在。除了冈村宁次，还有一个就是细菌战魔鬼、731部队的缔造者石井四郎。战争结束不久，石井四郎等人就同美国达成了向美国全面提供731部队的研究成果，而免除战犯罪的秘密交易。美国陆军细菌化学战基地的西鲁和宾库塔两位博士，为免除石井及其部下的罪行请愿说：

> 石井部队的资料是长时期的研究成果，花费了几百万美元。这样的资料是我们的实验室根本得不到的，我们不能搞人体实验。为了搞到这些资料，我们只用了700美元，连731部队花费的零头都不到，这笔买卖太便宜了。

结果，美国政府做了决定：鉴于日本军队细菌战情报的重要性，美国政府决定对日本军队细菌战集团的所有队员免于战犯起诉。

事情就是这样再清楚不过了：众多的战犯逍遥法外，而最大的战犯则继续高居皇位作威作福，他们怎么可能对那场战争进行反省和忏悔呢？

东京审判中还有一个"彼此同犯不究"的原则。在纽伦堡审判中也施行了这一原则。施行这一原则的结果，是没有对日本和德国轰炸和平城镇的战争罪行进行谴责和审判。

从侵华战争的第一天起，日军就使用恐怖手段狂轰滥炸中国的和平城镇，向居民区投掷燃烧弹造成巨大火灾，直至向城市投放毒气弹。战史学家认为，1931年10月8日日军飞机轰炸锦州，使之成为第一次世界大战以后遭到空袭的第一个城市。1937年7月以后，日本飞机对中国和平城镇的轰炸，更成为日军战略的一个组成部分。他们明确宣布轰炸后方就是要"给敌方军民制造恐怖主义气氛"，"在军队和民众中间引起恐惧和惊慌失措"，"等到和看到他们由于惊恐而变得意志消沉"。日机1939年5月3日和4日轰炸重庆，两天中平民死亡5400人，伤3100人。

欧洲战争开始后，德国对英国进行大规模战略轰炸，从1940年9月到1941年5月，向英国投弹5万吨，炸死4万居民。

> 1940年11月14日是一个月光明媚的夜晚，德国的诱导机用燃烧

弹，把考文垂变成一个巨大的火焰区，以便后边跟上来的轰炸机向那里进行地毯式轰炸。437架容克轰炸机，投下了450吨炸弹和燃烧弹。拂晓，考文垂的中心地区变成一片废墟，木结构的建筑稻草般烧成灰烬。5万户人家的房屋被毁，380人死于轰炸，865人受重伤。

"考文垂化"于是成为指从空中消灭和平居民的强盗式总体战的一个新词。

但是，进行这种无区别轰炸的又不仅仅是军国主义的日本和法西斯德国。英国人创造了一次出动1000架飞机的"轰炸机之河"，对德国城市进行"饱和轰炸"的纪录。1943年8月底开始的对汉堡连续9天的轰炸，市民死亡5万人以上；1945年2月13日，英美空军对德累斯顿进行轰炸，使15平方公里的市区完全夷为平地，市民死亡3.5万人。

疯狂的战争使整个人类都丧失了理智。在那场名副其实的"世界大战"中，各国都竞相把敌方的平民当作"正常"的消灭目标。虽然最初实施"总体战"的是军国主义的日本和法西斯的德国，可是一旦开了战，那些所谓民主国家也同样是"以眼还眼，以牙还牙"。

是的，人类不能忘记广州和重庆大轰炸，也不能忘记东京大轰炸；不能忘记英国考文垂大轰炸，也不能忘记德国德累斯顿大轰炸；不能忘记南京和马尼拉大屠杀，也不能忘记广岛和长崎原子弹。这一切，我们永远都不应该忘记。制造这些悲剧的行为，无疑地都属于违反国际公法的战争罪行。

所有这一切，都是在所谓最为科学最为文明的20世纪中，人类社会道德全面崩溃的无声的历史见证。

但这些同样是消灭平民的战争罪行，毕竟还是有差别的。差别就在于，发动侵略战争的日本和德国是先行者，轰炸城市和屠杀平民是他们扩大战争的手段；而反法西斯国家轰炸敌方城市，是制止侵略战争的手段——当然它不能说成是必要手段，而是一种不择手段的手段。

从因果关系上说，南京、重庆、考文垂是因，而德累斯顿、东京、广岛是果，是侵略者自食其果。然而，问题的复杂性又在于，承受这种报复之果的主体，是侵略国的平民。对他们来说，这就不是必然之果。他们是无区别报复的无辜受害者。

1945年8月6日8时15分，人类历史上第一颗原子弹在日本广岛爆炸。

这是我们这颗星球上的划时代的一个瞬间。

从前面引述的白宫公报中我们看到，美国人投掷原子弹时的愤怒和骄傲是可以理解的。千千万万的中国人听到原子弹在日本爆炸时的心情也是可以理解的。

报复之心是人类的最基本的情感之一。

但是，人类毕竟还有理智。毕竟还有冷静之人。

1945年8月7日，即广岛原子弹爆炸后的第二天，重庆的中共机关报《新华日报》在抗议轰炸广岛时说：

> 战争的目标是打击日本军国主义，而不是日本人民。……科学的成就应该有助于人类的进步，而不是毁灭人类。

8月9日，《新华日报》刊登时评《由原子弹引起的思考》：

> 原子弹的发明和第一次使用，震撼了全世界。科学革命和战争革命同日而起……作为侵略者的日本人，受到这种史无前例的强大武器的打击，是对法西斯侵略者必然的报应。对八年来遭受日本法西斯野蛮屠杀的中国人民来说，除了受欺骗的无辜的日本人民以外，对日本军阀不会有丝毫怜悯之情。但是，本来应该服务于人类生活的化学科学，也被用在具有残酷的破坏力和极大的杀伤力的武器上，我们相信这是献身于全人类和平事业的人、特别是全世界的科学家深感遗憾的事……

新华日报的声音，代表了中国人精神的正义的层面，体现了一种真正的人类良知。尤其难得的是，在原子弹这一空前的武器刚一出现的时候，在人类的绝大多数成员还来不及对它的真正内涵进行深入思考的时候，新华日报就看到并指出了这一点。

原子弹的实地使用，对于迅速结束战争发挥了相当大的作用。但是，这种超级屠杀武器的这种使用法，却产生了更为巨大且持久的副作用。美国的诺贝尔化学奖和和平奖获得者L.鲍林就指出："我认为，如果这种炸弹投到空旷乡村而不是广岛和长崎这样的城市，同样可以显示它的威力，致使日本投降，而这两个城市的无数妇女、儿童和其他非战斗人员就可以免遭死伤。"

几十年来，成千上万的日本人每年都以沉痛的心情在广岛举行纪念会，悼念遇难者，祈祷和平。很多日本人亦由此更觉得自己是战争的"受害者"，是"无辜殉难者"。

不论从何种意义上说，原子弹的实战使用都是一场人类悲剧。也许，广岛和长崎的原子弹避免了更多的日本人和美国人死于战争，也许，原子弹的使用加速了和平到来的进程。但是，原子弹却使战争升级到了空前的恐怖层面，同时又使脆弱的人类和平更加脆弱。

而对日本来说，原子弹不仅制造了屠杀平民的悲剧，还把他们置于另一种更深层的悲剧中而难以自拔。原子弹使这个受人谴责的侵略国变成了心安理得的受害者，原子弹更强化了日本人的集团实用主义，原子弹阻塞了战败的日本人的反省之路。尽管原子弹给日本带来了和平，但却似乎卷走了一个民族反思侵略战争责任的最起码的和平心态。一场使3000万亚洲人民和300万本国人丧生的侵略战争，其中本该有无数供日本民族千秋万代记取的惨重教训，竟然随着那两朵蘑菇云而似乎飘散湮灭，这才更是悲剧中的悲剧。

历史该如何告别

日本和德国都是发动第二次世界大战的侵略国和战败国。但是，战后两个国家对于战争的态度却很不相同。

德国驻波兰总督汉斯·弗朗克在纽伦堡就刑前说："千年易过，德国的罪孽难消。"

日本的东条英机、广田弘义、土肥原贤二、木村兵太郎、松井石根、武藤章、板垣征四郎等七名甲级战犯在被处绞刑前三呼："天皇陛下万岁！"另外339名被处死的乙级和丙级战犯中，认为自己无罪而代人受过的占53%，只有9%的人自认有罪。

战后，德国政府审判并一直追查纳粹战犯。

日本不但没有审判一个战犯，在大工业城市名古屋附近的山顶上，竟然树立起一座高大的"为大日本捐躯的民族英雄""七名殉难武士"的纪念碑。纪念碑上刻着，这七名被远东国际军事法庭判处死刑的甲级战犯是因为日本"在战争中由于美国投掷原子弹、苏联撕毁中立条约以及缺乏必要的物资而遭到失败"。碑文最后说："要放眼太平洋，想想谁应负战争责任。"而靖国神社中至今都供奉着1000多名日本战犯的牌位。

1970年12月，西德总理勃兰特访问波兰，在华沙无名烈士墓和犹太人殉难者纪念碑前，这位二战时期坚定的反法西斯战士、与纳粹暴行毫无关系的国家总理，就在大庭广众之下双膝下跪，代表德国向波兰人民深深悔罪。一位波兰记者写道："不必这样做的他，替所有必须这样做而没有这样做的人下跪了。"勃兰特的惊世之举，得到了波兰人民乃至全世界的赞叹。1971年，他荣获诺贝尔和平奖。战后德国的历届政府和历任领导人，也都表现出了勇于承担战争罪责的道德勇气。

1975年10月，日本天皇裕仁访问美国，这个当年亲自决定向美国不宣而战的最大战犯，仅仅是到华盛顿无名战士碑献花并低头致意。1978年10月，中国副总理邓小平访问日本会见裕仁天皇时说："过去的事情就让它过去吧。"

裕仁于是竟也顺坡下驴地说：“在两国漫长历史中的一段时间内出现了不幸的事件，但正如您说的那样，这已成为过去。”裕仁就是这样既没有承认日本侵略中国的事实，更无反省和谢罪之意。对此，日本的学者评价道：

从曾经侵略过他国的一个大国元首的角度看，天皇的话太没有人性。

德国人战后闭门思过，表现出坦率承认错误的勇气。在今天的德国，谁再鼓吹法西斯主义，立即会陷于孤立。1994年9月，联邦议院通过新的反纳粹和反刑事犯罪法案，法案除继续禁止使用纳粹党的各种标志、口号及其敬礼仪式外，还规定，凡同情纳粹、对犹太人和其他外国人进行诽谤、攻击、恶意伤害者，凡宣扬种族歧视及否认希特勒“第三帝国”的大屠杀为犯罪行为者，可判三年至五年有期徒刑。1995年，巴伐利亚州的几名警察，就因行纳粹的举手礼而被开除公职。

而1997年12月，在日本大阪举行的“南京大屠杀60周年纪念大会”上，一位当年参加南京大屠杀的侵华日军士兵到会作证言，但面对右翼势力的恐吓，他不仅隐姓埋名，还只能躲在屏风后面讲话。

说到对待战争罪责的态度，就不能不说战争赔偿问题。在这个方面，德国与日本同样形成对比。

德国人不仅在道义上勇于承认历史罪责，还承担了赔偿责任。1953年西德通过了第一个对战争受害者的赔偿法，政府每年支付数十亿马克的赔偿费，到两德统一前，已经支付的赔偿金额近800亿马克。1991年，德国政府捐款5亿马克，表示对波兰受害者的赔偿。1993年4月，德国又向前苏联的三个共和国一次性赔偿10亿马克。到20世纪末，德国支付的赔偿达1020亿马克。除了政府赔偿之外，当年参与纳粹罪恶活动的大公司也决定向受害者赔偿。从1986年起，克虏伯、弗兰克等几家著名公司开始向当年集中营的幸存者进行赔偿，金额为5800万马克。

再看日本方面。根据战后远东委员会制定的临时赔偿方案，中国从1948年1月至1949年9月，自日本运回22船次赔偿物资，计35912.76吨，价值不足2500万美元。此前，在1947年，为制止日本军国主义复活，日军舰船由对日参战的美、英、苏、中四国均分，并作为日本战败的象征性赔偿。中国分得驱逐舰7艘、护航舰4艘，巡防舰13艘以及扫雷舰艇和运输舰，合计34艘，总吨位3.5万余吨。而中国的战时直接损失，据国民政府行政院赔偿委员会的估计，不下620亿美元。1991年，中华人民共和国国务院发表的白皮书指出，在日本八年侵华战争中，中国的直接经济损失达620亿美元，间接经济损失达5000亿美元。

1952年4月，台湾当局在与日本签订和约时，放弃了战争索赔要求。70年代，在实现中日邦交正常化的过程中，中华人民共和国领导人公开表示放弃战争索赔，并在中日和平友好条约中作了申明。但有些日本人却借中国放弃索赔倒打一耙，说"日本从来就不是侵略国家"，"既然是两国交战，中国也有责任"，所以"中国根本没有资格索赔"，等等。

战后，曾经遭受日本侵略的菲律宾、印度尼西亚、缅甸、越南等国，一直明确表示保留要求日本赔偿的权利。结果，从1955年起的21年中，日本不得不向东南亚国家支付了16亿美元的赔偿金额。其中菲律宾5.5亿美元，缅甸3.4亿美元，印度尼西亚2.3亿美元，越南3.9亿美元。

20世纪末香港有学者指出，日本侵华战争损失再加上利息，对华赔偿总额已经超过现值美元10000亿。这一数字看似甚巨，但比之甲午战后日本从中国强行勒索的2.3亿两白银的赔款，与当时两国各自财政收入的比例要小得多。而海峡两边的政府及首脑所有关于放弃战争索赔的承诺，并不具长久的国际法之效力。况且，政府只有权放弃国家索赔，而对于民间赔偿，任何政府也无权放弃或豁免，即使宣布了在法律上也无效。因为获得损害赔偿的权利，既是公民的基本权利，也是人权的重要内容。

日本学者饭冢敏夫则曾经比较客观地谈论战争赔偿问题：

中国放弃了索赔权，日本无法赔偿，只好采取别的方式来向中国表示歉意。这就是经济援助。中国是日本最大的经援对象国。30年来，日本以经济援助方式（ODA）一直支援中国，表示了歉意，其支援总额达3兆日元。另外，日本对中国还给予了3兆日元的低息贷款。

30年来，日本在全中国超过150个地方，支援了中国国家建设事业。主要支援项目有：机场、高速公路、铁路、地铁、港口、大桥、发电厂、钢铁厂、水库、电视台、通信、医院、学校等等。具体的有：北京机场扩建、上海浦东机场、西安机场、上海宝山钢铁厂、北京地铁、上海外环公路、大连港口、重庆第二长江大桥、中日友好医院、云南化肥厂、海南岛公路等等。

我不是要鼓吹日本做了多少。我只是希望中国人民了解事实，以避免发生误解，以使反日情绪缓和一点。日本有一家中文报纸刊登了山根隆二国会议员的谈话，他说"日本政府给中国大量援助之事，我们并没有感到很大的自豪。只是希望中国政府和人民给予认可，并且把事实能够公开出来，客观地报道战争时（军国主义旧日本）和战争后（民主主义现代日本）的差别"。

1982年发生了著名的教科书事件。日本文部省在审定全国统一使用的中学历史教科书时，竟然把30年代日本企图征服中国的历史说成是"进入"而非"侵略"。这种公然篡改历史的行径激起了日本各大报和所有反对党的义愤。不过，直到中国大陆和台湾以及韩国等纷纷提出强烈正式抗议之后，日本政府才勉强宣布把那几段文字改掉。可是，日本政府是在外国的压力之下被迫那样做的，这一事实既能遏制民族主义，也许实际上同样能煽起民族主义。一位公开承认自己是自民党"鸽派"的议员也牢骚满腹地说："要是我们连想教孩子们哪些东西也得同外国人商量，那我们可受不了。"

1989年2月，日本首相竹下登在国会辩论中说："前一次大战的宣战诏书是在国务大臣的辅弼下发布的，那次战争是不是侵略战争要由后世的历史学家去评论。"竹下既否认了天皇的战争责任，也否认了日本的侵略，同时，他甚至还企图连同希特勒的侵略罪责也一并开脱。谈到纳粹德国发动的侵略战争，他说："什么行为算是侵略行为？我想可能是有一些侵略行为，但将整个战争都看作是侵略战争，从学术研究的角度难以下这个定义。"这位日本首相口气包天，看来是要将整个第二次世界大战的历史定案全部都翻过来。

1995年，在日本战败五十周年的时候，日本国会通过《以历史为教训重申和平决心的决议》。这个酝酿已久的"不战决议"中，只是说"对全世界的战死者"表示真诚的追悼。

80年代中期，日本拓殖大学讲师田中正明著书《南京大屠杀之虚构》，否认南京大屠杀的历史事实，这本书，居然得了日本的一个图书奖。1990年，日本众议员石原慎太郎对美国一杂志发表谈话："我不认为发生过所谓（南京）大屠杀"。1994年，法务大臣永野茂门再次散布"南京大屠杀捏造"论。就连当年参加侵华战争的、属于末流战犯的小角色也赤膊上阵。1993年4月，一个名叫桥本光治的人，向东京地方法院起诉揭露南京大屠杀史实的东史郎。桥本对号入座地说，东史郎根据"阵中日记"写的《我们南京步兵队》一书中的一个将中国人塞入邮袋火烧并炸死的日本兵指的就是他，这是对他名誉的损害。桥本在起诉书中还称，"就连南京大屠杀也是虚构的"，"不仅是对日本军队，而且也是对全体日本人的伤害"。一些旧军人组织了"桥本声援会"，声言"为了我们的子孙，一定要使桥本赢得这场审判"。日本的板仓由明、亩田正已等战史学家也借题发挥，一并参加了否认南京大屠杀的大合唱。

其实，那些竭力否认侵略战争、否认侵华暴行的日本人，只要抽空到东京动物园转一趟，就一定会大有收获。在这个动物园里，有一个笼子的前面挂着的牌子上写着"所有动物中最危险的动物"的字样。但是里边却没有任何动物，而只有一面镜子。所以说，他们很了解，到底什么是"所有动物中最危险的动物"。

针对日本国内一再涌动的否认侵略战争的浪潮，有良知的日本人曾经说，这是一个"不会反省的民族"。

设身处地，反省和忏悔对于日本人来说，确实是一件难而又难的事情。

前边已经谈到，日本人由于主要受"耻辱感文化"的支配，没有固定不变的道德标准和善恶是非观念，因此对行为的判断就不是对与错或功与罪，而是对国家即天皇的忠诚与否和于利益的利与弊。耻辱感是对他人批评的一种反应，只要自己的坏的行为不为世人所知，就不必烦恼；而忏悔和认错不仅不能使一个人感到宽慰，相反只能是自找麻烦。并且，在他们看来，公开的反省对眼前的利益只会有损无益。奉行集团实用主义的日本人从来是以今天的利益为标准，所以也就不存在对过去的行为负责的问题，因此就没有反省和忏悔那么一说。我们不该指望这样的人会自觉地真诚反省战争责任问题，除非反省能使他们获得巨大的现实利益，或者不反省就要使他们蒙受巨大的直接损失。

日本人的忠孝一体和举国一致，更使反省战争责任问题困难重重。在这点上，日本与中国大不一样。中国人的思维方式也很难用于日本。

揭露731部队罪行的日本作家森树诚一说：

> 整个访华期间，在我们所到之处都可以听到"应该把日本军国主义者和日本人民区别开"的说法。然而，果真能把日本军国主义和日本人民分割开吗？我们日本人听到中国方面的这些言辞，真就心安理得了吗？日本人虽然是被一部分军部领导人引上歧途的，但是他们都自认为是以天皇为首领的巨大村落共同体的成员，民族意识特别强，因此把大和民族看作是位居"世界之冠"的民族。军部正是利用了他们的这种思想意识，把他们驱赶进全体国民总动员的疯狂战争之中的。
>
> 我们是由相同民族构成的单一的民族国家，长期在岛国里接受着没有个性的集团主义教育，已经养成了一套忠君爱国的精神。
>
> 在我们日本，确实存在一种容易受到独裁者引诱的国民素质。"为

了祖国"之类的"黑话",俨然成了一道免罪符,直到战后,过了几十年后的今天,有些人仍然举着它晃来晃去,并且至今仍然有效。

中国则完全不同。中国的儒家虽然强调"君臣父子",但从本质上并不培养对个人的绝对忠诚。剥削阶级与被剥削阶级的分离,统治者与老百姓的分离,也导致了中国人观念中的国家与祖国的分离。于是,就有了"两个中国":"祖国"是中国人的,而"国家"是当国者的。统治者视权力为命根子,把国家作为自己的囊中之物,因此,爱国或者卖国,卫国或者叛国,都只是他们自己的事情。小民百姓虽然忧国忧民,虽然"天下兴亡,匹夫有责",但与为了维护既得利益的权贵们的"爱国",其内涵还是大不一样的。中国的统治者即使想下地狱,老百姓中也极少有人愿为之殉葬。

日本从明治到二战时期的领导人,大都是具有献身精神的民族主义者,他们即使是把日本民族拖进了灾难,但又确实是要为这个国家争夺利益;他们也没有因为掌握国家权力而使自己变成巨富,没有因为争权夺利而出卖民族利益。可是,同一时期中国政治舞台上的主角,却是一连串的野心家加上物欲狂,从挪用北洋军费修建起来的颐和园到大发国难财的四大家族,就是国人皆知的明证,更不要说他们卖国求荣的斑斑劣迹了。

日本甲级战犯虽为人类所不耻,但在国内却作为"民族英雄"受到"尊敬"。中国的那些统治者,却大都是身败名裂,只留下一个千古骂名。因此,日本人可以认为"香烟铺的老板娘与东条英机都有一亿分之一的责任",但中国人决不会认为在甲午战败或丢失东三省的问题上,一个老百姓与统治者同有"四亿分之一的责任"。

中国人谴责腐败的清政府和慈禧太后,谴责卖国的北洋政府和袁世凯,谴责抵抗不力的南京政府和汉奸汪精卫,并不会觉得自己与他们有什么共同的责任,也不会觉得是自己的耻辱。而日本人要进行这种谴责的时候,首先心理上就难以有明确的区分。

在日本，也有许多正直的人士一直在严肃地反省战争责任。

日本刚刚战败投降之时，《日本时报》上刊登了这样一段文字：

> 如果允许痛苦和耻辱在我们头脑中滋长出将来报仇雪恨的阴暗思想，那么，我们的精神就会不正常，就会变得卑鄙不堪。但是，如果我们把这种痛苦和耻辱用于鞭策自我反省和改革，如果把这种自我反省和改革作为伟大的建设的动力，那么，就没有什么力量能阻止我们在失败后的灰烬上重建不受旧的残渣影响的光辉灿烂的新日本，一个能够维护自己的骄傲、赢得世界尊敬的新日本。

前一桥大学教授藤原彰说：

> 作为日本人，承认自己是战争加害者决不是一件愉快的事。然而，历史的事实是无法抹煞的。我们要做的是将事实如实地正确地告诉人们，搞清事情发生的原因。既然许多日本人都去过战场，更需要搞清侵略战争的史实和其中加害者的经历。这才是真正的和平友好之路。

日本作家大江健三郎在1994年获得诺贝尔文学奖的前两个月，曾拒绝接受日本的最高文化奖，理由是它跟国家有密切关系。他抵达斯德哥尔摩领奖前在记者会上说：

> 我们当然非常问心有愧，对亚洲人民更是如此。
>
> 即使是在今天，我还是相信我们必须对第二次世界大战负责，我认为我们必须赎罪，特别是对亚洲而言。
>
> 我对日本政府以及他们对世界和平的态度都有意见。
>
> 日本一定要为本身的战争暴行负责，并留在和平的道路上。要

是我们放弃日本"和平宪法"的精神，一个非常可怕和非常危险的日本是会出现的。

如果说日本政治的右倾化毕竟远不是主流的话，那么，能够严肃反省侵略战争责任的思考，在日本也是大音稀声。

自我反省是一种价值观，也是一种能力。

日本启蒙哲学家中江兆民说，"自省的能力""就是自己反省自己在做什么、在说什么、在想什么的能力"，他认为，一个人如果具备这种反省能力，他就知道自己的行为正当不正当。具有反省能力的人，就是一个道德的人，没有这种能力的人，就很可能陷入歧途。而自省的准则，就是理与义，"民权是至理，自由平等是大义"。

卢梭则这样说：

> 我们的灵魂深处生来就有一种正义和道德的原则；尽管我们由于环境而有一些行为规范，但我们在判断我们和他人的行为是好或坏的时候，还是要以这种内心深处的原则为依据，所以我们把这个原则称为良心。

反省作为一种价值观，既不能也不应强加于人。在真正的意义上，反省只能是自己的事情，是一个人内心的、一个民族内部的事情。对于不具备这种能力和没有这种自觉的人，靠外力而强迫其反省，是极为困难的，或者说那根本不能称为反省。没有自觉的被迫的所谓反省，即使样子做得再像，也没有意义，因为它不会导致对自己的行为负责这一反省的目的。

日本侵略了中国和亚洲，日本侵略者制造了南京大屠杀和无数屠杀无辜平民的血案，日本对中国人民和亚洲人民欠下了无尽的血债，这本是历史的不争之论。有些日本人之所以一再掩耳盗铃地向史实挑战，只不过说明他们自己感到罪孽太深重罢了。

1945年9月，刚刚在日本的战俘集中营里度过了几年的非人岁月的美国将军温赖特说：

> 日本在被获准重新与其他国家并肩存在之前，必须让他们认识到，他们的中世纪的做法，在我们现代世界中是行不通的。必须让他们知道，国际关系和生存的基础，不是欺骗、镇压和背叛，而是真实、人道和正义。日本人对于他们践踏各国无数国民的所作所为并不感到可耻，对拷问美军俘虏也不感到可悲。因为他们按照他们的哲学和道德行事，当然没有可悲的事情。我们必须清楚地看到这一点。

今天的世界，是一个越来越相互依存的世界。没有一个大国比日本更依赖于全球贸易。和平的国际环境以及同各国的良好关系，对日本的生存是绝对必需的。日本的真正的"防御圈"不在于任何军事防线，而是国际合作的健康发展。虽说有钱能使鬼推磨，但金钱毕竟不是万能的。现在日本是世界上提供海外发展援助资金最多的国家，远远超过了美国，但日本人的慷慨解囊并未能给它带来多少政治声望，所得到的充其量是缓和一下反日情绪罢了。被援助国家认为，这种援助本是日本剥削它的资源和进入它的市场的回报。发达国家感到，日本对解决世界面临的问题缺乏合作精神。发展中国家则觉得，日本虽然能从经济上影响世界，但对世界缺少吸引力。

诚然，今天的日本已非过去的日本。应该说，军国主义复活的国家体制基础、社会心理基础、民众素质基础和国际环境基础都已不复存在。作为亚洲第一个现代化国家，日本的和平民主道路按说应当不会轻易改变。

在这个全球化程度越来越高的世界上，要真正做到和平共处，每个国家和每个人，都需要不断自我调整和相互适应。

"结束历史，开创未来"，说起来简单，而要做到做好，又谈何容易。

战争文化的历史惯性

犹太民族是一个多灾多难的民族。在第二次世界大战期间，纳粹德国对犹太人进行的种族灭绝式的大屠杀，是语言所难以记述的。悲剧和苦难，给犹太民族留下了沉重深切而独特的精神遗产。

曾任以色列文化教育部长、外交部长和副总理的阿巴·埃班先生，在《我的民族——犹太史》中写道：

第三帝国走向战争的步伐一天比一天坚决，它对德国和奥地利犹太人的迫害也就日益残酷。……整个文明世界对德国犹太人的苦难保持着可怕的缄默。更使犹太人感到惶惑的是，他们不得不承认，纳粹的暴行并没有引起人们普遍的反对。

纳粹分子遵循《我的奋斗》所阐明的哲学思想，认为人类的基本道德既不是爱，也不是怜悯，更不是正义。然而，这些道德似乎突然也被其他民族遗忘了。这一点是人们所不曾预料的。许多人对纳粹在德国犯下的暴行，或者不相信或者掉以轻心，人们想象不到人类在20世纪中叶会重遭浩劫。最后，直到世界认识到人类自由已经受到威胁时，它才拿起武器。可是这时，对于已牺牲了的人们来说已无济于事了。

在这场战争中，大约有600万犹太人，相当于犹太民族的1/3以上丧生，几百个犹太居住区被毁掉——这些居住区曾是培植崭新的犹太观念的中心，也是犹太文化和精神生活的摇篮。

生活在纳粹德国占领较晚的那些欧洲国家的犹太人，在大战前大约有980万。他们之中至少有600万成了纳粹灭绝政策的牺牲品。到1945年，波兰犹太人从330万减少到7.4万人；35.6万捷克犹太人只剩下1.4万人；在15.6万名荷兰犹太人中活下来的还不到两万。……那些度过了这场浩劫而幸存下来的人，也曾忍受毒打、饥饿和凌辱，并且从事过人类尊严所不允许的那些劳动。那时，他们失去了亲友，终日惶惶不安，担心下一批屠杀会轮到自己。……以前，他们从没有这样清楚地看到过自己的同胞任人杀戮的惨状。血洗过后，当他们有时间回忆和弄明白这一切时，就更加深了他们在精神上所受的创伤。……他们不再相信周围的任何人，不相信全世界，不相信人类及其诺言。

集体屠杀留下的痛苦回忆，将在几代犹太人的历史和思想意识中起决定性的作用。没有哪一个民族经历过这样残暴的行径；没有哪一个民族有过这样沉痛的遭遇。现在，以色列狂热地争取外部安全；犹太人强烈反对种族歧视和偏见；他们对生活充满陶醉的感情，他们不把生活看成是人人都能享有的权利，而是把它看做必须自觉去争取和维护的一种财富；犹太人不能完全信任非犹太世界；犹太人神秘地崇拜自己民族历史上的那种不朽的力量——这种力量在完全陷于绝望时仍能鼓舞犹太人继续前进。所有这一切以及他们个人所遭受的折磨和痛苦，都是集体屠杀给黑暗年代成长起来的这一代犹太人留下的遗嘱。

第二次世界大战的结果是希特勒德国的灭亡，说起来，犹太民族也是反法西斯战争的胜利者。但是，犹太人对于那场战争并没有丝毫胜利的感觉。他们铭记的是集体屠杀和集中营，是文明世界对犹太人悲剧的可怕的沉默。

中国人虽然在那场战争中付出了更大的民族牺牲，但是，在我们身上，却几乎看不到受害者的阴影，我们对那场战争始终充满了胜利者的自豪之情。

1992年10月，中国第一部系统叙述日本侵略中国历史的著作《日本侵华七十年史》终于出版了。著名历史学家刘大年先生在该书的序中写道：

世界上一些国家或民族，当遭到严重失败、处境屈辱痛苦的时期，总是一面接受现实生活的严酷考验，一面反顾历史，思考过去，创造未来。例如1806年普鲁士败于拿破仑，领土丧失1/2，柏林被置于法军的控制下。大约1808年，普鲁士哲学家费希特写出《告德意志国民》一书，眼望遭受践踏的国土，讲述日尔曼人的历史，呼吁德意志人恢复自己的本色。过了半个世纪，普鲁士又一跃而起。日本在第二次世界大战后国土被美军占领，民族一度丧失独立，人民陷入物资匮乏，精神十分痛苦。日本国内关于这场战争的著述很快纷纷问世，1953年出版的服部卓四郎的《大东亚战争全史》是其中颇有代表性的。著者强调说，日本遭到空前惨败，国家民族的前途令人惶惑不安。当今每一个国民都必须成为爱国忧国之士，自己来正确考虑和确定国家的方向，并为此集结一切力量。"新日本的兴亡安危，将系于此"。时间过去三四十年以后，日本又蹶而复起。德国、日本各有自己的特殊性。倘若认为它们遭受失败，很快又复兴起来，就是因为总结历史，牢记了国家民族的耻辱，那未免太片面了。但费希特著作、服部战史所体现的顽强奋发精神，其作用确实是不可轻视的。中国抗日战争胜利，中国遭受日本侵略的整个篇章翻过去四十多年了，为什么我们对这段历史的系统研究，拖了又拖，迟之又久，到今天才作出了现有规模的清理？

我们说日本是一个"不会反省的民族"，至今没有对他们发动的侵略战争的历史进行认真的反省。而我们中国人，对于那段被侵略的历史，其实同样没有做过真正意义上的反省。"胜者王侯败者贼"。反省是失败者的事情，而胜利者既然得到了胜利自然万事大吉，有了胜利就有了一切，一个胜利就代替了一切。至于我们的被侵略，那原因不用反省也不言自明：挨打是因为我们落后，落后是因为我们被侵略，还有中国在战争初期的失败是因为南京政府的不抵抗，等等，几个简单的结论就全部完事，等于什么也没说，而留给自己的只有胜利者的陶醉。我们对于那段民族的屈辱历史，不仅系统的清理和研究"拖了又拖，迟之又久"，一个最简单的事实是，日本侵华战争给中国造成的生命损失，我们到现在竟然还没有一个权威的准确的统计数字。

各有关受害国早已公布了日本侵略给本国造成的死亡人数：

印度尼西亚400万人（印尼代表在旧金山讨论和约时公布）；

越南200万人（《独立宣言》中提及）；

菲律宾1111938人（对日要求赔偿时提及）；

印度150万人（政府调查委员会推算孟加拉地区的饿死数字）；

澳大利亚23365人（政府发表的数字）；

新西兰11625人（政府发表的数字）；

修筑"死亡铁路"死亡74025人（英国调查数字）。

中国的损失最为巨大，中国统计数字的模糊性也最大。国务院发表的《中国的人权状况》中说死亡人数为"1000万以上"。另有几个主要说法，"关内军民伤亡达2100多万"、"全国有2100万人被打死打伤，1000余万人被残害致死"和"死亡2100万，伤1400万"。

史学工作者陈平先生，抗战时期曾是一位在无人区里坚持战斗的小八路，后来又成为研究日本侵华暴行尤其是制造无人区暴行的专家。他与日本学者一起到当年的无人区采访调查，共同写出了《又一个"三光作战"》的著作并在日本出版。年过七旬，他还到日本演讲。他多次呼吁：

> 战争已经结束半个世纪了，全面清算日本侵略中国的罪行，是历史工作者一项迫切而繁重的研究任务，应该上马一项大型的系统研究工程。这是为维护历史正义，维护民族尊严，也是维护人类道德准则的正义之举。对此神圣任务，历史工作者要有紧迫感。现在，战争的大批受害者已含恨谢世，幸存者也已风烛残年。他们是历史的见证人，在法律上就是人证。我们应以对历史负责的态度"抢救"这批"活档案"。我们这一代承上启下的历史工作者，要对得起先人，对得起来者，绝不能给后人留下一笔糊涂账，留下历史的遗憾。

失败往往是反省的最佳环境。日本人虽然没有对侵略战争进行过外部世界认为满意的反省，但是，战败之时这个向来骄傲而自卑的民族不得不向全世界举起白旗，全国一片废墟之上还有整个民族的精神废墟，那种陷于死地的绝望的体验本身，就给了这个民族一份不可再得的精神财富。

胜利者也需要反省，当然胜利者的反省一般来说更为困难，因为这需要高度的理性自觉。毛泽东当年曾极有远见地说：夺取全国胜利还只是"万里长征走完了第一步"。第一步是具有决定意义的，但它的决定意义不是相对于以前，而主要是相对于以后。迈出了第一步以后关键看往下朝什么方向走和怎么走。胜利之后如果陷入盲目和茫然，那么这个胜利者最终只能剩下一个一无所有的形式和孤芳自赏的虚名。

法国是第二次世界大战的胜利国，但法国人却没有多少盲目的胜利感。法国的思想文化界倒是盯住战争初期的失败不放，从被法西斯德国侵略之时法国的一败涂地全面崩溃对自己的民族进行深刻反省解剖。不停反思的结果之一，便是战后从这个国家涌现出了许多风行全世界的哲学和文学艺术的新思潮、新流派。

说起来，中华民族是爱好和平的民族，但是，在战后的世界上，从文学艺术作品中看，只有我们几乎是唯一的无条件的歌颂战争。同是民族解放的反侵略正义战争，苏联的战争文学作品中则更多的是诅咒战争和反战情绪。他们是从和平被迫进入战争的，是希特勒德国把战争强加在他们身上的。在苏联人眼里，战争是瘟疫，是死神，战争夺走了和平和幸福生活，战争是一座城市一座城市的毁灭，是一寸国土一寸国土的烧焦。他们付出了几千万生命才重新赢得了和平。他们也为胜利自豪，但不是怀念战争岁月；他们也歌颂爱国主义和英雄主义，但不希望看到战争精神延续到和平时期。总而言之，他们始终认为战争是悲剧，是灾难和痛苦。这倒和了中国的古训：兵凶战危，不得已而为之。

我们也是被迫进入战争的，是日本军国主义把战争强加在我们身上的。但我们是从国内战争进入民族反侵略战争的，从清代中叶的所谓"康乾盛世"

之后，中国人至少已经有一百多年不知和平为何物了。况且，正是抗日战争，扫荡了包括日本在内的所有帝国主义的侵略势力，中国彻底摆脱了半殖民地的屈辱处境，它是近百年以来中国人民第一次取得完全胜利的反侵略战争，这一胜利给中国人带来了世代祈盼的民族独立。同时，抗日战争也奠定了中国共产党的最终胜利和建立新中国的基础。这一切，使抗日战争的胜利对于中国人而言是太辉煌了。我们当然要全力歌颂这样的战争。当年美国记者斯诺在《西行漫记》中就十分不理解红军士兵为什么会"欢天喜地"地走向战场。是的，外国人不理解中国人这种欢天喜地的战争心理，中国人也不理解外国人那种深恶痛绝的战争态度。这都是因为具体经历不同之缘故。

也不能全部简单地归结为具体经历的不同。

20世纪前半期接连两次毁灭性的世界大战，不仅极大地改变了人们对人性的乐观看法，战争结束时那种人类自相残杀后废墟上的凄凉胜利景况，也在深刻改变着人类的战争观。特别是在西方，人们甚至对消灭多少敌人这一战果概念，也逐渐不那么津津乐道了。国防大学战史专家徐焰教授曾对笔者说起，在与美国军方人士探讨朝鲜战争时，美国人就对我们总是大谈某一战役歼敌多少多少大惑不解。他们觉得，现代战争不应该再以消灭敌人为主要目的，而制服对手达到政治目的即为胜利。至少，肉体消灭不再是一件值得炫耀的事情了。20世纪末的海湾战争过后，在美国军方的战争总结中，歼敌数量作为战果显示，确实已呈"模糊态"。

英国作家韦尔斯所著的《世界史纲》，从史前时代一直记述到第一次世界大战。他对于那场战争的结束是这样描写的，并把它作为全书的结尾：

> 在伦敦，11月11日上午11时左右，宣布停战。……茫然若失的群众立即充塞街道，凡是有国旗的住房和商店都把这种饰物挂了出来。夜晚来临，好几个月来因空袭而一直保持黑暗的许多主要街道上，灯火辉煌。蜂拥而来的群众重新集合在灯光之下的情景看来是十分新奇的。人人感到惶惶然，怀着一种不自然的和疼痛的慰藉。战争

终于过去了。在法国将不会再有屠杀，不会再有空袭——事情将会好起来了。

人们想笑，也想哭——真是哭笑不得。兴奋的青年们和在假的年轻士兵们组成稀疏而嘈杂的游行队伍，挤过人流，尽力做出欢乐的样子。一尊俘获的德国大炮从陈列许多这类战利品的马耳大街拖运到特拉法尔加广场，举火焚毁了炮架。鞭炮和花炮到处乱扔。但是人们并没有什么共同的欢乐。每个人几乎都因为损失太重，忍痛太深，没有什么热情去庆祝了。

尽管我们中国人饱经苦难，但我们却不喜欢咀嚼苦难；尽管我们的历史充满了悲剧，但我们却是一个缺乏悲剧意识的民族。我们最希望的就是"大团圆"式的结局，而抗日战争的最后胜利，正好应了我们的这种天性。就这样我们在强大的战争惯性系和胜利者的感觉中又度过了几十年，等到睁开眼一看当年的手下败将日本早已崛起并远远地跑到了前边，这才发现自己这个胜利者几乎是一无所有了。我们没有及时对那场有着胜利结局的巨大的民族灾难进行清理和反思，结果损失的是几十年的宝贵时间。不仅是时间方面的损失，更重要的是因为没有对战争灾难进行必要的清理和反思，而导致了民族精神人格的不完整。

结果的辉煌使我们忘记了过程的残酷，忘记了"战争是使人类自相残杀的怪物"这一实质。抗日战争固然荡涤了中国人民族性中许多卑劣和怯懦的东西，但是，任何战争又必然是对民族性和人性的腐蚀和摧残。战争越残酷，人就越是多残忍而少宽容。战争环境要求内部的高度一致，尤其是在敌强我弱的战争中，防奸防特、肃反和"抢救运动"都成为内部斗争的必要手段。面对强敌，随时都有不安全感，内部纯洁也格外重要，对异己变节分子包括不能保持一致的人也不心慈手软，决不能留下隐患。宁"左"勿右，"左"倾到极端也不过是冒险主义而已，但右倾沾上一点边就是说不清楚的投降主义，因此不论对敌人，还是对自己人，都是宁"左"勿右。后来党内的"路线斗争"所以会那样频繁和激烈,文化大革命的内斗所以会那样广泛和残酷,极"左"的一套所以会那样根深蒂固和代代相继,与长期战争所形成的历史惯性关系极大。

严酷的战争还强化了我们那具有"远交近攻"特色的"外推式仇恨"。即最不能容忍的是反目的自己人,积怨最深的是曾经一个战壕的战友,最难原谅的是曾经一个饭碗吃饭的兄弟。我们中国人的宽容和大度大都是对外的,对那些罪大恶极的日本战犯,我们显示了无限的胸怀和改造的耐心,但是对自己人,在内争中,我们却是如此狭隘、如此手硬。

时至今日,海峡两岸的中国人都为国际社会对第二次世界大战中的中国战场的过低评价而愤愤不平。的确,西方人从他们顽固的欧美中心主义出发,从来没有把中国的抗日战争看作是世界反法西斯战争的一个重要组成部分。就连第二次世界大战的起点,不是从德国进攻波兰算起,就是从西欧挨打算起,甚至有的还把起点推迟到德国进攻苏联,而就是对早已炮火连天的中国战场视而不见。如果日本人没有把炸弹投到珍珠港,恐怕他们就会永远把中国战场排除在第二次世界大战之外了。西方人愿意守着他们的偏见我们也没有办法。但我们中国人也真是够可以的,抗日战争本是整个中华民族对日本侵略者的抗战,但是,中国人之间却是你指责我"游而不击",我指责你"消极抗日";我说我抗击了大部分日军,你说你才是抗日的主力。而在外人看来,抗战时的中国本来就是一个力量有限的弱国,可是中国人之间又总在这么争来斗去,那么你当然不能指望别人会把你当一回事。而问题更在于我们自己。我们如何认识和总结那场战争,尤其是深刻认识战争中的我们自己,才是关键之所在。

还是隐居了半个多世纪的张学良先生"旁观者清",他说:"这次大战后,哪个问题解决了?哪个问题也没解决。不但是战败的人,战胜的人又怎样呢?"确实,作为战胜国的我们实在是没有"怎样"。如果我们不只是沉浸在胜利感中,而经常从民族悲剧的角度去反思那场战争,那么我们本来应该得到的东西就会多得多。

还应该再说到德国人。从前边引述的雅斯贝尔斯的日记，人们可以感受到德国思想家对苦难的体验深度。但与此同时，成千上万的德国人却变得麻木而又疯狂。无论在前线还是德国本土，他们忠实执行元首的命令，毫不犹豫地扣动着扳机，不知疲倦地制造着飞机和大炮，充当着纳粹的战争机器；他们追随纳粹分子，庆祝他们的胜利，参与他们的暴行，从战利品中得到好处，或对纳粹的残暴罪行袖手旁观。他们抛弃了自己的信仰和法律，抛弃了科学和文明；他们为了元首出卖自己的亲密朋友，为了避嫌而不认自己的亲生父母……德国人在希特勒指挥棒下的出色表演，很容易让人们回忆起伟大的歌德那如同先知预言般的声音：

> 一想到德国人民，我常常不免黯然神伤。作为个人来说，他们个个伟大；但是作为整体，他们又是那样地可怜。

德意志民族在二战中的癫狂行为，使全世界都感到困惑和惊愕。保持清醒和正义的德国人则更为痛苦。德国著名作家艾米尔·路德维希战时身在美国，深切注视着德国发生的一切。他创作了一部震撼人心的史诗《德国人》，严肃地探讨为什么有如此众多的德国人盲目追随希特勒，对人类犯下了滔天大罪。他深刻剖析了德国人性格上的弱点，谴责德国人的愚昧无知，希望追随希特勒的人能够汲取教训，改邪归正，使德国的优秀传统得以发扬。

1991年，德国记者洛尔夫·温特尔在《上帝的乐土？》这部批判美国的著作中，也没有忘记解剖自己的民族。

> 什么人应对这种罄竹难书的罪行负责？什么人参与了1933年的发难，导致了1945年的可怕后果？希特勒是怎么得逞的？什么人应对德国这十二年负责？
>
> ……当然不是希特勒一个人有罪，投希特勒票的德国人至少是默许甚至纵容他犯罪。不管希特勒多么强盗成性，但他在德国的权

力不是偷来的，而是他的选民交给他的。希特勒在他那漫长而艰难的上台过程中，并没有把自己装扮成民主派或和平事业的朋友，而是早已预告他将如何对待民主人士，尤其是犹太人。在长达十年的时间里，他每次演说都要求德国人给他以全权，允许他将暴力和残忍行为变成法律。多数德国人给了他这种权力。当他有了这种权力并于1933年1月在柏林检阅他的势力时，德国人心悦诚服地向他高呼"万岁"，虽然他们明明知道希特勒是什么货色。

1933年3月5日，当数百万人投票支持希特勒时，恐怕没有人会怀疑希特勒向何处去。因为他已经亮相了，他的冲锋队和党卫军已经把共产党人和社会党人打得头破血流。人们从各方面看到，随着希特勒的上台，将出现"国家恐怖"。对此希特勒没有讳言，他还有文字为证，这就是《我的奋斗》。不久，这本小册子还成了纳粹政权送给每对新婚夫妇的结婚礼物。小册子清清楚楚地写着希特勒打算怎样治理国家。他没有食言，谁也不应对他的行为感到意外。政治大清算和一切道德规范的大清算开始了，德国人还是继续高呼"万岁"。

一个由一批缺德的要人、一群打手和民族败类组成的党魁统治开始了。德国人支持这种统治。事态正是按希特勒的意志发展的。希特勒正是他们想要的铁扫把，他是他们唯一的希望。难道不是他修建高速公路，为失业者提供了就业机会？难道不是他首创"全民义务劳动"的形式，教育青年懂得良好的纪律吗？对人民来说，一个铁腕人物不是比在议会里争论不休的那些民主庸人更好些吗？

1938年11月，犹太教堂和犹太人的商店被焚烧，这是事态发展的必然结果。人民若无其事，袖手旁观，他们为犹太"暴发户"的完蛋而高兴。

在无数次群众集会上，到处是一片"万岁"的喊声。当问到"你们希望一场全面战争吗？"回答也同样是"万岁"的狂呼。人们一再呼喊："元首，下命令吧！我们追随你！"当然也追随他去大屠杀。

这个人民没有罪责？误入歧途？一无所知？上当受骗？正是这个人民养育了希特勒，直到他长成一个怪物。他们向他欢呼，把他神话，把他视为人民的化身，用"万岁"的喊声和彩旗的海洋支持他的每一个行动，一再纵容他，鼓励他。这样的人民能说是受害者？

阿登纳则这样分析德国和德国人：

我深信，这些原因远远产生于1933年以前。国家社会主义直接把我们引进了这场灾难。但是，如果国家社会主义没有在广大的居民阶层中找到它散播毒种的肥沃土壤，那它也是无法在德国攫取政权的。我强调指出广大的居民阶层这一点。仅仅归罪于高级军官或大工业家，是不正确的。当然，他们是完全负有罪责的，而且，他们拥有的权势越大，他们的个人罪责也就越大。然而，广大的人民阶层——农民、中产阶级、工人、知识分子——并没有正确的思想立场，否则，从1930年起的那些年月中，在德国民族中就不可能出现国家社会主义的凯旋行列。

从纳粹时期开始，几十年以来，作为德国知识界进行自我批判的一部分，德国知识分子相继推出了一批学术专著和电影、戏剧等文艺作品，运用各种形式对纳粹的本质进行全面揭露，对民族精神进行深刻批判。这是经历了不幸的人们的痛苦思考和心灵忏悔。他们的忏悔，既带有深刻的理性色彩，又具有强烈的感性认知。其对民族精神的自我解剖，更为人类留下了无可替代的思想财富。

奥地利哲学家和心理学家威尔海姆·赖希1930年移居德国柏林，作为犹太人他在纳粹统治下受尽迫害。其时德国群众性的法西斯狂热成为他的研究对象，1933年他出版了著名的《法西斯主义群众心理学》。1934年他被迫离开德国，翌年该书遭到纳粹查禁。他在书中写道：

战争的责任唯一在这些人民群众的肩上，因为他们手中握有防止战争的一切必要手段。部分地由于他们的冷漠，部分地由于他们的消极，部分地由于他们的积极，这些人民群众使得这些战争成为可能，而他们本身又倍受这些灾难之苦。强调人民群众的这种罪过，唯一地让他们承担责任，这意味着严肃地看待他们。相反，把人民群众当作牺牲品来怜悯，则意味着把他们当作束手无策的小孩子来对待。

杂志编辑郭小林先生在看了本书第一版后，曾和笔者探讨"我们为什么被屠杀"这个问题。他说，或许是那个时候的许多中国人还没有活到心理学的层面，还处在一种没有独立人格的奴隶状态。中国人历来是"君要臣死，臣不得不死"，"父要子死，子不得不死"，这样的民众碰上比君比父更为厉害的日本鬼子，大概就只有听天由命任人宰割了。虽然也有反抗的，但却大都只是出于生命本能的行为，而不能说是生命尊严和人格独立的表现。包括前些年大学生的下跪，我们仍然可以看到这种民族精神的历史残缺。越是现代人，越是需要从心理层面深刻体验和认知生命本身。

在写作本书之初，立下"我们为什么被屠杀"这一题目，我确实想进行一下较为深入的分析研究。那场战争其时已经过去五十多年了，对于日本侵华暴行，我们一直没有能够做出史料学意义和法律立案意义上的系统清理，这是一个历史的遗憾；还有一重遗憾，那就是我们在对日本人、尤其是对中国人自身的哲学解剖、灵魂审视和文化批判方面，做得就更差。在那场民族灾难中，我们毕竟付出了太大的代价，那毕竟是几千万同胞的生命和鲜血，而其中我们自身的原因与教训，肯定十分巨大且深重。

秦人不暇自哀，而后人哀之；后人哀之而不鉴之，亦使后人而复哀后人也。

对乎此，我们这代人是"不暇自哀"呢，还是"哀之而不鉴之"，抑或兼而有之？我们实在是已经没有权利也没有理由再把这一"历史任务"心安理得地移交给后人了。

然而，在写作过程中，我却常常感到特定角度与角色的种种局限。在批判日本人的时候，因为是以侵华暴行这种极端行为作基点，可以一任痛快淋漓地剥皮剖解，甚或攻其一点不计其余，尽管肯定有失公允全面，但还至少自觉有些新意和深度。而轮到说中国人自己的时候，被侵略被屠杀这一角度的限定就出来了。我们中国人被侮辱被损害已经够悲惨的了，从这个视角再透析民族性，便有诸多不便不能与不忍——我们毕竟是中国人。同时，我们有政治而无哲学，有舆论而无思想，在对自己民族的反思上，我们不像德国人那样，可以站在众多思想家的肩膀上；对于那段历史，我们又是多材料而少严格史学意义上的历史；即使是材料，也大都为群体的平面的记录，而鲜见个体的独特的深刻体验，这也包括对幸存者的直接访问，尽管他们每个人的苦难经历并无雷同。我们的角色就是中国人。

我们关于那场战争的历史记忆，只有到了每年的8月，才会被从箱子底下翻出来晒晒太阳，而这往往还要感谢日本政要参拜靖国神社之类的刺激。纪念纪念，间或偶尔对东邻抗议一声或仅仅"遗憾"一下。然后呢？没有然后。只有来年的8月，一切再重新来过。

批评家张志忠先生评论本书撰文云：

> 中国人说，人必自辱，然后人辱之；西方人说，人必自助，然后上帝助之。已经过去的1995年，就足以让我们深思。一方面，是大张旗鼓地纪念中国抗日战争和世界反法西斯战争胜利五十周年，是每日每时地覆盖了各种传播媒体的有关回忆、纪实的文字和音像的作品，另一方面，却是某些商家和个人，把印有日军军徽标记的战舰和飞机模型拿来出售，街头公然播放日军军歌、旅游摊点出租日军军服照相的新闻，也时有所闻。此等事实，着实令人深思。民

族的良知，个人的良知，在商业利益的面前，还有没有抵抗力，有多少抵抗力？

如此说来，年年8月，日本要人朝拜靖国神社的行为，也不完全是坏事。它对于我们日趋麻木的神经，总是一个刺激，强迫我们回想一下既往。只怕这刺激的力度，在多次的反复中，也日渐削减，日渐平淡。金辉在《恸问苍冥》中称，日本人是没有哲学、不知反省的民族；我们呢，哲学何在，反省何存？扪心自问，我们该如何回答？

从战争魔鬼到和平使者

他是一个标准的日本军人。他出身于一个武士家庭，出生那年，日本在甲午战争中击败中国，随着日本军国主义进入鼎盛时期，他选择了从军的道路，先后毕业于日本陆军幼年学校和日本陆军士官学校，并成为一名骑兵军官。在侵华战争中，他升至日本陆军第59师团中将师团长。他酒量过人，脾气暴躁，在日军中被称为"鬼将军"。"鬼将军"藤田茂刚进抚顺战犯管理所的时候，身穿将官服，头戴战斗帽，肩佩军衔，足蹬马靴，傲气十足。他承认战败，但不服输；承认是战俘，但不承认是战犯；承认杀了中国人，但认为那是战争的必要手段。他在审讯中说："我是帝国主义者，你们是共产主义者，我们之间没有谈话的必要。"他还表示，"宁愿为天皇而死，也要为国复仇"。

几年之后的1956年6月19日，最高人民法院特别军事法庭判处藤田茂有期徒刑18年，并将在苏联5年和中国6年的拘留期计算在内。听到宣判后，他哭着表示："若论我的罪，判几个死刑，也不能赎罪于万一。然而，中国政府和中国人民却表现了如此宽宏博大的胸怀，赐予我重新做人的机会，我一定要认罪服刑，努力做个真正的人。"

1957年9月，藤田茂又被提前6年释放回国。他流着泪说：

我对中国人民犯下了不可饶恕的罪行，按理说，我在被捕那天就应该被中国人民处以极刑。然而，中国人民不但没有杀掉我，还挽救了我，在中国人民的真理的教育下，今天我由一个鬼变成了有良心的人。我已经认识到什么是真理，什么是非真理。我决不做徒然的忏悔。我决心将日本帝国主义和自己所做的残忍野蛮罪恶，彻底加以揭露，给现在的帝国主义者们以沉重的打击，并且使日本的后继者不要再步我的后尘，促其觉醒。我要向着中国人民所指出的光明大道勇敢前进。无论在什么时候，在任何地点，誓将献出我的一生，为反对帝国主义和侵略而进行斗争。

回国后，藤田茂被由前日本战犯组成的"中国归还者联络会"全国代表大会选为首任会长，致力于反战、和平和中日友好活动，曾四次率团访华。1982年，88岁的藤田茂在弥留之际，嘱咐家人为他穿上周恩来总理赠送的中山服，以示在九泉之下系念日中友好之情。两年后，他的孙子藤田宽来到中国，在北京见到原抚顺战犯管理所所长金源时说："我爷爷生前经常教育我，他的命是中国给的。我们决不能让前辈的悲剧命运重演，一生要为日中友好而奋斗。"

当年，针对许多中国人对改造和宽大处理日本战犯的不理解，周恩来总理一再说：二十年后，你们会看到中央的决策是正确的。

如今，几个二十年也过去了，现在我们再来回顾那一段历史，真是感慨系之。

这是两个民族的精神较量。这两个民族，都是高度重视精神作用的东方民族。

在战争中，日本军部教育他们的士兵："敌人的枪炮要用我们的肉弹来阻挡，敌人的钢铁要用我们的意志来碰撞。"中国人在日本的侵略面前，有的也只是"用我们的血肉筑成我们新的长城。"日本对中国进行政治、军事、经济和文化一体的"总力战",包括野蛮的屠杀政策,也是要从精神上彻底摧毁中国人的反抗意志。处于劣势的中国人能够依靠的只有"匹夫不可夺志"的民族精神。在战后的重建和复兴过程中,日本仍然是一个相信精神至上的民族,而中国则是个讲思想政治第一的国家。

这是那场战争在精神领域的继续。只是双方的角色有所转换:先前操生杀大权的侵略者成了阶下囚,先前被侵略的任人宰割者却成为管教者。在这个领域,武器的优劣已经没有任何作用,甚至掌握权力与否也没有多少意义,双方唯一能够依靠的只有各自的精神。这是一场面对面的精神搏战。

日本战犯,应该说都是日本军队中的"出类拔萃"者。

中国的管教人员,却只是一些普普通通的中国人。

1950年7月,苏联向中国方面移交了900余名日本战犯。中国为此在抚顺建立战犯管理所,共关押日本战犯1000余名,其中将级31名,校级210名。这些人都曾作为日本侵华军队、宪兵、警察、特务和伪行政系统的骨干,都是顽固的军国主义分子。尽管日本投降已经五年,并在苏联经过长期关押,但初到战犯管理所时,绝大部分人都像藤田茂一样,持敌视中国和对抗改造的仇恨态度。也难怪,这些战犯个个血债累累,都清楚自己罪大恶极。后来中国方面组成900余人的工作团经过18个月的侦查取证,确认仅这1000余名日本战犯直接指挥和参与杀害的中国和平居民和被俘人员就达85.7万人,平均每个人都有800多条命的血债。

中国的管教人员连同医务人员、炊事员、理发员在内共100多人,只有几个所领导是参加过抗日战争的"老八路"。开始,几乎没有一个人愿意干这种管理甚至是"伺候"日本战犯的差事,觉得这些战犯早晚也是毙了,还"改造"他们有什么用?他们当年几百几千几万地屠杀中国人连眼都不眨,我们现在已经让他们活得够长的了。但是,几年和十几年下来,正是这些普普通通的中国人,用中国人的精神征服了日本的武士道精神,创造了成功改造日本战犯的奇迹。

《论语》说："夫子之道，忠恕而已。"日本思想文化中有"忠"，但没有"恕"。况且，日本人的"忠"，我们在前边已经谈到过，是无条件听命于天皇的效忠，而不是中国人所信奉的首先是"忠于尽己之心"的忠，即对自我良心和人类良知负责的忠。对中国人而言，忠是对自我的，是对内的，有了这个忠，才会有宽阔如海的胸怀，才会有对外和对人的恕。因此，忠恕之道，也就是中国人的立身处世之道，即"内圣外王"之道。

尽管日本人对中国人以怨报德，中国人对日本人却依然是以德报怨。

1945年8月15日，即日本宣布投降的同一天，蒋介石在向全中国发表的广播讲话中说：

> 不念旧恶和与人为善是我们中华民族传统至高至贵的美德。我们决不想报复。特别是不想对敌国之无辜人民施加侮辱。倘若今日我们复以暴行来回敬敌人往日之暴行，以侮辱来回敬彼等往日所误持之优越感，那么如此以怨报怨，则怨仇势必永无消解之日……

当时在中国战区内共有日本军民213万余人，中国方面尽力安排安全遣返。虽然也发生了一些民众向日本人进行报复的行为，但也有许多被遗弃的日本孤儿为中国人所收养，并在中国安家立业。

新中国成功地改造日本战犯，更集中体现了中国人的胸怀和精神境界。

原日军上校团长永富博之，在中国医生为他镶牙后忏悔道：

> 我在山西省闻喜县白石村的一次扫荡中，用刺刀扎进一个和平农民的嘴，刺穿了他的喉咙，割下他的舌头，并把他满口的牙齿全部绞掉，然后用石头砸开他的脑袋。我对中国人民犯下了野兽般的残暴罪行，而中国政府却给我这样吃人的野兽镶上了四颗牙，怎能不使我受到良心的谴责，怎能不使我感激中国人对我的宽待。我一定要彻底认罪悔罪，重新做人。

原伪满齐齐哈尔市警察局特务科科长由井久二郎，患严重梅毒性心脏病，医务人员经过长期治疗，才控制住他的病情。他说：

> 我对中国人民犯有滔天大罪，我指挥部下杀害了中国民族英雄赵尚志，又因为蹂躏妇女得了病。对于我这样一个死有余辜的战犯，中国政府以恩报怨，这样认真地给我治病，我不能不受到良心的谴责。

武士道精神的壁垒在中华民族人道主义的感召下崩溃了。

1956年春，管理所根据北京的指示组织战犯到全国各地参观。在沈阳郊区农业社一户社员家，一个老太太讲了伪满时期农民的苦难生活。当年制定殖民掠夺计划的伪满总务厅次长古海忠之问："如果过去压迫和剥削你们的日本人，现在就在您的面前，您会怎么样？"老太太想了想说："想起旧社会受的苦，我恨透了那些日伪坏蛋。一小撮日本帝国主义的头子是坏的，但是日本人民是好的。就是一些日本人在中国做了坏事，只要他们肯觉悟过来，我们还是欢迎的。"听了老太太的话，次长古海忠之等几名将级战犯无地自容，当场跪下哭着向老人说："我们就是过去压迫剥削中国人民的战争罪犯，使您吃尽苦头的责任，也有我们的一份啊！"老太太连忙让他们起来，说："事情都过去了，只要你们好好坦白，好好改造，决心改，做个正经人，老百姓可以原谅你们，我相信政府会宽大你们的。"

一位普通的中国农村妇女的普通的几句话，就让战犯们终生不忘。

火车路过济南，曾驻扎在山东的59师团的战犯，联名向山东全省人民写了请罪书。

在杭州，参观了在日军杀人场上建立起来的工厂后，战犯纷纷忏悔，有14人当场请求处死自己。

在抚顺煤矿，"平顶山惨案"的幸存者方素荣讲述她在那场大屠杀中死里逃生的经过，战犯们跪在她面前泣不成声。方素荣说："凭我的冤仇，我今天见了你们这些罪犯，就是一口咬死也不解恨。可是，我是一个共产党员，现在对我更重要的是我们的社会主义事业，是改造世界的伟大事业，不是我个人的恩恩怨怨。为了实现这个事业，我要按照党的政策办事，个人的恩怨应该服从这个大局。"中国人对刽子手越是宽恕，他们就越感到内疚。回到管理所后，战犯们连饭也不肯吃。原伪满抚顺警察署长江见俊男说："我过去不承认参与了平顶山事件，今天我无条件地承认自己的罪行。我没有资格再活下去，应当受到粉身碎骨的惩罚。"原日军中将师团长佐佐真之助说："听了方女士的话，我衷心地向中国人民谢罪，现在就是把我枪毙了，我也甘心。我要向日本后代讲我的教训，叫他们再也不要走我的罪恶道路。"

佛家有句劝人向善的话："放下屠刀，立地成佛。"

新中国成功改造日本战犯的历史说明，人毕竟是有良知的动物。尽管人有时候会比野兽更野蛮更残忍，但是做恶再多的人也都有善的一面和从善的可能。这些日本战犯作为死硬的军国主义分子，对中国人所犯下的非人性和反人道的罪行可以说都到了无以复加的地步，即使是这样在他们的内心深处，人的天良也未丧尽，人性也未完全泯灭。当然，对这样已经严重堕落的人，必须要有外部的环境促使其反省。

既然是改造战犯，当然有强制的成分，尤其是在开始阶段，这是必不可少的。中国的管教员在同战犯谈话时曾经说："你要真正明白，中国人民有权要求你改造成为不再侵略别国领土、不再屠杀别国人民的日本人。那时候，你才能回国。"但是，任何强制的改造，对于人的内心世界来说，也只是外因。对一个具有独立思考能力的人的精神领域，外部的强制力量是不能起什么作用的。人的真正的反省和忏悔，只能是发自内心的。对自觉的内省起作用的，只有人的理性和良知。在被改造的过程中，日本战犯们的认罪和悔过，也许有一些迫于中国方面的压力和其他战犯检讨的群体效应的因素，但是，从他们后来的长期言行观察，这些人的反省和忏悔可以说绝大部分是真心的和真诚的。

1956年6月至8月，最高人民检察院分三批对在押的罪行较轻、职务较低、悔罪表现较好的1017名日本战犯，宣布免于起诉，立即释放回国。同年六七月间，最高人民法院特别军事法庭分别在沈阳和太原判处45名日本战犯有期徒刑8—20年。到1964年3月6日，全部提前或刑满释放回到日本。

1964年，毛泽东在一次接见外宾时说：

> 那些打中国的将军们，大多数被苏联俘虏的，被我们俘虏的，日本战犯中有中将、少将，有校级军官，一共1100多人，经过教育，除了一个人以外，都不反对我们，而变成了中国的朋友。在日本国内，他们还进行宣传，反对他们的垄断资本主义和美帝国主义。

这些经过中国改造陆续释放回国的日本战犯，于1957年组成了"中国归还者联络会"，他们定期召开全国代表大会，在日本各地进行多种多样的反对战争、维护和平、促进日中友好活动。1982年针对日本文部省修改教科书事件，"中归联"向文部大臣递交了"抗议书"。几十年里，他们根据自己的亲身经历编著出版了《三光——日本人在中国所犯的战争罪行记录》、《新编三光——日本人在中国做了些什么？》、《侵略——在中国的日本战犯的告白》、《我们在中国干了些什么？》、《我们在亚洲从事了战争》、《天皇的军队——侵略中国的日本战犯手记》、《中国归来的战犯》、《刺刀与人形——日中战争最前线》、《没有被判刑的战犯——人民审判的背后》、《不能消灭的记忆——活体解剖的记录》、《慰安妇——日中战争中日本鬼子兽行录》、《千人战鬼——使鬼变成人的中国战犯管理所》等四十余种著作，其中许多书在日本成为畅销书。一本主要由"中归联"成员撰写的反映侵华战争历史真相的教材，由广岛教育行政机关批准出版发行60余万册，供中学进行现代史教育之用。该教材的第六课《由"鬼"变人》中写道：

> 我曾以战犯的身份被关押在中华人民共和国抚顺战犯管理所，在那里受到了革命人道主义待遇。

我每天认真地读书学习，并通过指导员先生对我的谈话教育，逐步认识到曾经被我杀害的中国人及其家属的痛怨心情，并且认识到中国政府判处我死刑也是理所当然的事情，因此消除了不少烦躁不安的心情。从此，我不仅在口头上，而且从内心里忏悔自己的过去，并认真地反省坦白了我在侵华战争中所犯下的全部罪行。……在大家共同学习中，我进一步认清了天皇、军国主义、侵华战争的反动本质，逐步走上了光明大道。

我是在中国政府"只恨罪行不恨人"的革命人道主义教育下，由"鬼"变成人的！

我从早年就受到军国主义和天皇军队的教育，从而逐渐变成了一个杀人魔鬼，又在中国革命人道主义教育下，由"鬼"变成了一个真正的人。我从亲身体验中感到教育的重要意义。一种教育可以把人变成"鬼"，另一种教育又可以把"鬼"变成人。

1987年10月，"中归联"从全国会员撰写的75篇文稿中选出15篇编著出版了《我们在中国干了些什么？》一书。其"前言"说：

为了表述我们改造生活的宝贵经历而曾经多次计划动笔，但是，每次都不得不在中途停下来。因为在抚顺发生的事情，是当时我们未曾预料到的一种奇迹，要想向人们说明这一奇迹，那是非常困难的。

可是，另一方面，我们都已年过花甲，从我们的年龄来考虑，确实感到，如果现在不抓紧把在抚顺那段真实情况回忆录写出来，就再也不可能写了。因为只有我们1000人才能知道这一真实情况。

我们不是职业作家，也不是想写小说。只是想直率地讲出自己所体验的实事，作为一个真实的记录，留给我们的子孙后代。我们这1000人，在年龄、职业、出生地、出身阶级、性格等方面是各种各样的。但唯有一个共同点，那就是都直接参加过日本军国主义发动的侵华战争，并且忠实地执行了其战争政策。

　　原来是以善良的人来到世上的我们，由于受到军国主义的教育
毒害，在战火中丧失了人性成为侵略者。我们这些人在中国的抚顺
和太原管理所里生活的过程中，重新恢复了人的良心。大约在1000
人中，虽然有早晚、深浅之别，但其共同的成就是，由侵略中国的
忠实爪牙变成了为和平而奋斗的人了。

　　岛村三郎刚到战犯管理所的时候，比藤田茂还要顽固。他串联32名战犯
联名向中国领导人写"抗议书"，在座谈会上，他公开为日本侵华战争辩护。
岛村三郎被划在罪行深重而又不肯认罪的小组后，按他自己的说法是"反动
组"，更破罐子破摔，骂悔罪的战犯是"懦夫"，是"投机者"。

　　从1935年10月到1945年8月，岛村三郎在伪满历任旗参事官、省警务厅
特务科长、副县长、中央保安局第二科长等职务期间，亲自或命令部下抓捕、
杀害抗日人员及平民6460人，他还创办了名为"三岛理化研究所"的佳木斯
秘密监狱，摧残屠杀中国人，并把许多人送到731部队作细菌试验。

　　在战犯管理所，岛村三郎把责任全部推给"国家"，说自己不过是个"小卒"。
后来，他才逐步勉强交代了一些罪行。1955年初，他接到妻子的信，得知儿子
在日本死于车祸，唤醒了他的父子之情。他哭着对翻译金源说："我是死有余
辜的人，是没有资格为孩子的死而掉泪的人。"管理所领导让他休息几天，并
单独为他做可口的饭菜。他的表现由此有了明显变化。组织战犯到各地参观，
具体了解侵华日军给中国人造成的苦难，进一步触动了岛村的恻隐之心。

　　审判之前，检察员把三大册检举书、控诉书、证言材料交给他。他用九
天阅读了这些材料。

　　我连续数日阅读着被害者及其亲属愤怒控诉的材料，字里行间
充满了血和泪。看到当年自己亲手犯下的滔天罪行，我开始痛恨自
己，心里仿佛针扎似的难受。我过去一直认为自己所做的每一件事

都是为了国家利益，都是光荣的功绩，可是，当我看到这么多中国人的血泪控诉，了解到日本军国主义的野蛮侵略给中国人民所造成的深重灾难，我感到自己的行为太野蛮、太残忍了。

"请求政府将日本鬼子岛村三郎处死，为死去的亲人报仇。就是将他大卸八块，也不解我心头之恨。"差不多每份控诉书的最后都是这样写的。最初，看到请求将我处死的字样时，我惊恐得像热锅上的蚂蚁，惶惶不可终日。后来我不再惧怕这些请求了，反而觉得这是罪有应得，理所当然的事。

在我阅读控诉材料的第七天中午，第三册案卷已经剩下不多几页的时候，我被肇州县文化村一位姓杨的老太太的控诉材料震惊了。"我今年75岁，身边无依无靠，全靠邻居乡亲的帮助才活到现在。……把俺的独生子抓走后，俺两眼发黑，什么也不吃，趴在炕上哭了三天三夜。听村长说，副县长这个家伙把俺儿子用刀活活劈了。日本鬼子真狠心哪！早先，俺家穷，没给儿子娶上媳妇。儿子死了，俺只好孤零零地一个人到处要饭。当官的，请答应俺的要求，一定把那个当副县长的日本鬼子枪崩了，好给俺儿子报仇啊！"失去儿子的杨老太太哭肿的双眼突然浮现在我的脑海。这时，我的眼里流出了悔恨的泪水。是的，这是我在中国为被害者流下的第一次眼泪。它像止不住的泉水，夺眶而出。

在特别军事法庭上，岛村三郎在陈诉中声泪俱下地表达了对自己罪行的无比悔恨，对中国人民的宽大待遇万分感激之情。在最后陈述时，他竟跪在地上请求法庭判处自己极刑，然后，又转身向旁听席众人磕头不已。最后，他被判处有期徒刑15年。

当我走出法庭，眼望不挂一丝浮云的蔚蓝色天空，我对中国人民给予我的第二次生命十分珍视，对中国人民的宽大政策感激万分。

我衷心感谢中国人民对我宽宏大量的判决，我决心从这天起，为把
自己变成反对侵略战争、维护世界和平的新岛村而竭尽全力地学习。

1959年12月，岛村三郎被提前释放回国，他担任"中归联"会长和日中
友好协会全国理事，他写的《中国归来的战犯》在日本成为畅销书，他把原
著寄给当年战犯管理所的翻译、所长金源，金源又把这本书译成中文。

抚顺战犯管理所是可以真正称之为具有中国特色的一所监狱，是一所终
于把鬼变成人的"大学校"。在这里，日本战犯们的人性开始复苏，开始了向
人的复归。

在法庭宣判之后，中国政府允许被判刑的日本战犯的家属到监狱探访。
一位50多岁的日本妇女说：

从日本来的时候，我预想抚顺战犯管理所可能和日本的刑务所
一样，犯人在官员的监视下，隔着铁窗，只能同亲人会见几分钟。
我做梦也没有想到在这里会受到如此优厚的待遇。承蒙所领导的亲
切关照，几天来，我和丈夫同居，有充分的机会进行自由交谈。他
悔过自己的罪行，感激中国的宽大，并对未来抱有希望。我觉得我
的丈夫的确变了。他不像过去那么傲慢、任性、冷酷，而变得谦虚、
和蔼，会体贴人了。我认为，这完全是各位先生教育的结果。太谢
谢您们了！

藤田茂对他的妻子说：

我在中国犯下了滔天罪行，杀了很多人，我不是人，我是个杀
人不眨眼的"魔鬼"。但中国政府宽大了我，才判处18年徒刑。你回
国后，要积极参加日中友好活动，安心等待我。我在这里天天学习，
就像在中国留学一样。

藤田茂说得很对，"我在这里天天学习，就像在中国留学一样"。从这个意义上，我们可以说这千余名被中国成功改造的日本战犯，成了日本新一代的"遣唐使"。当然，他们不是被日本政府派到中国来学习的。日本军国主义以怨报德派他们到中国来侵略来屠杀，包括毁灭中国文化；而中国人民以德报怨，把这批战争魔鬼全部都改造成了有良心的人，再送回日本。他们从中国切身体会并学到了真正的忠恕之道，学到了中国文化的真精神。

这批日本战犯从战争魔鬼变成了和平使者和文化使者，应该说，他们确实是"幸运"的。这是人的幸运，人性的幸运。相比之下，众多战败时从中国直接遣返日本的日军官兵，尤其是那些侥幸逃脱了审判的日本战犯，则没有这种幸运。细菌战魔头石井四郎虽然成了美军的座上客，三光政策的魁首冈村宁次虽然被南京政府"无罪释放"，返回日本甚至受到麦克阿瑟的欢迎和关照，岸信介等战犯虽然能冠冕堂皇地做几任日本首相，最大的战犯天皇裕仁虽然可谓"生极富贵死备哀荣"，但是，他们都只是在日本发动的侵略战争中由人变成了魔鬼而已，并且最终都是以罪孽深重的魔鬼的角色下地狱的。他们都"不幸"地没有机会再由鬼复归为人。他们虽有着人的躯壳，但终其一生，也不知真正的人为何物，不知人的良知为何物，空有人皮而实昧人心，这就不仅是他们的不幸，而且是其最大的可悲了。

"夫子之道忠恕而已"。忠恕之道使中国人如水，润泽万物而不事张扬，自然柔顺而不乏力度。忠恕之道使中华民族如海，纳百川，容万流，宽广无边，深不可测，气象万千。

当代日本一直在谋求大国地位，梦寐以求跻身联合国安理会常任理事国。其实，与其向外努力不如向内反省。没有忠恕之道，经济再发达也不能使日本具有真正的大国气度。没有文化本真，日元再坚挺也撑不起来一个民族的大国之魂。

新中国成功改造日本战犯这一历史篇章，无论怎样看都堪称奇迹。除了中国政府的宽大政策外，这一奇迹的创造还有一系列特定条件。中国管教人员仁至义尽的人道主义是一个重要条件。那时的中国人，都有一种"翻身解放"的自豪感和"当家做主"的责任感，不仅服从组织分配，服从国家利益，而且中国人的工作热情和献身精神还远远超过了后来被西方人称为"工作机器"的日本人的敬业精神。现在我们不要说是对作为侵略者的战犯，就是对自己的同胞，恐怕也根本不会有那样的秉性和耐心了。在国家困难时期，管教人员一天吃两顿饭而且是粗粮和代食品，却保证日本战犯一天三顿并且吃大米。管理所为战犯保存财物，工作人员一分钱的东西也没动过，前来探监的亲属真诚地送些礼品以表示谢意，他们一点也没有收受。这些在当时习以为常，而今闻之却有如隔世。如果现在日本战犯跪在曾经受害的中国人面前悔罪求饶，我们很可能不再会要求报仇或是表示宽恕，倒是大半可能直接要求他们赔偿。社会在发展，人们的价值观亦随之嬗变。

先前笔者在对中国与西方的法律思想进行比较的时候，曾经对中国通常将认罪态度纳入量刑范畴和改造罪犯的政策很是不以为然。"罪与刑相适应"是西方现代法律的一条基本原则。根据实际的罪行，按照相应的法律条款，该是什么罪就是什么罪，该科多少刑就是多少刑。这样，法律的实施就有一种客观而稳定的标准，容易实现公平的原则，而不至于使法律的弹性过大，不至于使同样性质同样程度的罪行的量刑相去很远。罪与刑相适应针对的是犯罪，是为社会"除害"；而中国法律精神的着眼点是人，是要将罪犯改造成为对社会有益的新人。不论是东京审判将东条英机等七名甲级战犯处以绞刑，还是南京审判将南京大屠杀的要犯谷寿夫等执行枪决，都显示了人类正义的原则和国际法的权威，都是为人类社会除害，并对维护和平有一种震慑作用。但是新中国对日本战犯的改造，不仅同样具有上述种种作用，同时还化害为益，将这些曾经对人类为害巨大的罪人改造成了有益于社会的新人。抵罪只是一种惩罚，是一种事后的报复；改造则是一种教育，是一种面向未来的建设。况且，人非圣贤，孰能无过。任何人都有良知，即使已经如同魔鬼，他的良知也不过是被遮蔽了而已。把他按照其所犯下的罪行打入地狱固然省事，但社会的责任更在于拨开笼罩在他心灵上的乌云，使之重见天日。用中国传统的语言来说，罪与刑相抵属于以怨报怨，而改造罪犯属于以德报怨。显然，以德报怨更为人道，也更理想，更有价值和意义。问题就在于，改造罪犯的政策对于执行者的要求要高得多，需要理想的执行才会有理想的结果。而由于人性的不确定性，它也可能导致令人沮丧的结果。

中国人历来注重内省修养，讲修身、齐家、治国、平天下。对于治理国家和法律，也是强调德政，讲德主刑辅。毛泽东的治国方略，重点始终在人，在思想和精神。要改造世界必须改造人，改造人的世界观。能否造就新的中国，取决于能否造就一代新人。人的问题解决了，社会经济等等其他问题自然不在话下。从中国50年代的一系列运动直到文化大革命，都明显有着这种精神至上的理想的追求。但是，物极必反，任何事情走到了极端，也就迎来了全面否定；而全面否定者，则又落到了另一个极端。

20世纪50年代的中国人热情、单纯、阳光，为了理想和信仰可以奉献出自己的一切。如果在重视精神和道德的同时，逐步重视法治和制度建设，实现两者在新的层次上的和谐，那么，新中国也许已经走出了一条真正具有中国特色的社会主义之路，那将是比日本的经济奇迹乃至西方现代化更具有普遍的启示意义的文明之路，那将是超越法制和人权而进入人道和人性新境界的人类自觉之路。

从成功改造日本战犯这一段历史，我们看到的是，中国失去的决不仅仅是经济发展的机会，也决不仅仅是几十年的时间，而是难以再得的历史机遇，是失之交臂的创造全新的人类社会文明模式的伟大历史机遇。

20世纪再回首

祇园精舍的钟声，有诸行无常的声响；沙罗双树的花色，显盛者必衰的道理。骄奢者不久长，只如春夜一梦；强梁者终败亡，恰似风前尘土。

这是日本13世纪的古典名著《平家物语》开头的一段文字。

当人类进入20世纪的时候，人们曾有着普遍的乐观。1899年，美国专利局局长敦促总统取消他这个局，他强调说："一切可以被发明的东西都已经被发明出来了"。但20世纪却恰恰是一个发明创造大爆炸的世纪。也正是技术的进步，使20世纪成为迄今为止变化最大的世纪。

人们都关注科学技术的进步，都认为这种进步使我们的生活日益美好，使我们这个世界日新月异。我们对科学技术寄予了过高的希望。

人们曾经指望技术进步能解决一切。

技术确实解决过人类面临的许多难题。在20世纪，技术进步促成的绿色革命，使粮食大幅度增产；技术在医疗卫生方面的进步，使死亡率大大下降，人均寿命大大延长。技术进步在这两个方面的合力，却在客观上促成了持续的人口爆炸之态势，其对人类生存的巨大威胁，已不亚于技术的另一项伟大发明——原子弹和氢弹。

技术并不能解决一切。相反，正是技术的滥用，导致了一些古老问题的复杂和重现，从武器和战争到饥饿、贫困和荒漠化等等。

还有些技术早已解决了的问题，却依然是严重问题。比如，现代世界上造成死亡最多的疾病，不是艾滋病或癌症等不治之症，而都是完全可以治疗和预防的最常见的疾病。据20世纪80年代末统计，仅在第三世界每天就有约40000名5岁以下儿童和婴儿夭折，其中：11000名儿童死于肺炎，11000名儿童死于腹泻引起的脱水，8200名儿童由于得不到及时免疫而死亡。

再如，按照维持生存的标准，人均每年180公斤粮食，就基本上可以活下来。也就是说，当前地球生产的粮食，不仅养活现在的这几十亿人没有问题，甚至可以供再翻一倍的人不至于挨饿。但是，现在全世界每年却有1300万至1800万人直接死于饥饿或营养不良引起的疾病。在这个日益畸形的文明世界，一方面饥饿人口已经超过了10亿人，同时还有更多的人口被肥胖所折磨。

当然，这不能全部归之于技术。正是技术手段的不断进步，使人类告别了原始人穴居的山洞而成其为现代人。但是技术的迅速发展，推翻了现存的一切平衡，它的表现和影响大大超过了其他文化的发展，更超过了人类智慧和道德的进化幅度，致使人们不仅不能控制、而且几乎不能评价所发生的事情。道德进化跟不上技术的发展，二者不能同步，那么技术就会制造灾难，原子弹和人口炸弹就是最恐怖的实例。

这样的技术对人类到底是福还是祸？

——我们不知道。

20世纪80年代中期，人类再一次证明这个星球竟然能够生产出如此之多的粮食和纤维，以至许多农产品的价格暴跌到低于生产成本，在美国造成了许多农场破产，欧洲、苏联以及许多国家都提高了对农民的补贴。但是，就在同一时间之内，世界各地的电视屏幕，却把非洲大饥荒的可怜可怕的情景，展现在人们眼前——数不清的难民在步步紧逼的沙漠面前凄苦徘徊坐以待毙，幸运的人靠紧急救援得以死里逃生，而更多的人不是饿死就是被四处蔓延的疾病夺去了生命。对于萨赫勒地区那些悲惨万状走投无路的人们来说，患病及至死亡甚至已经成为一种"令人羡慕"的解脱。竟然有整个部落的人都拒绝联合国提供的免疫治疗。那些父母们知道，无论怎样他们的孩子也没有希望得到正常的发育了，与其像大人这样永远遭受营养不良和饥饿的蹂躏与折磨，倒不如得了病早早夭折的更为"幸运"。

国际社会展开了对非洲饥荒的广泛救援，从来没有这么多的非政府组织参加一次救援活动。美国和英国的音乐界进行大规模募捐，乐队援助托拉斯的唱片《他们知道是圣诞节吗？》创纪录畅销，收入1500万美元。援助生命基金会通过一次欧美大陆募捐电视音乐会，募集到6500万美元。从1985年4月到9月，国际大家庭为受难的非洲提供了600万吨食品。虽然有100多万人被饿死，但全球各地捐献的价值10亿美元的食品和6亿美元的其他援助，至少救活了数百万非洲灾民。

非洲的灾难令人绝望。国际社会对其的救援又给人希望。但是，这拯救了数百万人生命的16亿美元，仅仅相当于当时全世界16个小时的军费开支。

军备竞赛是我们这个可爱而衰老的地球上最为热火朝天蒸蒸日上的事业。世界军费开支1979年为5540亿美元，1985年猛增到9000亿美元，在高峰的80年代末期则超过10000亿美元。军费开支达到全球人均200多美元。这比占全世界总人口1/2的贫困者的总收入还要高，并高于当时中国、印度再加上非洲的国民生产总值之和。

科学界参与疯狂的军备竞赛的程度，远远超过了除军人以外的任何社会阶层。通往全面战争和恐怖的道路，都是用人类最杰出的科学家的名字铺筑而成的。世界各国至少有50万名科学家从事着"国防事业"，占全球科学家总数的一半以上。他们使用的研究经费，超过了发展新的能源技术、改善人类健康、提高农业生产率和控制环境污染的研究费用的总和。军事目的是人类科学技术发展的最强效兴奋剂，也是人类创造出的财富的最大无底洞。从核能到电子计算机，从航天器到方便食品，无一不是为了军事目的而研制并首先用于军事。而不断更新换代的各种最先进的武器装备，又都是现代尖端科技和黄金的结晶。因此，我们引为自豪的人类现代文明，准确地说，根本不是什么"文明"，而是不折不扣的"武明"。

据美国的世界观察研究所报告，20世纪的最后十年，为了对付人类最迫切的生态环境八大危机——温室效应、臭氧层耗竭、荒漠化、土壤流失、森林消失、物种减少、酸沉降和水污染，全世界每年要耗资1500亿美元。不然，全球生态环境恶化的趋势就不能得到控制，到了21世纪初，整个人类的生存环境就将更为严峻更趋恶化。但这笔钱，对于我们这个世界来说，似乎是太大太大了，这是整个人类绝对拿不出、也不会拿的钱。然而，最具有讽刺意味的是，这笔关乎人类生存和世界未来的1500亿美元，这笔全人类都出不起的买命钱，却比80年代末美国每年的欧洲防务军费还少100亿美元。

我们再来看一看20世纪80年代国防开支与和平事业的几项对比：

每年花费世界军费开支的0.5%，在几年内即可使发展中国家实现粮食自给；

疟疾每年夺去100多万儿童的生命，消灭这种疾病每年需5亿美元，只相当4个小时的军费开支；

用一辆坦克的价钱可以为3万名儿童盖1000间教室；

购买一架普通战斗机的钱可以开办起4万家乡村药房；

一枚战斧式巡航导弹的钱，足以在沙漠化地区飞播造林150万亩，而多国部队在海湾战争初期，一次就发射了100多枚这种导弹；

中国著名的"希望工程"，在八年中得到国内外捐款约人民币8亿元，建立起2000多所希望小学，救助了百万名失学儿童。但是——我们的生活中不幸充满了"但是"——这笔巨款仅仅相当于购买3架苏-27战斗机的价钱……

军备奥林匹克是全人类的疯狂盛会，没有一个国家和民族甘于作壁上观。发达国家一马当先，发展中国家急起直追，富国一掷千金，穷国不惜血本。许多发展中国家"发展"最快的就是军费开支。多少第三世界国家的国力江河日下，其军队却在迅速现代化；那里的人民一贫如洗，但武器装备却日益精良。全球发展中国家每一天的军费开支约为10亿美元，而所有这些国家用于儿童营养和保健的费用，一年365天总共才只有25亿美元。

我们这个人类啊，你到底是太穷还是太富，是愚不可及还是歇斯底里，是无药可医还是吃错了药？

——我们不知道。

柏林墙的轰然倒塌和苏联的解体，宣告了持续四十多年的冷战时代的结束。世界上的"东西之争"逐渐让位给"南北矛盾"，即富国与穷国的矛盾。

有一种衡量一个国家公平程度的通用标准，即最富的1/5人口与最穷的1/5人口的收入之比。据统计，这种差距最小的是北欧、日本等国，比例为4比1至5比1；差距最大的是巴西，富人与穷人收入之比为33比1，墨西哥为30比1；一些贫穷的发展中国家的这个差距大致在20比1上下。

但实际上，最不公平、贫富差距最为悬殊的却是我们这个地球村本身。20世纪60年代，世界上最富的1/5人口与最穷的1/5人口的收入之比为30比1。到90年代初世界上最富的10亿人，人均收入已超过12000美元，而最穷的10

亿人，人均收入不足200美元，比例大于61比1。并且，这种比最不公平的国家还要大一倍的差距，仍在进一步扩大之中。

我们不可能指望富国和富人良心发现，会对穷国进行所谓无私援助。我们也不可能指望穷国和穷人安贫乐道，而不去想要像美国人或日本人一样地享受现代生活。

发达国家以占世界20%的人口，却拥有世界上87.2%的收入。而占世界人口总数60%的发展中国家，只拥有世界5.6%的收入。而富国还在继续凭借其技术和资金优势并通过不平等的经济关系，使自己更富和穷国更穷；穷国的积重难返和高生育率，也使它们难以摆脱贫穷的恶性循环。在一个富者更富和穷者更穷、富人越来越少和穷人越来越多的世界上，人类能够长期"和平共处"吗？

——我们不知道。

20世纪是一个令人眼花缭乱的世纪，而其间最为耀眼夺目的，便是机械文明的大进军和大普及。似乎是人类生活越符合机械节奏，被机械所支配的程度越高，就越是现代化。这是一个机械越来越像人、人越来越像机械的世纪。

这个世纪的另一大特产，则是法西斯主义。法西斯的勃兴，也可以看作是人类机械主义的集体放纵。

赖希在《法西斯主义群众心理学》中，揭示了机械的自然科学、机械的人类结构和施虐狂的屠杀三者的一致性和同构性。

"法西斯主义"仅仅是普通人的性格的有组织的政治表现，这种性格结构既不限于某些种族或民族，也不限于某些政党，而是普遍的和国际性的。从人的性格的角度来看，法西斯主义是我们具有权威主义机器文明及其机械主义神秘生活观的人的基本情感态度。

正是现代人的机械主义的神秘性格产生了法西斯党，而不是相反。

科学主义和唯物主义把人从宗教和迷信的禁锢中解放出来，人类终于在20世纪中进化成为摆脱了恐惧、没有了禁忌并且不怕报应的那么一种"无所畏惧"的生物。外在的机械文明和内在的物欲膨胀相得益彰，我们借助于科学技术的强大力量，把人欲放纵到了极端。在这个纵欲的世纪中，善与恶、美与丑、得与失、利与弊，都被推向了极致。技术手段和机械威力，使人们以前所未有的规模和强度向同类大开杀戒，向所有的生命大开杀戒，向地球大开杀戒。人类的能力和力量从来没有像现在这样强大，人类的处境和命运也从来没有像现在这样脆弱；人类的生活从来没有像今天这样舒适和丰富，人类的精神又从来没有像今天这样空虚和无聊。人类在20世纪之中的所作所为，似乎都在证明着机械的辉煌和理性的黯淡、欲望的坚挺和良知的疲软。人类的未来，究竟会比拥挤在一条几乎没有食物的船上的几个老鼠部族好多少呢？

——我们不知道。

科学技术的发展并没有能阻止第二次世界大战的爆发，反而使那次人类规模空前的自相残杀更血腥更疯狂和更具毁灭性。

1937年9月，即第二次世界大战的烽火已经在东亚燃烧起来的时候，爱因斯坦写道：

> 我们这一时代的一大特征就是科学研究成果累累，科研成果在技术应用中也取得了巨大成功。大家都为此感到欢欣鼓舞。但我们切莫忘记，仅凭知识和技巧并不能给人类的生活带来幸福和尊严。人类完全有理由把高尚的道德标准和价值观的宣教士置于客观真理的发现者之上。在我看来，释迦牟尼、摩西和耶稣对人类所作的贡献远远超过那些聪明才智之士所取得的一切成就。

爱因斯坦曾经十分后悔地说："我这一生最大的错误就是向罗斯福总统推

荐了原子弹。"同时，直到逝世他也没有原谅曾与纳粹合作的德国知识分子。"德国知识分子——作为一个集体来看——他们的行为并不见得比纳粹暴徒好多少。"他在《自传》的开篇则这样写道：

> 有人问我为什么投身科学，那是因为我发现并感受到了人与人之间的同情心是那样淡薄和脆弱，故而我才把目光投向旷远而永恒的天体……

尽管人类的同情心是那样的淡薄和脆弱，尽管人类的理智未能阻止两次世界大战，尽管人类的道德准则没有能制止大屠杀，但是，唯有同情心、理智和道德准则才能使我们区别于动物，才能使我们在这个地球上互利和共存，才能使我们对明天抱有希望。否则，我们还有什么可指望的呢？

1945年9月2日上午9时，日本投降签字仪式在停泊在东京湾的密苏里号战列舰上举行。麦克阿瑟将军发表讲话说：

> 作为地球上大多数人民的代表，我们不是怀着不信任、恶意或仇恨的精神在这里相聚的。我们胜败双方的责任是实现更崇高的尊严，只有这种尊严才有利于我们即将为之奋斗的神圣目标，使我们全体人民毫无保留地用我们在这里正式取得的谅解，忠实地履行这种谅解。
>
> 我本人的真诚希望，其实也是全人类的希望，是从这个庄严的时刻起，将从过去的流血和屠杀中产生一个更美好的世界，产生一个建立在信任和谅解基础上的世界，一个奉献于人类尊严、能实现人类最迫切希望的自由、容忍和正义的世界。

二战以来的世界上，许多战争不能解决的问题，倒是被和解化解了不少。东西德国的统一、南北朝鲜的对话、台湾海峡两岸的交流，还有阿以言和、新南非的诞生，都显示了"和为贵"。到20世纪末，这些化干戈为玉帛的行动，似乎给这个血腥的屠杀的黑暗的世纪带来了一线落幕前的光明。

但是，刚刚进入21世纪，"9·11"恐怖袭击的烟云和反恐战争的升级，又使这个混乱不已的世界更加乱象纷呈。面对新的世纪，对未来持乐观态度的人，恐怕不会比一个世纪之前更多。经历了空前恐怖的百年噩梦之后，人们不禁要问：人类可有足够的理智和力量，阻止那类大屠杀和大悲剧的重演么？

——我们不知道。

到1999年，全世界的总人口即突破60亿；而这60亿人消耗的能源和资源，则相当于1900年时养活600亿至900亿人对地球的环境压力。倘若所有的人都要达到美国人和日本人的消费水平，那么这一天文数字就还要乘上二十倍。已经超载已经疲惫不堪的地球，还能够承受比军备竞赛更为广泛更为狂热的"消费攀比"和"GDP竞赛"么？

——我们不知道。

被物欲所牵引，为机械、科技和市场所助推的所谓现代生活方式，还能持续多久？它终将把人类引向何方？

——我们不知道。

1933年6月21日，鲁迅先生的日本友人西村真琴请他为"三义塔"题诗。上年的"一·二八"事变时，西村在上海闸北三义里收养了一只无家可归的鸽子（日语称堂鸠），带回日本后，"初亦相安，而终化去"，他在埋鸽子的地方建了一座三义塔。鲁迅青年时代曾留学日本，而在上海，他又目睹了日军的侵略。其时，上海的战尘刚刚落定，白山黑水已然变色，长城上的烽火又骤然而起。佛家将世界经历毁灭再重新开始的周期称为一"劫"。看来，芸芸众生还处在"劫波"之中。鲁迅挥笔写下了《题三义塔》：

奔霆飞熛歼人子，败井颓垣剩饿鸠。

偶值大心离火宅，终遗高塔念瀛洲。

精禽梦觉仍衔石，斗士诚坚共抗流。

度尽劫波兄弟在，相逢一笑泯恩仇。

耶稣道：

原谅他们，他们不知道自己在做什么。

众生之所以始终在劫波之中轮回不已，皆因此之"不知道"；两千年了，人们一直不自知，故未曾听懂箴言圣叹；现代人类尤其迷执更甚。

而释迦牟尼和耶稣诸先知，早已指明人类唯一的真正进化之路：

觉悟人性本来，人类自然博爱。

故曰：

心围劫波度不尽，人间原本无恩仇。

1995.5，北京

1997.12，修订

2014.7，校订

三个日本与两个中国

"在世界上恐怕再难找到哪两个大国能像中国与日本这样，相互交往的历史是如此之悠久，相互影响的程度是如此之深远，文化上的血缘关系是如此密切和广泛。而两国的相互关系，对双方的国家命运和民族兴衰，都产生了巨大的影响。"

"这是一幅谁也无法清晰勾勒的图景。一衣带水也好，血流成河也好，同种同文也好，剑拔弩张也好，中日关系就是这样的剪不断理还乱。"

——校阅二十年前的书稿，再读这些文字，感慨系之。

因为文化的接近，中国人向来以为了解日本。然稍作观想，便知日本之于中国，始终是"熟悉而陌生"的存在。近代如此，现代如此，当代似乎依然如此。我们之所谓"熟悉"，是历史的日本、过去的日本；而我们所"陌生"的，则是现实的日本、当下的日本。问题就在于，不论过去还是今天，我们所面对的，都是现实的、当下的日本；而我们所谓熟悉的、以为了解的日本，实际上是已经成为过去的日本，甚至是自己想象中的日本。

何以故？

日本者，"三个日本"也。

第一个日本，近代以前的日本，全面学习和输入中国文化的传统的日本。

第二个日本，明治维新至二战结束，从富国强兵到军国主义的日本。脱亚入欧与富国强兵，是明治维新的主导观念。脱亚者，摆脱中国影响；入欧者，模仿西方列强。在第一个日本的历史时期，从文化到国际关系，日本大都处于中国的影响之下；只有跻身列强行列，才能真正摆脱中国的影响。近代西方文明的模式，强兵是富国的捷径，列强多为侵略掠夺他国而致富。按照西方的标准，清代中晚期的中国，是典型的富而不强。这样的中国，便成为日本弱肉强食的主要对象。富国强兵与军国主义，乃逻辑之必然。第二个日本在侵华战争和太平洋战争期间达到顶峰，其军力之强前所未有，而明治以来几代人积累的财富和掠夺的资源，复全部投入侵略战争的无底洞。富国强兵的结局是整个国家变成废墟，那个"大日本帝国"亦随之灰飞烟灭。

第三个日本，二战后新生的日本，和平发展的现代化的日本。二战结束时，战败投降的日本被美军占领。美国军事管制时期的两项重要措施，对于再造日本起了决定性作用：一是解除日本武装制定和平宪法，二是对日本强制进行民主化改造。第三次学习形成了第三个日本。日本第一次学习是主动的，中华文明博大精深灿烂辉煌，学习模仿乃理所当然求之不得。日本第二次学习是被动的，脱亚入欧是摆脱落后挨打命运的无奈选择。而学习西方列强的军事扩张，最后导致了第二个日本的毁灭。日本的第三次学习则是完全强加的。幸运的是，这刺刀之下的学习，规定动作为民主法治与和平发展，恰恰是西方文明的精华，加上日本民族特有的认真、扎实、敬业、严谨，日本于是迅速发展成为非西方世界第一个现代化国家。几十年下来，第三个日本的科技与经济实力、社会之繁荣稳定、国民之文明素质等，皆名列世界前茅。

日本的民族、历史与文化，当然自有其内在连续性，但是，上述三个时期的日本差异之大，又可谓面目全非。以故，笔者称之为"三个日本"。

之所以会形成三个日本，之所以几度迅速实现历史性幡然转身，其秘密还在日本的民族、历史和文化之中。

日本文化的原生态根基较浅，开化度不高，故其社会进步与文化发展，主要依靠学习和输入。所以日本文明的性质，属于学习型文明。三个日本都源于学习，并学有所成。

因为根基不深，传统负重不大，所以学习新的文明比较方便，接受新的文化非常迅速。而既然已经到手的东西都是学来的、借用的，那么再换一套、再走新路也就无所谓。故其变化与适应、得之与弃，同样方便而迅速。

三次大规模向外学习，三番另起炉灶重新开始，形成了三个几乎完全不同的日本。学习型文明的历史，与日本的民族心理和社会环境长期相互作用，进一步强化和塑造了日本的民族特性，他们的实用和机智，他们的执着和灵活，他们的保守与多变，他们的适应与成功，等等。既然是学习，必然是以今天为基点，以实用为标准。可以说他们什么特点都有，然而，日本最大的特点就是没有特点。没有特点所以学什么像什么，所以做什么成什么，这本身又确实是特点中的特点。

日本一成不变的东西，即为其灵活善变和随机应变。

了解今天的日本，看现在的中日关系和亚太格局，必须充分认识第三个日本。因为，日本就是当下的日本，而人们所面对的，仅仅是、也全部是现在的日本。

今天的第三个日本，既非第一个日本，亦非第二个日本。即以外界最担心的军国主义而论，应该说，今天日本军国主义复活的国家体制基础、社会心理基础、民众素质基础和国际环境基础都已不复存在。所以，日本的和平民主道路按说不会轻易改变。尽管军国主义的幽灵还时隐时现，但那只能是幽灵而已，而不会再是别的什么。

曾经深受其害的邻国对于那幽灵的徘徊非常在意，是可以理解的。就像大多数日本人于外界的种种激烈反应不理解一样，也是可以理解的。

两者之间的理解错位，就在于日本始终是当下观，而外界更多使用的是历史观。

作为学习型民族，自然是当下境界为主，而历史文化的连续性次之。你可以说他没有历史感，但因为没有过去的包袱，所以学习得就更快更好。也因为学有成效，所以过去不如现在，今天胜过昨天，因此历史也就更无所谓。对于日本人，第一个日本与第二个日本已不存在。不管别人怎样不能忘记历史，不管外界怎样纠结战争责任与反省道歉等等，而在日本人眼里，所有那些早都过去了，与今天没有关系了，成天盯着那些干嘛呀，你我都好好过今天的日子不就行了吗？

对于日本自身来说，三个日本只有一个，即今天的日本；而对于外界来说，三个日本也只有一个，即不论过去还是现在，不论第一个第二个还是第三个，都是你日本。

要说善于学习、变化和适应，但日本在这点上却难以学习、变化和适应；要说注重历史、传统和一贯，外界却没有看到学习型民族这个最主要的历史、传统和一贯。

所谓世事不如意者十之八九，即为存在与人意多难契合。即便如此，即便意识到此，依然是一意孤行者众，而审时度势者鲜，呜呼！奈何？

本书副题为"日本侵华暴行备忘录"，此之题目即已规定，所写所论为第二个日本，而且是第二个日本的极端一面。拙著基于此而解剖人性，探察人性的失控与下限，意在为文明世界保留一份人性沦落的历史标本。亦因围绕主题而展开论述，故即使说到第一个和第三个时期的日本，也是在寻找历史的连续性，是在用第二个日本的标准取舍处理各种资料信息，故对于论析第二个日本可有强化作用，而于第三个日本，难免顾此失彼。

故本书之价值，在于帮助了解历史的日本，即第二个日本。若以之而看而论今天的日本，即第三个日本，则恍若隔世。

亦因本书题目所定之境界，故本次再版只做些文字校改，而基本维持原貌。

"恸问苍冥"之问者有二，一问日本，二问国人。

如果说我们对日本的理解时常错位，那么我们对自己的认知，之错位也许更其甚之。

何以故?

中国者,两个中国也。

两个中国,即传统的中国与现代的中国。

传统中国与现代中国,从时间上划分,似乎比较简单。而实际上,无论传统还是现代,主要并非为时间概念。

现代之中国,可以说起之于鸦片战争,中国的现代转型从此起步。但直到今天,仍然处于转型过程之中,所以现在的中国还不是名副其实的现代中国。

传统的中国,已是隐在的中国;现代的中国,是还在摸索的中国。

因为传统之隐在,所以现在才摸索;因为现在一直在摸索,所以传统更为隐在。

传统之隐再叠加现在之摸索,致使我们对于自己的认知始终模糊而难知所以。

先看何为现代。

近代以来,中国一直面对现代化这一主题。从洋务运动之坚船利炮,到戊戌变法之制度改革,再到五四新文化运动之科学民主,从新中国之苏联模式,到文化大革命之继续革命,再到新时期之改革开放,所有的现代化奋斗,皆为学习西方的实践努力。

一百多年来,无论何朝何代何党何派,现代化路径与次序轻重或有不同,以洋为师之主题则始终如一。

一代又一代中国人孜孜以求现代化的目标与结果,致力于经济、政治、文化及社会变迁与发展,唯独鲜有人关注现代化的本来与起源。而目标与结果生自本来与起源,割裂二者是为断见,所以目标与结果竟然成为求之而不得之物。

现代化是西方文明的产物。西方现代化以意大利文艺复兴运动为发端。文艺复兴一词之原意为:希腊和罗马古典文化的再生。

这就说到了现代化的本义:自己本来文化之新生。

西方现代化因为是回归自己的文化本来之后的自我生长、自我发展,所以有板有眼有声有色,所以他怎么做怎么是,怎么做都是他自己,所以风生水起,覆盖全球。

非西方世界的现代化，则是以西方为榜样，步欧美之后尘，故所有学习、模仿、复制和追赶的努力，多为一步步远离自己的文化本来。除了日本那样的学习型民族，其余大都是现代化的学习越坚定越深入，内在冲突越是难以调和，社会乃至文化震荡越是剧烈。

不清楚现代化的本义首先在回归民族文化之本来，是为现代化追求中的集体无意识。

明白这一点即可了然，中国现代化事业一百多年来之所以始终磕磕绊绊，根本原因到底何在了。

再说何为传统。

中华文明为原创型文明，所以中国的关键和重点始终在传统。

此之传统，不是一般所说的传统文化和古代社会，不是帝王将相子曰诗云，也不是秦砖汉瓦祭孔大典。所谓传统的真义和实质，为文明之根源、文化之本来。

中国作为原生性文化的民族，传统是灵魂，文化是血脉，故须臾不可离开本来。

文化历来为中华民族之根、立国之本。中国文化犹如生命之树，体大根深，枝繁叶茂，傲然世界民族文化之林，独立遗世逾数千载，阅尽寰球风云变幻，历经文明兴衰起伏。作为人类文明之林长生久立的文化之树，显示了最长久的生命力。

中国文化所以博大精深源远流长，就在于根源本来境界。

中国文化之生命力，中国文化之包容度，中国文化之凝聚力，中国文化之结晶度，皆因其与存在本来之同境，与生命本源之同根，与人类本性之同体。

中国文化还有一道独特风景，儒道释三教之源头即为其最高峰。

孔子、老子、释迦牟尼之三圣，及之《易经》《道德经》《金刚经》之三经，迄今依然鸟瞰华夏通史。

因为根生本来，所以创世纪即为制高点；

因为境自本来，所以两千春秋无从超越；

因为性归本来，所以中华之道难言难示难传难学；

因为源出本来，所以大道周行不息不止不断不绝。

民族文化的生命之树，自有其根—干—枝—叶。繁茂与凋零等等，仅仅是枝叶之表象。最关要者还在根本，在核心种信。核心种信即为生命力，决定着扎根、生干、抽枝、发叶。内因与外境之相互作用，呈现为外在的生长状态，于是万象演化，流变无常，夏荣冬枯，四时行焉。

根本内涵之精髓，深隐不可见，只是一点点。中国文化最有价值之本来真义，就在此中一点点。枝叶表象之类生灭去来，亦无足轻重；而过于缭乱繁琐的传统形式，反而时常遮蔽本来，污腐内涵，窒息生命力。

中国文化之树，曾经的繁荣，在于根深本固；近代之凋谢，在于根蔽本隐；现代之落魄，在于根迷本离。

至近代，貌似茂盛的东方老树，遭逢西来之狂风暴雨。疾风扫败叶，烈雨清残枝。荡涤陈腐老朽之繁荣，迎接脱胎换骨之新生。

扫荡叶影迷离，助我清明本来。见惯生生灭灭，方知根本之要。

起源于欧洲的现代化，即是回归自己文化传统的运动，所以叫文艺复兴。

而中国的现代化，则始终伴随着对自己传统的激烈批判与否定、割断与背离。

迷根失本，断根丢本，掘根毁本，丧根辱本，古之未闻，于斯为盛。

悖根忘本，根本出了问题，必然遭遇根本问题。

舍本逐末，邯郸学步，本末皆失，落于迷茫。

现代中国的反传统潮流，自有其历史必然性。批判与自省，永远都是需要的。但清理枝叶是一回事，换种栽树是另外一回事。

现代西方为民族国家，中国则始终是文化国家。科学溯分种族基因，华夏承传文化血脉。接入融知中国文化，即为中国人，自生中国心。所以陈寅恪先生在论述魏晋南北朝时代的民族与文化融合的历史时指出：胡汉分别不在种族，而在文化。

对于文化中国来说，传统是回归本来的传统，现代是本来新生的现代。

所谓两个中国者，实则并非传统的中国与现代的中国，其分界分明在明白的中国与迷茫的中国。

迷茫者，迷失了文化本来，既失掉了传统，也不会是现代。

明白者，明白自我本来，即如老子所言，"执古之道，而御今之有"，传统与现代自为一体。

本来与未来，同样一体。

未来皆从本来出，本来自化即未来。

没有本来则未来无以得生，没有未来则本来无从而显。

如是，现代化与文化复兴本为同义与同道、同出与同的。

现代化者必行文化复兴，文化复兴者即为现代化。

国人不知何时开始迷信什么GDP，迷恋其增速排名之类。更为了那个数字，不惜家园满目疮痍，不惜文化乌烟瘴气。其实，不论西方还是东方，也不论古代还是现代，那个东西从来不成其为什么标准。据说当年大清国GDP世界第一，结果也没怎么样。当代一些石油国家人均GDP高居世界前列，也没人视其为现代化国家。再看唐代中国，是当时世界上最强盛最富庶的国家，唐朝首富应该就是世界首富，可还有人知道他老人家姓甚名谁么？堂堂世界首富者，远不敌金昌绪区区二十个字的《春怨》（打起黄莺儿）浅吟，更甭说李仙杜圣、韩潮苏海了。由此亦可见中国的标准，文化中国之恒在标准。

所以，人之为人，国之为国，主要还在文化。文化才是中华民族历尽沧桑自强不息之道。

现代化即在文化复兴。复兴者，复归而自兴盛。

得其本源者自然兴旺发达，没有复归则无从兴盛发展。

所以现代化之首要，就在正本清源。

正本清源之常解：从根本上整顿，从源头上清理。

本者，非正非邪；与旁枝末节相比，本自然为正。

源者，无清无浊；与千流百派相比，源自然为清。

故正本清源之正解当为：明本知源，抱本守源。

返本者自正自化生生不息，得源者自清自流滔滔不绝。

西方现代化之真启示中华者：回归本来，创造文化新生。

学习型日本之屡示范中国者：我本无相，万相皆是我在。

原创型文明之中国现代化者：独立不改，周行不殆，本来自在，是为中华之中道。

待中国现代转型达成之时，即为第二个中国之呈现于世。自将是传统与现代之一体的中国，文化立国一以贯之的中国，本来本然本原本在的中国，故中国无二。

而学习型的日本则不止三个，待超越西方现代文明的人类新文化之创生之大兴，还会有第四个日本。

子曰：道不同，不相为谋。

夫子所言之道，是为老子所示之"可道"，而非"恒道"。

可道者，各足为路，个个不同。

恒道者，无所不道，在在见同。

故曰：

可道不同，不相为谋。

恒道无谋，天下自同。

2014年8月，北京

主要参考文献

■ 柏杨：《中国人史纲》，时代文艺出版社，1987

■ 北京大学日本研究中心编：《日本学》第2辑，北京大学出版社，1990

■ 冯武：《新忏悔录》，解放军文艺出版社，1995

■ 复旦大学历史系编：《日本帝国主义对外侵略史料选编》，上海人民出版社，1975

■ 黄仁宇：《万历十五年》，中华书局，1982

■ 黄亚略：《奇迹——改造日伪战犯纪实》，团结出版社，1993

■ 李宗仁：《李宗仁回忆录》，政协广西文史资料研究委员会编印，1980

■ 李正堂：《死魂灵在呐喊》，解放军文艺出版社，1995

■ 梁容若：《中日文化交流史论》，商务印书馆，1985

■ 林语堂著，郝志东、沈益洪译：《中国人》，学林出版社，1994

■ 刘大年主编：《中日学者对谈录》，北京出版社，1990

■ 刘震云：《温故1942》，《作家》杂志，1993

■ 鲁迅：《鲁迅全集》，人民文学出版社，1981

■ 毛泽东：《毛泽东选集》，人民出版社，1965

■ 孙邦主编：《伪满史料丛书》，吉林人民出版社，1993：《"九·一八"事变》、《殖民政权》、《伪满军事》、《经济掠夺》、《日伪暴行》、《伪满社会》、《伪满文化》、《伪满人物》、《伪满覆亡》

■ 王文元：《樱花与祭》，北京出版社，1993

■ 王晓秋：《近代中日文化交流史》，中华书局，1992

■ 魏常海：《日本文化概论》，中国文化书院编印，1987

■ 徐志耕：《南京大屠杀》，昆仑出版社，1987

■ 延安时事问题研究会编：《抗战中的中国政治》，上海人民出版社，1961

■ 禹硕基等主编：《日本帝国主义在华暴行》，辽宁大学出版社，1989

- 张宏志:《中日血战三部曲》,国防大学出版社,1993

- 中国社会科学院近代史研究所:《日本侵华70年史》,中国社会科学出版社,1992

- 中央档案馆、中国第二历史档案馆、吉林省社会科学院合编:《日本帝国主义侵华档案资料选编》,中华书局,1988—1993:《九·一八事变》《东北"大讨伐"》《细菌战与毒气战》《伪满警宪统治》《东北历次大惨案》《东北经济掠夺》

- 庄建平主编:《国耻事典》,成都出版社,1992

- 阿巴·埃班著,阎瑞松译:《我的民族——犹太史》,中国社会科学出版社,1986

- 埃兹拉·沃格尔著,韩铁英等译:《日本的成功与美国的复兴》,三联书店,1985

- 埃德加·斯诺著,董乐山译:《西行漫记》,三联书店,1979

- 埃德温·赖肖尔著,孟胜德、刘文涛译:《日本人》,上海译文出版社,1980

- 埃里希·弗洛姆著,陈学明译:《逃避自由》,工人出版社,1987

- 奥尔利欧·佩奇著,王肖萍等译:《世界的未来》,中国对外翻译出版公司,1985

- 本尼迪克特著,孙志民等译:《菊花与刀》,浙江人民出版社,1987

- 布热津斯基著,潘家玢、刘瑞祥译:《失去控制:21世纪前夕的全球混乱》,中国社会科学出版社,1994

- C.荣格著,黄奇铭译:《现代灵魂的自我拯救》,工人出版社,1987

- 赤间刚著,范力民译:《昭和天皇的秘密》,新华出版社,1991

- 池田诚编著,抗日战争纪念馆译:《抗日战争与中国民众》,求实出版社,1989

- 村上重良著,聂长振译:《国家神道》,商务印书馆,1992

- 戴维·沃克著,北京社会与科技发展研究所:《牛津法律大辞典》,光明日报出版社,1988

- 德斯蒙德·莫里斯著,周邦宪译:《人类动物园》,贵州人民出版社,1987

- E.威尔逊著,林和生等译:《论人的天性》,贵州人民出版社,1987

- 服部卓四郎著,张玉祥等译:《大东亚战争全史》,1—5卷,商务印书馆,1984

- 福泽谕吉著,北京编译社译:《文明论概略》,商务印书馆,1982

- H.J.德伯里著,王民等译:《人文地理》,北京师范大学出版社,1988

- 赫·乔·韦尔斯著,吴文藻、谢冰心等译:《世界史纲》,人民出版社,1982

- 康罗·洛伦兹著,王守珍、吴月娇译:《攻击与人性》,作家出版社,1987

- 理查德·尼克松著,谭朝洁等译:《1999:不战而胜》,公安大学出版社,1988

- 铃木正、卞崇道等著:《日本近代十大哲学家》,上海人民出版社,1989

- 鹿野政直著,卞崇道译:《福泽谕吉》,三联书店,1987

■ 罗伯特·克里斯托福著，陈如为译：《大和魂》，新华出版社，1987

■ 吕浦等编译：《"黄祸论"历史资料选辑》，中国社会科学出版社，1979

■ 杰克·贝尔登著，邱应觉等译：《中国震撼世界》，北京出版社，1980

■ 近代日本思想史研究会著，马采译：《近代日本思想史》，第1卷，商务印书馆，1983

■ 井上清·铃木正四著，杨辉译：《日本近代史》，商务印书馆，1972

■ 卡尔·雅斯贝尔斯著，亦春译：《悲剧的超越》，工人出版社，1988

■ 卡伦·霍妮著，冯川译：《我们时代的神经症人格》，贵州人民出版社，1988

■ 洛尔夫·温特尔著，苏惠民等译：《上帝的乐土？》，世界知识出版社，1993

■ 迈克尔·谢勒著，徐泽荣译：《20世纪的美国与中国》，三联书店，1985

■ 前田哲男著，李泓、黄莺译：《重庆大轰炸》，《旅游博览》杂志，1994

■ 秋山浩著，北京编译社译：《731细菌部队》，群众出版社，1982

■ 让－雅克·塞尔旺－施莱贝尔著，朱邦造等译：《世界面临挑战》，三联书店，1984

■ 入谷敏男著，天津编译中心译：《日本人的集团心理》，中国文史出版社，1989

■ 商务印书馆编辑部编：《外国资产阶级对中国现代史的看法》，商务印书馆，1963

■ 森村诚一著，唐亚明等译：《食人魔窟》，1—3部，群众出版社，1983

■ 森岛通夫著，胡国成译：《日本为什么成功》，四川人民出版社，1986

■ 世界资源研究所编，孟纪斯等译：《世界资源报告（1986）》，中国环境科学出版
社，1988

■ 斯米尔诺夫、扎伊采夫著，李执中等译：《东京审判》，军事译文出版社，1988

■ 威廉·夏伊勒著，董乐山等译：《第三帝国的兴亡》，三联书店，1974

■ 威尔海姆·赖希著，张峰译：《法西斯主义群众心理学》，重庆出版社，1993

■ 西里尔·布莱克等著，周师铭等译：《日本和俄国的现代化》，商务印书馆，1992

■ 小俣行男著，周晓萌译：《日本随军记者见闻录——太平洋战争》，世界知识出版
社，1988

■ 约翰·博伊尔著，陈体芳等译：《中日战争时期的通敌内幕》，商务印书馆，1978

■ 约翰·托兰著，郭伟强译：《日本帝国的衰亡》，新华出版社，1982

■ 张效林译：《远东国际军事法庭判决书》，群众出版社，1986

■ 中根千枝著，陈成译：《纵向社会的人际关系》，商务印书馆，1994

■ 中国归还者联络会编，李亚一译：《三光——日本战犯侵华罪行自述》，世界知识
出版社，1990